新潮文庫

雷　　神

道尾秀介著

新潮社版

11858

「ゆーちゃん、気をつけないと落っこっちゃうんだからね」

午前十一時過ぎ、買い物から帰ってきた悦子《えつこ》がベランダに声を投げた。

雨の七夕から一夜明けた土曜日、マンションの四階から見える空はペンキを塗ったように青かった。その青と、ピンチハンガーから吊《つる》された三人分の洗濯物を背景に、四歳の夕見《ゆみ》はベランダでしゃがみ込んでいた。ろう石で落書きをしたり、飛んでいく飛行機を見上げたり、家々の屋根を数えたり。

「ゆーくん、包丁の練習もいいけど、ゆーちゃんのこと見ててくれないと。あんなとこで遊んでたら危ないでしょ」

私は幸人《ゆきひと》なので「ゆーくん」。夕見は「ゆーちゃん」。まぎらわしいようで、じつはそうでもなく、聞き間違えたこともなければ呼び間違えられたこともない。

「ちゃんと見てたよ」

「嘘《うそ》」

悦子はダイニングチェアの背にハンドバッグを引っかけ、買い物袋の中身を冷蔵庫に移していく。

「ほんと、ほんと」

台所で包丁の練習をしながら、じっさい私はときおり振り返って夕見の様子を確認していた。ただし、それは単に娘が何をしているのかを知りたかっただけで、落ちるという心配などしていなかった。四歳の娘には、どう頑張っても乗り越えられる柵《さく》ではなかったのだ。

「一人遊びするには、いい場所だろ？」

夕見はまだ自分だけで外へ遊びに行ける歳《とし》ではなく、しかし私も悦子もあれやこれやで手一杯で、いっしょに遊んでやったり、公園に連れていってやることがなかなかできなかった。どうしても部屋でテレビばかり見せてしまい、これではあまりよくないのではないかと話していたのが、つい昨夜のことだ。

「駄目、危ない。うちの学校だって、あたしたち大人が誰も想像してなかったようなところで子供が大怪我《おおけが》したりするんだから」

悦子は大学卒業後に小学校教師として働きはじめ、今年で六年目になる。

「いやそりゃ、たとえばポリバケツとか、子供がよじ登れるようなものがあれば危ないけど、うちは何も置いてないから大丈夫だよ。背だってまだ、柵の上にやっと手が届くくらいだし」

ベランダを見ると、夕見は植木鉢のアザミに鼻先を突きつけ、じっと観察していた。唇に力を込め、目をまん丸にひらき、何かに強い興味を持ったときに見せる馴染《なじ》みの横顔で。

あのアザミが花を咲かせたのは一週間ほど前のことだった。歌謡曲の印象が強いのか、アザミの季節は秋だと思われがちだが、花は夏に咲く。ベランダのアザミも、毎年七月になると綺麗《きれい》な赤紫色の花をつけた。その花が終わると、私はいつも種を集める。枯れたアザミを抜いてそこに種を蒔《ま》き、水をやり、肥料をやりながら、また翌夏の開花を待つ。白い植木鉢には夕見がマジックで「ぱぱのあぢみ」と親切に書いてくれていた。

「そういえば今年のアザミ、ちょっと小さいんだよ。肥料が少なかったのかな」

話をそらそうとしたが通用せず、悦子はまたベランダに声を投げた。

「ゆーちゃん、危ないから入って」

夕見は何か短くアザミに話しかけてから、大人しく部屋に戻ってきた。

「なにして遊べばいい?」

「自分で考えなさい。お、いいじゃん、ゆーくん」

私の手もとに目をやり、悦子は小さく拍手する。まな板に置かれている白い物体は、小麦粉を練り固めたものだ。それをキュウリに見立て、飾り切りの練習をしているところだった。粘土のように何度も使えるので、練習台にちょうどいい。父も昔、料理を勉強しはじめた頃に、やはり小麦粉を練り固めて飾り切りの練習をしていたらしい。

「だいぶスピードも上がってきたよ」

「今日からお店でやらせてもらえるんだっけ？」

「そうそう」

大学卒業後、私は厨房《ちゅうぼう》用品の商社に就職した。しかし、学生時代から交際していた悦子と結婚し、翌年に夕見が生まれたタイミングで、その会社が倒産した。ちょうど父が経営する和食料理店「一炊《いっすい》」でパート従業員が辞めたところだったので、私は職探しをしながら、しばらく時給制で厨房を手伝うことになった。当初はあくまで一時的なアルバイトのつもりだったが、あるとき厨房で野菜を洗っていたら、父が呟《つぶや》くように言ったのだ。

――いずれ、お前がやるか。

帰宅して悦子に相談してみると、私がやりたいならやればいいと、文句も不安も口にせず賛成してくれた。

それから約一年。私は二十八歳の見習い料理人だった。

「本番いっとく?」

悦子が冷蔵庫を目で示し、眉《まゆ》を上げ下げする。こうして小麦粉を練り固めたもので飾り切りの練習をしたあと、本物のキュウリに挑むのが、いつもの流れだった。

「いや、もう一回」

指を水で湿らせて小麦粉のかたまりを握りつぶし、またキュウリ状に練り上げる。包丁づかいはなかなか上達しないくせに、本物そっくりのキュウリをつくるのだけは上手《うま》くなっていた。

「お店のまな板で練習できればいいのにね」

「店のは父さんが仕込みで使ってるし、ここで練習してれば夕見のことも見ていられるし」

見てなかったじゃない、と言われるかと思ったら言われなかった。

「……同居したら、いろいろ便利になるかもね」

「誰と?」

「お義父《とう》さん」

「真面目《まじめ》な話?」

「だってゆーくん、これからずっと一炊でお義父さんといっしょに仕事するんでしょ？　近いっていっても三駅離れてるんだから、家族でそっちに引っ越しちゃったほうがいろいろ楽じゃん。まな板が空《あ》いてるときに、包丁の練習したりもできて。まあ引っ越すっていうか、ゆーくんは戻るわけだけど」

店の二階は住居になっており、かつて私は父とともにそこで暮らしていた。

本当は、姉の亜沙実《あさみ》もいっしょに暮らすはずだった。私たち三人は新潟からここ埼玉へ出てきたあと、しばらく狭いアパートで暮らしていたが、私が中学三年生のときに、父が住居つきの店舗物件を居抜きで買い、店をひらくことを決めた。しかし父がその計画を私たちに話した直後、姉は家を出ていったのだ。結果として新居では私と父が二人で暮らすこととなったが、その私もやがて結婚してこのマンションへ引っ越し、いまは父だけが店の二階で寝起きしている。

「あそこ、部屋もたくさんあるし、もったいないじゃん。どうせ将来的に、お義父さんが年とったら同居することになるんだろうし」

でも、と言いかけて私は言葉をのみ込んだ。

悦子は本当の父を見たことがない。彼女が知っているのは、一炊の厨房で働いたり、私たちが連れていった夕見と遊んでいる父の姿だけだ。仕事の空き時間、あるいは仕事を終えたあと、ふと気がつくと、父は洞穴《ほらあな》のような目で、何もない場所を見つめている。

父が見ているのが何なのかを、私は知っている。しかし悦子に話したことはない。いつか話さなければいけないことだとわかってはいたが、結婚前も、結婚後も、どうしても言えないまま年月が経《た》ってしまった。

「お義父さんって、いまいくつだっけ。五十――？」

「四」

「あの子が十歳のときに還暦か」

二人で居間を振り返った。夕見は絨毯《じゅうたん》に絵本を広げ、唇を動かしながら、ひらがなの文章を追っている。絵本は以前に姉が買ってくれたもので、ホタルとカブトムシの話だった。昔々、カブトムシは角の先に光の玉を持っていたが、それをあるときホタルが盗み出して云々《うんぬん》。しかし絵本の中では、そのホタルやカブトムシよりも、夕見が赤いマジックで描き込んだ「ハートにんげん」のほうが目立っていた。何度も同じ絵本を読んで飽きてくると、夕見はいつもそうして独自のキャラクターを登場させる。はじめは注意していたが、自由にさせるのもいいのではないかと悦子に言われ、放っておくようになった。「角を矯《た》める」という言葉は、そのとき悦子から聞いて初めて知った。

「あ、布」

悦子が急に私の肩をぱしんと叩《たた》く。

「うん？」

「布、買い忘れた。バッグの」

夕見が保育園への行き帰りに使う手提げバッグのことだ。

どこの保育園もそうなのか知らないが、通園用のバッグは親が手作りするという決まりがあり、入園時に悦子が深夜作業で完成させた。それが昨日、破れてしまったのだ。悦子が園まで夕見を迎えに行き、教室の奥にある棚でバッグを手に取ったとき、気づいたらしい。持ち手の付け根が、強く引かれたように破れ、その裂け目はバッグの本体まで走っていた。同じ園の子供が、遊んでいるうちに破いてしまったのか、あるいは悪戯《いたずら》でわざとやったのかはわからない。とにかく縫って直せる状態ではなく、土日のあいだに悦子がまた新しいものをつくることになっていた。

「ねえゆーちゃん、バッグの布、ママいまから買ってくるね」

夕見は絵本から顔を上げ、もうバッグが出来上がったような顔で、ピンク色の頬を持ち上げた。

「同じの」

「同じのね、探してみる」

破れたバッグを見たとき、夕見はすました顔をしていたらしい。しかし二人で家に帰ったあと、突然の大泣きが待っていた。悦子がバッグをゴミ袋に入れようとしたときのことで、捨てずに大事にとっておくからと言っても、なかなか泣き止まなかったらしい。バッグが破れたことが、本当はとても哀しかったけれど、ずっと我慢していたのだろうか。それとも、お別れすることが哀しかったのだろうか。一炊の仕事から戻り、悦子にその話を聞いたあと、私は娘の気持ちを思いながら寝顔を眺めた。小さな鼻の穴からすうすうと寝息が洩《も》れ、忙しい夢でも見ているのか、薄い瞼《まぶた》の下で目玉がひっきりなしに動いていた。

「じゃ、ちょっと行って買ってくる。ゆーくん頑張って」

悦子はハンドバッグから財布だけ抜き出して玄関に向かう。ドアが押しひらかれると、ベランダからの風が室内《へや》を通り抜け、洗濯物が香った。

「……ベランダ、出るか?」

玄関のドアが閉じるのを待ってから、にやっと夕見に笑いかけた。

「いいの?」

娘の両目がふくらんだ。

「秘密、秘密。遊んでろ」

夕見はひたいを振り下ろすようにして頷《うなず》くと、絵本を床に広げたまま、網戸に駆け寄ってガラッと開け放った。ベランダに出て赤いサンダルに足を突っ込み、さて何をしようかというように、きょろきょろと左右を見る。私はキュウリを出そうと冷蔵庫へ向かい、そのとき壁の時計が目に入った。この部屋に引っ越してきた最初の日、悦子と二人でホームセンターへ出かけ、蒲団《ふとん》や衣装ケースやアザミの種といっしょに買ってきた、月並みなアナログ時計だった。ほんの一瞬、視界に入り込んだだけなのに、そのとき針が示していた時刻を、私は十五年経ったいまでもはっきりと憶《おぼ》えている。時針は十一と十二のあいだにあり、分針は右斜め下を向いていた。そしてその時刻はいつも、十一時二十分ではなく、十二時まで残り四十分という印象で思い出される。死体検案書に書かれていた「12時0分」。それまでの四十分。

「……あれ」

冷蔵庫の野菜室を開けると、キュウリが入っていない。あると思っていたが勘違いだったらしい。布のついでに買ってきてもらおうと、私は携帯電話で悦子の番号にかけた。しかし着信音が聞こえたのは彼女が置いていったハンドバッグの中だった。ベランダに出れば、悦子の姿が見えるかもしれない。商店街に向かうとき、彼女はいつも真下の道を通っていくから、たぶん見える——が、さすがに四階から大声で呼びかけられるのは恥ずかしいだろうか。

「ちょっと下まで行ってくる」

「なんで?」

「キュウリ、キュウリ。すぐ戻るから」

サンダルを突っかけ、鍵《かぎ》もかけずに玄関をあとにした。エレベーターを待っている余裕はないので、階段を一階まで駆け下りる。マンションの裏口を抜け、ベランダの真下の道に出ると、悦子の後ろ姿はやはりそこにあった。呼び止めようか、走って追いつこうか。短く迷ったあと、私が両手をメガホンにしたとき、すぐ右側を一台の白い軽自動車がゆっくりと追い越していった。

小さな影が、視界を縦によぎった。

何かが落ちてきたと理解したときにはもう、目の前を行く軽自動車のフロントガラスを、その物体が直撃していた。車が急加速し、弓状に軌跡を伸ばして遠ざかる。ドライバーが誤ってアクセルペダルを踏み込んだのは明らかだった。車は猛スピードで悦子の背後へ迫り、鈍い衝突音とともに彼女の身体《からだ》が宙を舞った。そのときもまだ、私の両手は口もとに添えられたままだった。

以後の記憶は、前後がひどく入りまじっている。

通行人が呼んだ救急車。耳鳴りに邪魔されて聞き取れない声。奇妙なスローモーションで動く救急隊員たちの姿。姉に電話をかけたが、口が上手く動かせず、何度も訊《き》き返されたこと。血まみれで地面に転がった悦子の身体。踊るように奇妙な方向へ投げ出された手足。軽自動車から降りてきた年老いた女性は、壊れた機械のように四肢を震わせていた。粉砕されたフロントガラス。そのフロントガラスを割った物体は、ばらばらになってアスファルトの上に散らばっていた。茶色い土。赤紫の花。白い陶器の欠片《かけら》。その欠片の一つに、「あぢみ」の文字が見えていた。私が何ひとつ理解できないうちに救急車は走り去った。マンションの階段を駆け上がり、玄関に飛び込むと、夕見が顔中で笑いながら走り寄ってきた。

「パパのお花、おっきくなるよ」

自慢げに鼻をふくらませて。

「お花って、お日さまにあてたほうがおっきくなるんだよ」

しかしベランダに植木鉢はなかった。夕見は振り返ってそれに気づき、手すりの脇《わき》、コンクリート部分の上端あたりを不思議そうに指さした。

「あそこに置いたのに……」

雷神

「……こうして彼らは、囚人を解放して上のほうへ連れて行こうと企てる者に対して、もしこれを何とかして手のうちに捕えて殺すことができるならば、殺してしまうのではないだろうか？」

「ええ、きっとそうすることでしょう」と彼は答えた。

――プラトン『国家』（藤沢令夫訳・岩波文庫）

第一章 平穏の終幕と脅迫

（一）

「ブリしゃぶのブリってブリのどこ？」

暖簾《のれん》を分けて、夕見がカウンターの向こうから厨房《ちゅうぼう》に顔を覗《のぞ》かせた。

「いま四卓さんで訊《き》かれたんだけど。さっきブリしゃぶ出したテーブル」

「俺が行こうか？」

菜箸《さいばし》を置く私を、夕見は両手で押しとどめる。

「説明するの難しい？」

「いや簡単。ブリしゃぶに使うブリは腹身《はらみ》で、三枚におろした片身の、腹側のほう。背身《せみ》を使う店もあるけど、やっぱりブリしゃぶは脂《あぶら》がのってるほうが美味《うま》いから」

「腹身、お腹《なか》、脂、うん」

「切り身になった状態での見分け方は、くっついてる皮が銀色なら腹身で、黒ければ背身。たいていの魚はほら、背中が黒くて腹が銀色だろ。水の中で、上からも下からも姿が見えにくいように」

「おお、なるほど」

「ほいこれいっしょに、隣の三卓さん。マグロと分葱《わけぎ》のぬた」

小鉢にキュウリの飾り切りを添えて渡すと、夕見はそれを手に客席へ戻っていった。腰を落とし、暖簾の下から客席を覗く。三卓で賑《にぎ》やかに飲んでいるのは、そばにある地方銀行で副支店長をやっている常連のエザワさんと、彼が連れてきたスーツ姿の若い男女三人。ブリしゃぶを食べている四卓は、私がこの一炊で料理の手伝いをはじめた頃から通ってくれている老夫婦。ほかのテーブルにも憶《おぼ》えのある顔が並んでいた。毎年十一月半ばを過ぎると、こうして客が増えてくれる。会社などの忘年会シーズンがはじまる前に、内輪で酒を飲もうという人が多いからだろうか。

あの事故が起きたあと、駆けつけてくれた姉に夕見を頼んで病院へ向かったとき、悦子はもう冷たくなっていた。母親の死を夕見に教えたのは、夜になってからのことだ。理解が染《し》み込むまでに長い時間がかかった。しかしそのあとで、咽喉《のど》が壊れてしまうほどに娘は泣き叫んだ。

四歳の絶叫を聞きながら、私は真実を一生話さないと心に誓った。

それから十五年。

夕見は十九歳になり、大学に通いながら一炊の接客を手伝ってくれている。

——自宅の真下でバイトできるんだから、こんないいことないじゃん？

それまで家業にあまり関心を持っていなかった夕見が、急に手伝いを申し出てくれたのは、二ヶ月と少し前のことだ。

——いまのバイト先、やっぱりちょっと距離あるし、なんか社員さんも横柄《おうへい》な感じで居心地もよくないし。それに一炊ってバイトに晩ご飯出るんでしょ？　お父さんも、わざわざあたしの晩ご飯つくって上に置きにくる必要なくなるじゃん。

訊《たず》ねてもいないのに、夕見は矢継ぎ早に理由を説明した。「いまのバイト先」というのはショッピングセンターの中にあるフォトスタジオで、それほど遠くもなければ、社員への愚痴も聞いたことがなかった。だいいち、写真学科に通う夕見には、得るものが多いバイト先だったに違いない。

たぶん、父の死がこたえている私を心配してくれたのだろう。

悦子の死後、私は四歳の夕見を連れてこの店の二階へと引っ越し、父とふたたび同居した。親を師匠に料理の修業をつづけ、なんとか一人で厨房の仕事をこなせるようになった頃、父は持病の関節痛を悪化させ、あまり厨房に立たなくなった。いまから半年ほど前には食道癌《がん》が見つかり、大がかりな手術はなんとか成功したのだが、久々に立った厨房で脳溢血《のういっけつ》を起こし、病院に運ばれた。蝉時雨《せみしぐれ》に包まれた病室で、心電図の波形はその日のうちにあっけなく消えた。最期《さいご》の言葉も言えないまま。ほんの三ヶ月ほど前――七十歳の誕生日まで、あと数日というときに。

夕見は週に六日、開店から十一時のラストオーダーまでホールに立って接客をしてくれている。いつも笑顔で、手際《てぎわ》も客うけもよく、ときおり年配男性に酒をすすめられるようなこともあったが、未成年なのでもちろん断っていた。

「二卓さん、カワハギの肝和《あ》えと、それに合う日本酒だって」

夕見が注文シートを片手に暖簾をめくる。

「日本酒は冷や？」

「冷や」

「じゃ、酔鯨《すいげい》だな。片口とお猪口《ちょこ》は、そっちの右端の、青いやつで」

酔鯨は高知でつくられるキレのいい酒で、かすかな酸味が舌を洗ってくれるので、濃厚な味の料理によく合う。

「今日、まだカメラ使ってないな」

カウンターの端を顎《あご》でしゃくった。そこには一眼レフカメラがぽつんと置いてある。大学で写真を学んでいる夕見は、市井《しせい》の人を撮ることに興味を持っているらしく、それなら店にカメラを置いておいたらどうだと私が提案したのだ。常連さんなら気軽に撮らせてくれるだろうし、会話のきっかけにもなるのではないかと。なるほどいいねということでカメラをカウンターに置いてみたところ、はたしてそのとおりになってくれた。ホールで働きながら、夕見はしばしば客席で常連客の写真を撮らせてもらっている。私に写真の良し悪《あ》しなどわからないが、あとで見てみると、みんないかにもその人らしい顔をしていた。

「忙しいときは無理でしょ。余計なことしてないでお酒持ってきてくれって言われちゃうよ」

「まあな」

仕事仲間の苦笑を見せ合うと、私は冷蔵庫からカワハギを出し、夕見は片口に酔鯨を注いだ。

「写真のテーマは決まったのか？」

「キマ写？　それが決まってないんだよね、迷っちゃって」

まだ十一月だが、夕見が通っている大学では期末試験がもう済んでいる。そのあとは授業がなくなるかわりに、作品の提出によって単位をもらうという仕組みだった。美術学科なら絵や彫刻、音楽学科なら楽曲、写真学科では写真を、年末までに提出することになっている。それが期末写真で、通称キマ写。一年生のときはテーマを「文化」とし、夕見は近所の寺を訪ね、僧侶《そうりょ》とその家族が自宅でクリスマスを祝っている写真を撮らせてもらった。坊主頭《ぼうず》にサンタ帽をかぶっているのは、少々わざとらしい感じもしたが、コミカルで明るい、あとからまた見たくなるような写真だった。二年目の今年は、まったく違うテーマで撮りたいと言っていたが、そのテーマがなかなか決まらず悩んでいたのだ。

「大変だったら、店は休んでもいいからな」

夕見はここ数日、カメラ片手に出かけていき、六時前になると帰ってきて、てきぱきと開店準備をはじめてくれていた。

「大丈夫だっての。楽しみながらやれてるんだから。あたし思ったんだけど、小さいときにこの厨房の端っこで〝お店ごっこ〟やってたのも、そういうのが好きだったからかも。あれすごい楽しかったもんなあ」

小学生の頃、夕見はよく厨房の隅で、丸椅子《まるいす》をテーブルに見立てた「お店」をつくり、見えない客に見えない食べ物を売っていた。

「でもお前、それ憶えてないって言ってなかったか？」

「言ったっけ？　わかんない。お父さんに言われて、憶えてるような気になっちゃったのかも」

まな板の上でカワハギの口先と鰭《ひれ》を落とし、皮を剝《は》いでいく。全身タイツを脱がすように、つるりと皮が剝《む》けるのは、名前の由来にもなっている特徴で、あっというまに透明感のある白い身が剝き出しになる。

「うっわ、グロ」

「綺麗《きれい》だろ」

十五年前、悦子が死んだあの日から、私は事故の真相を胸に閉じ込めたまま生きてきた。何が起きたのかを知っているのは、警察と、軽自動車を運転していた古瀬《ふるせ》幹恵《みきえ》という年配の女性だけだ。

悦子の死を告げられたあと、若い警察官が病院へやってきて事故についての説明をした。古瀬幹恵はマンション前の車道を法定速度内で走行していたが、突然上から落下してきた植木鉢がフロントガラスを粉砕し、取り乱した彼女はアクセルペダルを踏み込んでしまったのだという。そして車は暴走し、悦子の身体《からだ》を背後から撥《は》ね飛ばした。

現場を目撃していた私は証言を求められ、すべてを警察官に話した。妻が買い忘れた、バッグの布。アザミの植木鉢。それを娘が、ベランダの手すりの脇《わき》、コンクリート部分に置いたこと。花が大きくならないのを、私が気にしていたせいで。アザミを太陽にあててくれようとして。娘をベランダで遊ばせたのは私だ。アザミを育てていたのも私だ。後悔などという言葉では足りない、自分が内側からばらばらになってしまうような感覚に、いまも毎日のように襲われる。それがやってこない日など、きっと永遠に訪れないだろう。

——お願いがあります。

しかし、絶対に守らなければならないものがあった。

——このことを、娘の耳に入れずに暮らさせてやることはできないでしょうか。

途中から言葉も挟まずに話を聞いていた警察官は、しばらくしてから顔を上げ、相手方のドライバー次第ですと答えた。

——私らは、署内ですぐに協議して、報道関係にも洩《も》らさないよう言っておきます。

軽自動車を運転していた古瀬幹恵にも、事情をすべて伝えてもらった。会って直接話がしたいと希望すると、先方は警察を通じて自宅住所を教えてくれ、後日、私はその場所を訪ねた。時代に取り残されたような、古い借家が並んだ中の一軒だった。駐車場はがらんとして、隅にアサガオのプランターが置かれていたが、完全にしおれ、土は水分を失くしてひび割れていた。室内で向き合った古瀬幹恵の顔には、何度も泣いた跡があった。その日だけではなく、来る日も来る日も涙を流してきたことがまざまざと見て取れる顔だった。彼女がこちらへ向けてくれた扇風機の風を受けながら、私が頭を下げると、相手もまた座卓の向こうで深く頭を垂れた。そして謝罪の言葉を繰り返した。震える肩口の先には仏壇があり、夫らしい男性の遺影が置かれていた。私は古瀬幹恵と、その遺影と、どちらにも頼み込むような思いで、あらためて夕見のことを話した。事故の真相を知らせずに暮らさせてやりたいと頼んだ。すでに警察から事情を聞いていた彼女は、迷いもなく承知してくれた。自分は一人暮らしで、子供もなく、地域に親しい関係の人もいないので、事故のこと自体を誰にも話さないと約束してくれた。

私が夕見を連れてこの店の二階へ引っ越してきたのは、娘に事故の真実を知られるのが恐かったからだ。あのマンションに住みつづけていたら、いつか何かの拍子に知ってしまうかもしれない。事故現場に落ちていた、白い植木鉢の欠片《かけら》や、土や、アザミの花は、おそらく何人もの人が目にしている。マンションのベランダから落ちてきた植木鉢が事故の原因となったことは容易に想像がつくに違いない。それがどのベランダから落ちてきたのかは、誰も知らない。しかし夕見にはわかる。アザミの植木鉢という言葉を耳にしてしまったら、きっと娘はすべてを理解してしまう。だから私はあの場所を離れた。夕見をあの場所から引き離した。私たちはここで暮らし、この十五年間ずっと、何事も起こらずに時間は過ぎてくれた。これからだって何も起きないはずだった。なのに——。

「……え、何してんの？」

目を開けると、夕見が驚いた顔でこちらを見ていた。

私の身体は斜めに傾《かし》いでいた。片肘《かたひじ》を調理台につき、危うい角度で自分の身体を支えていたのだ。たったいまカワハギの身をさばきながら、急激にやってきた怒り——頭が内側から爆発するような怒りに強く目を閉じたとき、平衡を失ってふらついたらしい。

「これ、油かな、滑った」

自分の足下を覗き込んでみたが、夕見のほうへ目を戻すと、まだ私を見ている。

「……ほんとに？」

「滑っただけだよ。いいから、それほら、早くお客さんに出して」

夕見は半信半疑といった顔でホールに戻っていったが、ちょうど新しい客が入ってきたらしく、「いらっしゃいませー」と元気な声を投げるのが聞こえた。私はまな板に目を戻し、肉があらわになったカワハギに包丁を入れた。怒りが不安に変わっていく。この四日間ずっと、懸命に抑え込んできた不安が、胸の中で冷たくふくらんでいく。

家の電話が鳴ったのは四日前の午後だった。

――藤原《ふじわら》です。

――金を都合してもらいたくてね。

私の声にかぶせるようにして、相手は事前に用意していたことがわかる物言いで切り出した。最初に頭に浮かんだのは、電話を使った振り込め詐欺《さぎ》の類《たぐ》いで、私は何も言わずに受話器を置こうとした。しかし、つぎの言葉が耳に届いた瞬間、その手が止まった。

――秘密を知ってるんだ。

不安の先触れが胸を冷たくした。

――あんまり具体的に話すと俺の素性もばれちまうから、ごく簡単に言うけどな、あれをやったのはあんたの娘だ。あんたは、それを知っていながら隠してる。いままでずっと。

そして男は、まるで切り札のようにこうつづけた。

――アザミを育ててたことも……こっちは知ってるんだ。

言葉は途切れ、昂《たか》ぶりを抑え込んだ息づかいだけが聞こえてきた。恐怖に全身を絞り上げられながら、あらゆる疑念がいっせいにわき起こった。電話の向こうで呼吸しているのはいったい誰だ。古瀬幹恵は事故の真相を誰にも話さないと約束してくれたが、本当にその約束を守ってくれたのだろうか。少なくとも、警察を除けば、事故の真相を知っているのは彼女だけのはずだ。いや待て。私がベランダでアザミを育てていたことを知っている人間はいないか。もし知っていれば、事故現場を目にしたとき、それがどうして起きたのかを考え当てることができたのではないか。しかし植木鉢を落としたのが夕見だということまでわかるはずがないし、そもそも私はアザミを育てていることを誰にも話した記憶がない。事故の前もあとも。しかし悦子は？　妻が生前、話していた可能性はないか。誰かに。いま電話の向こう側にいる男に。

――あなたは――。

そのとき部屋の空気が動き、玄関で物音がした。期末写真のテーマを探しに出ていた夕見が帰宅したのだ。私は声を抑え、ほとんど息だけを聞かせるようにしてつづけた。

――あなたは誰です？

咽喉に引っかかった、軋《きし》むような笑いが返ってきた。

――正直に名乗る奴がいるか？　とにかく俺は、あんたの娘がやっちまったことと、あんたがそれをいまだに隠しつづけてることを知ってる。

五十万円という金額を、男は提示した。

――近々、店まで受け取りに行くから、いつでも渡せるようにしといてくれ。

洗面所で夕見が手を洗っているらしく、壁の奥で水道管が鳴った。それと重なって、男の言葉が毒液のように右耳から入り込んだ。

――払わなきゃ、俺はあんたの娘にぜんぶ話す。

――あの子は何も知らないんです。何も憶えてないんです。

娘の名前は、毎日の夕暮れを幸せに眺めてほしいという思いを込め、悦子と二人で決めた。はじめは幸人の「幸」か悦子の「悦」を入れた名前を考えたのだが、あまり上手《うま》くいかず、紆余《うよ》曲折を経たあとで夕見になった。毎日の夕暮れを眺めることができるだけでも、充分に幸せなのではないか。それだけでも悦《よろこ》びなのではないか。二人でそう話した。産まれたのは、若くして死んだ私の母の、命日が来る二日前だった。

――憶えてないから、教えてやるんだろうが。

その声を最後に、電話は切れた。

耳に届く不通音にまじって、背後で床が軋んだ。振り返ると、夕見が片手を顔の前に立てながら居間に入ってくるところだった。そばにある戸棚を探り、単三乾電池を一本取って出ていき、そのときになって私はようやく受話器を戻した。強く握った指は、いつまでも剝がれなかった。

夕刻、黙って家を出た。

車に乗り込み、十五年前に訪ねた古瀬幹恵の自宅へ向かったのだ。しかし、その一帯にあった借家はどれも姿を消し、整然と並んだ建売住宅の壁が夕陽を跳ね返していた。向かいの家の玄関から男性が出てきて郵便受けを覗いたので、私は以前あった借家のことを訊ねてみた。すると、五年ほど前に入居者がみんな出され、いっせいに建売住宅が建ったのだという。古瀬幹恵のことを確認したところ、彼女はそれよりも前に自宅で亡《な》くなっていた。いわゆる孤独死で、においに気づいて家主が確認したときには、もう死んでからずいぶん経《た》っていたらしい。

それから今日までの四日間、私は懸命に不安を遠ざけて過ごしてきた。店の厨房に立ちながら、家で過ごしながら、普段どおりに笑い、普段どおり夕見と会話をした。しかしあの脅迫の電話が、あの声が、蟻《あり》のように頭の中を這《は》い回りつづけ、睡眠はほとんどとれていなかった。

「お父さん、あたしの心配ばっかりしてないで、自分の心配しなよ」

厨房に入ってきた夕見が、冷蔵庫からビールジョッキを出す。

「お祖父《じい》ちゃんが死んで、お父さんが倒れてなんて、冗談にもならないじゃん」

「お前の学費も、あと二年半あるしな」

「お金じゃないよ。お金もあるけど。お通し一つね」

怒ったように言いながら、夕見は生ビールを運んでいく。私は背後の食器棚からお通し用の三寸皿を取った。かぶらあんが入ったボウルから、一人分をすくって小鍋《こなべ》に移す。それをあたためているあいだ、ふたたびカワハギの身に包丁を進めていると、客席で発せられた声が耳に届いた。

顔を上げる。

客席は、カウンターと暖簾とのあいだにわずかに覗く程度だ。そこに夕見の足と、背を向けて座っている男の尻《しり》が見える。作業ズボンのようなものを穿《は》いている。

夕見の足がテーブルを離れて戻ってきた。

「このお通しは、そこに座ってるお客さんのか？」

「そう、いま来た人。何で？」

「俺が出す」

「知り合い？」

答えず、ぽつぽつと泡の立つ小鍋の火を止めた。中身を三寸皿に移し、それを手にカウンターを回り込んでホールに出る。銀行副支店長のエザワさんが、お、と口をあけて手のひらを斜めに立て、私はそちらに会釈《えしゃく》を返してから、新客のテーブルにかぶらあんの皿を置いた。

「こちら、お通しです」

男の顔を見ることができず、しかし視界の端で、相手の目がくるりと私の顔に向けられたのがわかった。

「忙しそうだね」

低い、特徴を消そうとしているかのように平坦《へいたん》な声。私は初めて相手の顔を見た。日に焼けて皺《しわ》の多い肌。鴉《からす》の嘴《くちばし》を思わせる、幅広で長い鼻。知らない男だ。しかしそれが意外なのかどうかも、私にはわからなかった。

「おかげさまで、忙しくやらせていただいてます」

男が口の中で何か呟《つぶや》くが、聞き取れない。なんとかがいいことだ、と言ったようだ。私が表情だけで訊ね返すと、男はビールをあおり、顎を引いて呻《うめ》いてから、こちらを見ずに言い直した。

「儲《もう》かってくれるのは、いいことだ」

全身の血が音を立てて逆流し、かっと頭が熱くなり、沸騰《ふっとう》した液体があふれるように言葉が口からこぼれ出た。

「うちに電話をしましたか？」

男はほんの一瞬だけ面食らったような表情を見せたあと、短い鼻息とともに下卑た顔つきになった。箸先で皿の中をつつき、小さく唇を動かす。

「……子供に話したのか？」

私は答えず、しかし内心で力強く首を横に振っていた。話すはずがない。話せるはずがない。

「このことは警察に相談します」

それだけ言ってテーブルを離れた。万一のときは――相手が本当に店へやってきたときは、そうしようと決めていたのだ。警察はきっと味方になってくれる。十五年前だって、夕見の人生を守るために協力してくれた。

「したきゃ、すればいいけどな――」

周囲に聞こえることをためらわない声が私を追いかけてきた。

「そうなりゃ、俺は本人にぜんぶ話すぞ」

頭に集まっていた血液が一瞬で逃げ出し、顔が冷たくなり、相手を振り返るのと同時に、店内の風景が白く掻《か》き消えた。

（二）

「亜沙実さんって、もしかしてこの家に入るの初めて？」

私といっしょに車を降りながら、夕見が姉に訊く。

「そう、初めて。お店も家も。むかし夕見ちゃんを保育園に迎えに行ったあと、入り口までは何度も来てたけど」

「ぜったい上がっていかなかったもんね」

「夕見ちゃん、親とは仲良くしとかなきゃ駄目よ。わたしみたいに、家にも入れなくなっちゃうんだから」

「仲良くしてる、してる」

三人で店内を抜け、二階の住居へとつづく階段を上がる。それだけの動作でも身体にこたえ、私は居間に入るなり座布団《ざぶとん》にへたり込んだ。夕見は台所でお茶の用意をしはじめ、姉は中途半端な場所に立ったまま、ぼんやりと家の中を見渡している。

「座りなよ」

「え？」

「座って」

「幸人ちゃん、もっとおっきな声で喋《しゃべ》ってね。わたし耳が悪いんだから」

いまから三十年前、十七歳の冬に、姉は右耳の聴力を失った。

「いや亜沙実さん、病人だからその人」

「過労なんて、病気じゃなくてただの体調管理不足。気を遣う必要なんてないのよ」

「あたしより心配してたくせに。はい、お茶。亜沙実さんほら座って」

店で気を失ってから、ひと晩が経っていた。

病院で目を覚ましたのは今朝八時過ぎのことだ。眠っているあいだに採血をされたり、脳波をとられたり、腕に点滴の針を刺されたりしていたが、医者によると単なる過労とのことだった。ここ数日、睡眠が上手くとれていなかったことを伝えると、医者は食べ物や生活習慣についていくつかアドバイスしたあと、一ヶ月分の入眠剤を処方した。私は薬局でそれを受け取り、姉が運転する車に乗せられて家に戻ってきたところだった。

——あのとき店にいたお客さんたち、どうした？

ついさっき、走る車の中で夕見に訊いた。

もちろん本当に知りたかったのは、ただ一人、あの男のことだ。

――救急車が来るまでに、みんなちゃんとお金を置いていってくれた。エザワさんとか、多めにくれたりして。最後に来たお客さん、あのほら、お父さんの知り合いの人？　あの人だけは、もうお父さんに払ったって言ってたから、もらわなかったけど。

私が黙って顔を見返していると、夕見は急に驚いた表情になった。

――もしかして、もらってない？

もらったと、私は嘘《うそ》をついた。

――あの人は……何か言ってたか？

――また来るって。

夕見は屈託なくそう返した。

「幸人ちゃん、なんか顔が怖いんだけど」

気づけば、姉が座卓の向こうからまじまじと私を見ていた。

「過労じゃなくて、なんか悩みがあるとか？　じゃなくて、悩みで眠れなくて過労とか？」

「そりゃまあ、店のこととか、いろいろね」

「考えるのはいいけど、幸人ちゃん、悩んだらおしまいよ。悩むのと考えるのとは大違い。立ち仕事なのに寝不足って、駄目よそんなの」

曖昧《あいまい》に頷《うなず》くと、夕見がお茶を運んできて卓上に置いた。湯気の向こうの仏壇には、三つの遺影が並んでいる。静かに頬笑んでいる母。歯を見せて笑っている悦子。表情のない目でこちらを見ている父。

生まれてから三度、家族を亡くした。それでも五日前まで、世界はどうにか平衡を保ってきた。ぐらつきながらも壊れずにいた。しかしいま、その屋台骨に亀裂が入り、不穏な軋みを上げているのがはっきりと聞こえた。いや、軋んでいるのは私の世界ではない。夕見の世界だ。母親が死んだときから、娘はその現実と毎日のように闘い、やがて、なんとか折り合いをつけて生きられるようになった。保育園の卒園式でみんなが歌っているとき、母親ばかりが埋めた保護者席を前に最後まで口を動かさなかったのに、こうして笑顔で過ごせる新しい世界をつくり上げた。自分自身の力で。

「どっか……遠くに行ってみようか」

夕見や姉に言ったのか、遺影に話しかけたのか、自分にもわからなかった。

座卓の向こう側に座る二人が、表情だけで訊ね返す。私はつづける言葉を探しながら、この場所を離れたいという思いが――あの男から離れたいという思いが、いま急にわき起こったものではないことを意識した。

「なんか、いろいろ、疲れたから。少しのあいだだけでも」

「……ほんとに？」

夕見がぐっと眉《まゆ》を上げる。私が頷くと、娘は「だったら」と言うなり居間を飛び出し、片手に大きな本を持って戻ってきた。

「行ってみたい場所があるんだけどさ」

卓上に置かれたのは、古い写真集だ。表紙には「八津川京子《やつがわきょうこ》」と、知らない写真家の名前が書かれている。姉が横から手を伸ばし、ページをぱらぱらとめくった。モノクロで捉えられた、市井の人々の姿。被写体の自宅らしい場所で撮られたものもあれば、路地や魚市場、商店や飲食店の中で撮られたものもあった。

「この人、あたしが一番尊敬してる写真家。もう亡くなってるけど」

「それで、夕見ちゃんが行ってみたい場所って？」

夕見は写真集を自分のほうへ引き寄せ、「ここ」と、ひらき癖のついたページを広げた。

奇妙な写真だった。

ほかのものと違い、被写体は人間ではない。全体的に真っ暗なので、夜に撮られたものだということはわかるが、いったい何を撮影したものなのだろう。下側の三分の一ほどは、黒く沈んでいる。上側には、白くて小さな花が大量に散っている。これは夜の草原を上空から撮ったもので、下側の黒い部分は、海か湖だろうか。草原の中央には、野生の動物が駆け抜けたような直線が斜めに走っている。——いや違う、これはページについた傷かもしれない。そう思い、私はその直線に指で触れてみたが、指先はスムーズにその上を行き過ぎた。

「……空か」

よくよく眺めてみると、それは夜空を写したものだった。下側の黒い部分は山影。その上に散っている白いものは無数の星。引っ掻き傷のように見えるのは流れ星。

「同じ場所で写真を撮って、それをキマ写で提出したいの」

「きましゃ？」

姉が訊き返したので、夕見は大学の期末写真について説明した。

「で、そのテーマがなかなか決まらなくて困ってたんだけど、ちょっと前に思いついて。尊敬する写真家が撮った写真と、同じものを撮るのはどうかって」

「……盗作？」

「違うよ。レベルの高いものをわざと目指して、自分がどこまで近づけるかを試すの。だから要するにテーマは、何だろ、いまの自分っていうか」

「いいじゃない、面白そう。場所ってどこなの？」

夕見は写真の下を指さした。ほかのページ同様、撮影された年、月、場所がそこに付記されている。

それに目をやった瞬間、私も姉も動けなくなった。

1981年　11月　新潟県羽田上村

地名にふりがなは振られていない。しかし私たちは「羽田上」を「はたがみ」と読むことを知っていた。その村が新潟県のどこにあるのかも。

「ごめん……じつは、半分くらい口実」

夕見が顔を上げて私たちを見る。

「お父さんも亜沙実さんも、死んだお祖父ちゃんも、自分たちが暮らしてた場所のこと、ぜんぜん話してくれないから、気になってたんだよね」

その村は、私と姉の生まれ故郷だった。

三十年前、父に連れられて逃げ出した場所だった。

かつて羽田上村で起きた出来事を、夕見は知らない。私も姉も父も、何ひとつ聞かせてこなかった。いや、私たち三人のあいだでさえ、あの事件については一切の言葉を交わさず、この埼玉県に移り住んでからずっと、忘れたふりをして生きてきたのだ。夕見が知っているのはただ一つ、姉の身体が三十年前の落雷によってこうなったことだけだ。

「ずっと前から、一度行ってみたいっていう気持ちがあって……だってほら、自分のルーツになった場所でしょ」

私の目はふたたび「羽田上村」という文字に吸い寄せられていた。子供の頃、この村名の由来を聞いたことがある。冬の寒い台所で、母が昼食のハタハタを焼いてくれているときだった。

——この魚の名前は、もともと〝雷〟っていう意味なの。

ハタハタは十一月から十二月に旬を迎える。それは日本海側でちょうど雷の季節にあたり、雷の音を表す古い言葉〝ハタハタ〟が、そのまま魚の名前となったのだという。

——この村は雷が多いから、〝ハタハタが嚙《か》みつく村〟っていう意味で、羽田上って名付けられたのよ。

第二章

記憶の崩壊と空白

（一）

三十一年前。

あの事件が起きる一年前。

羽田上村を東西に貫く幹線道路の裏手で、父と母は小さな居酒屋を経営していた。郷土料理と日本酒を中心とした店で、県内でとれた魚介や山菜、何より村の名産であるキノコを豊富に使った料理を出し、ちょうどいまの私や夕見のように、父が厨房《ちゅうぼう》に立ち、母が客席で働いていた。建物のつくりも似ていて、一階が店舗、奥にある階段を上ると二階の住居へとつながっていた。

地図で見ると、羽田上村の南には越後山脈から連なる山々が迫り、村の北側は後家《ごけ》山《やま》という山が大きな面積を占めている。山と山とのあいだにある、獣道のようなその隙間《すきま》に、人々は集まって暮らしていたのだ。

海は近いが後家山の向こうだったので、漁業は発展せず、土地の産業基盤は鉄鋼業とキノコだった。社会科の授業で教えられた村の歴史によると、鉄鋼業がはじまるまで、人々の暮らしはほぼキノコのみによって支えられていたらしい。しかし明治時代に近隣の柏崎市で油田が発見されたことで、小さな羽田上村でも山沿いに製油所が軒を連ねるようになった。それと同時に鉄鋼業が盛んになり、村は好景気に沸き立ったが、やがて昭和に入ると海外から安価な石油が入ってきて、産業は急速に衰退してしまった。そうして羽田上村の好景気は終焉《しゅうえん》を迎え、私が暮らしていた当時は、もう製油所の姿などどこにもなく、生き残った鉄鋼業と、昔からのキノコ栽培が村を支えていたのだ。

羽田上村の旗や広報誌には、隆盛期につくられたという村章が入っていたが、思えばあれは皮肉なデザインだった。三角形の真ん中に逆三角形がはめ込まれ、つまり四つの小さな三角形が組み合わさったかたちをしているのだが、上の三角形は黒、左下の三角形は赤、右下は茶色に染められていた。それぞれの色が表しているのは、石油、製鉄、キノコ。真ん中の逆三角形だけは白く、未来の新しい産業を表していたのだと いう。しかし、昭和の時代に製油業が衰退し、上の三角形が意味をなくした。新しい産業が興《おこ》ることもなく、四つめの三角形は何色にも塗られないまま、何十年も経《た》っていたのだ。

両親が経営していた店は「英」といい、羽田上村にある唯一《ゆいいつ》の居酒屋だった。私は家に出入りするたびいつもその看板を目にしていたし、何よりそれは母の名前でもあったので、「英」を「はな」と読むことに幼い頃から何の違和感も持っていなかった。むしろ、小学校の授業でその漢字を「英語」の「英」として教わったとき、別の読み方があったのかと驚いたのを憶《おぼ》えている。あのとき教室で、担任の男性教師は文字の由来について説明した。「央」に「美しいもの」という意味があるので、草冠をつけたとき「はな」と読まれるのだという。そう話しながら、教師は私の顔を見ていた。

——美人だもんね。

クラスの女の子が声を飛ばした。名前は忘れてしまったけれど、髪の短い、キツネ目の子だった。私はそのとき曖昧《あいまい》に首をひねってみせたが、自分の母親が綺麗《きれい》な人であることは子供心にも理解していた。

店に来るほとんどの客は男性だった。当時の世の中がそうだったのか、羽田上村の女性が飲みに出かけることをしなかったのか、あるいは母の容姿のせいだったのか。男性客たちはいつも母に、容姿を褒めるような言葉を投げた。その内容というよりも、口ぶりが私は嫌いだった。聞こえてくるたび、男たちの声がなまあたたかい感触で自分の肌を撫《な》でるような気がした。店自体に対しても好ましい印象を持ったことはなく、人が粗暴で下品になるその場所が、家の真下にあることをみっともなく思っていた。

父も母も、もともと羽田上村の家系ではない。

父の名は藤原南人《みなと》といい、群馬の生まれだった。四兄弟の下から二番目で、北栄《ほくえい》、東馬《とうま》という兄、西太郎《せいたろう》という弟がいる。父方の祖父は、息子たちに日本中に散らばって名を成してほしいと願い、それぞれの名前を与えたのだという。しかし父以外の三人は地元の民間企業に勤め、父だけは地元を出たが、名前と逆に北へ向かい、山懐《やまふところ》に抱かれた村で小さな店をひらいた。

母方の祖父母は、好景気だった時代に羽田上村へ移住したと聞くが、私が生まれたときにはどちらも病気で亡《な》くなっていた。二人からの遺伝なのか、母も生まれつき身体《からだ》が丈夫ではなく、小さい頃からしばしば寝込んで学校を休んでいたらしい。

——お花が好きになったの、そのせいかしらね。

店の定休日に、南向きの庭を眺めながら、いつだったか母はそう言った。意味が摑《つか》めなかったので訊《たず》ね返すと、子供のころ母が寝込むたび、祖母が花を摘んできて、枕《まくら》元《もと》に置いてくれたのだという。

——ガラスのコップにお水を入れて、そこにお花を挿してくれたの。それが何の花でも、目をつぶると、いいにおいがしてね。

そのうち、枕元を見もしないで花の種類がわかるようになったのだと、母は笑っていた。細めた目の先には、色とりどりの花が植えられた庭があった。母が世話していたあの庭には、どんな季節でも花が咲いていた。眺めて愉しむばかりではなく、生薬というのだろうか、ときおり庭から何かの葉や花弁、種や根を取ってきては、母はそれらを乾燥させて茶封筒にためていた。それぞれの効能を一冊のノートにきちんとまとめ、自分自身の体調がすぐれないときはもちろん、私や姉が腹を壊したときや風邪をひいたとき、父が酒を飲み過ぎたとき、ノートを捲《めく》りながら、謎《なぞ》の乾燥片を煎《せん》じたり粉末にしたりして服《の》ませるのだった。どれもひどく不味《まず》かったが、大人になってから服んだ薬で、あれほど効いたものは一つもない。

「祭り、やるってなあ」

あの事件を振り返るとき、朝食の卓袱台《ちゃぶだい》で父が口にしたその言葉が、いつも〝発端〟として想起される。

村の寒さが厳しさを増してきた十一月半ばだった。祭りというのは、毎年十一月最後の日曜日、後家山の中腹にある雷電神社《らいでんじんじゃ》で行われる神鳴講《かみなりこう》のことだ。

事実かどうかは知らないが、雷が落ちた場所にはキノコがよく生えると言われる。

雷電神社にはその名の通り雷神が祀《まつ》られ、昔から村の産業の守り神とされてきた。十一月下旬は、あの地域で雷の季節のはじまりであるとともに、キノコの季節の終わりでもある。神社では、大量のキノコを前もって干しておき、それらを使ってキノコ汁をつくる。そして祭りの当日、羽田上村の人々は、子供も老人も神社に集まってその キノコ汁を食べ、収穫への感謝を捧《ささ》げるとともに、翌年の豊作を祈願するのだ。毎年、神鳴講の準備がはじまると、密閉されたような村の空気が急に動き出し、その瞬間がいつも私は楽しみだった。

しかし三十一年前は、その年の九月に吐血した昭和天皇が闘病のさなかにあった。世の中は自粛ムードに包まれ、全国各地で伝統行事の中止や規模縮小が実施されていた。雷電神社でも、例年通り大量の干しキノコが用意されてはいたが、はたして神鳴講が開催されるのかどうかはっきりせず、村人たちはみんな神社の判断を待っていたのだ。境内にはいつものように露店が並ぶのだろうか。もらった小遣いで射的をやったり、クジを引いたり、祭りで行き会った友達と木々の中を走り回ったりできるのだろうか。父も毎年、神鳴講には趣味の一眼レフカメラを持参し、祭りの風景を写真におさめるのを楽しみにしていたので、しばらく前からずっと開催のことを気にかけていた。

「お祭りの汁、天皇が入院してる病院にも送ってあげればいいのに」

当時十二歳だった私の言葉に、父は声を上げて笑い、大きくひらいた口の中に朝日が差し込んだ。あの頃の父は、よく笑っていた。

「身体にはいいけどなあ、なにも病気が治るわけじゃねえ。遠くの村からコケ汁なんて送りつけられたところで、毒でも入ってんじゃねえかって、食わねえだろうしなあ」

あの地方ではキノコを「コケ」と呼び、キノコ汁は「コケ汁」だった。村の北側大部分を占める後家山も、昔からキノコが多く採れたことから、「コケ」が転訛《てんか》して「後家」になったと聞く。

「あんた、自分じゃ食べないくせに、人には食べさせようとすんのね」

姉が私をからかった。羽田上村に生まれていながら、私はキノコが苦手で、まったく食べられなかったのだ。

「天皇は人じゃないんだよ」

「人だから病気になるんでしょ」

言い合いながらも、私たちの声ははずんでいた。

「お祭りって、いつもとおんなじふうにやるの？」

念のため父に確認してみると、心得顔で頷《うなず》かれたので、私は箸《はし》を持ったまま拳《こぶし》を握った。

「開催すること、希恵《きえ》ちゃんのお母さんが決めたのかな？」

姉が訊《き》いた。太良部《たらべ》希恵は神社の一人娘で、姉の同級生だった。二人はよく放課後の時間をいっしょに過ごし、希恵が家に遊びに来るたび、私は恥ずかしくて外へ出た。希恵の肌はいつも日に焼けて、頬や腕はバターロールを連想させた。色白の姉と並ぶと、姉はより物静かに大人びて見え、希恵はより生き生きと活発に見えた。

その希恵の母親である太良部容子《ようこ》が、雷電神社の宮司だった。

女性宮司というのは全国でも少なく、大きな神社などでは女性が宮司になること自体、認められないことが多いと聞く。雷電神社でも代々男性が宮司を務めてきたが、先々代の宮司夫婦のもとに生まれたのが容子のみだった。彼女の結婚相手が、婿入《むこい》りというかたちでいったん宮司となったのだが、着任して間もなく病死し、彼女がその任を引き継いで、初の女性宮司となったのだ。

「もちろん最後にはそうだろうがよ、うちに来るしんしょもちさんらが、宮司さんにやれやれ言ったのかもしれねえなあ」

「しんしょもち」は「身上持ち《しんしょう》」の意味だ。もともとは金持ちを表す方言だが、羽田上村においては、ある特定の四人を指した。英によく酒を飲みに来ていた四人。自分たちの存在を見せびらかすように、いつも大声で喋《しゃべ》り、酒を飲んでは母の容姿について下卑た言葉を飛ばしていた。そして、相手が喜んでいることを確信したような笑い声を上げるのだった。

「来るじゃなくて、来てくれるでしょうが」

　お茶を運んできた母にたしなめられ、父はぺろりと舌を出した。

「うちの売り上げもずいぶん支えてもらってるんだし、あの人らがいなきゃ、村だって神社だって危ないっていうんだから」

（二）

　それから半月ほどが過ぎた。

　神鳴講の開催が翌々日に迫った金曜日、母は雷電神社にいた。

　村人に振る舞うためのコケ汁は大量につくらなければならず、事前に仕込む必要があるので、その作業にかり出されていたのだ。長いあいだ干されていたキノコにカビが生えていないかどうかなどを一つ一つ確かめ、布で丁寧に拭《ぬぐ》ったあと、三つの大鍋《おおなべ》でそれを煮る。そうして出来上がったコケ汁が、寒い神社の中で一日半ほど寝かされ、味が馴染《なじ》んだあと、当日の神鳴講で振る舞われる。毎年、何人かの女性が手伝いに呼ばれるのが慣例だったが、母はきまって彼女たちの中にいた。誰が選んでいたのかは知らない。

母が不在なので英は臨時休業となり、父は毎年その金曜日を店内の掃除や修繕に充《あ》てていた。私と姉も、学校から帰ると、酒器棚を空にして中を拭《ふ》いたり、父が分解した換気扇の油を雑巾《ぞうきん》でこそぎ落としたりしながら夕方を過ごした。やがて母が神社から戻ってくると、私たちは二階にある自宅の卓袱台ではなく、客席のテーブルを囲み、父がつくった料理を食べる。年に一度、そうして店内で食事をすることに、私はいつも胸が躍った。父は毎年、徳利を四本用意し、自分のものには酒を、私と姉、そして下戸の母のものにはお茶を入れた。私たちはそれぞれの徳利から、自分のお猪口《ちょこ》に中身を注ぎ、料理をつまみながら飲んだ。店で酒を飲む男たちが嫌いだったくせに、私は彼らの真似《まね》をして、お猪口を親指と人差し指で持ち、唇をすぼめてお茶をすすった。

しかしその年は、夕刻になっても母が戻らなかった。

帰りの遅い母を、私たちが心配しはじめたとき、店の電話が鳴った。屋外《そと》はもう暗く、時刻は午後六時前後だったと記憶している。父が受話器を取ると、電話は雷電神社にいる母からだった。コケ汁の仕込みが予定通り進まず、もうしばらくかかってしまう。子供たちには先に晩ご飯を食べさせてやってくれ。私は父の隣にくっついて聴き耳を立てていたので、母が話す言葉が聞こえた。そして、その後ろに響く男たちの笑い声にも気づいていた。

「準備が終わってないのに、何で騒いでたの？」

受話器を置いた父に訊くと、こちらを見ないで答えた。

「宵宮がはじまってるんだろ」

「よいみやって？」

「祭りの前にやる、小さな祭りだ」

そんなものが行われていたこと自体、初耳だった。しかし父によると、コケ汁の仕込みをする夜に、毎年やっているのだという。

「それって何するの？」

「しんしょもちさんらが集まって、お酒飲むだけ」

答えたのは床を掃除していた姉だった。モップの頭をバケツに突っ込み、いま拭いたばかりの床板に灰色の点を散らせたあと、ほとんど聞こえないほどの声でつづけた。

「希恵ちゃんが、嫌がってた」

「王様らを大事にしねえと、いろいろ上手《うま》いこといかねえからな」

村のしんしょもちというのは、黒澤《くろさわ》、荒垣《あらがき》、篠林《しのばやし》、長門《ながと》の四人だった。

黒澤家はかつて製油で成功した油田長者であり、石油ブームの頃に所有した多くの土地建物のおかげで、ブームが去ったあとも多大な財産を維持していた。荒垣家は製鉄の技術を活かした金属加工業で大成功し、篠林家は村で最大のキノコ農家。そして長門家は、村内唯一《い》の病院である長門総合病院を経営していた。村章を染める黒、赤、茶色——石油、製鉄、キノコは、そのまま黒澤家、荒垣家、篠林家のことであり、そこに大病院を経営する長門家が加わった四家が、村を経済的に支えていたのだ。当時それぞれの家で実権を握っていたのが、英にしばしばやってきていた黒澤宗吾《そうご》、荒垣猛《たけし》、篠林一雄《かずお》、長門幸輔《こうすけ》の四人。いずれも四十歳前後の、いま思えば脂《あぶら》ののりきった年齢の男たちだった。

以前に母が言ったように、雷電神社の経営も、四家からの寄付金に多くを頼っていたらしい。神社では宮司の手で「雷除《かみなりよけ》」と書かれた小さなお守りを売り、村人たちは毎年それを買い換えるのが習わしだったが、いかんせん安いものなので、あまり足しにはなっていなかったに違いない。氏子費や賽銭《さいせん》箱からの収入も、ほんの微々たるものだっただろう。

「徳利、出す?」

姉がモップを仕舞って父を振り返った。

「母ちゃんもいいねえし、今年はいいだろ」

父が簡単な料理をつくり、姉がそれを手伝うのを、私はただ憮然《ぶぜん》と眺めた。酔っ払った男たちの声を聞きながら働かされている母が可哀想《かわいそう》だった。家族四人で店のテーブルを囲む楽しみを奪われた自分が可哀想だった。父はカレイの刺身と、野菜の味噌漬けと、カジカの半身を焼いたものを出してくれた。私と姉はそれぞれご飯をよそい、魚と漬け物を食べながら、グラスの水を飲んだ。父は母の帰りを待つと言って何も口にせず、一本のビールをのろのろと飲んでいた。私もまた母をできるだけ待つつもりで、最初はなるべくゆっくり箸を動かしていたのだが、腹が減っていたせいで、気づけば茶碗《ちゃわん》が空っぽになっていた。やがて姉も食事を終え、その頃にはもう、母が電話をかけてきてから一時間ほどが経っていた。

　私と姉で洗い物をしたあと、姉は二階から学校の宿題を持ってきてテーブルに広げた。使っていた筆入れは太良部希恵とお揃《そろ》いのもので、その年の春に上映された「となりのトトロ」の劇場グッズだった。私と三人で、バスと電車を乗り継いで行った映画館で買ったのだ。私も何かほしかったし、そのための小遣いも持っていったのだが、女の子たちが主人公の映画だったので、恥ずかしくて手ぶらで帰ってきた。

「お母さん、また体調悪くならないかな」

店の時計を見て私が心配すると、姉も頷いた。

「神社の作業場、寒いしね」

時刻はもう八時を過ぎていた。あまりに遅すぎた。時計を見上げていた私と姉の目は、やがて父のほうを向き、それに促されるようにして父は腰を上げた。

「神社に電話してみっか」

すると、ちょうど店の電話が鳴った。

父が受話器を取ると、女の人の声が聞こえた。言葉までは聞き取れない。母かと思ったが違うようだ。

「英です」

「いえ……戻ってませんが」

女の人はそのあと数秒、何も言わなかった。しかしやがて、途切れ途切れの声が受話器から聞こえはじめ、それが雷電神社の宮司、太良部容子のものであると私は気づいた。父は何も言葉を返さず、その顔はまるで難しいなぞなぞでも出されているようだった。私と姉は耳をすましたが、途中から父が受話器を強く耳に押しつけたので、相手の声は聞こえなくなった。

「――すぐ行きます」

父が電話を切り、まだなぞなぞのつづきを聞かされているような顔で私たちを振り返った。

「母ちゃんが、いねえんだって」

私たちが何か訊ねるよりも早く、父は椅子《いす》の背にかけてあった茶色い革のジャンパーを摑んだ。

「じき戻ってくるから、心配しねえで待ってろ」

店を出た父の姿を、引き戸の格子《こうし》が縦に細かく切り分けていた。父は左手の駐車場へ向かいかけたが、母が神社へ行くのに車を使っていたのを思い出したらしく、ぐるりと身体を回して右手に消えた。物音のない夜で、靴音が速くなりながら遠ざかっていくのが、長いこと耳に届いた。

母がいなくなったというのは、いったいどういうことだろう。父にもわかっていないようだったし、私たちにはもっとわからず、二人してテーブルの脇《わき》に立ったまま引き戸の向こうを見つめていた。そこはただただ真っ暗だった。

何か大変なことが起きたという意識は、まだなかった。しかし、涙の先触れが目の裏側を熱くした。姉がそれを察し、私の頭にそっと手をのせた。その手の温度に引っぱられて涙が溢《あふ》れた。両手を握って下へ突き出したまま、唇を真横に閉じ、鼻と目だけで、私は泣いた。不安はもちろんのこと、徳利でお茶を飲めなかった悔しさや、母の帰りを待たずに腹を満たしてしまった後悔や、それが何か母に不幸を飛ばしてしまったのではないかという思いも手伝い、泣きやもうとしても、できなかった。私は当時、小学六年生にしては背が高いほうで、小柄な父とほとんど変わらないほどだった。そんな身体なのに泣きやむことができないのが情けなくて、いっそう涙が出た。

「なじょも、なじょも」

私の頭に手をのせたまま姉が囁《ささや》いた。新潟弁を聞きも話しもしなくなったいま、おまじないのように思い出される、「大丈夫」という言葉だった。

（三）

夜遅く、母は見つかった。

後家山の反対側、道もない斜面を下りきった場所にある川で、靴も履かず、冷たい水の中に倒れていたのだという。

見つけたのは村人たちとともに母を捜していた父だった。

山の斜面は急なので、意識のない母を運ぶには川沿いを行くしかなかった。父は母を背負い、数人の男たちとともに河原を歩き、やがていちばん近くの道路まで辿《たど》り着いた。一人がそれに先行し、民家の電話ですでに救急車を呼んであったので、母はすぐさま長門総合病院へと搬送された。

英で待っていた私と姉を病院まで連れていってくれたのは、富田《とみた》さんという農協職員の男性だった。後部座席で手を繫《つな》ぎ合った私たちに、富田さんは事情を話して聞かせながら、真っ暗な夜道に車を走らせた。

——お母さんの靴が、最初に神社の近くで見っかかってな。

川まではかなりの距離がある場所だったらしい。

——そっから山ん中を、ずっと裸足《はだし》で……いってえ何があったんだか。

病室のベッドに寝かされていた母の顔は、血の気を失い、まるで白い和紙を張られたように見えた。水滴で曇った酸素マスクがその顔にのせられていた光景を、私は一枚の写真のように鮮明に、いまも憶えている。母に対してできることはすべてやりつくされたあとだったのだろう、身体を覆《おお》う掛け蒲団《ぶとん》には皺《しわ》の一つもなかった。

私たちの直後に病院へやってきた太良部容子が、母が神社から消えたときの経緯《いきさつ》を説明した。彼女によると、母は社務所に併設された作業場で、ほかの三人の女性たちとともにコケ汁を仕込んでいた。例年よりも作業に時間がかかってしまったので、どうしても夕刻に帰らなければならなかった一人だけが神社をあとにし、残りの三人は、それぞれ家に電話をかけて帰りが遅くなることを伝えた。

「ようやくコケ汁の仕込みが終わったのが七時過ぎで、英さんもほかのお二人も、荷物を持って作業場を出ていきました。わたしは本殿での準備が残っていたので、そちらへ行って――」

そこでの作業が一段落したとき、ふと駐車場を見ると、母の車がまだ停まっていることに気づいた。母が作業場をあとにしてから、もう一時間ほどが経っていたので、彼女は奇妙に思って母を捜した。

「作業場にも社務所にも、いませんでした」

社務所の奥にある和室では、しんしょもちの四人が例年のように宵宮の酒を飲んでおり、太良部容子はそこも覗《のぞ》いてみたが、やはり母はいない。四人に訊いてみても、姿を見ていないという。駐車場に車があることを話すと、男たちは腰を上げ、いっしょになって周囲を捜してくれたが、やはり母の姿はどこにもなかった。

「何かの理由で車を置いて帰宅したんじゃないかということで、わたしがご自宅に電話をかけてみたんです」

それが、父が受けた電話だった。

母が神社から姿を消した理由も、裸足の状態で川の中に倒れていた理由もわからなかった。冷たい水に浸《つ》かって衰弱していた母は、病院での手当も虚《むな》しく、その夜のうちに息を引き取った。命の糸は音もなく切れたので、医者が母の死を告げたあとも、私はそれを信じることができなかった。

翌日、私は村の葬祭場で、父や姉と並んで折りたたみ椅子に座っていた。

父は頭を垂れたまま石のように動かなかった。父と私のあいだに座った姉は、終始ハンカチを顔に押し当てて背中を震わせていた。私は生まれて初めて突きつけられた死という概念を受け止めきれず、前日には母が消えたと聞いただけで泣き出したというのに、涙がまったく出なかった。ただぼんやりと床を見つめ、弔問客たちの足音や、囁くような会話を、ひとつづきの長い音のように聞いていた。初めて涙が出たのは、翌日の神鳴講が通常どおり行われることを、村人たちの会話から知ったときのことだ。私はそれを、自分たち家族への裏切りのように思った。怒りが胸を満たし、その怒りに押し出されて涙が溢れた。姉が隣から頭を抱き寄せ、私はその胸にひたいを押しつけながら泣きつづけ、それに憐《あわ》れを催した弔問客たちのすすり泣きが聞こえてくると、怒りがさらにふくらんで涙と嗚咽《おえつ》を押し出した。

（四）

ほどなく、村に雷がやってきた。

来る日も来る日も、雷雲は家々に腹をこすりそうなほど低く垂れ、村全体が一筆描きの絵のように奥行きをなくした。遠い都会の病院では昭和天皇の闘病がつづいており、年賀状に「おめでとう」という表現を使わないよう学校で注意された。この世からいなくなってしまった母よりも、いなくなりそうな人間のほうが重視されているようで、私の怒りと哀しみはさらに嵩《かさ》を増した。母の命日が多くの人に知られることなどないのに、いつか天皇が死んだとき、その日付はきっと後々まで人の記憶に残るのだろう。そう思うと鼻の奥が熱くなり、涙で教室が眩《まぶ》しかった。

父は人が変わったように無口になっていた。私や姉が話しかけても、ほとんど声を返さず、ずっと前からそこに生えている木のように、いつまでも動かないこともあった。そうしたとき、父の両目は木の幹にあいた二つの穴に見え、しかしその奥に、何かがあるような気がした。何かがいるような気がした。店の営業は再開していたが、客足は遠のき、階下はいつも静かで、四人のしんしょもちたちも姿を見せなくなっていた。

　家では姉が母にかわって掃除や洗濯をした。私が手伝おうとしても、まるで死んだ母の存在を自分の中で生かそうとしているように、頑《かたく》なに一人でこなすのだった。庭仕事についても同様で、姉は時間を見つけては草花の世話をした。母が生薬の知識をまとめていたノートをすべて書き写し、自ら勉強したことを書き足し、私や父の体調を見ては、植物の種や根を服ませてくれた。

　かつてと変わらず綺麗な部屋、庭の花々、私たちの洋服。具合が悪くなったときに服まされる苦い薬。姉のおかげで、表面的なものはみんな同じまま、ただ母だけがいなかった。しかし私たちは、家族が減ってしまった家の、たとえようもない、不可逆的に変化した空気を吸いながら日々を生きていたのだ。そして、その空気の中、すべてがゆっくりと、取り返しのつかない爆発に向かってうねりつづけていた。

　吹き抜ける風が冷たい棘《とげ》を持ちはじめ、寒いときに使われる「さーめ」という言葉が飛び交い、雪が村を白く塗り替えた。どの家の屋根も同じに見えるその風景が、私は好きだったはずなのに、胸はまだ怒りと哀しみでふくれきったままだった。毎年の初雪をきまってカメラにおさめていた父も、もう居間の棚に置かれた一眼レフを手にすることさえなくなっていた。

母が眠っていたのは村内の寺にある墓地だった。藤原家の墓が遠い群馬県にあったので、父が新たに建てたのだ。放課後に一人でその墓へ足を向け、四角い姿になった母を見つめながら、私はどんなことがあってもこの村で大人になろうと思った。母のそばでいつまでも暮らそうと。

年が明け、一月七日に昭和天皇が崩御した。

平成という慣れない言葉を口にしつつ、世の中の自粛ムードはさらに色濃くなった。しかし、やがてそれも雪解けとともに遠ざかり、夏が過ぎ、秋が来た。そのあいだ村は、母の死など忘れたように平穏で、ただ季節ごとに見慣れた景色が広がっているばかりだった。だが、いまにして思えば、あのとき村人たちは来たるべき事件への残り時間を過ごしていたのだ。

十一月になるとドイツでベルリンの壁が崩壊し、最後の土曜日には寺で母の一周忌が行われた。その日は朝早くに雪が降り、本堂から見える松の葉が薄白く染まっていた。あの村で雷よりも先に降雪があるのは珍しいことだが、一夜明けた神鳴講の当日には、先を越された雪に追いつくように、早朝から後家山に大きな落雷があった。ほんの数時間後に、私や姉から大事なものを奪い去り、人生を大きく変えることになる雷だった。

（五）

雷雲が遠ざかった午後、私は父と姉とともに雷電神社の境内にいた。

ねじれた思いを抱いていたはずの神鳴講に、どうして自分が足を向けたのか。父に連れられて行ったのだとしても、母の通夜《つや》で胸にわき上がった村人たちへの怒りはどうなったのか。私はそれをいまも思い出せない。

境内には出店が並び、大人も子供も笑い声を響かせ、高揚した顔が行き交っていた。拝殿の前にはコケ汁を受け取るための行列があった。椀《わん》に入ったコケ汁と割り箸を受け取った者は、湯気をたなびかせながら列を離れていく。そして境内の中央に用意された折りたたみテーブルへ移動し、あるいは石段に座り、あるいは土の地面にしゃがみ込み、それを食べる。繰り返し、この目で見てきた光景だった。赤ん坊の頃は母に抱かれ、父に抱かれ、歩けるようになると姉の手を握り、それが恥ずかしくなってからは家族と少し距離を置いて立ちながら。

毎年神鳴講へ行くと、私はいつも父や母、姉とともにコケ汁の行列に並んだが、椀は受け取らなかった。姉によくからかわれていたように、羽田上村に生まれながら、キノコがどうしても食べられなかったのだ。雷電神社のコケ汁も口にしたことがなく、だからそれがどんな味なのか、いまも知らない。料理人のはしくれとして、かすかに憶えている色やにおいから大まかな想像ができるだけだ。

人々の賑《にぎ》わいを遠く近く聞きながら、父と姉と私はコケ汁の行列にまじっていた。その行列は、動いては止まり、動いては止まって、全体の長さは変わらないまま、私たちを少しずつ拝殿に近づけた。拝殿前とは別に、社務所の前にも行列ができるのは毎年の恒例だった。「雷除」と書かれた小さなお守りを、村人の多くが神鳴講の日に買い換えるのだ。父や母に言われ、私も物心ついたときから必ずお守りをポケットに入れていたし、財布を持つようになってからはそこに仕舞っていた。たぶん姉も同じだった。三十年前のあの日、私たちは二年越しのお守りを買い直すつもりでいたのだろうか。それともお守りのことなど考えてもいなかっただろうか。いずれにしても、もしあのとき私たちがコケ汁ではなくお守りの行列に並んでいたら、きっとその後の人生は大きく違っていた。

空が鳴った。

頭上にあるのは乾いた冬空ばかりだったが、海側の離れた場所に、灰色の生き物が肩を怒らせているような雷雲が浮かんでいた。風はないのに、どうもその雷雲は少しずつこちらへ迫ってきているように見えた。あるいは、目ではわからない程度に、徐々にふくらんでいるように思えた。

ほとんど切れ目のない唸《うな》りが、やがて空に響きはじめた。今朝の雷が戻ってきたと、近くの大人が言い、別の誰かが酔った声で応じた。

「験《げん》がいいろ」

拝殿には、いつものようにストーブと小ぶりの座卓が置かれ、その座卓を四人のしんしょもちが囲んでいた。黒澤宗吾、荒垣猛、篠林一雄、長門幸輔。一般の村人たちよりも高い場所で、彼らは酒を飲み、ときおりそれぞれの椀に入ったコケ汁をすっているのだった。

すぐ前に並んでいた家族がコケ汁を受け取ったので、私たちは大鍋の前に立った。コケ汁をよそっていたのは、名前を知らない三人の中年女性で、彼女たちは父に気づくと一様に手を止めた。

「去年は食えんかったから」

父がどういう気持ちでそれを言ったのかはわからない。しかし、その横顔がとても穏やかだったことと、それとは反対に、三つの椀にコケ汁をよそう女性たちの笑顔がひどく硬かったことは憶えている。

「僕は、いいです」

父と姉に湯気の立つ椀を渡した後、私にもそれを差し出そうとしていた女性は、困ったような顔で頷いた。そして中身を鍋に戻そうとしたが、思い直し、つぎに並んでいた人に手渡した。

父と姉だけがコケ汁の椀を持ち、三人でその場を離れた。石段の端があいていたので、そこへ腰を下ろしたが、割り箸をもらい忘れていたことに気づき、父が取りに戻った。

「……なんにも変わらないよね」

二人きりになったとき、姉が呟《つぶや》いた。

私が言葉を返せずにいるうちに父が戻ってきて、そのあとは、二人がコケ汁をすする音が小さく聞こえた。そうしているあいだも空は低く唸りつづけ、景色は薄暗くなり、カメラのピントがずれたように、人々や建物の輪郭がぼやけはじめていた。

「来《き》なったか」

飛んできた声に顔を上げると、人混みの中から頰笑みかけている人がいた。一年前の夜、私と姉を車に乗せて母の病院まで連れていってくれた、農協職員の富田さんだった。父が椀を持って立ち上がり、二人は少し離れた場所で向かい合った。会話は聞こえず、私はただ二人の唇が交互に動くのを眺めていた。

空気が爆発したのは、そのときのことだ。

自分を取り囲む空気全体が、轟音《ごうおん》とともに震えて割れた。いったい何が起きたのか理解できず、しかし一瞬の静寂のあと、周囲の人々がいっせいに騒ぎ出した。慌《あわ》てふためきながら彼らが視線や指先を向けている場所、そして耳に届く言葉の断片で、たったいま落雷があったのだと私は知った。ついで、それが自分のすぐ背後、拝殿の屋根を直撃したことを理解した。尖《とが》ったものを刺し込まれたように両耳が痛く、恐怖に鷲掴《わしづか》みにされた身体はまったく動かなかった。私は目の前で右往左往する人々の中に父の姿を見つけようとした。隣で姉が立ち上がり、コケ汁の器が地面に転がって中身が散った。

「屋根の下――」

姉の言葉は断ち切られ、真っ白な光が見えた。

（六）

目を開けると、天井があった。

「そのまま」

若い女の人の声は、ほんの短いものだったが、土地の人の抑揚ではないことがわかった。

枕の上で頭を動かし、あたりを見た。私はベッドに横たわっていて、そばにはキャスターつきの大きな機械が置かれていた。さっきまでいっしょにいた父や姉は、どこへ行ったのだろう。いっせいにこみ上げてくる不安と混乱の中、私は女の人に目を向けた。

彼女は私に体調をあれこれと具体的に訊ねた。それに答えながら、彼女が看護婦であることと、そこが病室であることを理解したが、相手の言葉が標準語だったせいで、私は自分が遠い東京にある病院にいるのだと思った。しかし、やがて入ってきたのは、学校の健康診断に来る馴染みの男性医師だった。

医師と看護婦は私の頭にラグビー選手のような帽子をかぶせ、裸の胸に冷たい吸盤をいくつも取りつけた。脳波と心拍を測定したのだろうが、説明がなかったので、私は何か実験でもされるのではないかと不安だった。ようやくそれが終わると、父が入ってきて、何が起きたのかを話してくれた。私と姉が雷電神社で雷に撃たれたこと。倒れた私たちを救急車がこの長門総合病院まで運んだこと。落雷の瞬間を見ていた人によると、雷は姉を直撃し、その姉から、そばにいた私に側撃が飛んだらしい。私はその場に膝《ひざ》から崩れ、姉のほうは全身が胸の高さほどまで跳ね上がった。その身体が地面に叩《たた》きつけられたあと、服のあちこちから煙が上がっていたという。

「お姉ちゃん、どうなったの？」

「起きねえ」

姉は別の病室で眠りつづけていた。稲妻に似たあの無残な電紋を首から下に刻まれ、医師と看護婦たちによる懸命な手当を受けながら、生死の境で目を閉じていたのだ。

「直撃と側撃では、かなりの違いがあります」

白衣を揺らしながら、医師はまだ機械を操作していた。私の頭から延びたコードがつながっている機械だった。

「実際に感電した人を診るのは、私も今回が初めてですが」

感電という表現は、濡《ぬ》れた手で電池をさわってしまったような印象で、自分や姉に起きたこととは遠くかけ離れた言葉に聞こえた。

「お前の言うとおりだったのかもしれねえ……あの髪留めだったのかもしれねえ」

父が呻《うめ》くように言った言葉は、意味が摑めなかった。

「髪留め……？」

「今朝、お前が言ってたろ。姉ちゃんがあの髪留めしていこうとしたとき、そんなんつけてたら雷落ちるって。銀色の、鳥のかたちした」

私はぼんやりと父の顔を見返し、父もまた同じような表情でこちらを見ていたが、やがてその眉《まゆ》にふと力がこもった。

「……憶えてねえか？」

私が頷くのを見て、父はゆっくりと医師を振り返った。あのとき医師が何も言わずに首を縦に揺らしたのは、そのような可能性について、事前に父とやり取りがあったのだろうか。

「念のために検査しましょう」

家の住所や電話番号。昨日の食事。もっと過去の出来事。簡単な算数問題や漢字。医師は私にそれらを答えさせ、ときには同じことを二度訊かれた。三つの単語を憶えさせられ、ほかの質問をいくつか挟んだあとで、それらの単語と順番を思い出せるかどうか試されたりもした。途中からは父も協力を求められ、「お子さんにとって印象的だったと思われる出来事」を、医師が指示した時期ごとに区切っていくつも挙げ、私はそれら一つ一つについて、憶えているかどうかを答えた。その中には、母の死や、通夜で声を放って泣いたことや、つい前日に執り行われた一周忌、そして当日の神鳴講での出来事も含まれていた。

その結果、私の記憶が断片的に失われていることがわかった。

あまりに古い体験を忘れているのは仕方がないとしても、三年ほど前から考えて、十歳、十一歳、十二歳、そして十三歳当時。父が挙げた出来事の中で、まったく憶えていないものがいくつもあり、とりわけ母が死んでからの一年間に記憶の欠落が多いことが判明した。いや、本当に判明したのかどうかはわからない。その間に学校で習った数式や漢字は、明確に憶えていたからだ。だから私ははじめ、検査の結果を疑った。欠けているとされる記憶については、空白がそこを埋めているわけではなく、ただ何もなかった。憶えていないのか、それとも知らないのか、自分では判断することができなかったのだ。これを思い出せるか、あれを憶えているかと訊かれ、首を横に振りながらも、それらが本当に起きたことなのかどうかがわからず、逆に父の記憶違いなのではないかとさえ思った。

「いずれ自然に思い出すケースが多いので、それほど心配は要りません」

そう言って医師は看護婦とともに病室を出ていったが、はたして雷に奪われた記憶が戻ったのかどうか、いまも判然としない。あのとき父に訊かれて憶えていなかった出来事を、いまではすべて思い出すことができる。しかしそれは、思い出そうと努めているうちに、いつしか本当の記憶と聞いた話との区別ができなくなってしまっただけなのかもしれない。夕見が幼少期の「お店ごっこ」を憶えておらず、しかし私の思い出話を聞いているうちに、いつしか自分の記憶として話しはじめたように。

私と二人きりになった病室で、父は折りたたみ椅子に座り、自分の頭を両手で摑んだまま長いこと項垂《うなだ》れていた。その様子がとても可哀想で、私は何か声をかけようと唇をひらきかけたが、父の唇が先に動いた。

「子供らに罰が当たった――」

いったい何の罰が当たったというのだろう。皺だらけになって縮んでしまったような父に、私はそれを訊ねることができず、そうしているうちに医師と看護婦が戻ってきた。私はふたたび体調や気分について細かく訊ねられ、やがてそこにいる三人の顔が曖昧になってきて、いつのまにか眠っていた。

目を覚ましたのは、深夜になって四人の救急患者が相次いで運ばれてきたときのことだった。

（七）

以後は、私自身が見聞きしたものと、当時の新聞やニュースで知った事実、また村の大人や学校のクラスメイトたちに、断罪するような目で教えられた出来事が入りまじっている。

私と姉が雷に撃たれた日、深夜に救急車で運び込まれてきたのは、黒澤宗吾、荒垣猛、篠林一雄、そして病院の院長である長門幸輔だった。全員が激しい下痢と嘔吐《おうと》で苦しんでおり、食中毒の可能性が高いと判断され、すぐさま胃洗浄や抗生剤の投与が行われた。それにより男たちの症状はいったんおさまったかに見えたが、しばらく経つと、四人が四人とも全身を激しく痙攣《けいれん》させはじめた。

翌朝、荒垣金属の社長である荒垣猛が死んだ。

さらにその翌日には村内最大のキノコ農家の主人、篠林一雄が死んだ。

残る二人、油田長者の黒澤宗吾と、長門総合病院の院長である長門幸輔の二人は命を取り留めたが、容体は回復せず、そのまま入院治療が継続された。

警察の捜査が入り、四人はシロタマゴテングタケによる中毒と判明した。それはあの地方で「イチコロ」とも呼ばれる、山中に生える恐ろしい毒キノコだった。

コケ汁に違いないということになった。

その日、四人が口にした共通の食べ物でキノコを含むものといえば、神鳴講のコケ汁しかなかったのだ。だが、ほかの村人に中毒症状はまったく出ていない。つまりシロタマゴテングタケは、四人が口にしたコケ汁だけに混入したものと思われた。いかにしてそのようなことが起きたか。それについては、村の人間であれば誰でも容易に想像することができた。四人が食べたコケ汁は、ほかの村人たちが食べたコケ汁とは違うものだったのだ。

これは神鳴講の歴史と関係している。古い時代、神鳴講がはじまったばかりの頃は、後家山で採れたキノコを使って宮司がコケ汁をつくり、本尊である雷神に捧げられていた。それは「雷電汁」と呼ばれ、後のコケ汁の起源となるものだった。人が食べるものではないので味付けはされず、祭りが終わるとそのまま廃棄されていたという。しかしやがて、その雷電汁に味付けがされ、関係者数人で分け合って食べるようになった。さらに村でキノコ栽培が盛んになると、雷電汁とは別に、村人に振る舞うためのコケ汁もつくられるようになった。こちらには、農家の者たちが収穫して持ち寄ったキノコが使われた。そうして羽田上村の神鳴講では、二種類のコケ汁をつくるという慣習ができあがる。つまり、山採れのキノコを使った少量の雷電汁と、栽培されたキノコを使った大量のコケ汁だ。

年月が経つと、そこに一つのルールが生まれた。雷電汁を食べることができるのは、その年の神社への奉納金が多かった者と決められ、つまりは返礼の意味が込められるようになったのだ。経済的な貢献をした人間は、神様と同じものを口にできるというわけだった。そして当時の羽田上村では、神社に多額の寄付をしているのは黒澤宗吾、荒垣猛、篠林一雄、長門幸輔の四人しかおらず、何年にもわたって彼らだけが神鳴講で雷電汁を食べ、いつしかそれは村人たちにとって馴染みの光景となっていた。

猛毒のシロタマゴテングタケが、四人が拝殿で食べた雷電汁に混入していたのは明らかだった。

混入した経緯について考えられるのは二つ——山からキノコを採ってきた際に誤って混じり込んだか、あるいはそのあと意図的に入れられたか。しかし前者の可能性は極めて低かった。村の大人であれば、誰でもシロタマゴテングタケの恐ろしさを知っているからだ。汁に入れられるキノコは、山採れのものも農家が持ち寄ったものも、秋のうちに用意されて神社の拝殿で干される。その作業を行うとき、もしそこにシロタマゴテングタケが混じっていれば、気づかないわけがない。

村には報道陣が押し寄せ、事件は世間を騒がせた。体調が回復して病院から家に帰っていた私も、毎日のようにテレビのニュースで報道を見た。私や、いまだ病院で眠りつづけている姉が雷に撃たれたことも報じられていたが、あくまで毒キノコ事件の補記のようなかたちにすぎなかった。

犯人は何日経っても見つからなかった。警察による捜査に新たな展開もなく、やがて報道は少しずつ下火になっていき、気づけば村にほとんど報道陣を見かけなくなった。師走《しわす》に入ると、ニュース番組はその年に起きた重大な出来事を特集しはじめたが、そこに羽田上村の毒キノコ事件は含まれておらず、話題は昭和天皇の崩御や春に導入された消費税、夏に容疑者が逮捕された連続幼女誘拐《ゆうかい》殺人事件のことばかりだった。

ところが十二月十日、羽田上村の毒キノコ事件がふたたび世間の目を集めることになる。

雷電神社の宮司である太良部容子が、自殺死体で見つかったのだ。彼女は神社の拝殿で、鴨居《かもい》に腰紐《こしひも》を結びつけて首を吊《つ》っていた。見つけたのは高校から帰宅した娘の希恵で、彼女はすぐに救急車を呼んだが、母親が事切れているのはひと目見て明らかだったという。

雷電汁にシロタマゴテングタケを入れたのは宮司だったのではないか。彼女は恐ろしい罪を犯し、後悔に苛《さいな》まれた挙げ句、自らの命を絶ったのではないか。もちろん直接的に言及されていたわけではないが、目にするニュース番組のほとんどが、それを疑っているととられても構わないというような報道の仕方だった。いっぽうで村人たちは、大人から子供まで、毒キノコ事件の犯人は宮司の太良部容子だと決めつけ、それを確定した事実であるかのように口にした。犯人がどこにもいないことが不安だったのだろう。誰かを犯人にして、早く以前の生活に戻りたかったのだろう。犯行の理由についても、村人たちはまことしやかに囁き合った。観光地でもなく住人も少ない村なので、雷電神社では祈禱《きとう》料やお守りでの収入が見込めない。神社の経済面は実質的に黒澤宗吾、荒垣猛、篠林一雄、長門幸輔からの定期的な奉納金で維持されていた。その金銭的なやりとりの中で、何らかの問題が生じたのではないか。そして宮司は、四人のしんしょもちに毒を盛ったのではないか。

当然、娘の希恵はそんな噂《うわさ》を否定した。母親は悪事などはたらける人間ではない。神社を支えてくれていた人たちに悪意など向けるはずもない。本当の犯人はどこかにいる。死んだ母親は村人全員に疑われているが、もしかしたら自殺ではなく、犯人に殺されて罪を着せられたのかもしれない。過激な言葉を交えた彼女の訴えは、必死に語るその姿とともにニュース番組でも取り上げられた。いま思えば、希恵が母親に似て美しい少女だったせいもあったのだろう。

「ほんとに、宮司さんがやったの？」

夕方のニュース番組に見入りながら、私は父に訊いた。神鳴講の日から、父は店を開けず、姉がいまだ眠りつづけている病院と家とを往復する日々だった。

「あの人は、そんなことしねえ」

テレビに横顔を向けて座った父は、自分の湯呑《ゆの》みに視線を据えて呟いた。見つめていたのは湯呑みだったが、私にはそこに何かがあるように思えてならなかった。

そして数日後、私は父が見ていたものの正体を知ることになったのだ。

（八）

きっかけは、報道陣によって撮られた一本のＶＴＲだったという。

それは村の風景をおさめた映像で、静かな昼下がり、カメラは村の幹線道路から一本入った路地を撮影していた。東西に延びるその路地の、東から西へとカメラは向けられ、映像が終わる直前、一人の女性がそこに映り込んでいた。後ろ姿だったうえ、私服を着ていたので、最初は誰も気づかなかったが、それが太良部容子に似ていることをスタッフの一人が指摘した。村人たちをつかまえて静止画を確認してもらうと、誰もが首を縦に振り、確かに宮司さんだと答えた。

ＶＴＲが撮られたのは十二月十日。つまり太良部容子が神社の拝殿で首を吊った日で、時刻は午後一時過ぎ。彼女の遺体が希恵によって発見される数時間前のことだった。ＶＴＲの中で、路地を歩いていた太良部容子は、左手にある店の戸に手をかけ、そこで映像は途切れていた。

その店は英だった。報道陣は、そこが藤原南人という人物の自宅であることや、店名の由来である妻が一年前に不審死を遂げたこと、今年の神鳴講で子供たちが雷に撃たれ、姉のほうはいまだに目を覚まさないままでいることを把握していたので、にわかに色めき立った。

太良部容子は自殺の直前、いったいその家へ何をしに行ったのか。

番組スタッフたちは父のもとへ走り、目の前でＶＴＲを再生して説明を求めた。父は首を横に振り、その日は誰も訪ねてこなかったと繰り返すばかりだったが、彼らはあきらめず、今度は太良部容子の娘である希恵に会ってＶＴＲを見せた。

それを見た希恵は、すぐさま英に向かった。

そのとき私は学校から帰宅して、店のテーブルに宿題を広げていた。二階の住居ではなく、一階の店内だったのは、父がそこにいたからだ。父は姉の病院と家とを毎日のように行き来していたが、帰宅してもほとんど二階へは上がってこず、店の椅子に座り、テーブルの表面をじっと見つめていることが多くなっていた。

「雷電神社の太良部です」

店の戸が叩かれ、声がした。顔を上げると、縦の格子から透けて見える路地に、姉と同じ制服を着た希恵の姿が見えた。

父が立ち上がって戸を開け——直後、すっと顔を左へ向けて動かなくなった。私は鉛筆を置き、父の視線の先が見える場所に移動してみた。そこには二人の男がいて、一人はテレビカメラを構えていた。

「この人たちにビデオを見せてもらったんです。お母さんが映ってるやつです」

彼女の声はかすかに震え、小刻みに大きくなったり小さくなったりした。

「死ぬ前に、お母さんはここへ何をしに来たんですか？」

父は両手を身体の脇に真っ直ぐたらし、希恵と向き合ったまま黙り込んでいた。光の加減だったのか、私には父の姿が、リアルな等身大の人形に見えた。透明な棒杭《ぼうくい》に縛りつけられ、紐を切られた瞬間、どさりと地面に倒れてしまうような気がした。長い沈黙のあいだ、聞こえてくるのは希恵の息づかいばかりで、それは普通よりも速かったが、私が二人の沈黙を見つめているうちに、もっと速くなっていった。

「そこで、待っててください」

やがて父は希恵に背中を向けた。

父が彼女に敬語を使ったことなど一度もなかった。そばにいた私の頭に軽く手をのせてから、父は店の奥にある階段を上っていった。頭に残った手の温度が急速に消えていくにつれ、私は何か、父が階段の先にある知らない世界へ遠ざかっていくような気がした。ビデオというのは何だろう。希恵の母親が来たというのはどういうことだろう。考えてもわかるはずがなく、私は希恵の顔を見た。目が合うと、彼女は明らかに無理をして頰笑み、私のほうは、いつも姉の友達に向けていた曖昧な笑みを返した。

しばらくして戻ってきた父は、白い封筒を持っていた。

何かをあきらめるように、父はそれを希恵に手渡した。破られていた封筒の口に彼女の指が素早く滑り込み、三つ折りにされた一枚の便箋《びんせん》が引き出された。横に立っていた男たちが、それぞれ足を引きずるようにして、文面が見えそうな場所に動いた。

その便箋に書かれていた文字を、私は見ていない。希恵と二人の男たちが去ったあと、あれは何だったのかと父に訊ねても、答えてはくれなかった。しかし後の報道により、私は世間の人々とともに、驚くべき事実を知ることになる。

あれは太良部容子からの手紙であり、文面は、父を毒キノコ事件の犯人として名指しするものだったのだ。

手紙によると太良部容子は、神鳴講が行われた日の早朝、父が神社の作業場に入り込み、雷電汁に白いものを入れるところを見たのだという。父が立ち去ったあと、彼女はすぐさま鍋の中を確認し、それがキノコであることを知った。そのとき猛毒のキノコであるシロタマゴテングタケのことも頭をよぎった。しかし彼女は汁を廃棄せず、また誰にも打ち明けなかった。そして数時間後に開催された神鳴講で、雷電汁を食べた四人のうち二人が死に、二人が重症に陥った。その責任を背負って生きていくことは、自分にはもうできない。この手紙は捨ててしまっても一向に構わないし、すべては本人にまかせる。ただ、家族のことを考えてほしい。

便箋にはそう綴《つづ》られていたという。

このことが報道されると、いや、報道されるよりも早く、父は警察の取り調べを受けた。神鳴講当日の早朝について訊ねられ、しかし父は家から一度も離れていないと答えた。自分はずっと家にいて、それは子供たちも知っていると。警察は当然、すぐに私に確認をとった。

「起きたらもう九時くらいになってたから、早い時間のことはわかりません」

正直に答えると、顔に彫られたような皺がある刑事は、あからさまな疑いの目で私を睨《にら》みつけた。

「おめは、記憶がねえって聞いたが」

これにも私は正直に答えるしかなかった。

「あったり、なかったりして……わからないです」

ここで重要となったのは、病院で眠りつづけている姉の証言だ。太良部容子は神鳴講当日の早朝、父が雷電汁にシロタマゴテングタケを入れるところを見た。しかし父はその時間、ずっと家にいたという。それを確認できる姉は、いまだ落雷の衝撃で眠りつづけている。

警察も報道陣も、姉が目を覚ますのをいまかいまかと待った。長門総合病院の門前にはいつもカメラを持った男たちが煙草《たばこ》を吸いながら立っていたし、姉の病室がある階では複数の刑事が常に待機していた。一度、父といっしょに姉を見舞い、私だけが先にバスで帰ろうとしたとき、待機していた刑事たちが姉の病室の前に素早く移動するのを見た。こっそり戻って廊下の角から覗いてみると、彼らは顔を部屋の引き戸にぎりぎりまで近づけ、じっと聴き耳を立てているのだった。姉が目を覚ました瞬間、父が何かを吹き込むのではないかと疑っていたのだろう。

私は学校で執拗《しつよう》な糾弾に遭った。休み時間のたびに机を取り囲まれ、服や髪を摑まれ、正直に話せと追及された。しかし私には話すことなど何もなかった。トイレに行けば、殺される殺されると声を上げてみんなが逃げ、しかしその輪はすぐに縮まって、小便をする私の背後から、手や足や言葉がつづけざまに飛んできた。給食のおかずにキノコが入っていると、みんなして自分の皿からつまみ出し、私の皿に放り込んだ。

私は息を止め、涙を流さず泣きながら、それをのみ込んだ。

ある土曜日の午後、放課後の家路で待ち伏せをされた。五、六人のクラスメイトが、それぞれ手に何かを持っているのが見えたので、私はすぐさま背中を向け、来た道を戻りはじめた。背後から足音が迫り、私は駆け出し、しかし追いかけてくる足音はどんどん大きくなった。

「何してらんだ」

硬い氷みたいな声が、どこからか飛んできた。

追いかけていた連中が足を止めたのがわかり、私も立ち止まって振り向いた。高校の制服を茶色いダッフルコートで包んだ太良部希恵が、脇の路地から近づいてくるところだった。クラスメイトたちは短く目を見交わしたあと、手にしていたものを道の脇に放り棄《す》てて去っていった。みんなが持っていたのが、地面からひっこ抜かれたキノコだと、そのとき初めてわかった。冬になり、キノコはどれも笠がひらききってひび割れていた。私がそれを黙って見つめていると、希恵がそばに立ち、同じようにキノコを見下ろした。

「あたしのせいだよね」

そのとき私がかぶりを振ったのは、否定というよりも、いったい誰のせいなのか、何が起きているのか、まったくわからなかったからだ。首を振った拍子に、お湯の入った水風船が音もなく弾《はじ》けるように、涙が顔を濡らした。シイタケの原木を積んだ軽トラックがすぐそばを走り去っていき、遠ざかるそのエンジン音を、私たちは黙って聞いた。

「手紙に書かれてたことって、ほんと？」

鼻声を絞り出して訊ねた。ずっと確かめたかったのだ。あの日、父が希恵に渡した便箋には、報道されたような内容が本当に書かれていたのか。あれはテレビの人たちが間違えて伝えたのではないか。しかし希恵は黙って顎《あご》を引いた。痩《や》せて落ちくぼんだ両目が、二つの丸い影になった。

「なら、希恵さんのお母さんは、どうして何もしなかったの？　何で僕のお父さんが雷電汁に毒キノコ入れたの見たのに、何もしなかったの？」

「あたしには、わからない」

彼女の両目は地面のキノコに向けられていたが、見てはいなかった。そのましばらく黙っていた希恵は、やがて無理やり話を切り上げるように顔を上げ、バス停があるほうへ視線を捻《ひね》った。

「これから、亜沙実ちゃんの病院に行くところ」

いっしょに行くかと訊かれたが、私は首を横に振った。

「昨日、お父さんと行ったから」

彼女の母親が自殺する前も、そのあとも、希恵は時間さえあれば姉の病室を見舞ってくれていた。私がそれを知ったのは、あるとき父といっしょに見舞いに行き、トイレに立った際のことだ。待機している刑事たちと顔を合わせたくなかったので、わざと反対側の廊下を大回りして病室まで戻ったのだが、その途中、希恵が長椅子にぽつんと座っているのを見つけた。互いに中途半端な表情を見せ合ったあと、私たちはそこで少し話した。彼女は毎日姉の様子を見に来ていて、でも病室に父や私がいるときは、そうして長椅子に座り、いなくなるのを待っているのだという。

――顔、合わせづらいでしょ。

見舞いといっても、姉は眠りつづけているばかりなので、私たちはただその姿を見下ろしていることしかできない。私がそれを言うと、希恵はバッグから携帯カセットプレイヤーを取り出してみせた。

――好きだった曲、聴かせてる。眠ってる人の耳に、勝手にイヤホン入れるわけにもいかないから、枕元に置いて、洩《も》れる音だけ聴かせてるんだけど。

何の曲かと訊いてみると、あのころ姉が好きだったサザンオールスターズの「みんなのうた」だった。

（九）

村にまた雷が鳴り響き、それが過ぎると雪が来た。

病院から家に電話があったのは、前方から吹きつける雪まじりの風に目を開けていられず、後ろ歩きで学校から帰った午後のことだった。姉が目を覚ましたという病院からの報告で、電話を受けた父はすぐさま私を車に乗せて病院へ向かった。

病室には医師と看護婦のほかに、想像していたとおり数人の刑事がいた。入ってきた父を見たとき、刑事たちはそろって渋面を浮かべていたが、あれはおそらく悔しさと困惑が入りまじった表情だったのだろう。

姉は刑事たちに、神鳴講当日の朝、父が一度も家を離れなかったと話していたのだ。その言葉は刑事たちにとって信用せざるをえないものだった。何故《なぜ》なら姉は神鳴講の日から病院で眠りつづけていたので、雷電汁に毒キノコが混入されたことも、犯人として父が疑われていることも知るよしがなく、父を守るために嘘《うそ》をつくことはありえなかったからだ。

かくして捜査は暗礁《あんしょう》に乗り上げた。神鳴講の早朝に太良部容子が見たのは、父ではなく別の人物だったと考えられたが、ではその人物が誰なのかというと、目星はまったくつかなかった。

雪がいちばん深い頃、姉は家に戻ってきた。

右耳の聴力を失い、身体に無残な電紋を刻まれて。

雷に撃たれる前の姉と、大きな違いがもう一つあった。父と一切の言葉を交わさなくなっていたのだ。しかしその理由を、当時の私はまだわかっていなかった。

雪が解ける前に、父は母の墓の改葬手続きを行い、私と姉と、白い壺に入った母を連れて羽田上村を出た。

「……おめのかわりに、子供らが罰を受けたんだからな」

車に荷物を積み込んでいるとき、乾いた目をした村の男が近づいてきてそう言った。警察が疑いを解こうと解くまいと、村の中ではやはり父が犯人のままだったのだ。トランクに蒲団を押し込んでいた私は、男のほうを見ないように努力したが、そうしながらも、病室で聞いた父の言葉を思い出していた。

――子供らに罰が当たった。

その後、右も左もわからない埼玉県で、私たちは暮らした。

住んだのは、父が働きはじめた建設会社の社宅で、たぶん本来は独身者用の小さなアパートだった。父は慣れない肉体労働で金をつくりながら毎日疲れ果て、姉は依然として父と会話を交わすことはなく、そんな二人を前に私もまた声が出せなくなった。二間しかない家は、いつも張りつめた、うっすらと白いような空気に満ちていた。

姉と二人きりの時間が来ても、私たちは互いに事件のことや、羽田上村で暮らしていた頃のことを一切口にしなかった。思い出させたくない。思い出したくない。しかし私にはどうしても謝りたいことがあった。姉の肌に刻まれた雷紋や、聞こえなくなってしまった右耳を思うたび、冷たくふくらんでいくような後悔に苛まれていた。自分が姉の人生を変えてしまったのではないか。自分が姉をあんな身体にしてしまったのではないか。後悔はふくらみきり、ある日とうとう口を割って飛び出した。

——髪留めを外してって、もっとちゃんと言えばよかった。鳥のかたちをした、金属製の髪留めのことだ。もちろん、あんな小さな髪留めが雷を呼び込む可能性など、実際にはないのかもしれない。科学的にはありえないことなのかもしれない。それでも私は、自分のせいであるという思いを拭い去ることができなかった。

——お父さんから聞いた。神鳴講の朝、お姉ちゃんがあの髪留めをしてるの僕が見て、雷が落ちること心配してたって。

心配ならば、もっと強く主張すればよかった。何が何でも髪留めを外させていればよかった。しかし、ずっと謝りたかったはずなのに、切り出してみると、ごめんなさいなどという言葉はあまりにそぐわず、いちばん近い言葉を探そうとしても、見つからなかった。黙り込んでいるあいだに、涙で部屋がゆがみ、姉の顔がねじれた。

——……から。

姉の口が、何か聞き取れない言葉を呟いた。

強く一回瞬《まばた》きをすると、涙が両目からあふれて顎に伝い、私の胸のあたりに視線を向けた姉の顔がはっきりと見えた。姉はもう一度、同じ言葉を言い直したあと、隣の部屋に入って襖《ふすま》を閉めた。気配を求めて聴き耳を立てても、物音はいつまでも聞こえてこず、私は見捨てられたような気持ちで、その場から動くこともできなかった。そうしながら、姉が言ったことの意味を必死に考えた。当時の私が最終的に、それを言葉通りにのみ込んでしまったのは、子供だったからにほかならない。

――ぜんぶ、忘れたから。

しかし、後に私は思い知ることになる。

忘れることなど、できるはずがなかったのだ。

それから一年ほどが経った頃、姉は転入先の高校を卒業し、近くにある小さな商事会社で会計係として働きはじめた。同じ時期に父が、それまで必死に貯《た》めた資金で新しい和食料理店をひらくことを決意した。ある日の朝食後、座卓で見せられた建物の間取り図は、一階が店舗、二階が住居で、かつての英とそっくりだった。

「もういっぺん、ここで人生をやり直すつもりだ」

久方ぶりの笑顔を、父は私たちに向けた。私は嬉《うれ》しかった。毎日毎日、顔を汚して帰ってきては、土まみれの作業着を風呂場で無心に洗っている父は、本当の父ではないように思えてならなかった。それだけではない。新しい生活がはじまれば、もしかしたら父と姉の関係にも変化があるのではないか。張りつめた家の空気が、もちろん昔のように戻りはしないだろうけれど、少しは変わってくれるのではないか。しかしそのとき姉が、父の顔を真っ直ぐに見て口をひらいた。

「お父さんに、そんな資格ない」

二人が言葉を交わさなくなって以来、初めてはっきりと、姉から父に対して発せられた声だった。父に向けられた両目は灰色ににごって見えた。どうしてそんなことを言うのだろう。父が犯人でないことを、姉は誰より知っているはずなのに。事件当日の早朝、父が家を離れていないと証言したのは、ほかならぬ姉なのに。

私がようやくそれを姉に言えたのは、父が無言で仕事に出かけたあとのことだ。

「わたし、警察に嘘ついた」

その答えに、さらに困惑させられた。

「でもお姉ちゃん、そのとき何も知らなかったはずでしょ？　毒キノコ事件のことも、お父さんが犯人だって言われてたことも、何も——」

言葉の途中で姉は首を横に振り、驚くべき事実を私に打ち明けた。

「ほんとはわたし、何日も前に目が覚めてた。事件のこともみんな知ってた。お父さんが疑われてたことも、ぜんぶ」

いったいどうやって知ったというのだ。医者や看護婦が話したのだろうか。いや、そんなわけがない。警察は病院のスタッフに対しては確実に事件のことを口止めしていたはずだ。父のアリバイを姉に確認するために。もし姉が目を覚ましても、何も話すなと。そもそも病院のスタッフが、姉が目覚めたことを知っていながら、何日も家族に連絡しなかったなんて考えられない。

しかしそのとき、一つの可能性が頭に浮かんだ。

「……希恵さん？」

長いこと黙ったあと、姉はそれを認めた。目を覚ましたとき、病室には希恵だけがいて、彼女が姉にすべてを話したのだという。医者や看護婦を呼ばずに。自分の母親の自殺や、彼女が遺《のこ》した手紙のことも含め、姉が長い眠りについているあいだに起きた出来事をすべて。

「希恵ちゃん、このままだとお父さんが捕まっちゃうかもしれないって言った。わたしも希恵ちゃんも、どうしていいのかわからなかった」

それから姉は数日間、眠りつづけているふりをした。そうしながら考え抜いた。そしてとうとう嘘をつくことに決めた。神鳴講が行われた日の早朝——雷電汁にシロタマゴテングタケが入れられたとされる時間帯、父が家を離れなかったと警察に話したのだ。自分はずっといっしょにいたと。

「お父さんは……あの日の朝、神社に行ったの？」

私は本当のことが知りたかった。

「わからない」

「ずっと見てたわけじゃないの？」

姉は両目を閉じ、小さく、しかしはっきりと頷いた。

私はいまでも父が犯人ではないと信じている。しかし、それはきっと、客観的な視点であの出来事を捉《とら》えることができないからだ。見ることは、見ないことでもある。当時、何度も警察に呼ばれては、身体を引きずるようにして帰ってくる父の様子を、私は間近で目にしていた。自分自身も学校でクラスメイトたちの糾弾に遭い、村の路地を歩けば、烈風に混じる砂のような視線がいつも身体中に突き刺さった。それらに対する反駁《はんばく》の思いが、私から客観的な視点を奪ってしまった。いっぽうで姉は、羽田上村で起きた出来事の一部始終を、希恵から聞き知った。私よりもずっと客観的にすべてを捉えることになった。するとどうなるか。やはり、村人や刑事たち同様、犯人は父だということになってしまうのだ。事件を客観視したとき、結論はどうしてもそうなってしまう。

――おめのかわりに、子供らが罰を受けたんだからな。

羽田上村を出るとき、男が投げつけたあの言葉も、姉にはまったく別の意味をもって聞こえたに違いない。私たちは同じ雷に撃たれたけれど、結果は天と地ほども違う。私が雷撃によって与えられたのは、ほんの数時間の昏倒《こんとう》と、まだらな記憶喪失だけだった。しかし姉は片方の耳を壊され、まだ若かったその身体に、二度と消せない模様を刻まれたのだ。

その後、姉は誰の手も借りずに古いアパートへ移り住んだ。私と父が、すでに「一炊」と看板が掲げてあったこの場所に引っ越す一週間前のことだった。

以来一度も、私たちは事件の話をしていない。

しかし、私はいまでも毎日のように当時のことを思い出す。

思い出すたび聞こえる声がある。それは、乾いた目をしたあの村人に無責任な言葉を投げかけられたあと、不意に耳にした声だった。車に乗り込んだ父がイグニッションキーを回す前に、色のない唇がこう呟くのを、私は確かに聞いたのだ。

——間違ってねえ。

第二章

真相の解明と雷撃

（一）

越後山脈を抜けると、薄雲が空にまんべんなく散っていた。気温がぐっと下がったのが、暖房の効いた車内にいてもわかるほどだった。

平地まで下り、車は海沿いの国道に入る。姉はときおりカーナビの画面を確認しながらハンドルを握り、私は助手席の窓から佐渡島のシルエットを眺めていた。姉の車で、姉が運転しているのは、私が〝病み上がり〟だからだ。

「シロタマゴテングタケって、やっぱり猛毒なんだね。けっこうすごいこと書いてある」

夕見は後部座席でスマートフォンの画面に見入っている。

「ええと、読んでみるね。中毒による致死率は五十パーセントから九十パーセント。同じくテングタケ科テングタケ属に属する猛毒キノコのタマゴテングタケ、ドクツルタケとともに猛毒キノコ御三家と呼ばれている。毒は――」

毒はヒダに多く含まれ、誤って食べてしまうと六時間から十五時間で発症。症状は激しい嘔吐《おうと》と下痢、腹痛からはじまり、やがて肝臓や腎臓が侵され、痙攣《けいれん》や脱水症状といったコレラ様症状を呈して死亡する。また摂取した数日後から肝臓肥大、黄疸《おうだん》、胃や腸からの出血、その他の内臓細胞破壊が起こり死に至る場合もある。

読み上げる声より先に、私は内容をそらんじることができた。夕見がひらいているサイトは、どうやら私がこれまで何度も見てきたのと同じものらしい。

羽田上村を出てから三十年、私は父とも姉とも過去の話を一切せずに過ごしてきたが、折に触れてあの出来事のことを調べていた。そのせいで毒キノコには詳しくなったけれど、事件については、いまだ何もわかっていない。いくら調べても、すでに知っている事実以外の情報にはたどり着けなかったのだ。

「――潜伏期間中に、毒成分のアマトキシンは体内に回っているので、速効的治療法はない。毒は熱や乾燥にも強く、調理しても干しても無毒化はできない。……こっわ」

「アマトキシンだろ」

「うん？」

「アマトキシンじゃなくて、アマトキシンじゃないか？」

「あほんとだ。さすが当事者、詳しいね」

「調理師免許の講義で習ったからな」

「ねえ羽田上村ってもう近いんでしょ？　お父さんも亜沙実さんも、自分たちの設定を忘れないでね。お父さんは編集者、亜沙実さんはライター。二人は日本のお祭りについて調べてる。記事かなんか書くために。で、あたしはカメラマン」

このひどく曖昧《あいまい》な設定は夕見がこしらえたもので、呆《あき》れたことにそれぞれの名刺までプリンターで刷って用意されていた。私は深川由紀夫《ふかがわゆきお》というフリー編集者、姉は古橋明子《ふるはしあきこ》というフリーライター。どちらもイニシャルだけ本名と同じだった。夕見の名刺には「Photographer」の「Yumi」と印刷されていたが、もしかしたら単にそれをつくりたかっただけなのかもしれない。

この三十年間、姉や父とのあいだでさえ一切口にしてこなかった出来事を、どうして夕見に話したのか。それを考えたとき、私は初めて自分が抱えていた大きな後悔に気がついた。死んだ悦子に、最後まで話せなかったのだ。学生時代からいっしょに過ごしてきた彼女に、父が殺人犯であるかもしれないという事実を――自分が殺人犯の息子であるかもしれないという事実を、知られたくなかった。いつか話そう、必ず話そうと思っているうちに、悦子は死んだ。私という人間をかたちづくる最も大きな部分を、まったく知らないままこの世を去ってしまった。

だから私は、夕見に話したのかもしれない。

――ま、隠さず言えば、あたしもお祖父ちゃんが犯人かもって考えちゃう。

私が羽田上村で起きた出来事を話し終えたとき、夕見は長い沈黙のあとで顔を上げた。

――とはいえ、お祖父ちゃんが人を殺すって、やっぱりちょっと想像できない。だからそこに、とんでもなく大きな理由があったんじゃないかって思う。

もちろん言われるまでもないことだ。もし父が犯人だとしたら、いったい何故《なぜ》だったのか。私も、たぶん姉も、互いに口には出さなかったけれど、この三十年間ずっと考えつづけてきた。しかし、そうして当事者ではない夕見に言われてみると、あらためて私の脳裏に「理由」という二文字が黒々と浮き上がってくるのだった。

――あたし、それを知りたい。この場所に写真を撮りに行くついでに。

ついでという場違いな言葉に対して私が何か言う前に、姉の声が割り込んだ。

――わたしも知りたい。

驚いて目を向けると、本人も自分の言葉に驚いたように、両目をしばたたかせていた。

――ずっと知りたかった。それがわかれば、お父さんへの気持ちも変わるかもしれないから。……もう遅いんだろうけど。

姉が弱々しい視線を投げた先には、父の遺影があった。

「えー何これ」

後部座席で夕見が声を上げる。

「誰かのブログなんだけど、キノコ狩りに行っても、白いキノコはぜったいに食べるなって書いてあるよ。猛毒のキノコが多いからだって。三十年前に四人の偉い人たちが食べてたキノコ汁、雷電汁？　それに白いキノコが入ってて、誰も危ないと思わなかったのかな。あ、エノキだと思ったとか？」

私は即座にそれを否定した。シロタマゴテングタケのかたちはシイタケに似ており、エノキタケとは見間違えようがない。そもそも一般に目にするエノキタケが白いのは白色品種だからで、自然のものは茶色だ。雷電汁に入れられた山採れのキノコの中に、エノキタケが含まれていたとしても、白ではなく茶色だったはずだ。後部座席を覗《のぞ》いてそれを言うと、夕見は眉《まゆ》を互い違いにした。

「じゃあ何で、白いキノコが入ってるのに食べちゃったんだろ……」

じつのところ私はその答えを知っていたが、先に口をひらいたのは姉だった。

「雷電汁には、いつも白いキノコが入ってたの。オオイチョウタケっていう白いキノコを、あの村の人たちは採って食べてたから」

「なるほど、じゃあ四人はそのオオイチョウタケだと思って、シロタマゴテングタケを食べちゃったってこと？」

「当時はそう言われてたみたい。村でもニュースでも。ちなみにわたしも同じ意見」

「お、お、い、ちょ……えっ」

スマートフォンに単語を打ち込み、夕見はまた声を上げる。

「オオイチョウタケって無茶苦茶でかいじゃん。笠なんて赤ちゃんの顔くらいあるんじゃない？　何でシイタケくらいのシロタマゴテングタケと間違えるの？」

「行ってみればわかるわよ」

姉の横顔が少し笑う。

カーナビに登録されている目的地は雷電神社だった。村に一つだけある宿を電話で予約してきたものの、朝早くに出発したのでチェックインまで時間があり、まずは神社へ向かうことにしたのだ。いまも神鳴講の風習がつづいているとしたら、まさにその準備をしている頃だろう。

海沿いの国道からそれ、延々と東へ進んでいく。

右手には越後山脈から連なる山影がつづき、やがて左前方に後家山がゆっくりと頭をもたげた。こうして離れた場所から後家山を見た経験は数えるほどしかない。三十年前に羽田上村を出たあのときも、私は父が運転する車の後部座席で、一度も振り返らなかった。最後にこの光景を目にしたのは、いつのことだっただろう。

太陽はさらに陰り、空全体が痩《や》せた灰色に変わった。道の左右には葉を落とした木々が葬列のように並ぶばかりで、気づけばしばらく前から対向車の姿もない。

やがて車は小さなトンネルに入り込んだ。

ここを抜ければ羽田上村だ。

「このトンネル、新しくなってる」

姉の横顔は暗がりに溶け込んでいた。

「夕見ちゃん、ここねえ、昔はもっと危なっかしい、手で削ったような感じだったのよ。たまにバスでここを抜けて村の外に出るとき、なんかテレビで見たインディ・ジョーンズみたいで、いつもわくわくしてたもん。お母さんと服を買いに行ったり、高校生になって希恵ちゃんと映画に行ったりしたときも――」

「映画は俺もいた」

「あそうか、いたね」

「トトロ」

「そうトトロ」

母が死ぬ年の春だった。半年後に訪れる哀しみなど知るよしもなく、私たちはバスの中で胸を高鳴らせていた。帰り道では、近づいてくる後家山の姿にほっとした。そう、後家山を遠くから眺めたのは、たぶんあれが最後だった。

「トンネルが新しくなったの、地震があったあとかな？」

姉に言われ、遅まきながら私も思い出した。二〇〇四年に起きた新潟県中越地震で被害を受けたのかもしれない。このあたりは震度六強に見舞われたはずだ。

あの地震が起きたのは十月だったが、同じ年の七月に悦子が死んだ。私は夕見を連れ、逃げるように一炊の二階へ引っ越したばかりだった。震災のニュースを見て、羽田上村のことが頭に浮かびはしたが、被害については思いをめぐらせさえしなかった。

車がトンネルを抜け、薄暗い空の下でも目がくらんだ。「羽田上村」と書かれた標識が前方から近づいてくる。赤茶色に錆《さ》びたその標識を過ぎる瞬間、密閉された場所へと入り込んだ気がした。この村で暮らしていた頃、幼い肌にいつも感じていた空気だった。

村を横断する幹線道路を行く。ときに軽トラックとすれ違い、ときに農具を背負った老婆《ろうば》が横切るのを待ち、西から東へ進んでいく。

「この一本奥だよな、家があったの」

記憶をたどりながら、私は道の右側を指さした。幹線道路と並行する路地に、かつて私たちが暮らしていた家はあった。毒キノコ事件を取材していた番組スタッフが、映像の中に太良部容子の姿を見つけた路地。自らの命を絶つ前に彼女が歩いた路地。その後、娘の希恵がテレビカメラを従えて走った路地。姉がハンドルを切り、車はそこへ入り込む。左右に並ぶ家々は、その数こそ記憶に近いが、どれも見憶《みおぼ》えがない。古い農家が並んでいる幹線道路沿いに対し、こちらは住宅地なので、三十年経《た》って様変わりしていた。

ここだと思われるあたりで、姉が車を停める。道の右側を見ると、たしかにそこは、以前に英が――私たちの家があった場所のような気がした。もちろん、いまやその建物は存在せず、屋根に黒いソーラーパネルが張られた二階建ての一般住宅が建ってい る。私たちが無言で家を見上げていると、後ろから軽自動車が接近してきたので、姉は車を出した。遠ざかる他人の家を、私はサイドミラーごしにしばらく眺めた。

幹線道路に戻っていくらか進み、村の中央で左へ折れる。後家山の裾野《すその》に入ると、道は未舗装となって急激に幅を狭め、やがて左右から木々の枝が迫り出してくる。目の前に見えているのは参道の入り口だ。ここを上っていくと、山の中腹にある神社へとたどり着く。

「このへんは変わってないね」

タイヤが小石を踏む音に、姉の声がまじった。

車一台がやっと通れるほどの参道は、真ん中にだけ雑草が生えている。地面はしだいに砂利から土に変わり、勾配《こうばい》もきつくなっていき、道の両脇《りょうわき》には骸骨《がいこつ》が両手を差し伸べたような樹影がつづいた。あの下には昔と同様、いまも数知れないキノコが生え、そのいくつかは人を簡単に殺してしまうほどの毒を持っているのだろう。そんなことを思ったとき、私は並び立つ木々の向こうに人の姿を見た。顔は黒い影になっているが、肩のあたりの様子から男であることがわかる。誰だろう。得体の知れない人影はこちらへ近づいてくる。移動しているはずの車に向かって、真っ直ぐに。

相手の顔がすぐそばまで接近し、私はそれを見上げる。

――どこ□□□□□……。

身体が横へ引っ張られ、左肩がドアにぶつかった。運転席で姉が笑いながら謝る。車は右に曲がって雷電神社につづく岨道《そばみち》へと入り込むところだった。気づけば男の姿はどこにもなく、まるで目を覚ます直前に見ていた夢のように、その印象もみるみる薄れて消えた。

（一）

「眼鏡、眼鏡」

雷電神社の駐車場で車を出ると、あとから降りてきた夕見が私の袖《そで》を摑《つか》んだ。ニセ名刺といっしょに夕見が用意したダテ眼鏡を、事前に渡されていたのだ。

「せっかく偽名も考えて名刺もつくってきたのに、顔ばれしちゃ意味ないでしょ。……おおいいね、二人とも別人に見える」

私は銀色、姉は黒、どちらも月並みなフレームのダテ眼鏡だった。姉を見ると、初めて目にする眼鏡姿はたしかに別人のようだ。もっとも姉は、かつて親しい関係だった希恵と会う可能性があるということで、もともと普段よりも濃い、顔の特徴を隠す化粧をしていた。

「誰か、お参りに来てるのかな」

夕見が駐車場の端に目をやる。軽トラックが二台と、くすんだ白色の普通乗用車が一台、グレーの軽白動車が一台、寄り集まるように停められている。グレーのものは新車らしく、曇り空の下でも車体が濡《ぬ》れたように光っていた。近づいてみると、フロントガラスの内側に、名前は知らないがディズニーのキャラクターだとわかるリスのコンビや、顎《あご》の長い犬や、緑色の宇宙人のようなものが並んでいる。私たちはそれらをしばらく無意味に眺めてから、鳥居に足を向けた。鳥居の先には境内が広がり、正面に拝殿が見えている。踏み進む土は氷のようで、靴を通してすぐに冷たさが染《し》み込んできた。

「ここって女の神様なんだ」

夕見が立ち止まって一眼レフカメラのシャッターを切る。

「夕見ちゃん、わかるの?」

「あそこ、屋根のてっぺんに木が飛び出してるでしょ」

「雷電神社」と書かれた扁額《へんがく》の上、屋根の頂点から、右上と左上に向かって真っ直ぐに木材が伸び、ちょうど兜《かぶと》飾りのようになっている。夕見によると、千木《ちぎ》と呼ばれるそれの先端が、地面と垂直に——つまり縦に切り落とされていれば男性の神、地面と水平に——つまり横に切り落とされていれば女性の神なのだという。ここで暮らしていた頃、意識して見たことなど一度もなかったが、確かに千木の先端は横方向にカットされ、切り口が空を向いていた。

「去年のキマ写で撮らせてもらった住職さんが、宗教建築に詳しくて、いろいろ教えてもらった」

境内の周囲には木々が生い茂り、それに隠れるようにして、左手に木造の二階家《にかいや》が建っている。太良部家の自宅だ。建物のシルエットは記憶にあるものと同じだが、木々に見え隠れするその姿には年月が浮き彫りになっていた。いっぽうで正面にある拝殿は、おそらくこれまで何度か修繕や塗装が施されてきたのだろう、憶えている姿とあまり変わらず、むしろ家のほうが年老いて見える。

「希恵ちゃんの家……よく遊びに行ったな」

姉の唇から洩《も》れた白い息が、ゆるい風に流されていく。

あの家に、いまは誰が暮らしているのだろう。太良部希恵は家族を持ったのだろうか。母親の太良部容子は若くして未亡人となり、口さがない村人に「後家山の後家」などと言われていたが、希恵はあれから誰かと結婚したのだろうか。だとすると、いまの宮司を務めているのは彼女の夫である可能性が高い。

右手には社務所、その右隣に、作業場と呼ばれていた建物がある。母が毎年のようにコケ汁の仕込みを手伝っていた場所。三十年前、父らしき人物が雷電汁にシロタマゴテングタケを入れたと言われている場所。入り口あたりに四人の女性が座り込んで作業をしており、コケ汁の仕込みであることが遠目にもわかった。

どうやらあの風習は、いまもつづいているらしい。

「夕見ちゃん、さっきの答え、見せてあげる」

「答えって？」

「オオイチョウタケとシロタマゴテングタケの話」

三十年前、どうして四人のしんしょもちが、大型のキノコであるオオイチョウタケと、シイタケほどの大きさであるシロタマゴテングタケを区別できなかったのか。コケ汁を仕込んでいるところを見てみれば、その答えは一目瞭然《りょうぜん》なのだ。

私たちが近づいていくと、四人の女性はぴたりと一時停止してこちらを見た。大きなブルーシートの上に四角形になって座り、真ん中に干しキノコの山が二つある。彼女たちがそれぞれ手ぬぐいのような布を持っているのは、昔と同じように、一つ一つの干しキノコを丁寧に拭《ぬぐ》い、カビが生えていないかなどをチェックしているのだろう。

夕見が「あー」と納得したような声を洩らし、姉が「ね」と小声で応じる。

ブルーシートに盛られた干しキノコは、裂かれた状態のものがほとんどだった。コケ汁用のキノコは、よほど小さなものであればそのまま干すが、大半はそうして笠も柄も細く裂いた状態で干される。大きな状態だと長い乾燥のあいだに硬くなりすぎてしまうからとも、細く裂くことで出汁《だし》がより濃くなるからとも、一杯の椀《わん》にすべての種類のキノコを入れるためだとも聞く。シロタマゴテングタケとオオイチョウタケを区別できなかった理由はここにあるのだ。どちらも細く裂かれた状態で混ぜられてしまえば、もう見分けがつかない。

「お祭りのご準備をされているんですか？」

姉が膝《ひざ》を折って話しかけたが、四人は手も表情も一時停止したまま、示し合わせたように何も答えない。

「あの、神鳴講のご準備をされてるのかと思ったんですけど――」

「どなた様かね？」

壁を立てるような声で、一番年配らしいおばあさんが訊《たず》ねた。年は八十に届くか、あるいはもう越えているかもしれない。ほかの三人も、遠慮のない目でこちらの顔を見比べながら、じっと返答を待っている。そのうち二人は五十代くらいだろうか。残る一人は、おばあさんの孫ほどの年齢の、長い髪を栗色に染めた若い女性だった。ぬいぐるみを乗せた新車は、たぶん彼女のものだろう。

「あ……失礼しました。わたしたち、全国のお祭りについて取材してるんです。こちらの、深川さんの雑誌で」

それが自分のことだと思い出すまでに一瞬の間があいた。

「お祭りを、ええ、いろいろと」

急いで口をひらいたが、私のぎこちなさを心配したらしく、姉がすぐに言葉を継ぐ。

「わたしはライターで、そっちは撮影担当の者です。この羽田上村で有名なお祭りがあると聞いて、お話を伺えればと思って来たんですけど」

有名という言葉が効いたのか、ふと四人の顔に、まるで自分を褒められたかのような表情が浮かんだ。栗色の髪をした若い女性だけは多少苦笑まじりだが、それでもやはり嬉《うれ》しそうだ。

「わたしらでよけりゃ、まあ……そういうあれならば」

最年長のおばあさんが、尻《しり》を軸にゆっくりと回転してこちらを向く。姉は礼を述べ、ブルーシートの上に盛られた干しキノコの山を覗き込んだ。

「お祭りで配る、キノコ汁をつくってらっしゃるんですよね。あ、キノコ汁じゃなくて――」

思い出そうとするように宙を見る。先ほどからの意外な演技力に驚きつつ、私もかたちだけ腕を組んで首をひねった。

「コケ汁、いうが」

おばあさんが教える。

「ここいらじゃ、キノコをコケてえよぶらすけ」

そう呼ぶんです、と若い女性が言い添える。

「何でなのかはあたしも知らないですけど。誰か知ってる？」

「知らね」

おばあさんが即答し、ほかの二人も首を横に振る。四人はそのあと、どこそこの奥さんは「キノコ」と呼ぶ、あっちのじいさんは「タケ」と呼ぶなどと言い合い、ようやく空気がほどけてくれたところで、今度は夕見が話しかけた。

「村の人に配られるコケ汁って、二種類つくられるんですよね。栽培されたキノコを使った一般のコケ汁と、もう一つ――」

先ほどの姉を真似《まね》たのか、思い出すように宙を見る。しかし今度は答えがすぐに返ってこなかった。栗色の髪をした若い女性はきょとんとした顔をし、ほかの三人は短く視線を交わし、やがておばあさんがこちらに向き直る。

「……雷電汁かね？」

「あ、それです、雷電汁。山で採ったキノコを使ったやつです」

「あんた、よう知っとうな。ずいぶん前に、雷電汁はやらなくなったんだども」

「そうなんですか？」

「神様にあげるやつはいまでもつくっとうよ。ちゃんと山からコケ採ってきてな。だども、人がそれを食うのはやめたんさ」

「どうしてですか?」

するとと女性たちは先ほどとまったく同じ反応を見せた。若い一人がきょとんとし、残りの三人が視線を交わし合ったあとでおばあさんが答える。

「昔、事故があったんさね」

「事故」

「雷電汁てえのは特別な人らだけが食うてたんだども、そのコケにアタってしもうたことがあったが。それからこっち、山採れのコケを使った雷電汁は雷神様にあげるだけにしたんさね」

おばあさんは尻を軸にさらに回転し、夕見に身体の正面を向ける。

「そもそも、ずうっと昔はそうだったが。わたしらなんかまだこの歳《とし》だすけ生まれてなかったども、もともと雷電汁は神様だけに奉納するもんだったんさ。それを人間が食うような風習ができちまったすけ、罰がアタってコケがアタったのかもしれねえな」

アタるという表現は実際の出来事からひどくかけ離れた印象だったが、私たちが村外の人間なので、意図的に印象を薄めたのだろうか。

「そんなことがあったんですね」

「そのかわりってわけじゃねえども、みんなで食うコケ汁は、昔より豪華になったさ。いまはコケだけじゃなくて、白菜だの冬菜《とうな》だの入れるすけ栄養もとれるが。だーすけ準備にも手間ぁかかるようになったが」

「だーすけ」は「だから」の意味だ。

彼女は方言が強く、しかもかなりの早口だった。はたして夕見が理解できているのかどうか訝《いぶか》っていると、おばあさんがいきなり腕を伸ばして私の肩をひっぱたいた。

「あんた何、さっきからカメラマンにばっかり喋《しゃべ》らして、仕事しねえで」

大口をあけて笑い、ほかの三人もげらげら声を上げる。おばあさんの腕力は意外に強く、私はしゃがんだ状態のまま転がりそうになったが、危ういところで堪《こら》えて訊《き》いた。

「その事故のあと、ほかに何か、変わったことはありますでしょうか？　その、お祭りのやり方ですとか……」

おばあさんは白目を剝《む》くほど極端に上を見て、鍵《かぎ》くれえかな、と答える。

「仕込んだコケ汁を、後ろのこの作業場で祭りまで寝かしてやるんだども、入り口に必ず鍵をかけるようになったが。昔は戸締まりなんて誰も気にしてなかったどもなあ」

「どうして鍵を？」

　理由はわかりきっていたが訊いてみると、おばあさんは「そりゃあんた」と言ってから、短く何事か考えた。何を考えたのかは明白だった。

「不用心だすけ」

　毒キノコ事件に関しては、やはり聞き出すのは難しいようだ。私が頷《うなず》いて引き下がると、彼女は皺《しわ》だらけの顔を急に近づけてくる。

「ところであんたら……わたしらが犯罪の片棒担《かつ》いでるってえことは、知ってなさるのかね？」

「犯罪？」

　おばあさんはこくんと顎を引き、垂れた頬を揺らしながらつづける。

「わたしらだけじゃねえ……村の人間全員だ。ここで暮らすみんなが犯罪者だってことを……あんたらは知ってなさるかね」

　睨《にら》みつけるような目に戸惑い、思わずほかの三人を見た。栗色の髪をした若い女性も、五十代くらいの二人も、先ほどとうってかわって硬い表情になり、顔をうつむけて視線を合わせようとしない。ふたたびおばあさんを見ると、彼女は淀《よど》んだ目を真っ直ぐ私に向けたままで、弛緩《しかん》した下瞼《したまぶた》の赤みまでもがこちらを睨みつけているようだった。

「コケ狩りは犯罪だが」

ぐっと上体を乗り出す。

「山でキノコを採るのは窃盗罪にあたると、孫がインターネットで調べてくれたが」

その瞬間、ほかの三人がどっと笑い、おばあさんも堪えきれなくなったように吹き出した。若い女性が苦しげに息をしながらおばあさんの背中をばんばん叩《たた》く。

「だからそれ、あたしが調べ直してあげたじゃん、所有者の許可があれば大丈夫なんだって」

「あんたが余計なことしてくれたすけ、せっかく得意にしてた冗談が中途半端になっちまったが！」

おばあさんは拳《こぶし》を持ち上げて殴る真似をした。私はようやくからかわれたことに気づき、しかし姉と夕見はもう少し前から気づいていて、どちらもすでに声を上げて笑っている。

「だども、そういうの、いま、流行《はや》っとうかね？」

やっと笑いをおさめながら、おばあさんが私に訊く。

「そういうの……というのは」

「祭りのこと調べたりさね。幾日《いくんち》か前も、ここに神鳴講だのコケ汁だののこと調べてる人が来たって、宮司さんが言うてたてえ。いやそんときからじつは、そういう何、インタビュー？　自分も受けてみてえと思ってたんさ。せっかく長《なげ》えこと生きてきたんだすけ、世間の役にも立ちてえってもんだが」

だからかあ、と若い女性が声を上げる。

「さっきから、やけに喋ると思った」

見ず知らずの私たちに対して口がやわらかくなってくれたのは、どうやらそんな理由があったらしい。このインタビューが嘘《うそ》であることに、私はいまさら罪悪感をおぼえた。

「そんで？　流行っとうかね？」

おばあさんがもう一度私に訊ねる。

「とくに流行ってはいないと思いますが、興味を持っている人は、ええ、ある程度は」

羽田上村の神鳴講は珍しい風習なので、実際に興味を持つ人間はいるに違いない。

事実、数日前に祭りやコケ汁のことを調べに来た人間もいたというのだから。

「ところでこちらの神社は、昔は女性が宮司を務めていたと伺っていますが」

いまもだがあ、とおばあさんは大仰に声を裏返す。

「先《せん》の宮司さんの娘さんが、ようやっとうよ」

どうやら希恵は、あれから神職となってこの雷電神社を継いだらしい。

「一生懸命に勉強して資格とって、立派な宮司さんになってねえ。神鳴講だって、勉強中の二年間だけは休んだども、そのあとはいっぺんも休まねえでやっとうんだもの、大したもんだよ。最初はまあ、わたしらとか、村の古い人間が逆に教えてやったりしてたどもな。——さ、あんまり喋ってえと仕事が遅れるすけ、働かんば働かんば」

そう言うと、おばあさんはぽんと手を叩いて干しキノコの山に向き直ってしまった。それに従い、ほかの三人もすぐに手を動かしはじめる。見事なほどの切り替えの早さで、数秒後には四人とも、まるで何事も起きなかったかのように作業に集中していた。一様に唇を結び、それぞれ片方の山から干しキノコを取っては、素早く表面を見て、手ぬぐいで拭《ふ》いたあと隣の山に投げていく。シイタケ、シメジ、キクラゲ、マイタケ、ヒラタケ——ほかではあまり見られないアミタケ、ハタケシメジ、キシメジ。この村で栽培されていたキノコの名前はいまでも憶えているが、こうして細く裂かれた状態だと、どれが何であるのかはほとんどわからない。

「写真を撮ってもいいですか？」

夕見が確認すると、かまわね、とおばあさんはぞんざいに声を返したが、その横顔がカメラを意識したものに変わった。ほかの三人についても同様で、夕見がシャッターを切っているあいだ、それぞれ意図的な真剣さを浮かべ、栗色の髪の女性はときおり顔を上げて遠くを見たりもした。

「このキノコって、秋の終わりから拝殿で干されるんですよね」

ファインダーを覗き込みながら夕見が訊くと、おばあさんがまた代表して答えてくれた。ただし素速い手の動きと真剣な顔つきは維持されたままだった。

「拝殿ってえか、拝殿の前だが。天日が当たらんば乾かねえすけ。だども、あれだよ、あんまり干し過ぎてもかっちかちになっちまうすけ、四五日《しごんち》したらこっちの作業場に持ってきて、コケ汁に使う鍋《なべ》ん中にみんな仕舞《しも》うておくちゃ」

「昔からそうだったんですか？」

「そうちゃ」

「雷電汁を人が食べてた頃も、同じだったんですかね。山で採ったキノコを、やっぱりおんなじ感じで拝殿の前に干して、そのあと作業場の鍋の中に仕舞って？」

「そ。雷電汁の鍋は、一般のコケ汁の鍋よりか、もっと小さいやつだったどもな」

「どのくらいですか？」

おばあさんはしばし手を止めて考えた。

「カレーつくる鍋くらいだが」

それは家庭によって様々だろうが、私は毎年の神鳴講で、しんしょもちたちが雷電汁の鍋を囲んでいるところを見ていた。雷に撃たれたあの日も、四人は拝殿の床に胡坐《あぐら》をかき、直径三十センチほど、高さはもう少しある寸胴《ずんどう》鍋を真ん中に酒を飲んでいた。

「最近はキノコを冷凍庫で凍らせて保存する人も多いですけど」

姉が干しキノコの山を眺めながら感心したような声を洩らす。

「これだけ量があったらさすがに難しいですよね。干さないで冷凍しておいたら、カビも生えないし、準備作業も楽になりそうなのに――」

「キノコは天日干しをすることで栄養価が高まるんです」

背後から急に声がした。

「タンパク質、カリウム、カルシウム、みんな凝縮されて、ビタミンDなどは十倍近くになるといいます」

もし彼女が白い装束と袴《はかま》を身につけていなかったら、そこに立っているのが太良部希恵であることに、すぐには気づけなかっただろう。私たちが羽田上村を出たときにまだ十七歳だった彼女は、この三十年で様変わりし、当時の面影と重なるのは凜《りん》とした両目の強さだけだった。いつも日に焼けていた肌は、姉と同じように白い。あの健康的な眩《まぶ》しさは遠ざかり、そのかわり、墨絵に描かれた人物のような静かな美しさがそこにあった。そんな現在《いま》の姿を見て、私は初めて、当時の希恵が幼かったのだと知った。私にとって彼女はいつも、年上の、自分よりもずっと大人の女性だったのだ。

「出汁も生のキノコとは比べものにならないくらいよく出ます。干して旨味《うまみ》が増すのはキノコに特有の特徴で、たとえば昆布《こんぶ》や鰹節《かつおぶし》などは、干したときに旨味が凝縮されはしますが増えることはありません」

「ここの宮司さんだが」

おばあさんが言い、私たち三人は立ち上がって太良部希恵と向き合った。

「あたしたち、日本のお祭りのことを調べてるんです。それで、いま神鳴講についていろいろと伺ってまして」

夕見が屈託もない調子で嘘を言い、私をフリー編集者の深川、姉をライターの古橋と紹介した。その紹介を希恵は慣れた仕草で受け、こちらの風体をよく見ることもせず会釈《えしゃく》を返す。ついで彼女は私たちの背後に目をやり、働いている女性たちにねぎらいの言葉をかけた。おばあさんが自分の腰痛について冗談を言うと、薄い唇を少しひらいて笑いながら、品のいい冗談を返す。

私たちが誰であるのか、まったく気づいた様子もない。

「ここの縁起や何かについては、社務所の外に冊子が置いてありますので、そちらをご覧いただければ大概のことは書かれています。写真は、建物の外からであればご自由に撮っていただいて構いません」

それだけ言うと、希恵はすっと頭を下げて私たちの脇を抜けていく。ブルーシートを回り込み、作業場の中へ消えるあいだ、草履を履いたその足はほとんど音を立てなかった。

そのまま作業場から出てこず、しばらく待ってみたが、ものを動かす音が聞こえてくるばかりだ。

「インタビュー取材できるか、訊いてきますね」

夕見が作業場の入り口へ向かい、私と姉は互いの顔を見合ったあとそれにつづいた。生まれて初めて足を踏み入れる作業場は、台所と倉庫を合わせたような印象で、奥に古い水道やガス設備や調理台がある。手前側にはいくつもの段ボール箱や整理棚が置かれ、希恵がいるのはその整理棚の前だった。コンクリートの土間に、幟《のぼり》が数本、竿《さお》に布が巻かれた状態で寝かされている。希恵がそれを手に取り、くるくると器用に竿を回して布を解くと、白地に青い字で「神鳴講」と書かれているのが見えた。昔にはなかったものだ。彼女はそうして幟の状態を一本一本確認しては、またくるくると布を戻し、脇に抱えていく。

「あの……お祭りのことを伺いたいんですが」

夕見が遠慮がちに声をかけると、希恵はこちらを振り返らずに答えた。

「準備で立て込んでいますので、いまはちょっと」

「じつは三十年前の事件についても調べてるんです」

幟を持ち上げようとしていた希恵の手が止まり、私も胃袋を摑まれたように動けなくなった。

「いろいろと事前に調査をしてきまして、それが正しいかどうかだけでも、ご確認いただけないでしょうか」

（三）

「調べてこられたのであれば、あらためて聞く必要などないのでは？」

通されたのは、作業場の左に繋がっている社務所だった。

中央に置かれた黒革のソファーで、私たちは希恵と向かい合っていた。夕見に促されて渡したニセ名刺は、ほとんど目も向けられないまま、ローテーブルの隅に置かれている。

希恵が真っ直ぐに見ているのは私の顔だ。カメラマンということになっている夕見があれこれと質問をするのは不自然だし、現に先ほどのおばあさんに笑われたので、ここでは私が口火を切った。

「ですから、確認をさせていただきたいんです。事実に誤認があったり誇張があったり、それこそまったくの嘘を書いてしまっては、ご迷惑をおかけしてしまいますので」

こうした言い方をすれば、宮司としては口をひらかざるをえないだろうという算段があった。嘘を書かれる可能性があるくらいなら、知っていることを喋ってくれるだろうと。そんな計算ができるほど自分が落ち着いていることが意外だった。

夕見が羽田上村に行きたいと言い出したとき、はじめは即座に首を横に振った。この村ではおそらくいまも、三十年前の毒キノコ事件の犯人は藤原南人であり、私や姉はその子供たちだ。そんな場所に足を踏み入れることなどできるはずがない――そう思った。しかし実際に来てみると、先ほどのおばあさんも、いま目の前にいる太良部希恵も、何の疑いもなく私や姉と会話をする。

それが三十年という歳月だった。まさか最初から希恵とこれほどの至近距離で向き合うことになるとは思わなかったが、偽名や眼鏡や化粧の力を借りさえすれば、彼女でさえ私たちの正体に気づかないのだ。

「当時、毒キノコ事件の犯人とされたのは、村で居酒屋を経営されていた藤原南人氏ですよね。彼が犯人であると疑われたのは、先代の宮司さん――太良部容子さんが書いた手紙が理由だったと聞いていますが、その手紙はいまどこに？」

自分たちの嘘が通用すると知り、私はやや大胆になっていた。夕見の思い切った言動からも、きっと勇気を得ていたのだろう。

「わたしが保管しています」

「見せていただくことは――」

「できかねます」

私的なものなので、と希恵はつけ加えた。手紙は彼女の母親が私の父に渡したものであり、本来ならば所有権は父にあるはずだが、私はいったん頷いた。

「どんな内容だったかだけでも、教えてはいただけないでしょうか。もちろん当時の報道を見直して、こちらも把握してはいるのですが」

希恵は目をそらした。しかしその直前、視線がほんの少しだけ余計に、私の顔に留まっていたように思えた。

「三十年前……神鳴講の日の早朝に、その季節で最初の落雷がありました」

そこで彼女はしばらく黙り込んだ。しかしやがて、忘れていた台詞《せりふ》をようやく思い出したかのように、顔を上げてすらすらと話しはじめた。

「この山の上に、わたしたちがハタ場と呼んでいる、よく雷が落ちる場所があるのですが、そこに大きなのが一つ。それからあともしばらく空が鳴っていて、その雷の中、藤原南人さんが神社の境内に入ってくるのを母は見ていたんです」

ハタ場というのは、この後家山の頂上付近にある一帯だ。昔、山崩れによってできたと言われており、テニスコート二つ分ほどの広さで黒土が露出している。そこに木がほとんど生えないのは、土の下に岩盤が連なっているからだという。そのため日当たりが良く、ハタ場を囲むように生えた木々は生長が早まり、それが落雷を誘う。

「母は神鳴講が行われた日の朝、藤原南人さんが作業場の中に入り、調理台に置かれた雷電汁の鍋に白いものを入れて去って行くのを見ていました。それで、すぐに確かめに行き、それがキノコであると知りました。ある種の猛毒のキノコである可能性も頭をよぎったようです」

「シロタマゴテングタケですね」

まるでその言葉自体が毒を持つかのように、希恵は装束の肩をぐっと強張《こわば》らせて頷いた。

「でも母はその雷電汁を廃棄せず、また誰にも話しませんでした。理由はわかりません。とにかく手紙にはそう書いてありました。だから、神鳴講で二人の人間が亡《な》くなり、二人が重症に陥った責任は自分にあるのだと。その責任を背負って生きていくことはできないと」

そして太良部容子は、この雷電神社の拝殿で首をくくり、自らの命を絶った。

「お母様は、具体的にどのような状態で藤原南人さんを目撃されたのでしょう。その、彼女が立っていた場所ですとか、そういった意味で」

「それは手紙には書かれていませんでした。ただ、早朝の落雷がカラ雷だったので、母が蒲団《ふとん》から起き出してハタ場まで確認に行ったのはわたしも憶えています。雨といっしょに来る雷であれば山火事の心配はありませんが、カラ雷の場合は出火の危険があるので、いまも昔も、雷電神社の宮司が必ず確認に行くことになっているんです。

しばらくして、どうやら山火事は心配ないということで母は自宅に戻ってきたのですが、おそらく目撃したのはそのときのことだと思います。家を出た際はまだ暗かったので、戻ってきたときではないかと」

「ハタ場からの山道を下っているときですか？」

「下りきってからではないでしょうか。そこまで来ないと作業場は見えませんので」

雷電神社の境内は外周二百メートルほどの正方形に近いかたちをしており、鳥居を下辺とすると、上の辺に拝殿、左の辺に住居、右の辺にこの社務所や作業場がある。ハタ場へとつづく道は拝殿と住居のあいだ、ちょうど左上の角の部分から延びているので、その入り口から作業場までは、おそらく五十メートル以上離れている。

「距離があったわけですね」

「見間違えた可能性についておっしゃっているのであれば、それは違います」

「何故ですか？」

希恵は背筋を伸ばし、動かぬ証拠を見せつけるかのように答えた。

「母は曖昧な事実で誰かを犯人として名指しするような人間ではなかったからです」

親を信じたいという思いは、何も希恵だけが持っているものではない。その気持ちを顔に出さないよう努めながら、私は言葉を返した。

「しかし、神鳴講の朝、藤原南人氏は自宅から一歩も離れていないことがご家族によって証明されていたかと思いますが」

姉の証言によって、それは裏付けられているのだ。

希恵は少したじろいだようだが、両目の力は変わらない。私たちはしばし唇を結んで互いの顔を見合ったあと、希恵のほうが先に視線を外した。輪染みが浮いたローテーブルを見下ろし、白い首の後れ毛が力なく垂れる。

「なにしろ、ずいぶん時間が経ってしまった出来事です。本当のことはもうわかりません」

「では、少し話を進めさせていただきます。当時の警察は、太良部容子さんの手紙によって藤原南人氏を毒キノコ事件の容疑者だと考えました。でも動機についてはいかがでしょう。何かお考えはありますでしょうか？」

黙って首を横に振られたので、私はもう一歩踏み込むことにした。

「その一年前――いまから三十一年前に、藤原南人氏の妻が神鳴講の準備のあとで不審死を遂げたと聞いています。村の人たちは、そのことが事件に関係していると言っていたそうですが？」

「わたしにはわかりかねます」

事実以外はもう口にしないと決めてしまったかのような、素早い返答だった。私は言葉の接《つ》ぎ穂を探して周囲に視線を投げた。希恵の右側、作業場につづく引き戸のそばに、木製の電話台があり、その上にファックスつきの電話機が置かれている。外見からして、当時使われていたものではなさそうだが、三十一年前も電話はあの場所にあったのだろうか。コケ汁の仕込みに時間がかかり、帰りが遅くなると連絡してきた母は、あの場所に立っていたのだろうか。母の声の向こうから、しんしょもちたちが酒を飲んでいる声も聞こえていたが、彼ら四人はどこにいたのだろう。コケ汁の仕込みが終わったあと、しんしょもちたちにも太良部容子にも気づかれず、いったい母はどうやってこの神社から姿を消したのか。

希恵の背後に目を移すと、一段高い場所に、障子で仕切られた部屋があった。

「毎年、村の女性たちがコケ汁を仕込んでいるとき、この神社で宵宮が行われていたそうですが、いまもまだ？」

「行っておりません。もともと正式な行事ではありませんでしたし」

「昔はどこでそれを？」

「あなたがいま見た和室です」

その物言いに、私はすべてを見透かされた気がした。希恵は私が誰であるかも、いま私が母のことを思っていたことまでも、本当は知っているのではないか。

しかし、どうやら違ったらしい。

「藤原南人さんの奥様がこの神社から消えたことについても、当時警察にさんざん訊かれました。でもわたしにはもちろん、母にも一切わかりませんでした。とにかく気がついたら消えていたのだそうです。しんしょもちさんたち――そのとき宵宮をやっていた人たちといっしょになって捜しても、まったく見つかりませんでした。それで、藤原南人さんや村のほかの人たちに連絡して、みんなで捜して……」

山の北側を下った場所にある川で、冷たい水に浸《つ》かっているところを、父によって発見されたのだ。

「当時高校生だったわたしは、自宅にいるよう言われていたので、心配しながらただ待っていることしかできませんでしたが」

「いまおっしゃった、しんしょもちさんたちというのは、翌年の神鳴講でシロタマゴテングタケを食べてしまった四人ですね。油田長者の黒澤宗吾さん、荒垣金属を経営されていた荒垣猛さん、キノコの生産販売で最大手だった篠林一雄さん、長門総合病院の院長だった長門幸輔さん。このうち荒垣さんと篠林さんが中毒によって死亡し、残った黒澤さんと長門さんも重篤《じゅうとく》な――」

希恵が目線を外して微笑《わら》った。

「……何ですか？」

訊くと、そのまま首を横に振る。

「いえ、本当に、すっかり調べておいでなんですね。あの事件の直後も、それからあとも、こうした取材に来られる方がたくさんいらっしゃいました。でも、何も見ずにお話しになる方は初めてです」

資料を何度も読み直してきたので、と私は冷静に返した。

「ところで、当時、重篤な状態だった黒澤宗吾さんと長門幸輔さんですが、その後は？」

「それはお調べになっていないんですか？」

「もちろん把握はしています」

これまで何度かインターネットで調べた限りだと、黒澤宗吾と長門幸輔の二人が死亡したという記事は見つからなかった。しかし、シロタマゴテングタケの後遺症に関連した死でなければ、いかに村内で名の知れた人物とはいえ、そもそも記事にされない可能性も高い。あれから三十年が経ったいま、二人はどちらも七十歳前後のはずだ。生きているのだろうか。後遺症は残っているのだろうか。まだこの村で暮らしているのだろうか。

「でしたら、わたしがお話しする必要はないかと思います」

そう言うと、希恵は壁のアナログ時計に目をやった。針は午後一時を回ったところだが、おそらく彼女は時刻を確認するというよりも、話を切り上げるきっかけをつくったのだろう。

「仕事がありますので、申し訳ありませんが」

返事を待たずに腰を上げる。引き留めるわけにもいかず、仕方なく私たちも立ち上がった。

「そういえば先ほど外で伺ったのですが、何日か前も、ここに神鳴講やコケ汁のことを調べに来た人がいたとか?」

「ええ、男性の方がお一人で」

名乗られたが忘れたという。

「苗字《みょうじ》でも下の名前でもない、何ですか、ペンネームのような感じで……名刺も渡されず、こちらもわざわざ憶えはしませんでした」

そう言ってから希恵は、相手に見せるための苦笑を浮かべた。

「あちらは、純粋に祭りのことを調べているお方でした」

（四）

「腰も伸びるっちゃ！」

　社務所を出ると、おばあさんが座ったまま腰に手をあて、ほかの三人をげらげら笑わせていた。何ですか、と姉が訊くと、得意満面で「ビタミンD《デー》」の話をはじめる。

「コケに入っとうビタミンDってのが、カルシュームを身体《からだ》ん中へ取り込むのに必要なんさ。だーすけ、コケは骨にいいが。干したやつならなおさらだが。骨もねえもん食って骨が丈夫になるって不思議でねえか、なあ？」

　たしかに不思議だと私たち三人は頷いた。

「震災のときも、あれだよ、この村の人間はみんなコケ食うとうおかげで逃げ足が速かったすけ、だぁれも死ななかったんさ」

「人数少ないからでしょうが」

　栗色の髪をした若い女性が言い、それにかぶせるようにして、おばあさんもほかの二人も大笑いする。

「中越地震の被害って、このあたりはどうだったんですか？」

夕見がしゃがみ込んで訊くと、おばあさんが両目をひん剝いて何か言おうとしたが、言うまでに時間がかかったので、若い女性が先に答えた。

「あたし四歳だったからほとんど憶えてない」

「あ、同い年」

「ほんとですか？　え、すごい。それでそんな、カメラマンなんてやって」

夕見が曖昧《あいまい》に笑い返した隙《すき》に、おばあさんが両目をひん剝き直して割り込んだ。

「そりゃもう、おっかねかったよ。道はゆがむし、家はぼっこれるし。ここの建物は丈夫だすけ、倒れなかったども、鳥居が一本足になったが。一本足でも立っとうのに驚いたが。なあ宮司さん？」

作業場の中へ声を飛ばすが、希恵の返事はなく、幟を動かしているらしい音だけが聞こえてくる。おばあさんはあきらめて、また私たちに向き直った。

「ここだけの話、わたしぁあの地震が来んの知ってたが。朝方、空に地震雲が浮かんでたすけ」

「え、あれってほんとに出るんですか？」

夕見は興味津々《しんしん》の様子で空を見る。大きな地震の予兆として、波のような雲が空に浮かぶという話は私も聞いたことがあった。

「出る出る、あれぁびっくりしたが」

「じゃあおばあさん、その雲のおかげで地震に備えられたんですね」

「いやあんた、備えるなんてできねえよ。だって、それが地震雲だって知ったの、地震のあとだすけ」

本気なのか冗談なのか判断がつきかねたが、女性たち三人が笑ったので、私たちも合わせた。おばあさんは少々戸惑った様子でそれぞれの顔を眺めたあと、急に声を落とす。

「でも、怖ぇ話があるんさ。ここ、鳥居のほかは無事だったども、火事場泥棒に入られたが。火事場泥棒ってえか、地震泥棒ってえかね」

賽銭《さいせん》箱が壊されて中身がそっくり盗まれ、社務所や自宅にも荒らされたあとが残っていたのだという。

「地震のあとの山崩れを心配して、宮司さんが下に宿借りて寝泊まりしてるあいだにやられたんさ。わたしぁそれ聞いたとき思ったね。地震、雷、火事、親父なんて言うだども、ほんとに怖ぇのは――」

ふと言葉を切る。その視線を追って振り返ると、希恵が作業場から出てくるところだった。おばあさんはスイッチでも切られたように大人しくなり、すっと干しキノコの山に向き直る。

「よその人に、あんまり喋っちゃいかん」

自分で言いながら作業を再開し、その後ろを希恵が無言で通り過ぎていく。おばあさんが唇を結ぶと、ほかの三人もそれに従い、それぞれ黙々と手を動かしはじめたので、私たちはその場を離れた。希恵の後ろ姿は拝殿の中に消えていくところだった。

「ちょっと、確かめたいことがある」

私が言うと、姉も夕見も心得顔で頷いた。拝殿と住居とのあいだ——四角い境内の左奥、ハタ場へとつづく道のほうへ三人で向かう。山道に入ったあたりで立ち止まり、振り返ってみると、木々のあいだに境内が一望できた。右手の鳥居、左手の拝殿。正面には四人の女性たち。その向こうに作業場の入り口があり、奥に設置された調理台や流し台、ガスコンロが確認できる。いっぽうで私たちの姿は、枝葉にまぎれておそらく見えにくい状態だろう。なるほど、先ほど希恵が言ったとおり、太良部容子はこの場所から父の姿を目撃したのかもしれない。ハタ場にカラ雷が落ち、その様子を確認しに行った帰りに。

しかし、やはり遠い。

父が鳥居を抜けて境内に入り、真っ直ぐ歩いて作業場へ向かったとすると、太良部容子と父との距離はだんだん近づくことになる。父が作業場の入り口に差しかかったところで、その距離は最も近くなるが、それでもまだ五十メートルほどはあり、見間違えてもおかしくない。

「実験してみようよ」

言うなり夕見が境内の入り口のほうへ駆けていった。鳥居のあたりで立ち止まり、ちらっとこちらを見たあと、今度は作業場に向かってゆっくりと歩いていく。その姿は先ほどイメージしたとおりで、やはりだんだんと大きくなってくるものの、作業場の入り口に差しかかった時点でも、まだはっきりと顔かたちがわかるほどではなかった。おばあさんが夕見に何か声を投げ、二人で笑い合っている。その笑いのあいだに夕見は、希恵がいる拝殿のほうを一瞬だけ確認したかと思うと、素早く作業場の中に入り込んだ。調理台の前に立ち、曖昧に両手を動かしているのは、犯人が雷電汁にシロタマゴテングタケを入れているシーンの再現だろう。

「見える……といえば見えるな」

「でも、希恵ちゃんのお母さんがこの場所から目撃したっていうのは、あくまで想像でしょ？　実際にはここじゃなくて、別の場所から見た可能性もあるじゃない。もうちょっと近くで」

「そうなると、境内に立つしかないから、相手からもこっちが見える」

かといって拝殿側や社務所側に立ってしまうと、今度は作業場の中が見えない。

「じゃあ、家に戻ってからだったとか。玄関口とか、もしかしたら家の中に入ったあと、窓ごしに目撃したのかも」

姉がそう言うので、ためしに家の前まで行ってみたが、それは単に横へ数メートル移動しただけであり、景色はほとんど変わらなかった。二人して考え込んでいると、夕見がもういいかという仕草をしてみせたので、私たちは頷いた。夕見は少々わざとらしい自然さで、こちらへ向かって歩いてくる。

「希恵ちゃん……結婚しなかったのか」

姉がふと空に顔を向けて呟《つぶや》いた。

「何だよ急に」

「べつに」

姉の目は雲の色を写し取ったように灰色で、私はなんとなく言葉を見つけられなかった。夕見のほうへ向き直ると、境内の真ん中あたりで立ち止まり、後ろを振り返っている。作業場――いや、その上あたりを見ているようだ。しばらく待っても動かないので、私は姉を促してそちらへ向かった。

「何してんだ？」

そばまで行くと、夕見はリュックサックからあの写真集を取り出していた。ひらいたページをまじまじと眺め、空に目をやり、またページを覗《のぞ》き込む。

「……あそこだ」

夕見が写真集を持ち上げて寒空にかざすと、そこに写っている山の稜線《りょうせん》は、作業場の向こうに広がる越後山脈の稜線とぴったり一致していた。

（五）

電話で予約した宿は「いちい」という、村に一軒だけある民宿だった。

宿帳に偽名を正確に書き込むため、私は深川由紀夫、姉は古橋明子という漢字をそれぞれ車中で再確認しておいたのだが、宿に着いてみると、そんなものはなかった。折れたように腰の曲がった老主人が、問わず語りに説明したところだと、ほとんど開店休業状態なのだという。もともと村が石油ブームで沸き立っていた時代に、村外からの労働者を泊まらせるため先代がこの宿を建てたのだが、製油産業が衰退してからは、二階に三つある客室を家族で適当に使いつつ、たまに客が来たときだけ急いで場所を空《あ》けているのだと正直すぎる説明をされた。

「ってことはさ、少なくとも築百年近くは経《た》ってるわけだよね」

部屋に案内してくれた主人が廊下へ下がるなり、夕見が物珍しそうに壁や天井を見回す。板の間の端に農協のマークが入った段ボール箱が置かれ、ちゃんと閉まっていない蓋《ふた》の隙間から、刺繍《ししゅう》道具のようなものが見えている。家族の私物だろうか。

正面にある腰窓の障子を滑らせ、私は外を見た。民宿いちいは村の東端にあり、窓は西を向いているので、右手に後家山、左手には越後山脈の山影が望める。

かつて八津川京子という写真家が撮った写真は、あの越後山脈ごしの空を、後家山から捉《とら》えたものだとわかった。しかし、よくよく見比べてみたところ、どうも彼女がカメラを構えた位置は雷電神社よりも高い地点らしい。そうなると、思い当たる場所は一つしかない。

「ハタ場って、さっきの神社からどのくらい登ったとこにあるの?」

訊きながら、夕見が左の壁際《ぎわ》に置かれた分厚いテレビに近づく。ボリュームのつまみを兼ねたスイッチを押し、首をひねったので、それは引いて点《つ》けるのだと教えてやった。しかし、引いても何も起きなかった。コンセントが抜けていることに気づき、夕見はそれを差し込んだが、画面には砂嵐《すなあらし》が現れるばかりだ。

「三十分はかかった憶《おぼ》えがあるけど、いまならもう少し早いかもな」

「逆に、もっとかかるんじゃない？　幸人ちゃんも四十過ぎたんだから」

姉が隣に立ち、窓にひたいを近づける。どちらもダテ眼鏡をかけているので、そうして窓辺に並んでいると、なにやら二人して演劇でもやっているような気分だった。

「ノコンギク、ツワブキ、キチジョウソウ……ヤブコウジの実が真っ赤」

眼下にはほどほどに手入れされた庭があり、いま姉が言った何がどれなのかわからないが、晩秋の花たちが綺麗《きれい》に咲いている。紫、黄色、ピンク。水が涸《か》れた池のそばに赤い実をつけている草があるが、あれがヤブコウジだろうか。この村で暮らしていた頃、母がよく庭の花たちを指さし、いまやったように一つ一つ名前を言い、私に教えてくれたのを憶えている。

「幸人ちゃん、たまに外から花を持って帰ってきてたよね」

「やってたな」

小学三年生か四年生か、そのくらいの頃だった。道端や野山で綺麗な花を見つけると、母のために、根っこごと引き抜いて持ち帰っていたのだ。私が自慢げに差し出した花を、母は綺麗だと喜び、自分が大切にしている庭にいつも植えてくれた。いま思えば、きちんと手入れされた庭に、雑草の繁殖力はさぞ厄介だったことだろう。

「お父さんにも、食材を持って帰ってきたり」

「トチの実だろ」

後家山でトチの実をたくさん集めてきたのだ。すると父もまた大げさに喜んで、トチ餅《もち》をつくると約束してくれた。ただ、仕事が忙《しょうばい》しかったのか、実際につくってくれるまでずいぶんかかり、さすがに一ヶ月ほど経つと、あの実は本当は捨ててしまったのではないかと心配になった。だから、あるとき父に呼ばれて厨房《ちゅうぼう》に行き、湯気の立つトチ餅を見せてもらったときは涙が出そうになった。甘い、独特の癖があるその餅を、私たちは家族四人で食べた。夜になると、父は英の客にもにこにこしながらそれを振る舞い、息子が実を集めてきたんですと、いちいち自慢していた。そのときばかりは私も階段を降り、あまり好きではなかった店内を覗きながら得意になった。姉のように家事も器用に手伝えず、身体ばかり大きいくせに何もできない自分が、そうして家の役に立てたことが嬉しかった。

「あれ、大変だったのよ」

「何が？」

「トチ餅って、つくるのすごい手間かかるんだから。アクが強いから、それを完全に抜かないと、えぐみで口の中が痺《しび》れちゃうの。だからまず殻を剝いて、天日で乾燥させて、今度は薄皮をぜんぶ剝いて、その実を流水に浸けて、それから木灰《きばい》といっしょにまた水に浸け込んだりして、やっと使えるようになるのよ」

トチ餅ができるまで時間がかかったのは、そのためだったのか。

「和食屋の厨房に立ってるくせに……いままで知らなかったな」

「お父さんが一人でアク抜きやってるの、わたしたまたま見ちゃったんだけど、幸人ちゃんには言わないでくれって頼まれた」

きっと、私が傷つくのを心配したのだろう。そして、当時の自分の性格からすると、もしその重労働を見たら確実に傷ついていたに違いない。

「そのあとの、フキノトウが失敗だったのは憶えてるけど」

胸の中で思い出をたどる。トチ餅で調子に乗った私は、春の木陰に顔を出したフキノトウを見つけ、店の料理に使えるのではないかと大量に摘んで持ち帰ったのだ。そして父を驚かせようと、それをこっそり厨房の調理台に置いておいた。しかし私が摘んできたのはフキノトウではなくフクジュソウだった。雪解けの地際に顔を出した蕾《つぼみ》が、フキノトウにそっくりで、間違えてしまったのだ。調理台に置かれた大量のフクジュソウを見つけた父は、すぐさま私を呼んだ。声の様子に妙なものを感じつつも、照れ笑いの先触れのようなものを浮かべながら階段を降りていくと、ちょうど中学校から帰ってきた姉もそこにいて、二人で何か話していた。父は私に向き直り、これを置いたのはお前かと確認した。そして私が頷くと、フクジュソウが強い毒を持っていることを教えた。もし間違って食べてしまえば、ひどいときには命さえ取られてしまうのだと。声は静かだが、怖い顔だった。

——幸人ちゃん、フキノトウだと思ったんだよね？

姉が横から取りなすように言ってくれたが、そんなことは父も承知だった。はっきりこれだと言えないものを、そうして勝手に調理台の上へ載せておいたことを叱《しか》ったのだ。寒い厨房で、私は声を出さずにぼろぼろ泣いた。調理台のフクジュソウを掻《か》き集め、ゴミバケツに入れ、二階へ戻ったあとも、涙は流れつづけた。できるだけ静かに泣いていたはずなのに、ちょうど涙が止まった頃、姉が部屋に入ってきた。鼻水をのどまで垂らした私に、姉は何でもない調子で、フクジュソウの花について教えてくれた。蕾のままじっと日の光を待ち、ひとたびそれが当たると、ものの十分ほどで大きくひらくのだという。そのあと花は太陽を正確に追って光を受けつづけ、内側がとてもあたたかくなり、それを喜んで虫が集まる。虫は花粉を媒介し、フクジュソウは増えていく。あのとき姉は何かの教訓を込めたつもりだったのだろうか。それとも単に私の気を紛らわそうとしてくれたのだろうか。

――なじょも、なじょも。

最後にはやはり、あの呪文《じゅもん》のような言葉とともに、姉は私の頭に手をのせてくれた。

「いまさらだけど、何であのときフクジュソウのこと話してくれたの？」

「いつ？」

「ほら、俺が小さい頃、、、、フキノトウを摘んできたとき」

訊くと、姉はしばらく唇を結んでいたが、やがて窓の向こうを見つめて呟いた。

「すごく、似てるから」

もちろん、フクジュソウとフキノトウが似ているということではないのだろう。私は姉の言葉の意味を考えてみた。フクジュソウの花が、いったい何と似ているというのか。

「……なぞなぞ？」

「さあね」

しばらく考えてもわからなかったので、適当なところであきらめた。

「とにかくあのとき、俺えらく反省してさ。よく知りもしないものを摘んで持って帰るのやめたんだ」

「賢明だと思う」

「でも――」

私の顔はまだ薄く笑ったままで、しかし唐突に、頭に空白が降りていた。

でも――何だというのか。いったい私はいま何とつづけようとしたのか。まるで自分ではない誰かが発した言葉であるように、でもというその一語は私の唇と咽喉《のど》に強い違和感を残した。

「これぜんぜん映らない」

大きな音に振り返った。夕見がチャンネルを回しながら、どこで憶えたのか、手のひらでテレビをばんばん叩いている。

「それぁアナログだすけ、映らねえが」

宿の主人がノックもしないで部屋に入ってきた。いまにももう一度叩こうと右手を持ち上げていた夕見は、その手を下ろしてテレビの電源を切った。主人が危なっかしく捧《ささ》げ持った盆には、急須《きゅうす》と湯呑《ゆの》み、小袋に入った煎餅《せんべい》がいくつか載っている。座卓の脇《わき》に膝《ひざ》をつき、にこにこしながら四つの湯呑みにお茶を注ぐので、私たちはそこに集まって腰を下ろした。主人はそれぞれの前に湯呑みを滑らせたあと、自分もまた座り込む。腰が曲がっているので頭の位置は極端に低かった。天板のすぐそばにあるひたいには、犬の腹のような染《し》みが浮いている。

「これ、食べなせ。新潟のおせんべは美味《うめ》えが。ここぁ昔の油田のあれで、慌《あわ》てて人が集まってできたような村だもんで、昔から米はつくってねえども、まわりはみんな米どころだすけ」

たしかに美味そうな醬油《しょうゆ》煎餅を、私は一つ取りながら訊《き》いた。

「油田といえば……三十年ほど前にこの村の祭りで死亡事故があったとき、油田長者さんの家でも被害に遭われた方がいるんですよね？」

主人の顔から笑みが消え失《う》せ、少々突き出た前歯も上唇の向こうに消えた。

「黒澤宗吾さんかね」

「ええ、その人です。毒キノコで、ほかにも三人が被害に遭われたとか。村にとって重要な四家だったそうですが……」

先ほど希恵から聞き出せなかった、四家についての現状を知っておきたかったのだ。

シロタマゴテングタケを食べて死んだ、荒垣金属の荒垣猛と、キノコ農家の篠林一雄。死にはしなかったが重篤な状態に陥った、油田長者の黒澤宗吾と、長門総合病院の長門幸輔。——しかし宿の主人は、まるで知らない生き物の動きでも警戒するように、肩のあたりをぎこちなく強張らせて唇を結んでいる。その沈黙は驚くほど素早く部屋の空気を支配し、私は見えない袋に閉じ込められたような息苦しさをおぼえた。

「いえ、祭りでの事故はべつにどうでもいいのですが、村の産業のことが気になったもので。最近はこうした、地方の力が重要視されていますから」

なんとか言葉をひねり出すと、ああ、と主人は唇をほどく。息苦しさも遠ざかり、しかし、その印象はしばらく肌に残った。それは子供時代に感じていた、あの密閉されたような感覚とよく似ていた。うつむいた大人たちが、袋の風穴を一つ一つ塞《ふさ》いでいる。子供たちはその中で、ときおり首をひねりながら行き来している。そんな思いが、あの頃いつも胸にあった。

「荒垣さんとこは、死んだ父親にかわって一人息子が荒垣金属の社長になって、いまも上手《うも》うやっとうよ。うちの息子夫婦が働いとうのも荒垣金属の工場さ。油田の黒澤さんは、命は助かったども後遺症があったすけ、やっぱし長男が家督を継いで、いまも土地転がしで景気ようやっとうが」

黒澤宗吾本人はどうしているのかと訊くと、現在は後遺症からも回復し、車の運転もすれば酒も飲むという。

「長門さんも後遺症が残ったども、後継ぎがいなかったすけ、いまも名前だけは院長のままだが。まあ実際は奥さんのほうがぜんぶ采配するようになって、こっちのほうは前よりよくなったって話ちゃ」

主人は指で輪っかをつくって上下に揺らし、ふたたび前歯を見せてにやりと笑う。

「なるほど、どこも、家業はいまもつづいているんですね」

「なにせれ、みんなしんしょもちだすけ」

そう言ったとき、主人の口許《くちもと》は笑ったままだったが、両目が一瞬だけ鳩のように表情をなくした。

「篠林さんのところは、どうなったんでしょう」

雷電神社からこの宿へ向かうあいだ、私たちは黒澤家、長門家、荒垣家、篠林家に車を回してきた。どの家も後家山の麓《ふもと》に建っていたので、確認するのにそれほど時間はかからなかった。四家のうち、三つの屋敷はいまもそこにあったが――ただ一つ、篠林家だけが消えていたのだ。キノコ栽培のビニールハウスや、原木を保管する倉庫は昔と変わらず建ち並んでいるというのに、屋敷だけがなかった。

「あの家ぁ……つぶれたが」

「でも、ビニールハウスや倉庫がありましたが」

すべて人に売ったのだという。

「篠林さんとこも一人息子がいて、家業を継ぐてえことになってたども、親父さんが毒キノコで死んだあと、土地も私財も切り売りして、ぷいと村を出ていっちまったが。

なんでも東京だか神奈川だか埼玉だか行って商売はじめたとか、はじめなかったとか」

お茶をすすり、主人は唇の端をべろんとめくり上げる。

「もともと東京の大学出て、そのあともしばらく都会でハイカラに暮らしてた人だすけ、こっちの生活は合わなかったんさ。家を継げってやかましい父親が死んで、ちょうどいいってんで……いま頃、よそで大成功して、昔よりでっこい家に住んどうかもしれねえが」

かつてあった篠林家よりも大きな屋敷を、東京や神奈川や埼玉で建てるのはなかなか難しそうだが、なるほど、これで納得がいった。篠林家だけは、三十年前の出来事により、家も商売もこの村から消えてしまったらしい。

「まあ、分家の人間はいくらか残っとうすけ、篠林の姓が村から消えたわけじゃねえども」

皺《しわ》が染み込んだ顔に、主人は憫笑《びんしょう》のようなものを浮かべた。

…………。

そのとき唐突に、テレビのほうから男の声がした。

振り返ってみるが、画面には何も映っていない。そもそも電源が入っていない。

「来るときには、来るもんだが」

「……何がです？」

主人は枯れ枝のような指で壁のほうを二、三度突く仕草をしてみせる。

「ああ、今日はお隣にもお客さんがいるんですね」

「今日っちゅうか、四日目だが。普段は息子夫婦が外で働いた金で生活しとうすけ、ありがてえことで。……まんだら、ごゆっくり」

主人はお茶を飲み干し、座卓を押し下げるようにして立ち上がった。夕食は六時に一階の座敷、風呂は八時までが男風呂、十時までが女風呂、それを過ぎると家族が使うので早めに入ってほしいと言い、自分の湯呑みを持って戸口に向かう。

「部屋は鍵《かぎ》がかかんねえすけ、貴重品の管理だけはよろしゅう頼みます」

（六）

姉の運転で幹線道路を村の半ばまで戻り、そこから南へ車を走らせた。相変わらず灰色に沈んだ空の下、向かっているのは清沢照美《きよさわてるみ》という女性の自宅だった。

あれから私たち三人は、隣室に声が届かないよう気をつけながら、母の死について意見を交わした。三十一年前の夜、母は雷電神社で神鳴講のコケ汁を仕込んだあと姿を消し、後家山の北側にある川に浸かっているところを発見された。その後、救急車に乗せられて病院へと搬送されたが、医者による手当も虚《むな》しく、その夜のうちに息をひきとった。母が姿を消した理由も、冷たい川に浸かっていた理由もわからない。しかし、当時の医師や看護婦に話を聞けば、何かわかるのではないかと姉が言った。そこからさらに、事件に関する新しい事実も摑めるのではないかと。

――針が通れば糸がつづくって言うでしょ。

そこで私は深川由紀夫という偽名を名乗り、取材を行っていると嘘をついて長門総合病院に電話をかけた。一番古くから働いている人は誰かと訊いてみると、院内の掃除や配膳の仕事をしているヤクショさんだという。電話を代わってくれたヤクショさんという男性は、用件を不審がって最初は言葉少なだったが、地方の歴史を調べているのだと言うと、自分史のようなものを少しずつ語りはじめ、やがて喋《しゃべ》らせるよりも黙らせるほうが難しくなった。隙を見て、三十一年前の夜に運ばれてきた藤原英という女性について訊《たず》ねてみたところ、ヤクショさんは憶えていた。ただしそれは当時の医師や看護婦長に話を聞いただけで、自分の目で母の姿や様子を見たわけではないらしい。その医師や看護婦長は現在どうしているかと訊くと、医師のほうは高齢ですでに亡くなっていたが、清沢照美という当時の看護婦長については、いまは退職したものの、元気だという。

荒垣金属の大きな工場を左手に、大小まじり合ったキノコのビニールハウスを右手に見て走る。周囲に点在する住宅は、古い農家造りだったり、妙に目立つモダンな洋風建築だったり、ごく普通の木造建築だったりした。車内が寒いのは、後部座席で夕見が窓を開け、風景を写真におさめているせいだ。時刻は四時になろうとするところで、村の気温はさらに下がりはじめていた。

「あれかな？」

姉が車を減速させる。道の右側、キノコのビニールハウスと白菜畑とのあいだに二階建ての家がぽつんと建っている。そばへ行ってみると、門柱に掲げられた表札に「清沢」とあるので、どうやら間違いないようだ。駐車場にはグレーの軽自動車が一台駐まっている。

路傍に車を寄せ、三人で車を降りた。近づいてみると、軽自動車はどうやら新車のようで、フロントガラスの内側にはリスのコンビや犬や宇宙人のようなぬいぐるみが並んでいた。

「神社に駐めてあった車だ」

夕見の言葉に、私も姉も黙って頷《うなず》いた。

（七）
「来ると……思ってたちゃ」

清沢照美は炬燵《こたつ》の向こうでうつむき、深々と息を吐いた。

私たちが言葉を探していると、いきなり顔を上げてにんまり笑う。

「さっき電話くれたすけ」

ヤクショさんに清沢照美の自宅の電話番号を教えてもらっていたので、宿を出る前に電話をかけ、本人にアポイントをとっておいたのだ。そして来てみると、出てきたのは雷電神社で会ったあのおばあさんというわけだった。電話の声がやけに似ているとは感じたが、まさか同一人物だとは思わなかった。


淹《い》れてもらったお茶をすする。壁にポスターが貼《は》られているが、ご当地アイドルというやつだろうか、稲作をもじったグループ名の、五人組の少女たちだ。

「この村は昔からコケばかりつくっとうども、新潟といえばやっぱし米だが」

清沢照美もポスターを振り返る。ファンなんですかと夕見が訊くと、嬉《うれ》しそうに唇の端を持ち上げ、孫だと答えた。

「いやメンバーじゃねえよ。孫娘がファンだすけ、勝手に貼ってくんさ。これみんな似たような顔しとうろ？　だども孫は、何々ちゃん何々ちゃんって見分けられるが。そんでわたしはテルちゃん」

孫は娘夫婦とともに柏崎に住んでいて、夫が死んで一人暮らしの自分をしょっちゅう家族で訪ねてくれるのだと、テルちゃんは笑った。車に並んでいるぬいぐるみも、孫がゲームセンターで取ってきてくれるのだという。

「先ほど病院に電話してお聞きしたのですが、清沢さんは長いこと長門総合病院にお勤めだったそうですね」

「長かったよ。だども、定年する七年前に……看護婦はやめちまったさ」

「それは、どうして？」

彼女は急に押し黙って頰を持ち上げる。

「看護師になったすけ」

二度目の老婆《ろうば》ギャグに辟易《へきえき》したが、姉と夕見は声を上げて笑っている。それがおさまるのを待ってから私は本題に入った。

「じつは、雷電神社や神鳴講についてだけでなく、私たちは三十年前の出来事についても調べているんです」

するとと宿の主人同様、彼女の唇がぴたりと閉じた。まるで瞬時に縫いつけられたかのように。しばらく待ってみても、彼女はそのまま微動だにしない。膿《う》んだように濡《ぬ》れた瞼《まぶた》の奥で、両目がただ真っ直ぐ私に向けられているばかりだ。

「神社でお会いしたとき、清沢さんが〝事故〟とおっしゃった出来事です。神鳴講の雷電汁にシロタマゴテングタケが混入して――」

「事故じゃねえが」

縫い目を力任せに引き切るように、相手の口が突然ひらかれた。別人かと思うほどの太い声だった。そのことに自分で驚いたのか、彼女は目を丸くして言葉を切り、溜《ため》息《いき》のような咳払《せきばら》いをしたあと、また穏やかな声に戻ってつづける。

「ありゃ殺人事件だが」

彼女の顔の内側にある、もう一枚の顔を見た思いだった。いや、彼女や宿の主人だけでなく、当時を知る村人たちはみんな、こうしてもう一枚の顔を持っているのかもしれない。

「昼間会ったときはそりゃ、よそから来たあんたらが何も知らねえと思ったすけ、事故だと言うたども、知ってるんだら話は別さね。ありゃ殺人事件さ。藤原南人って男がやったんさ」

ならばこちらも、その線で話を進めるまでだ。

「私たちもそう考えていますし、その事件に巻き込まれたことで、村の人々は大変な思いをされたと聞いています。だからこそ、いったいどうしてあんなことが起きたのかを調べているんです。清沢さんにも、是非それにご協力願えればと思い、こうしてご自宅まで伺いました」

清沢照美の咽喉から、短い、しかしどこか満足げな吐息が洩《も》れた。

「まあ、昔のこととはいえ、知りてえのはこっちも同じさね」

会話に備えるように、彼女はお茶で咽喉を湿らす。

「……んで？」

「当時、長門総合病院にお勤めだった清沢さんに、三十年前の事件のことと、その前年に病院で亡くなった藤原英さんのことを伺いたいと思っていまして」

「なして……その二つなんか？」

彼女は訊き返したが、声の様子から、純粋に疑問に思っているわけではなさそうだ。

「事件の動機について考えているところなんです。あの事件の一年前に起きた、藤原南人氏の妻の不審死が、動機に関係しているのではないかと言われていたようですが、それについて何かお考えはありますでしょうか?」

じつのところ、その一般論を、当時の事情をよく知る清沢照美が一笑に付してくれるのではないかという期待があった。しかしその期待はすぐに裏切られた。

「ま、関係しとうだろうね」

「どうして……そう思われるんです?」

訊くと、清沢照美は初めて目をそらした。顔からはもう完全に笑みが消え去り、笑い皺だけが残っていた。

「いや……誰にも話してねえことだすけ」

「何をです?」

彼女がふたたび口をひらくまでしばらくかかり、やがてその巾着《きんちゃく》のような口から言葉が呟かれたが、独り言のようで要領を得ない。

「川で見つかった奥さんが病院に運び込まれたあと、ちょっとまあ、変な言葉を聞いちまって……そんときは意味なんてわかんなかったし、とにかく命を助けなきゃならねえしで、気にも留めてなかったんだども……」

言葉はそこで途切れたが、私は彼女が語るのにまかせようと、敢《あ》えて黙っていた。姉も夕見も唇を結んで清沢照美の顔に注目している。その沈黙を重圧に感じたのか、やがて彼女はぽつりぽつりと話をはじめたが、語られた内容は、これまでどんな記録にも、私自身の記憶にもないものだった。

「藤原英さんが病院に運ばれてきた夜——」

それは三十一年前、母に救急治療が施されたあとのことだった。患者に対してできることをすべてやりきり、医師はもう病室におらず、そこには看護婦長である清沢照美のほかに、「藤原南人」と「高校生の娘さん」と「小学生の息子さん」がいた。父と姉、そして私だ。

「息子さんが、あんまり泣きじゃくりすぎて、お母さんのベッドのそばでもどしちまったんさ。そんで藤原南人が息子さんを外へ連れ出して、娘さんとわたしぁ病室で、その、もどしたものを片付けてたんだども——」

そのとき母が、一時的に意識を取り戻したのだという。彼女がそれに気づいたのは、「息子さん」の嘔吐《おうと》物を掃除し終え、タオルを始末して戻ってきたときのことだった。ベッドで母は薄く目をひらき、自ら酸素マスクを外して唇を動かし、「娘さん」はその口許に耳を寄せ、懸命に言葉を聞き取ろうとしていた。

「こうやってさ」

清沢照美は上体を折り曲げ、片耳を炬燵の天板ぎりぎりまで近づけてみせる。彼女によると、母が何を言っているのかはわからなかったが、最後に二度繰り返された言葉だけは、はっきりと耳に届いたのだという。

「キノコを食べちゃ駄目……そう言うてたが」

　母の両目はすぐにまた閉じられ、それと同時に全身から力が抜けたのが見て取れた。清沢照美は素早く容体を確認したが、母の意識は遠ざかり、反応はなかった。彼女は急いで酸素マスクを母の顔に戻し、医者を呼んだ。

「だども……そのあとは一度も目を覚まさねえまんま、お亡くなりになったが」

　姉のほうに目を向けないよう、渾身《こんしん》の努力が必要だった。死の直前に意識を取り戻した母は、そこにいた姉にいったい何を伝えたのか。キノコを食べてはいけないというのはどういう意味だったのか。なぜ姉はこれまでそのことを私に黙っていたのか。疑問符に頭を満たされつつ、私は自分の中にある記憶の空白を、初めてはっきりと自覚していた。憶えていないのだ。富田さんの車に乗せられて病室へ駆けつけたこと、ベッドに寝かされていた母の顔が、白い和紙を張られたように血の気を失くしていたこと、その顔に、水滴で曇った酸素マスクがのせられていたこと。それらは明確に記憶している。本当の記憶なのか、あるいは父や姉から話を聞いているうちに自分の記憶だと思い込むようになったのかはわからない。しかし、一連の出来事は確かに自分の頭の中にある。病室にやってきた太良部容子が、母が神社からいなくなった顚末《てんまつ》を話してくれたことも。だが、泣きじゃくるあまり嘔吐してしまったり、父に連れられて病室を出たことは、いくら記憶を探ってみても思い出せない。いま清沢照美が語った光景は、確かに存在したはずなのに、それを脳裏に思い描いてみても、自分の姿を入れ込むことだけがどうしてもできない。

「だーすけ……一年後の神鳴講で藤原南人が毒キノコ騒ぎを起こすことを、奥さんは知っていなさったんじゃなかろっか」

私が漠然と考えたことを、清沢照美が言葉にした。

「あの夜、神社から消えた奥さんをみんなで探しとうとき、見つけたのは藤原南人だったっていうが？　そんで藤原南人が奥さんを背負うて河原を歩いて、救急車まで運んだが？　そんとき、たぶん奥さんはもうほとんど……こういう言い方しちゃいけねえんだども……亡くなりかけてたはずちゃ。病院に運ばれてきたときの状態からするとね。そんでも、藤原南人に背負われて運ばれとうとき、二人のあいだに何か会話があったんじゃねえかと思う。それが何の話だかはわかんねえよ。わかんねえども、藤原南人が、俺ぁ毒キノコで騒ぎ起こしてやるんだっていうようなことを、奥さんに言ったんじゃねえか。だーすけ奥さんは、病室で目ぇ覚ましたとき、そこにいた娘さんに、キノコを食べるなって伝えたんじゃねえか」

ふたたびの沈黙が降りたとき、私はようやく姉の顔に目を向けることができた。姉もまたこちらを見ていた。小さく唇だけを動かし、その動きは「あとで」と見て取れたが、とても待てるものではない。

「その、キノコを食べるなという言葉の前に、藤原英さんが娘さんに何を言っていたのか、少しでも聞き取れませんでしたか？」

訊ねた相手は清沢照美だったが、実際は姉に向けた言葉だった。すると姉も、こちらの意図を理解してくれたらしく、清沢照美が首を横に振るのを待ってから口をひらいた。

「そのとき藤原英さんはかなり衰弱した状態で、何かを言おうとしても、声にならなかったんだと思います。娘さんのほうも、お母さんが言おうとしていることを懸命に理解しようとしたとは思いますけど、最後の言葉以外は聞き取れませんでした」

語尾を聞いた瞬間、炬燵の中で夕見の足が素早く動き、姉は急いで言い添えた。

「もちろん想像ですけど」

どうやら姉も清沢照美と同様、母の言葉は最後の部分しか聞き取れなかったらしい。しかし、どうして姉がこれまでそのことを隠してきたのかは依然として疑問だった。

姉がふたたび口をひらく。

「いまのお話を伺うと、もしかしたら実際に藤原英さんは、毒キノコ事件が起きることを知っていたのかもしれません。でも、それを起こそうとしているのが藤原南人さんだったと決めつけるのは早計ではないでしょうか」

責められていると感じたのか、清沢照美は臆《おく》したように目を伏せた。いや、実際、姉は責めたのだ。これはまずいと感じて私は割って入った。

「あるいは、藤原英さんの言葉は、一年後に起きた事件とは何の関係もなかった可能性もあります」

急ごしらえのその意見を、しかし私は自分でも信じていたわけではない。いまにも命の糸が途切れようとしている人間が、必死に伝えた最期《さいご》の言葉なのだ。重要なものでないはずがない。そしてキノコが関係する重要なことといえば、一年後の神鳴講で起きたあの事件以外には一つとして思いつかない。

混乱しきった頭を整理してみる。いま聞いた話を考え合わせると、おそらくそこには二つの可能性がある。一つは「母は毒キノコ事件が起きることを知っていた」。もう一つは「母は毒キノコ事件が起きることと、それを起こそうとしている人物が誰であるかを知っていた」。しかし前者の可能性は薄い。あれほどの出来事が起きることだけを知るという状況が想像できないからだ。後者について考えてみる。母が、毒キノコ事件が起きることと、その事件を起こそうとしている人物を知っていたとして、まず、どうやって知ったのか。あの日、コケ汁を仕込みに雷電神社へ出かけるまで、母に何ら変わったところはなかった。すると、知ったタイミングとしては、そのあとだ。母が家を出てから、清沢照美が「キノコを食べちゃ駄目」という言葉を聞くまでのあいだ。そこで接触した可能性がある人物といえば、母をおぶって河原を歩いた父のほかに、それを手伝った村の男たち、雷電神社の宮司だった太良部容子、母とともにコケ汁の仕込みを手伝っていた三人の女性たち、宵宮の酒を飲んでいた黒澤宗吾、荒垣猛、篠林一雄、長門幸輔。母はそのうちの誰かから、何かを聞いた。――そこまで考えて、私は胸の中で暗澹《あんたん》と溜息をついた。誰か。何か。わかっていることが少なすぎて、どんなに知恵を絞っても、それ以上には進まない。

「でも、なるほど、よくわかりました」

いったん話を戻した。

「毒キノコ事件の犯人は藤原南人氏だった。その事件は一年前の藤原英さんの死と関係していた。清沢さんがそう考えるのは無理もないことと思います」

相手の意見に同調することで、さらなる情報が引き出せるかもしれないと思ったのだが、清沢照美は意外な反応を見せた。腕を組んで首をひねり、まるで何か受け容《い》れがたい意見でも口にされたような様子なのだ。たったいま彼女自身が話したことを、要約して言い直しただけだというのに。

「……何か？」

「しっくりこねえ」

　首をひねって唸り、腕を組み替えてまた首をひねる。

「しっくりこねえんだよ。だーすけ、奥さんが亡《な》くなった一年後に毒キノコ事件が起きたときも、藤原南人が警察に引っぱられてったときも、さっきの話は誰にもしなかったんさ。もちろん思い出しはしたども……人には話さなかったんさ」

「何が、しっくりこなかったんです？」

「いや……普通に想像したら、こんなふうに考えちまうが？　奥さんが死んだ責任が誰かにあった。藤原南人はその誰かに仕返しをしようとした。そんであくる年、雷電汁に毒キノコをまぜて、その相手を殺した。要するにまあ……復讐《ふくしゅう》ちゃ」

　犯人がもし父であったと仮定すると、私もそう考えてしまう。動機は母のための復讐だった。その復讐の相手は――いま清沢照美は「誰か」と言葉を濁したが、四人のしんしょもちだった。さらにもう一つ、父がそれをやったと考えられる理由がある。

この村を出るとき、私は聞いたのだ。

——間違ってねえ。

運転席に座った父は、確かにそう呟いていた。

「だども、そういうわけじゃなかったようにも思うちゃ」

清沢照美は湯呑みを脇によけると、上体を乗り出し、炬燵の上に顔をのせるようにして、こちらがまったく予期していなかった言葉を囁《ささや》いた。

「あそこは、夫婦仲が上手《うま》くいってなかったのかもしれねえ」

まるで知らない言語でも耳にしたような気分だった。

「……どうしてです？」

「最初から、ちょっと変な感じはあったちゃ。だってあんた、自分の奥さんが死にかけてんだから、普通は、しっかりしろとか、大丈夫だぞとか、手ぇ握ったりだとか、そういうことするが？　そんでも藤原南人は、わたしらが処置しとうあいだも、それが終わってからも、ずっと病室の隅に立ってばっかりだったんさ。高校生の娘さんと小学生の息子さんは、お母ちゃんの手とか足に取りすがったり、でっこい声で泣いたり、泣きすぎてもどしたりしてたども」

「突然の出来事に……放心状態だったのでは？」

しかし清沢照美はこちらをいったん見たあと、ひどく確信を持った仕草でかぶりを振った。

「藤原南人は奥さんのことを、死んじまってもいいと言うてたが」

あまりにも信じられない言葉だった。

「清沢さんに、そう言ったんですか?」

彼女はふたたび首を横に振る。

「息子さんにだが」

部屋の温度がしんと下がったかに思われた。言葉がまったく見つからず、もし見つかったとしても、きっとそれを咽喉から先へ出すだけの勇気はなかった。またも記憶の空白に直面し、何かひと言でも口にした瞬間、自分がその空白にのみ込まれてしまう気がした。

私のかわりに口をひらいてくれたのは夕見だった。

「それは、どんなシチュ……状況で?」

「シチュエーションくらいわかるが」

清沢照美は頬笑み、しかしその笑いはすぐに掻き消える。

「藤原英さんの意識が戻った、少しあとのことちゃ。わたしぁすぐに先生を呼んで

――」

医師と二人で母の容体を確認しつつ、彼女はその場にいた姉に、私と父に報《しら》せてくるよう頼んだ。姉は病室を走り出ていき、しかし、どこかで入れ違いになったらしく、ほどなくして私と父だけが戻ってきた。

「いまさっき意識が戻ったことを二人に説明したあと、わたしと先生は処置の方針を相談しなきゃなんなかったすけ病室を出て……息子さん、お母さんの姿を見たらまた泣いちまって、藤原南人のほうは相変わらずぼんやり突っ立っとうばっかりで……でも急に、泣いとう息子さんに向かって、とんでもねえこと言ったが」

清沢照美の声に、不意に硬い芯《しん》が入った。

「死んじまってもいいって」

雷に撃たれたあの日から、私はこれまで何百回も記憶を手探りしてきた。しかし、いまほど切実に、指先にふれる何かを求めたことはない。

「どういうわけがあって、そんなこと言ったのか知らねえども……息子さんはさぞ驚いたろうし、何より、哀しかったろうね」

いや、きっと雷のような怒りに撃たれたはずだ。はらわたを怒りでいっぱいにして、頬を震わせながら父を睨み上げたはずだ。

「あくる年の神鳴講で毒キノコ騒ぎが起きて、藤原南人が犯人だってことになったとき、一年前のいろんなことを思い出したが。そんで、藤原南人が雷電汁に毒キノコ入れたのは奥さんが死んだことと関係しとうのかもしれねえと思いながらも、奥さんが死んじまってもいいなんて言ってたすけ、何が何だかわからなくて、自分が見たこと聞いたことを、誰にも話さなかったが」

頭の中はもはや疑問符ばかりで、いまにもどこかに亀裂が入ってしまいそうだった。清沢照美は先ほど〝しっくりこない〟と言ったが、そんな言葉で表現できるような混乱ではない。雷電神社から忽然《こつぜん》と消えた母は、死に際の病室で、キノコを食べるなと姉に伝えた。翌年の神鳴講で起きた毒キノコ事件では、四人のしんしょもちがシロタマゴテングタケを食べ、二人が死んで二人が重症に陥った。その後、雷電神社の宮司である太良部容子が自殺し、彼女は死ぬ前に、父を犯人として名指しする手紙を書いた。――そこまでの話を総合すると、たしかに父が犯人だったと思えてしまう。母のための復讐として、四人のしんしょもちの毒殺を目論《もくろ》んだのだと。それを母は知っていたのだと。しかしいっぽうで父は、いまにも命が途切れようとしている母のことを、死んでもいいなどと言っていたという。あの父が。母と二人で英という店をつくり、互いに気遣い合い、支え合いながら生きてきたはずの父が。いったい何故《なぜ》。どんな理由があって。

「そんなこんなで、しっくりこねえとこがあるども、やっぱりわたしぁ藤原南人がやったと思うとるが。最初に言ったようにね。藤原南人ってぇのは、もともと羽田上村の人間じゃなかったさ。雷電神社の歴史も、コケ汁の由来も知らなかったさ。だーすけ、あんなひでえことができたが。知ってりゃ、とてもできるもんじゃねえが」

それは違う。雷電神社のこともコケ汁のことも、父はよく知っていた。羽田上村の生まれである母と暮らしていたのだし、なにより英という店を通じ、一般の村人たち以上に、多くの人と言葉を交わしていた。小学校で習った神社やコケ汁の歴史を、私が得意げに喋ったときも、父はみんな知っていて、多少の説明をつけ加えさえしてくれたのを憶えている。

それを言えないのが悔しかった。悔しさの底で、つい三ヶ月前まで生きていた父が、捉えどころのない曖昧な存在へと変わり、その姿さえ奇妙に歪《ゆが》んでいくように感じられた。父と過ごした長い時間の中に、幸せな思い出だっていくつもあったし、料理や商売のやり方を教えてくれたのも父だった。いま私は切実に真実を知りたかった。この村にやってきたのは、脅迫者から夕見を遠ざけるためだったが、それと同じくらい、過去のすべてを解明したいと願った。

四人で炬燵を囲んだまま、気づけば長いこと黙り込んでいた。もはや見慣れたその部屋は、時間が停まってしまったようにしんとしている。清沢照美の背後には、テレビが置かれた棚があり、その棚の奥、すぐには取り出せないような場所に、汽車やパズル状の木地玩具《がんぐ》が見える。壁にポスターを貼った孫娘が、もっと小さかった頃に遊んでいたのだろうか。

「一番不憫だったのは、なにせれ子供らだが」

そう呟きながら清沢照美が私と姉の顔を見比べたので、知らず身体《からだ》が強張《こわば》った。

「あれから三十年経っとうすけ、ちょうどあんたがたと同じくれえの歳《とし》じゃなかろっか。四歳違いの姉弟《きょうだい》でね。顔立ちも、どっかあんたがたと似てたてえ」

その類似をさらに確認しようという様子はなく、彼女は睫毛《まつげ》を伏せた。私はいったん警戒を解いたが、それも束《つか》の間《ま》、無防備になった胸に、氷のような言葉が不意に突き刺さった。

「父親がやったことのせいで、二人とも雷に撃たれてね。娘さんのほうなんて、身体があんなになっちまって……不憫だったたって言うたども、いまだって不憫だが。あの火傷《やけど》は、まあ、一生消えないだろうからね」

肺が凍りついたように、吸い込んだ息が吐き出せなかった。

埼玉の中学校時代、お前の姉はヤクザだと、クラスメイトに言われたことがある。そのクラスメイトの姉と私の姉が同じ高校に通っていたのだが、着替えの際に肌を見たのだという。入れ墨だらけなんだろと笑われたとき、私はそのクラスメイトを力いっぱい殴り飛ばしたかった。しかしできず、できないという事実に、全身を殴られたような痛みをおぼえた。帰宅後、姉が私の頬に涙の跡を見つけ、何があったのかと訊いた。私はただ首を横に振ることしかできなかった。そのときも姉は、あの呪文のような、羽田上村を出てからただ一つだけ使いつづけていた方言で、私を慰めてくれた。きっと私が顚末を説明しても、同じだったに違いない。姉は同じように慰めてくれたに違いない。

「その娘さんが入院しているときも……お世話をしてくれたんですか？」

湯呑みを包むように両手を添え、姉が訊く。「してくれた」と言ってしまったことには、姉自身も清沢照美も気がついていないようだ。

「させてもらったが」

姉の両目がふっと広がる。どうやら二人は昼間、雷電神社で出会う前から——三十年も昔に、互いを見知っていたらしい。

「一日に何べんも身体を拭《ふ》いてね。薬を塗って。どうせ痕《あと》は消えねえすけ、焼け石に水だとはわかってたども。あの娘さんがようやく目ぇ覚ましたときは……まあ、驚いたろうね。なにせれ自分の身体があの状態だもの。これからの人生を思って、絶望したに違《ちげ》えねえさ。わたしも可哀想《かわいそう》で可哀想で、隠れて泣いたりしてね」

何の罪もない素直な言葉だけに、いっそう姉が憐《あわ》れだった。

（八）

帰りがけにミカンを二つずつ持たされて車に戻った。晩秋の短い日は暮れ、村全体が闇《やみ》の底に沈み、ヘッドライトだけを頼りに私たちは幹線道路を目指した。

「……何で、ずっと言わなかったの？」

ハンドルを握る姉に訊いてみると、その短い質問だけで意味を理解してくれた。

「正直、うわごとだと思ってた。そこしか聞き取れなかったし、まさか一年後にあんな事件が起きるなんて想像もしてなかったし」

「事件が起きてからは？」

「それこそ、絶対に言えなくなった。だって、言ったら、わたしだけじゃなくて幸人ちゃんまで、お父さんが犯人だって信じちゃってたでしょ」

たしかにそうだ。もし姉から話を聞いていたら、きっと私は清沢照美と同じ想像をしていた。母は父が毒キノコ事件を起こすことを知っていた——だから最後の力を振り絞り、キノコを食べるなと姉に伝えた——つまり、あの事件の犯人は、やはり父だったのだと。

「まあ……俺が姉さんでも、言わなかったかもな」

「幸人ちゃんこそ何で黙ってたの？　お父さんが、お母さんのこと、死んでもいいなんて言ってたこと」

「こっちは、そんな言葉を聞いたこと自体……憶えてない」

予想どおりの返答だったらしく、姉は小さく頷いて唇を閉じた。

「亜沙実さん、お祖母《ばあ》ちゃんにキノコ食べちゃ駄目って言われて、食べなくなった？」

後部座席から夕見が訊く。まるで日常の戒めか何かについて話しているような口調だが、たぶんわざとなのだろう。娘の優しさは昔から変わらない。十五年前、アザミの植木鉢を陽の当たる場所へ置いてくれたときから、何も変わらない。

「キノコねえ……」

そう言ったきり姉はフロントガラスの先を見つめ、エンジン音だけが車内に響きつづけた。ヘッドライトが切り抜く田舎道では、ときおり小石が針のように尖《とが》った影を伸ばし、私たちの足下へ消えていく。

「あのあとも……普通に食べちゃってたな。ほんとに、うわごとだと思ってたから」

「今日の晩ご飯だって、もしキノコが入ってたら亜沙実さんとあたしでお父さんのぶん食べてあげようとか言ってたもんね」

横向きに延びた街灯の列が、幹線道路の場所を示している。途切れ途切れに並ぶ、その頼りない光に向かって車は進んでいく。

「それにしても、宿のご主人とか、清沢さんとか、毒キノコ事件の話を切り出すと、みんな急に怖い顔するよね」

夕見が顔を覆《おお》ったのが、声の感じでわかった。

「ああなんか……正体ばれるのすごい恐い。いまばれたら、どんな顔されんだろ」

「そんなの、家に帰ればいいだけのことじゃない」

「逃げるみたいにして？」

逃げるために、夕見を連れてここへ来た。その先のことなど考える余裕もなく。しかし、自分たちの正体が露呈するしないにかかわらず、いつまでもこの村にいるわけにはいかないことも承知していた。私たちはいずれ埼玉に戻らなければならない。あの男がいつ現れるとも知れない自宅に。転居する資金などどこにもなく、たとえあったとしても、誰にも行き先を知られずにそれができるとは思えない。

（九）

「お隣って、女の人もいたんだね」

薄暗い廊下で立ち止まり、夕見が囁く。

「男じゃなかったか？」

「え、嘘《うそ》」

民宿いちいの二階で、私たちは並んで階段の上を眺めた。三つ並んだ客室の一番こちら側が私たちの部屋で、隣が、四日前から泊まっているという客の部屋だ。たったいまその引き戸を開けて中に入っていった人影があったのだが――それが男だか女だかはっきりしない。全体的にひどく細長いシルエットで、長い髪を後ろで縛っているのはわかったが、それ以外は室内からの逆光で見えなかった。

八時までが男風呂、そのあとが女風呂と言われていたので、私だけ入浴を済ませてきた戻り際、宿の中を「探検」していた夕見と行き合ったところだった。

「まあ、どっちでもいいだろ」

並んで階段を上る。スリッパごしでも踏み板が冷えているのがわかる。

「あとでお風呂入るとき、亜沙実さんとは別々のほうがいいかな」

「気になるか？」

「向こうが……どうかなと思って」

三十年前、雷撃による昏睡《こんすい》から目覚めたあと、姉は私たちとともに埼玉へ移った。それが高校二年生が終わった春休みだったので、三年生の一年間を新しい高校で過ごすことになった。姉はその学校で、季節にかかわらず長袖《ながそで》のブラウスを着て通学していたが、体育の授業などはみんなと同じ半袖の体操着で、夏になって水泳の授業がはじまっても、学校指定の水着を身につけていたらしい。肌に残る紫色の模様をあからさまに気味悪がるクラスメイトもいたし、同じプールに入りたくないと教師に訴える者もいたと聞く。哀しいはずのそれらの出来事を、しかし姉はいつも笑って私に話した。はじめはそれを強がりだと思っていたし、事実そうだったのかもしれない。でもたぶん、本当に強くなれるのは、強がることができる人だけなのだろう。

「お前が気にしなければ、大丈夫だ」

部屋の戸を開けると、姉は座卓で清沢照美にもらったミカンを食べているところだった。私たちを見て口許を隠しながら笑う。風呂上がりで咽喉が渇いていたので、私も一つ剝《む》いて食べ、そうしているうちに夕食の時間となったので、今度は三人で一階へ降りた。

奥の和室に入ると、真ん中に長方形の座卓が置かれ、その端っこに宿の主人が座っていた。私たちを見るなり、前歯を出して笑いかけてくる。座卓には大皿料理が二品と、漬け物の盛り合わせ。大皿はそれぞれ豚肉と野菜の炒《いた》め物と、油揚げやちくわが入った煮物で、どちらも白菜が目立った。漬け物の盛り合わせも、半分ほどがやはり白菜だ。箸《はし》や小皿は三人分しか置かれていないが、隣室の客は食べないのだろうか。

「いま、イチョウ飯炊《めした》いとうよ」

いかにも楽しみにしてくれという顔をされたが、夕見にはそれが何だかわからなかったようだ。

「ここらじゃギンナンのことをイチョウてえ呼ぶが。木のほうは〝イチョウの木〟」

「あ、ギンナン大好きです。キノコ栽培が有名な場所だから、あたしてっきりキノコご飯とか出るかと思ってました」

言いながら、夕見はこっそり私の背中をつつく。

「うちぁコケは出さねえし、家でも食わねね」

「そうなんですか」

「験《げん》が悪いろ」

ごく当たり前のことのように言い、主人は座卓のまわりに置かれた座布団《ざぶとん》を示す。彼は何も言い添えなかったが、この家でキノコを出さなくなったのが三十年前であることは容易に察せられた。もしかしたら、ほかにも同じような家があるのかもしれない。

私たちが席につくと、主人はそれぞれの湯呑みにお茶を注《つ》ぎ分けてから、奥の引き戸に「お刺身ぃ」と声を投げた。引き戸の向こうから姉と同年代くらいに見える女性が出てきて、軽く会釈《えしゃく》をしつつ卓上に皿を一枚置く。主人が言っていた「息子夫婦」の奥さんだろうか。置かれた皿には、サイズの小さな切り身が綺麗《きれい》に並び、剝き残った銀色の皮がきらきら輝いている。

「ハタハタですね」

私が言うと、ほ、と主人の唇が丸くなった。

「お客さん、よう知っとうね」

刺身を置いた女性が奥に下がっていく。引き戸を開けたとき、その向こうに小ぶりのテーブルと、窮屈そうにそれを囲む三人の姿が見えた。四十代後半くらいの男性と、たぶんまだどちらも十代の、若い男女。おそらくは主人の息子と孫たちなのだろう。

神　雷

男性はビールが入ったグラスを言い訳のように覗《のぞ》き込み、こちらに顔を向けない。二人の子供たちのうち兄らしいほうは、黙々と箸を動かしながら不機嫌そうに目も上げず、妹のほうは逆に、わざとだとわかる強い視線を投げてよこした。なんだか他人の家にいきなり上がり込んで迷惑をかけているような気分だった。

「〝ハタハタを二つ並べて雷神様〟ってね」

「……何です？」

「ハタハタてえ魚、こう書くが」

主人はそばにあったチラシとボールペンを取り、意外な達筆で「鱩」「鰰」と書きつける。

「これ、どっちも一文字でハタハタって読むちゃ。そんでほら、左側を隠すと、見てみこれ」

人差し指で二つの魚へんを隠すと、たしかに「雷神」と読めた。聞いたことのない言葉遊びだが、主人のオリジナルだろうか。

「お茶ぁ淹れたども、まずはビール飲みなせ」

主人は立ち上がって引き戸の向こうから瓶ビールを一本とグラスを三つ持ってきたが、姉は昔から酒を飲まないし、夕見は未成年だ。それを言うと、彼は何故かグラスを一つだけ奥へ戻しに行った。ふたたび私のそばに腰を下ろし、落書きのような静脈が浮いた両手で、丁寧な酌をしてくれる。礼を言ってそれに口をつけようとしたとき、主人の手がもう一つのグラスのほうへ動いた。余儀なく私が瓶を持ち上げてみせると、顔だけで盛大に驚きながら、そのグラスを摑《つか》む。

「まんだら、ありがたく」

私たちが食事をするあいだ、主人は一杯のビールを舐《な》めるように飲み、それでも声や身振りがだんだん大きくなった。ほとんど一人で喋る主人の話を聞きながら、私たちは彼が新潟出身の田中角栄をあまり好いていないことや、ジャイアント馬場も新潟生まれであることを知った。

「馬場さんは八百屋の息子だども、野菜であんなにでっこくなるのは驚きだが」

アルコールを口にしたのは久方ぶりだった。あの日、自宅の電話が鳴ってからというもの、酒など飲む気にはなれなかった。

「宿名《やどめい》の〝いちい〟は、赤い実をつけるあのイチイですか？」

姉が訊くと、そうそうそうと主人は嬉しそうに頷いて説明を加える。イチイは大木にはならないが良質の木材がとれ、秋にできる赤い実は甘くて美味《おい》しい。それにあやかり、小さいけれど良質で、料理も美味しい宿を、創業者である彼の父はつくりたかったのだという。そんな話を聞きながら私は、父が「一炊」の由来について話してくれたことを思い出した。あの店名を父は、中国の故事「一炊の夢」からとった。昔ある男が、思いどおりに出世ができるという枕《まくら》を借り、夢の中で、栄華を極めた人生を経験する。しかし目覚めてみると、炊きかけの飯がまだできあがっていないほどの時間しか経《た》っていなかった。この故事から、「一炊の夢」というのは、人生の栄華が儚《はかな》いことをたとえる言葉となったらしい。

——でも、儚いってのは、大事ってことだ。

埼玉で一炊を開業する直前、父は私にそう言った。当時中学三年生だった私には正直なところよく理解できなかった。ただ、普段は必要以上に口を利《き》かない父が、自分からこんなに長く言葉をつづけるのは珍しいなと思いながら、その横顔を見つめていた。

——飯食ったり、酒飲んだりするあいだも、短え時間だけど、なるべく大事にしてもらいてえと思ってな。

いまは、父の言葉を少し理解できる。私たちが羽田上村で何事もなく暮らせていた日々は、振り返ればひどく短いものだった。私が結婚してから悦子と過ごした時間も短く、二人で夕見を育てた時間は、もっと短かった。歳を重ねるにつれ、比較する時間だけが延びていき、途切れてしまった時間は遠ざかるばかりで、それだけに、すべてがどれほど大事だったかが身に染みる。料理をぱくつきながら笑っている夕見に、私はそっと目をやった。娘の幸せを、儚いものになどしたくないという気持ちが、あらためて胸を埋めた。

「中トロってあるじゃないですか。あたし小さいとき、お祖父《じい》ちゃんが誰かと仕事の電話しながら言ってたその言葉の意味がわからなくて、あとで訊いたらしいんです、中トロって何って」

おうおう、と主人がしきりに頷いている。

「それでお祖父ちゃん、マグロの脂《あぶら》があぁでこうでって、中トロの説明してくれたんですけど」

「おう」

「そしたらあたし、しばらく考え込んだあと、すごい真面目《まじめ》な顔してお祖父ちゃんに訊いたらしいんですよ」

「おう？」

「中トロ半端って何って」

主人と姉が同時に吹き出した。知っている話ではあったが、私も笑った。父と夕見がこのやりとりをしていたのは一炊の厨房《ちゅうぼう》だったが、滅多に表情を崩すことがなかった父さえも、あのときは肩を揺らしていたのを憶《おぼ》えている。

「お祖父さんと、仲良かったっちゃなあ」

「いや、どうなんでしょ。ぜんぜん喋らない人だったんですよ」

「男ってのはみんな、そんなもんだが」

まるで自分もそうであるかのように、主人はいまさら腕を組んで口を閉じた。しかし「中トロ半端ってのはよかったなあ」と、すぐにまた相好を崩す。夕見の話に出てくる「お祖父ちゃん」が藤原南人だと知ったら、いったい彼はどんな顔をするだろう。

ビールがなくなると、主人が背後の棚から地酒の一升瓶を取った。隣に置かれたティッシュボックスほどの古いラジオは、さっきまで聴いていたのか、銀色のアンテナが伸びたままになっている。夕見がそれに目をやり、本物のラジオを生まれて初めて見たと言うので、主人のみならず私と姉も驚いた。

「聴いたこともねえが?」

「いえ、聴くのはたまーにスマホで」

主人は中途半端に頷き返し、私と自分のグラスに地酒を注ぎながら、この村では昔から必ず家にラジオを置くのだと夕見に教えた。

「秋が終わる頃になると電池を入れ替えて、雷にそなえるちゃ」

「でも天気予報って、テレビのほうがわかりやすくないですか？」

「いやいや、雷が近づいてくんのを、音で知るが」

私たちがここで暮らしていた頃、英にも二階の住居にも、それぞれラジオがあったのを憶えている。晩秋、空が曇った日にはきまって父がラジオの電源を入れてＡＭ局に合わせた。どの局でも構わないが、雷が近づくと、ガリガリと特徴的な雑音がまじってそれを知らせてくれるのだ。父によると、雷雲の中で生じた放電が、電波を邪魔するらしい。

「そういえば何でこのへんは、雷の季節が夏じゃなくて冬なんですか？」

「何でもなにも、雷といやあ冬だが。雷が鳴ったらヘソ隠せなんて言うども、こっちじゃ雷の季節にヘソなんて出してる奴ぁどこにもいねえが」

このあたりで冬場に雷が多いのは、空気と海水の温度差が原因だと聞く。日本海に対馬暖流が流れ込んで水が温まり、いっぽうで北のシベリアからは冷たい空気が下りてきて、その温度差によって水蒸気が雲になる。雲はさらに水蒸気を吸収しながら巨大化し、やがて海から陸へと上がってくるが、越後山脈を越えることができず、そこにとどまって雷雲になるのだという。

「〝唯《ただ》一つ大きく鳴りぬ雪起こし〟ってね」

さっき「鰡鰤」と書いたチラシに、主人はその句をさらりと綴り、「高浜　子」と書き加えた。首をひねり、「きょ」の字を思い出そうとするが、すぐにあきらめてボールペンを置く。

「このへんじゃ冬の雷のことを〝雪起こし〟てえ呼ぶが。すぐあとに雪が来るすけ、雪起こし。あんたらぁ見たことねえだろうども、雪起こしはそりゃ大したもんだよ。夏に落ちるやつと違って、どっかーんと一発か、せいぜい二発で終わるちゃ。そのかわり、でっこいのなんの」

主人はその大きさを顔で表現した。

「明け方に多いすけ、何年暮らしてても、たまげるが」

「明日の朝は大丈夫ですかね？」

夕見が膝立《ひざだ》ちで畳の上を進み、戸外《そと》に面した掃き出し窓に近づく。

「あれ……雲が消えてる」

カーテンの隙間《すきま》に顔を突っ込んだまま、夕見はしばらく動かずにいたが、やがて急にこちらを振り返って両目を広げた。

「流れ星、撮れるかも」

（十）

雷電神社の駐車場で車のエンジンが切られると、闇と静寂が一瞬で私たちをのみ込んだ。

「……電気ついてる」

姉が指さしたのは鳥居の向こう、境内の右手にある社務所だ。

三人で車を降りる。夕見が取り出した懐中電灯は、宿で借りてきたものだが、一本しかない。スイッチを入れても、心許《こころもと》ないその光はあたりの暗闇をいっそう強調するばかりだった。夕見の後ろに私、その後ろに姉。境内を斜めに横切って窓明かりのほうへ向かう。

社務所の戸を叩くと、しばらくしてから希恵が顔を覗かせた。昼間と同じ白装束を着ているが、三日後に控えた神鳴講の準備で、まだ働いているのだろうか。

「車を駐車場に駐めさせてもらったのですが、よろしかったですか？」

ハタ場まで星の写真を撮りに行くことを正直に説明した。希恵は私たちの顔を無表情に一瞥《いちべつ》したあと、構わないが事故にだけは気をつけてくれと言葉少なに答えて戸を閉めた。彼女の冷然とした態度に夕見が震える真似《まね》をし、姉がその背中をぱしんと叩《たた》く。

拝殿の脇《わき》を抜けて山道に踏み入ると、足下から凍えるような冷気が立ち上ってきた。

「夕見ちゃんが写真に興味持ったのって、お父さんの影響だったの？」

姉の声が暗がりに吸い込まれていく。

「影響っていうより、遺伝かも」

夕見が手にした懐中電灯は上下左右にぶれながら前方を照らしていた。ここからハタ場までは一本道だが、真っ直ぐにつづいているわけではないので、行く手の視界はほとんどきかない。

「だってあたし、こないだ毒キノコ事件の話を聞くまで、お祖父ちゃんが写真やってたことさえ知らなかったんだもん」

写真好きだったはずの父は、母の死を境にカメラを手にしなくなり、話題にさえ出さなくなった。夕見が高校二年生の夏に、小遣いとアルバイト代を貯《た》めて一眼レフカメラを買ったときも、やがて大学の写真学科へ通いはじめてからも、何ひとつ自分のことにはふれず、私もまた黙っていた。

「カメラもそうだけど、あたしお祖父ちゃんのことぜんぜん知らなかったよ。ここに来て、あらためてそれがわかった」

急勾配《こうばい》の山道を進んでいくにつれ、宿で飲んだ地酒が回ってきた。いっぽうで、氷のように冷たい空気が手足の感覚をしだいに奪っていく。意識には霧がかかり、懐中電灯の光が不規則にぶれるのが、まるで自分自身が上下左右に動いているように感じられた。そうかと思えば、光によって揺れる木々の影が、見知らぬ生き物の蠢《うごめ》きにも映るのだった。

「キノコ生えてるかな」

夕見が懐中電灯を脇へ向ける。湿った土のにおい。何かを囁くような葉擦れの音。光の中に、巨大な蛇に似た木の根が浮かび上がって消える。蛇の横腹からは悪性腫瘍《しゅよう》のような集合体が飛び出していたが、あれは群れ生えたキノコだったのだろうか。光はまた正面に戻る。千切れてかたちを失くした落ち葉の群れが、奥から手前に流れてくる。光の端にふたたび丸いものの集合体が入り込み、私はそれを覗き込み——父のいいいいいいいいいいい、喜ぶ顔を思い浮かべながら両手を伸ばし——。

「もしかしてここ？」

夕見の声で我に返った。

目の前に広がっているのは、ハタ場だ。木がまばらに生えた、テニスコート二つ分ほどの広さを持つ一帯。その入り口で、私たちは立ち止まっていた。

「……すご」

夕見が空に顔を向ける。

ハタ場は星に包囲され、首を回すと、白い光がいっせいに視界の中を流れた。子供時代に何度か来たことはあるが、夜に訪れるのは初めてだ。背後を振り返ると、遠くに越後山脈の稜線《りょうせん》が広がっていた。真っ黒なその山影が、歪《いびつ》なかたちをした底無しの穴に見える。

「絶対ここから撮ったはず」

夕見がリュックサックから写真集を取り出し、懐中電灯でページを照らした。八津川京子という写真家が撮った流れ星の写真。見ると、そこに写った稜線の形状は、たしかにここから見えるものに限りなく近い。しかし、カメラの位置はもう少し奥だろうか。

「ん……この音って何？」

夕見に言われ、私と姉も初めて気がついた。切れ目のない、ひとつづきの音。蛇が敵を威嚇《いかく》するときのような。いったん意識すると、それははっきりと耳に届きはじめ、先ほどまで気づかなかったのが不思議なくらいだった。背後からだろうか。私はそちらへ向き直り、そのとき初めて懐中電灯の明かりなしでハタ場の暗闇を目のあたりにした。

円錐《えんすい》状の光が、ぽつんと浮かんでいる。

正体も大きさもわからず、距離が摑めない。ハタ場の奥は崖状《がけ》に地面が途切れているはずだが、光はそのはるか先にあるようにも見えた。しかし、そうだとすると、宙に浮いたまま動かずにいることになる。奇妙な音は途切れずにつづき、よくよく耳をすますと、どうやら光のほうから聞こえているらしい。

音と光の正体を訝《いぶか》っているあいだに、夕見が無言でそちらへ歩きはじめた。懐中電灯を持ったまま遠ざかっていくので、私と姉も追いかける。音はしだいに鮮明になり、前方に浮かぶ光も、視界の中心で大きくなっていく。ある程度進んだところで夕見が懐中電灯を向けると、そこに人間の姿が浮かび上がった。先ほどから見えていた光は、その人物が頭につけているヘッドライトだったらしい。何をしているのかは不明だが、こちらが懐中電灯を向けながら近づいているというのに、気にする様子もない。

もう数メートル距離を詰めたところで、相手の全身が見て取れた。痩《や》せた長身で、長い髪を後ろで一つに縛っている。宿で風呂から部屋に戻ろうとしたとき、隣室に入っていった人影と似ていた。夕見と二人で、男だ女だと言い合ったシルエット。しかし、いま懐中電灯の光に浮かび上がったその横顔は、明らかに男だった。

足を止め、私たちは相手が反応するのを待った。男は眼鏡をかけた横顔をこちらに向け、三脚に一眼レフカメラを取りつけているところのようだ。首からはもう一台、別の一眼レフカメラを提げている。腰のベルトに取りつけてあるのは小さな携帯用ラジオで、先ほどからつづいている音はそこから聞こえていた。

「こんばんは」

とうとう夕見が声をかけると、相手はこっちが驚くほど驚き、勢いよく跳びすさった。警戒するように背中を丸め、こちらを凝視するその顔は、年齢《とし》がまったく読めない。老《ふ》けた若者にも見えるし、身軽な老人のようにも見える。そしてその印象は、彼が発した「ぜん」という声を聞いても同じだった。

「……っぜん気づきませんでした」

やがて男が上体を起こすと、ヘッドライトがまともに私の目を射た。彼は慌《あわ》ててひたいのバンドを回してライトを横に向け、馬鹿丁寧に頭を下げる。

「どうも、こんばんは」

いくら物事に集中していたとしても、これほど静かな場所で話し声がしたり、さらには顔に懐中電灯の光を向けられていながら気づかないということがあるのだろうか。私が不審に思うあいだも男は頭を上げず、よくはわからないが、その目はじっと夕見のほうへ向けられているようだ。

「写真を撮ろうとしているところでして」

見ればわかるようなことを言いながら、男はようやく頭を上げる。両目はやはり夕見に向けられていた。

「……雷の用心ですか？」

ノイズを放ちつづけるラジオを指さして訊《き》いてみた。AM電波を使って雷雲を感知しようとしているのかと思ったのだ。しかし男は首を横に振り、一度ではよく意味のわからない言葉を返した。

「流星が大気圏に突入して発光したとき、周辺の大気が一時的に高密度の電離層を形成して、それがFM電波を反射させることがあるんです。流星散乱通信というやつで」

私たちの顔色を見て、すぐに男が身振り手振りを交えながら説明し直したところによると、流れ星を待っているのだという。まずラジオのチューニングをどこかの遠いFM局に合わせておく。しかしAM電波と違ってFM電波は構造物の影響を受けやすく、山が邪魔をするので捉《とら》えることはできない。ところが流星が近づくと、その影響でFM電波が反射し、捉えられないはずの電波が届くことがある。つまり、ラジオから音声が聞こえたら流星が近くに現れる、という理屈らしい。

「要するに、こいつで流れ星を感知してやろうというわけです」

男は腰につけた安っぽいラジオを見せびらかした。

「あの……どうして、この場所で流れ星を撮ってるんですか？」

夕見が不思議そうに訊く。自分が流れ星を撮影しようと思っていたその場所に、予期せず同じ目的の先客がいたのだから当然だ。

「以前に母がここで撮ったもので」

「お母さん――？」

「その人です」

男が指さしたのは、驚いたことに夕見が手に持っていた八津川京子の写真集だった。

夕見はその写真集を見て、男を見て、また写真集を見てから声を上げた。

「八津川京子……さん、の息子さんなんですか？」

たっはははは、と男は変な笑い方をして眼鏡を直す。

「息子さんって歳でもないですけど」

興奮した夕見はつづけざまに質問を投げ、男はつづけざまに答えた。それによると、彼は彩根《あやね》といい、亡くなった八津川京子の一人息子で、地方の郷土史を研究しながら日本全国で写真を撮っており、著書も何冊かあるのだという。

「そちらは？」

そう訊かれ、夕見は興奮しつつも設定どおり私を編集者の深川、姉をライターの古橋と紹介し、自分はカメラマンで八津川京子の大ファンですと答えた。

「じつはさっき民宿で、彩根さんが部屋に入っていくところを見ました。あたしたち隣の部屋に泊まってるんです」

「あっそうですか。なんか家族連れみたいなのがいらしたなあとは思ってたんですよ。いや、うるさかったらごめんなさいね、僕、独り言の癖があるもんで」

「ぜんぜん聞こえないから気にしないでください。あたしも同じ場所で写真を撮っていいですか？」

どうぞどうぞと頰笑み、彩根は自分の三脚を横へずらしたが、広い場所なのであまり意味はなかった。夕見は懐中電灯を姉に手渡し、リュックサックから飛び出した三脚を引き抜いてそこへ設置する。そのあいだも彩根のラジオからはノイズが響きつづけていた。

「何日か前に、雷電神社の宮司とお話しされましたか？」

郷土史を研究しているというので、もしやと思って訊いてみた。するとやはり思ったとおりで、彩根は神鳴講について調べるためにこの村を訪れ、雷電神社の宮司にも会ってきたのだという。苗字《みょうじ》でも名前でもないようなものを名乗られたと希恵は言っていたが、あれはどうやら彩根のことだったらしい。

「で、ついでにこうして流れ星を撮りに来たというわけです。母が写真を撮った場所をたどって日本中を巡るのは、もともとライフワークみたいなものでして。ちょっとすみません、まず僕、撮影の準備をしちゃいますね」

彩根はカメラと三脚に向き直ったが、「まず」と言ったわりにはそのまま口を動かしつづけ、頼んでもいないのに、これまで調べたという知識を私たちに披露してみせた。

「昔からこの羽田上村で雷神を祀《まつ》っているのは、雷が落ちた場所にキノコがよく生えると言われてるからですが――」

それが科学的事実だということ。雷が落ちたあとには実際にキノコがよく生え、ときには二倍以上の収穫量になること。その理由は、電流を感じたキノコが、子実体、いわゆる笠《かさ》の部分を急激に成長させ、多くの子孫をつくろうとするからだということ。

「キノコにとって落雷は自分たちを全滅させるかもしれない恐ろしいものですから、その前に分身をたくさん残しておかねばということで、自動的に子実体を成長させるようになったんじゃないかという説が有力です。ほかの作物、たとえば稲なんかも落雷があると豊作になることがあるんですよ。日本で昔から雷を神聖なものとして見ていたのは、そのためのようです。語源も〝神が鳴る〟で雷なんだとか。よしできた」

カメラをセッティングし終え、今度は夕見のほうを手伝う。

「紙垂《しで》というものがあるじゃないですか、神社に飾られたり、鏡餅《かがみもち》に垂らしたりするあの、白い紙を段々に折ったやつ。あれも稲妻をかたどったものだと言われてるんです。相撲の土俵入りでほら、横綱の化粧まわしが紙垂で飾られているのも、相撲ってのが本来は五穀豊穣《ほうじょう》を祈る行事だからだそうで。はいこっちも完了」

喋《しゃべ》り終えると同時に作業も終え、彩根はダウンジャケットの上からでも細いとわかる腰に両手をあてた。暗がりには二つの三脚が兄妹みたいに並び、それぞれにセットされた一眼レフカメラのレンズは、遠い越後山脈の稜線あたりに向けられている。

「さあて、あとは流れ星を待つだけだ」

二人はそれぞれのカメラに取り付けられたリモートシャッターを片手に、撮影に備えた。彩根はヘッドライトを消し、夕見も懐中電灯のスイッチを切り、あたりは完全な闇となった。

「彩根さんのカメラって、ずいぶん年季が入ってますけど、どのくらい使ってるんですか？」

夕見の質問に彩根が答えようとしたそのとき――。

《の可能性があるのでご注意ください》

響いていたノイズが唐突に途切れ、男性の声が聞こえた。

ラジオが放送電波を捉えたのだ。嘘でしょ、と彩根が虚空《こくう》に拳《こぶし》を突き出し、夕見も素早く右手を握る。どちらもリモートシャッターのボタンを押したのだが、彩根は何も持っていない左手も突き出しており、さらには無意味に腰も引いていたので、スキーの初心者のようなシルエットだった。二人の息遣いと、等間隔に何度も響くシャッター音。ラジオからはふたたびノイズばかりが放たれ、しかしほんの一瞬、短すぎて内容の聞き取れない男性の声がまた耳に飛び込み、それと同時に視界の上半分で夜空が一直線に切り裂かれた。

実際それは、嘘のようなタイミングだった。

数秒のあいだ、全員が動きを止めていた。もう空に動くものはなく、彩根が腰につけたラジオからは、ふたたびノイズだけが聞こえている。

「たぶん――」

夕見の声が少し震えている。

「いまの、撮れました」

彩根はこくりと一回頷《うなず》き、直後、二人は申し合わせたように互いの顔を見た。彩根がヘッドライトを点けると、その光の中で、夕見の両目はふくらんだように丸くなっていた。

「確認してみましょう。僕のはフィルムだから、そっちのその、そっちのカメラで」

つっかえながら彩根が言い、夕見は急いで三脚からデジタルカメラを外す。私たちは全員で顔を寄せ合ってそれを覗き込んだ。夕見が最後の写真をディスプレイに表示させる。八津川京子の写真集で見たものと、まさに同じアングルだ。全体で空が占める範囲、山影の様子、稜線の形状。そして、空の左上から右下に向かって、引っ掻《か》き傷のような白い直線が鮮明に伸び、闇を斜めに区切っている。

「これ……星が流れてる場所まで同じじゃない」

姉が夕見の腕を両手で摑む。そう、ディスプレイの中で、流れ星の軌跡までもが、八津川京子の写真とまったく同じ位置に浮かんでいるのだ。

「いや、こんなことがあるんだなあ……」

彩根も感嘆しきりで、細長い身体を折り曲げてディスプレイを覗き込みながら、しきりに唸《うな》っている。夕見はといえば、声も出ない様子だった。尊敬する写真家と同じ場所、同じ構図で撮影しようとハタ場へやってきたものの、まさかこれほど同じものが撮れるとは思っていなかったのだろう。

そのとき、低い音が鼓膜を震わせた。

知っている音——この村で暮らしていた頃、数え切れないほど耳にした音。私は頭上を仰ぎ見た。あれほど鮮やかに輝いていた星々の姿が消えている。これほど一瞬のあいだに雲が空を覆ったというのだろうか。いや、違う。単に暗がりでライトの光を目にしていたせいで、ものがよく見えなくなっているだけだ。そのまましばらく空を見上げていると、両目に張られた不透明な膜の向こうから、星はふたたび姿を現した。先ほどの音は気のせいだったのだろうか。私は首を回して反対側を振り返り、その瞬間、冷たい手がみぞおちにふれた気がした。

星がない。

ハタ場の奥、地面が崖状に途切れている方向。ここからは見えない日本海が横たわっている場所。今度は目のせいではなく、明らかに雲が広がっている。上空で強い風が吹いているのか、暗雲は信じられないようなスピードで星々をのみ込みながら迫ってくる。私は彩根の了解も得ず、彼の腰でノイズを放ちつづけているラジオに手を伸ばした。

「あ、うるさかったですか?」

「いや——」

受信電波をAMに切り替える。チューニングのつまみをでたらめに回し、人の声が聞こえたところで止める。若い男性が何か喋っているが、その声はクリアであるにもかかわらず、ガリガリと明らかに不自然なノイズが重なっていた。

「戻りましょう」

私の声にまじった焦燥を聞き取ったはずなのに、彩根は「雷ですね」と嬉しそうに空を見る。

「来てくれないかなあと思ってたんですよ。稲妻の写真を撮れるかもしれないので。ハタハタが噛《か》みつく羽田上村で雷を撮れたら、最高ですもんね」

彼はヘッドライトで手もとを照らしながら、カメラにレインカバーをかけはじめる。それを見て夕見もまた、自分のカメラを三脚に戻そうとする。

「危ないから戻ろう」

夕見に囁くと、大丈夫ですよと彩根が笑う。

「人間が雷に撃たれる確率って、一千万分の一だそうですよ。宝くじに当たる確率よりずっと低いんです」

「確率なんて関係ない」

空が唸った。さっきまでとは比べものにならない音量の、腹を激しく震わせる唸りだった。素早く姉のほうを見ると同時に、周囲が真っ白い光で照らされた。凍りついた姉の顔。その向こうに立ち並ぶ木々。それらが真昼のように浮かび上がって消え、直後、空気を引き裂いて大音量の雷鳴が響き渡った。私は夕見と姉の腕をとってその場を離れようとした。しかし姉は咽喉《のど》の奥でぐうと呻《うめ》くような声を上げ、一瞬早く駆け出していた。夕見が急いでそちらに懐中電灯を向けると、もう背中が木々の中に消えるところだった。いまにして思えば、あれは正しい判断だったのだ。木のない場所よりも、密に生えた場所のほうが落雷の可能性はずっと低い。だが、はたしてそれを咄嗟《とっさ》に判断して駆け出したのかどうかは不確かで、私は姉を追いかけようと夕見の手から懐中電灯を奪った。

「ハタ場の入り口まで戻れ。ほかと離れて立ってる木には近づくな」

返事も待たず、姉が逃げ込んだ木々のほうへ走る。氷のように冷たい最初の雨滴がひたいを打った。その数秒後には、小石をばらまいたような音が周囲に広がり、一気に数を増した雨滴が全身をなぶりはじめた。雲はまだ頭上まで行き着いていないはずだが、上空の風が雨をハタ場まで飛ばしているらしい。木々の中へ走り込む。姉の姿はどこにもない。いや、立ち並ぶ幹が邪魔して何も見えない。大声で姉を呼びながら木々のあいだを抜けていく。いまや空は激怒を抑え込んだような唸りを上げ、一秒一秒、その唸りが近くに迫っているのを、耳ではなく肌で感じた。何かが暗闇で私の右足を捉えた。全身がねじれて回り、濡《ぬ》れた地面に肩が激突する。土を掻きながら身を起こしたが、右手に持っていたはずの懐中電灯がない。慌てて首を回すと、少し離れた場所に横向きの光があった。大した距離ではないはずなのに、そこまでの空間は闇にのまれ、世界から切り抜かれてしまったように見えた。四つ足の動物のように地面を這《は》い進む。降りかかる水滴を首の後ろに受け、濡れた土のにおいに肺を満たされながら手を伸ばす。しかしその手が懐中電灯にふれる直前、光の中に誰かの靴が入り込み、私は地面に這いつくばったまま動けなくなった。

「……わかるかい」

見えているのは、泥だらけの靴と作業ズボン、そして腰のあたりに揺れる肩掛け鞄《かばん》だけだった。相手の上半身は、闇に沈んで確認できない。

しかしその声は聞き違えようがなかった。

「……わかるだろ」

い、い、い、い、

どうしてここにいる。

「逃げたつもりだったんだろうな」

逃げたつもりだった。いつまでもそれができるなんて思ってはいなかったし、熟考した上での行動でもなかったが、ただ離れたい一心でこの村へ来た。夕見をこの男から引き離したい一心で。まさか居場所を知られるなんて考えもせず。

「悪いけど、すぐに金が必要なんだよ」

雨が頭上の枝葉を激しく鳴らしているはずなのに――その向こうでは雷雲が唸りつづけているはずなのに、私の耳に聞こえているのは落ち着き払った男の声ばかりだった。

「今夜中に、どっかで下ろしてきてくれよ。車を走らせればコンビニくらいあるだろ」

最初に男からの電話を受けた日の恐怖が、何倍にもなって肺臓を満たしていた。逃げられない。逃げられない――逃げられない。声にならない絶叫が頭蓋骨《ずがいこつ》の中で反響した。五十万だろうが百万だろうが、夕見の人生を守れるのであれば払う。しかしそれで終わるはずがない。男が何者なのかはわからないが、あの交通事故の真相を知っているという事実はいつまでも変わらない。

「どうしても断るなら、いまこの場で本人に教えちまってもいいんだけどさ」

血まみれで地面に転がっていた悦子の身体。踊るようにばらばらの方向へ投げ出されていた手足。粉砕された軽自動車のフロントガラス。白い陶器の欠片《かけら》にマジックで書かれた「あぢみ」の文字。

――パパのお花、おっきくなるよ。

――お花って、お日さまにあてたほうがおっきくなるんだよ。

空が割れる。轟音《ごうおん》は両耳を貫いて頭の中へなだれ込み、もう男が何を言っているのかも聞き取れない。転がった懐中電灯から放たれる横向きの光。その中に自分の姿が映る。子供時代の私。両手に持ったキノコ。目の前に立つ男。

――どこで□□□□……。

気づけば私は懐中電灯を摑み、濡れた地面を蹴《け》って駆け出していた。現実と記憶のどちらからも逃げ出しながら、必死で両足を動かしていた。雨滴が銃弾のように正面から全身を打ち、土は泥に変わり、いくらも走らないうちに足をとられて地面に転がり、自分がどちらを向いているのかもわからず、私は握った懐中電灯の光をでたらめに投げた。木々の向こうを人影が動き、すぐに見えなくなる。逃げられない。逃げられない。絶叫は頭の中に充満し、両目が押し出されそうで、いつしか私は懐中電灯を取り落とし、無意味な呻きを洩《も》らしながら両手で泥を摑んでいた。雷鳴が轟《とどろ》く。巨大なストロボが周囲の景色を白く照らす。木々の先に男の姿が浮かび上がる。ハタ場の奥。崖状になった場所。光が消えたあと、私はいつまでも身動きをせず、その場所から目をそらさなかった。

――間違ってねえ。

父が村を出るときに言った言葉。

それがどんな意味だったのかはわからない。しかしあの声は何か強い思いに裏打ちされていた。ほんの呟《つぶや》くほどの声だったのに、あのとき私には確かにそう感じられた。間違っていない。

両手で泥を押し下げるようにして立ち上がる。懐中電灯を地面に転がしたまま、男がいた場所から一度も目をそらさず、雨の中を泳ぐようにしてそこへ向かう。間違っていない。間違っていない。その思いが両足を交互に引っ張り、木々の影が左右を過ぎていく。影の動きはしだいに速まり、顔に降りかかる雨滴が数を増し、私は闇を突き抜けるように走っていた。巨大な雷光が視界を縦に叩き割る。ハタ場のへりに立つ男の姿を、私はそのときはっきりと見た。自分自身の絶叫を聞いた。絶叫は空気を引き裂く爆発音と重なり合い、いちばん近くにあるはずなのに遠く、三十年前に私の口から放たれたものがいまになって届いたかのようで、重なり合って歪《ゆが》んだ時間の中、暗転した世界が男の存在を目の前で消し去った。それからは何も見えず、何も聞こえず、私はただ全身を雨に濡らして立ち尽くすばかりだった。

（十二）

友達と家で誕生日パーティをすることになったと、急に姉から言われた。

あれは十月の半ば、私たちが羽田上村から埼玉へ引っ越して半年ほど経った頃のことだった。

姉の誕生日当日、私は学校を出たあと、家に帰らなかった。用もないのに街を歩き回り、近くを流れている荒川を眺めたり、ゲームセンターで他人《ひと》がやっているテトリスを後ろから覗いたりして時間をつぶした。狭いアパートで、姉の新しい友人たちと顔を合わせるのが嫌だったのだ。

姉がいまだにトトロの筆入れを使っているのを知っていたので、途中で雑貨屋に寄り、もう少し大人びた、造花がパッチワークみたいに貼《は》りつけられたやつを買った。たまに父からもらって貯めていた小遣いは、それでほとんどなくなった。

秋の日が落ちて暗くなってからも、私は念のため帰らず、しかし夜に一人で外を歩くのは生まれて初めてだったので、怖かった。だから最後は駅のそばの、なるべく明るい場所に立っていた。大人が通るたび、夜間の外出を注意されるかもしれないと思い、誰かを待っているふりをしてあたりを見た。しかし声をかけてくる人などおらず、無関心な足音が心細さを募らせた。いつも父が建設現場の仕事から戻ってくるのは八時半頃だったので、父にばれてしまわないよう、私はその直前まで粘ってからようやく家に足を向けた。

玄関のドアを開けると、三和土《たたき》に余計な靴がなかったので安心した。しかしそれも束《つか》の間《ま》、怖い顔をした姉が廊下を鳴らして迫ってきた。大事なときにしか着ない、薄いブルーのブラウスに、母がときどき使っていた細いチェーンのネックレスをつけていた。こんな時間までどこで何をしていたのかと訊かれたので、私は玄関に突っ立ったまま正直に答えた。すると姉は、どれだけ心配したかわかっているのかと私を叱《しか》った。その顔に泣いた跡があるのを見て、猛烈な後悔がこみ上げた。けれど謝ることができず、私は姉のブラウスに腕をこすらせながら脇を通り過ぎた。部屋に入ると、真ん中に置かれたテーブルに、姉が事前に買って用意していた紅茶のティーバッグや、紙コップや、ポテトチップスやポッキーが並んでいた。どれも手をつけられていなかった。パーティはどうしたのかと訊くと、あとから部屋に入ってきた姉は、テーブルの上を片付けはじめながら、わからないと答えた。さっきまで私を睨《にら》んでいた目が、こちらを見られずにいた。

——お父さんには言わないで。

私に見抜かれたことに、向こうもすぐに気がついた。

——こっちも、幸人ちゃんが遅くまで帰らなかったこと言わないから。

父と会話をすることなどなかったくせに、姉はそんな交換条件を出した。わざとぞんざいに頷きながら、私は通学鞄に入っている誕生日プレゼントのことを思ったが、けっきょく渡すことはできなかった。それから月日が経っても、行われなかった誕生日パーティのことを思い出させてしまうのが恐くて、造花が貼りつけられた筆入れはいまも私の手元にある。

誕生日パーティに来なかった人たちを、もしかしたら姉をからかったのかもしれない人たちを、あのとき私は殺したかった。本気だった。警察に捕まっても構わないと思った。しかし、姉をヤクザだとからかわれたときのように、やはり何も実行できず、ただ隠れて何度か泣いた。蒲団《ふとん》に入れば、自分が出てこない夢を見た。夢の中では姉が忙しそうに誕生日パーティの準備をし、それが終わると、お菓子や紙コップが並んだテーブルを満足げに眺めた。そのまま時間だけが進んでいき、窓の外で日が沈み、姉は部屋の明かりをつけた。そして蛍光灯に白々と照らし出されたテーブルを、表情のない顔で見下ろした。やがてその膝が、まるで骨を抜かれたように折れ、姉は床に座り込んで泣き出す。誰もいないのに、顔を隠して。声を抑えて。——そんな光景が実際にあったのかどうかはわからない。誕生日の翌日から、姉はもう何事もなかったかのように明るく振る舞っていた。少なくとも私の前で涙を見せることはなかった。思えば、これまで姉が泣いているのを見たのは、ただ一度、母が死んだときだけだ。

その姉が、いま目の前で泣いている。

私たちがいるのは雷電神社の社務所だった。向かい合ったソファーの一つに私と彩根が座り、もう一つに姉と夕見が並んでいる。瘦せた肩を夕見に支えられながら、姉の嗚咽《おえつ》は止まらない。

石油ストーブが焚《た》かれているため部屋の温度は高いが、全身を雨に打たれてここへたどり着いた私たちは、完全に体温を奪われていた。長袖のブラウスを脱ぐことができない姉。半袖のTシャツ姿になった夕見。私と彩根の上半身は、どちらもアンダーシャツ一枚だった。室内には灯油と濡れたもののにおいが立ち籠《こ》めている。

目の前で起きた落雷のあと、私は泥の上に座り込んでいた姉の腕を摑み、ハタ場の入り口まで戻った。彩根がヘッドライトをつけて待っていたので、入り口の方向はすぐにわかった。そこから山道を下ってくるあいだ、姉は終始、声を放って泣いていた。雷鳴が響いても、稲妻が空を明滅させても、もはやそれに気づいてさえいないように、切れ目なく泣き声を上げつづけた。

雷電神社までたどり着き、社務所の戸を叩くと、希恵は説明も聞かずにずぶ濡れの私たちを室内《なか》へ招じ入れた。そして、石油ストーブを追加で焚き、歩くのもやっとだった姉のコートを脱がせ、作業場から何枚もタオルを持ってきてくれた。

「蒲団を敷いたので、そちらの女性の方――」

奥の一段高くなった和室から、希恵が顔を覗かせる。

「服を脱いで、きちんと身体《からだ》を拭《ふ》いて、横になられたほうがよろしいかと思います。わたしのもので申し訳ないのですが、着替えも用意しましたので」

夕見が姉をソファーから優しく引き剝《は》がすように立たせ、身体を支えて奥に向かう。三十一年前、母が行方不明になったとき、四人のしんしょもちが宵宮の酒を飲んでいた和室。半びらきになった障子の向こうに白い蒲団が見える。それが敷かれているのは部屋の奥、掃き出し窓のそばだった。蒲団の手前には、木の板でふさがれた囲炉裏。その上に古い座卓が置かれている。二人が中に入って障子を閉めると、希恵は作業場に向かい、金物が軽くぶつかり合う音が聞こえてきた。

「あのライターさん……雷がずいぶん苦手だったようですな」

彩根が顔を寄せて囁《ささや》く。

「雷どころか、まるで何か、とんでもなく恐ろしいものでも見たような」

「雷より恐ろしいものなんてありませんせん」

考える前に言葉が口を割って出た。彩根は「たしかに」と適当な様子で頷き、薄い胸の前で腕を組む。

「お飲みになってください」

希恵が湯呑みに入れた白湯《さゆ》を運んできた。二つを卓上に置き、もう二つを盆に載せたまま、奥の和室に向かう。彼女が入り口で声をかけると、夕見が障子を少し開け、礼を言って湯呑みを受け取り、また静かに障子を閉めた。

「冬の雷は非常に規模が大きいんですよね」

彩根がシャツの腹で眼鏡を拭《ぬぐ》い、天井の明かりにレンズをすかす。

「夏の雷の数十倍から、ときには百倍くらいのエネルギーなんだとか。稲妻の写真を見比べてみると、それぞれ特徴的で面白いんですよ。冬の雷は、たくさんの稲妻が集まって、一つになっているんです。全体のかたちは、何ていうかこう、首を持ち上げたヤマタノオロチみたいな」

先ほどハタ場に落ちたあの雷も、三十年前に姉と私を襲った雷も、離れて見ればそんなかたちをしていたのだろうか。

「夏の場合は、一つの稲妻が枝分かれして落ちてくるじゃないですか。雷の絵を描けって言われて描いたような感じで。あれってのは、まず雲からリーダーと呼ばれる雷の先駆けが枝分かれしながら伸びてきて、それが地面に触れたときに電流が流れるんですって。いっぽう冬はその逆で、雷雲が低いもんだから、建物や木のほうからリーダーが上に伸びて、枝分かれして雲に入り込んで、それぞれの先端から一気に電流が走る。だからエネルギーが一ヶ所に集まって、ものすごく巨大なものになるんです」

言葉の合間に白湯をすすり、美味《うま》そうに唸る。

「いやしかし、こんな善良な我々に、ひどいもんだな。だってほら、雷は神の罰だって言うじゃないですか。ギリシャ神話のゼウス、ローマ神話ではジュピター。あれらの神様も罪を犯した者に雷を落としますし、アフリカなんかでも、雷に当たって死ぬのは神に罰されたということで、家族がひた隠しにすることがあるそうですよ。——さ、て、と」

喋るだけ喋ると、彩根は白湯を飲み干して腰を上げた。卓上から、タオルでくるんだカメラを取る。二台持っていたもののうち、ハタ場で三脚に取りつけていたほうの、古いフィルムカメラだ。

「このタオル、借りていってもいいかなあ。山を下りるあいだにまた降ってくるとまずいから、これでくるんだままバッグに入れておきたいような……」

「行かれるんですか?」

訊きながら、雨音が雨垂れに変わっていることに初めて気がついた。

「ええ。このカメラ、レインカバーをかけてたからそんなには濡れていませんけど、早めに手入れしないとあれなんで。もともと母が使っていたやつで、すごく古いんですよ」

「車は？」

「そもそも最初から徒歩です。大した距離じゃないですもん。あのライターさん、まだなかなか落ち着かないだろうし、僕はお先に宿に戻りますね。──すいませーん」

作業場にいる希恵に声を投げ、世話になった礼と、タオルを借りていく旨《むね》を伝えると、構いませんという短い言葉だけが返ってきた。彩根はストーブの近くに干しておいたトレーナーと上着を取り、それぞれ乾き具合を確かめたが、まだずいぶん湿っていたのだろう、苦笑しながら窮屈そうに身につけた。

「ではでは、お先に」

タオルで包んだカメラをバッグに仕舞い、戸口に向かう。私がそれを目で追っていると、夕見が和室から出てきて隣に腰を下ろした。

「亜沙実さん、昔のこと思い出しちゃったんだろうね」

「……大丈夫だ」

夕見の左手に、自分の右手をのせた。こんなふうに、大人になった娘の手にふれることがあるなんて想像もしていなかった。並んで歩くときに夕見が手を伸ばしてこなくなったのは、小学三年生か四年生か。母親がいないから、それでもほかの女の子よりは長く、父親と手を繋《つな》いでくれていたのだろうか。

「もう大丈夫だ」

訊ねるように顔を見られたので、壁に視線を逃がした。古い壁板は木目が粗く、目のような模様が私を見返した。

「いやでも、撮れてよかったなあ」

まだ戸口に立っていた彩根が、遠慮のない独り言を呟く。振り返ると、両肩をぐるぐる回し、濡れた上着をなじませていた。

「……流れ星ですか？」

「あ、それもそうなんですがね、たぶん落雷の瞬間を撮れたんですよ」

予想もしていない言葉だった。

「さっきの……？」

「ええ、ハタ場のへりに落ちたやつ。僕あのとき、崖の向こう側に向かってカメラを構えてたんです。いちかばちか、そっち側に落ちてくれって祈って。で、奇跡を信じてシャッターを切りつづけてたら、何度目かに切ったシャッターのタイミングが、なんとあの落雷とぴったり一致。いや、祈ってみるもんですね。あとで見るのが楽しみだ。じゃ、どうも」

がらりと戸がひらかれ、部屋の空気が揺れる。彩根が肩にかけたバッグ。その中に入っているフィルムカメラ。彼は暗がりに出て戸を閉めた。私は咄嗟に立ち上がろうとしたが、そのとき声が聞こえた。

引き戸の外で、彩根が誰かと話している。

ふたたび戸がひらかれ、そこに現れた二人の人物を目にした瞬間、私は全身を鷲掴《わしづか》みにされたように動けなくなった。

男たちは床を鳴らして社務所に入ってくると、ソファーに座る私と夕見にじろりと目を向ける。どちらも七十前後のはずだが、とてもそうは思えない物腰と足取りだった。容貌《ようぼう》こそ老いてはいたが、それでも私はひと目で二人を認識した。三十年という歳月がたとえ顔を変えたところで、顔つきまでは変えていなかったからだろう。

油田長者の黒澤宗吾と、長門総合病院の長門幸輔。あの毒キノコ事件で生き残った二人。しかし向こうは私を認識しようともせず、その必要もないという態度で、どちらもほんの一瞥《いちべつ》だけ投げてよこしたあと、慣れた足取りで奥の和室へ近づいていく。

「あの――」

夕見が腰を浮かせて止めた。

「私たちの連れが、いまその部屋で休んでるんです」

「あんたらは？」

黒澤宗吾がようやく誰何《すいか》し、夕見は神社の取材で来た者ですと答えた。それを聞いた二人の口許に笑みが浮かび、その笑みもまた、三十年前と何も変わらなかった。相手を見下していることを隠しもせず、それどころか主張するような笑い方。かつてこんな顔で、彼らは死んだ荒垣猛や篠林一雄とともに英に現れ、忙しく働く母に嫌な言葉を投げていた。

「宮司さんのご厚意で、休ませてもらってるんです。山の上で雨に降られて、一人が具合――」

「雨はやんどうが」

相手の言葉にかぶせるようにして、長門幸輔が金属質の声を返す。夕見の顔にぐっと力がこもり、その顔のまま、もの言いたげにこちらを見る。

「宮司さん、おるか」

黒澤宗吾が作業場に太い声を飛ばす。

がっしりとした長身の黒澤宗吾、それと対照的に、細く小柄な長門幸輔。それぞれの全体像もまた、記憶の中の二人から水分を抜いただけのようにしか見えなかった。

「道も悪いのに、どうされました?」

希恵が作業場から出てくる。黒澤宗吾は相手に息がかかるほどの距離まで近づき、がなるような声を出す。

「でっこい雷があったが? 神社に落ちでもしたかと思うて、見に来たんさ。麓《ふもと》で長門の車と行き合うたすけ、二台で連なって参道を登ってきたが」

長門幸輔のほうはその場を離れ、私たちの向かいのソファーに腰を落として煙草《たばこ》に火をつけた。頬をへこませて吸い込み、それを吐き出すと、よほど強い煙草なのか、痩せた顔が煙の向こうに隠れて見えなくなった。

「ここは大丈夫ですし、雨のおかげで山火事の心配もありませんので」

希恵は棚からガラス製の大げさな灰皿を出してきて卓上に置く。

「だどもまあ、せっかく来たすけ、座ってくが」

長門幸輔の隣が空いているというのに、黒澤宗吾は私と夕見のほうを見た。そのまま目をそらさないので、私は夕見を促して場所を空けた。

「様子を見てこよう」

夕見に囁き、ストーブの近くで干していた服と上着を取る。それを手に奥の和室に入り、障子を閉める。

姉は蒲団に横たわり、薄くひらいた両目を天井に向けていた。
「亜沙実さん……平気？」
夕見が姉のそばに膝をつき、障子の向こうに聞こえないよう声を抑える。弱々しく顎《あご》を引く姉は、まだ唇を震わせている。
「怖かったよね、亜沙実さん……」
血の気を失くした姉の青白い顔は、息を引き取る直前の母にひどく似ていた。何を言えばいいのか。私は唇を結んだまま、背後で希恵が作業場と社務所を行き来する足音や、水道が鳴る音や、卓上に何かが置かれる音を、ただ聞いた。
《祭りの準備は問題ねえろ？》
障子ごしに届く黒澤宗吾の声。ほんのひと口飲むほどの時間しか経《た》っていないのに、すでにはっきりと酒を感じさせるその声色に、私は子供時代に感じた以上の嫌悪《けんお》を抱いた。
《コケ磨きは終わってます》
《鍵《かぎ》はしっかりかけとかんばいかんぞ》
《ええ、それは――》
《そんで当日は、村の人らに配る前に、あんたが責任持って確かめる》

《承知しています》
何を確かめるのか、すぐにはわからなかった。
しかしそのとき、短い笑いを前置きに、長門幸輔の声が割って入った。
《頭のおかしな人間がいつ出てくるか、知れたもんでねえすけ》
姉の身体にかけられた蒲団が、かすかに動いた。男たちの声はそのあともつづき、ときおり低い笑いがそれにまじった。
《あの男だってまだ生きとうろ》
《忘れた頃にもういっぺんいうて――》
《こっちゃ綺麗《きれい》さっぱり忘れてやったども――》
二人はまったく別の声を持っているはずなのに、言葉や笑いがどちらの口から発されているのか、何故《なぜ》だか途中からわからなくなった。やがて内容も理解することができなくなり、それは一つの忌《い》まわしい音の連なりに変わって、自分の身体へと浸《し》み込んで、姉や夕見の身体にも浸み込んで、私たちが二度と戻れない色に染められていく気がした。
「……もう、行こう」
握った左右の拳が、平静を装《よそお》った声のかわりに震えていた。

「もう、家に帰ろう」

（十二）

翌朝、私たちは用意されていた朝食を断って宿を出た。

「お、どちらへ？」

姉を車の後部座席に乗り込ませたとき、生け垣の向こうからふらりと彩根が姿を現した。キツネのひげに似た笑い皺《しわ》を刻み、白い息を吐きながら近づいてくる。首にぶら下げたカメラは、母親が使っていたという古いフィルムカメラではなく、デジタルのほうだ。

「帰るところです」

家を離れていなければならない理由は、もう消えた。

「それは残念」

後部座席の姉は、私たちの会話に気づいてもいないように、凝然と一点を見つめたまま反応しない。昨夜、雷電神社から宿に戻ってくるあいだも、そのあとも、同じ状態だった。人形のように動かず、終始虚空を見据え、私が敷いてやった蒲団に入ってからも、朝まで一睡もしていないことが息遣いからわかった。それを聞きながら、私もまた眠ることなどできず、薄くひらいた瞼《まぶた》の隙間から暗い天井を見つめていた。きっと夕見も同じだったに違いない。

――幸人ちゃん。

深夜に一度だけ、姉の声を聞いた。

――髪留めのこと、ごめんね。

戸惑ったまま身体を向けると、姉は息で薄まった声で言葉をつづけた。そしてその言葉によって私は、これまで悔やんでいたのが自分だけではなかったことを知った。

――わたしのせいで、幸人ちゃんまで雷に撃たれちゃって、ごめんね。

姉もまた同じだったのだ。かつて私があの髪留めのことを謝ったとき、姉は「忘れたから」と呟いて部屋に籠もったが、襖《ふすま》の向こうで姉もまた、拭いきれない後悔と闘っていた。しかし、そんな優しい姉を、自分よりも弟のことを考えて苦しむ姉を、無情な雷がふたたび襲った。

――お父さんのせいでわたしたちが罰を受けたって、村を出るときに言われたけど……神様って、ほんとにいるのかな。

まるで小さな子供が純粋な疑問を口にするような声だった。その心情を思いながら私は、これから先の姉の人生に、二度と雷がやってこないことを願った。どんな不運も近づかないことを祈った。

――もう……大丈夫だよね。

何を言えばいいのかわからず、どんな言葉もためらわれ、私はただ顎に力を込めたまま、ゆっくりとした姉の息遣いにふたたび聴き耳を立てるばかりだった。

「いえね、何が残念かっていうと、もちろんお別れするのもそうなんですけど、じつはいますごいことが起きたんですよ。早い時間に散歩してたら、パトカーが後家山に入っていくのが見えたもんで、行ってみたんですけど――」

トランクに荷物を積み終えた夕見が私の隣に並ぶ。

「あ、サイレンの音が部屋まで聞こえました。あれ何だったんですか？」

「さあて何だと思います？」

夕見は曖昧《あいまい》に首をひねる。私は上着の襟元を掻き合わせる仕草にまぎらわせて視線を下げた。山道は昨夜の雨でぬかるんでいたのだろう、彩根のスニーカーは新しい泥にまみれている。

「なんと、死体が発見されたんです」

夕見が隣で息をのむのが、はっきりと聞こえた。

「ハタ場の奥がほら、崖になってるじゃないですか。その下で、泥に半分埋まるようにして倒れてたみたいで、宮司さんが見つけたそうです。ゆうべハタ場に落ちた雷が大きかったもんだから、今朝になって気になりはじめたらしくて——」

状況を確認するため、希恵は山を登ったのだという。

「雷が落ちたハタ場の奥まで行って、なんとなく下を覗《のぞ》いたら、人が倒れてたんだとか。いや僕に直接そう話したわけじゃなくて、宮司さんと警官が話してるのをこっそり聞いてたんですけどね。で、死んだその人、どこの誰だかわからないらしいんですよ。宮司さんが知らないんだから、まあこの村の人じゃないんでしょうけど。雷電神社の駐車場で遺体が車に積み込まれるとき、遺体のシートがめくられたところを僕も近くで見たんですが、一度も村で行き会ったことがない人でした。人の顔はよく憶《おぼ》えるんで、間違いないです。年齢は六十かそのくらいに見えたんですけど……いったい誰なんですかねえ」

言いながら、私の顔を見る。

「そのくらいの年代の、この村の住人じゃない人に、心当たりないですか？」

即座に首を横に振りそうになったが、すんでのところで抑えた。

「性別は？」

「はい？」

「男性でしょうか、女性でしょうか」

「ああ男性です、すみません」

「とくに憶えはありません」

そう答えてから、私は念のために訊いた。

「ゆうべ私たちがハタ場にいたことは……？」

「いちおう警察の人に話しました。僕と、宿で隣に泊まってる雑誌関係の人たちもハタ場にいたって。宮司さんが言うかなと思ってたら言わなかったもんで。死んだ男の人、さだめし濡れた地面で滑ったか、あるいは落雷に驚いて崖から落ちたんでしょうし、同じ時間帯に自分たちもその場にいたことは伝えといたほうがいいですもんね。まあでも、あなたがた三人以外には誰にも会わなかったって話したら、ああそうですかで終わりましたよ」

もし後に本格的な捜査が行われたら、どうなるだろう。ハタ場にいた私たちに、警察は連絡を取ろうとするだろうか。この宿を予約する際、名前は偽ったし、住所も訊かれなかったので伝えていない。しかし予約の電話をかけたのは私のスマートフォンからだ。宿の固定電話の通話履歴を調べれば、こちらの名前も住所も容易にわかってしまうに違いない。

もっとも、万が一そうなったとしても、あの男に関して以外はすべて正直に話せばいいだけのことだ。自分たちが偽名を使った理由も、この村へ来た理由も。たとえ私たちが藤原南人の家族だということがわかったところで、男の死とは何の繋がりもないのだから心配はいらない。——考えをめぐらせていると、彩根がにんまりと唇の両端を持ち上げた。

「さっき僕、遺体のシートがめくられたとき近くで顔を見たって言いましたけど、あれ嘘で、じつはズームレンズでこっそり撮ったんですよ。よかったらご覧になります？」

「いえ、わざわざ見たいものではありませんので」

「あたし見たいかも。だって、なんか、気になるし」

「そう？　じゃちょっと待ってね」

彩根が首に下げたデジタルカメラを操作しはじめたので、私は素早くディスプレイに手をかぶせた。

「死体の顔なんて見ないほうがいい」

夕見は一炊であの男と会っている。

「……だよね」

幸いにして夕見は素直に引き下がり、彩根も大人しくデジタルカメラの電源を落とした。

「失礼します」

夕見を促して姉の隣に座らせ、運転席に乗り込む。三十年前の父のように、二人を乗せた車のイグニッションキーを回す。

——間違ってねえ。

この村に戻ってくることは、もう二度とない。

車体が震え、ミラーごしの空気が白くにごる。彩根がPの字のようなかたちで敬礼しているのを見やってから、私は宿の駐車場を出た。凹凸の多い道を進んで幹線道路に入り、西へ向かって最短距離で村を出る。トンネルを抜け、曲がりくねった道をたどって海沿いの国道に入ったところで、後部座席の夕見がリュックサックを探り、清沢照美がくれたミカンを取り出した。囁くほどの声でそれを姉にすすめる。姉が返した声はもっと小さく、そして、答えになっていなかった。

海が見たいと、姉は言ったのだ。

脈絡のないその言葉に、夕見の顔が戸惑ったが、私は行く手のY字路を右へ折れた。対向車のほとんどいない道を走り、海へ向かう。やがて海岸のそばに車を駐めると、姉は自分でドアを開けて降り、宿を出たときよりもしっかりとした足取りで、白波のほうへ向かって歩いていった。

その後ろ姿を見つめながら、私は不意に、姉が希恵と一泊旅行の約束をしていたことを思い出した。ずっと昔——姉が高校一年生の、夏の終わりだった。翌年に二人で海へ行き、もし双方の親が許してくれたら、安い宿をとって泊まり、昼間はたくさん泳ぐと言って楽しみにしていた。しかし、その年の秋に母が死んだ。翌年にはあの毒キノコ事件が起き、希恵の母が自らの命を断った。約束は果たされず、もちろんこれからも果たされることはないだろう。

姉が砂浜に腰を下ろす。その隣に夕見が座ると、二人の影が重なり合って砂の上に延びた。昨夜とうってかわって空は晴れ渡り、海は朝日を受けて白く輝いている。言葉もなく並んで座る二人を視界におさめながら、私も車を降り、ポケットに手を差し入れた。そのまま海のほうへ向かって歩く——地面が砂になるまで。

「寒くないか？」

しばらくしてから声を投げると、夕見が振り返り、指で丸印をつくってみせた。

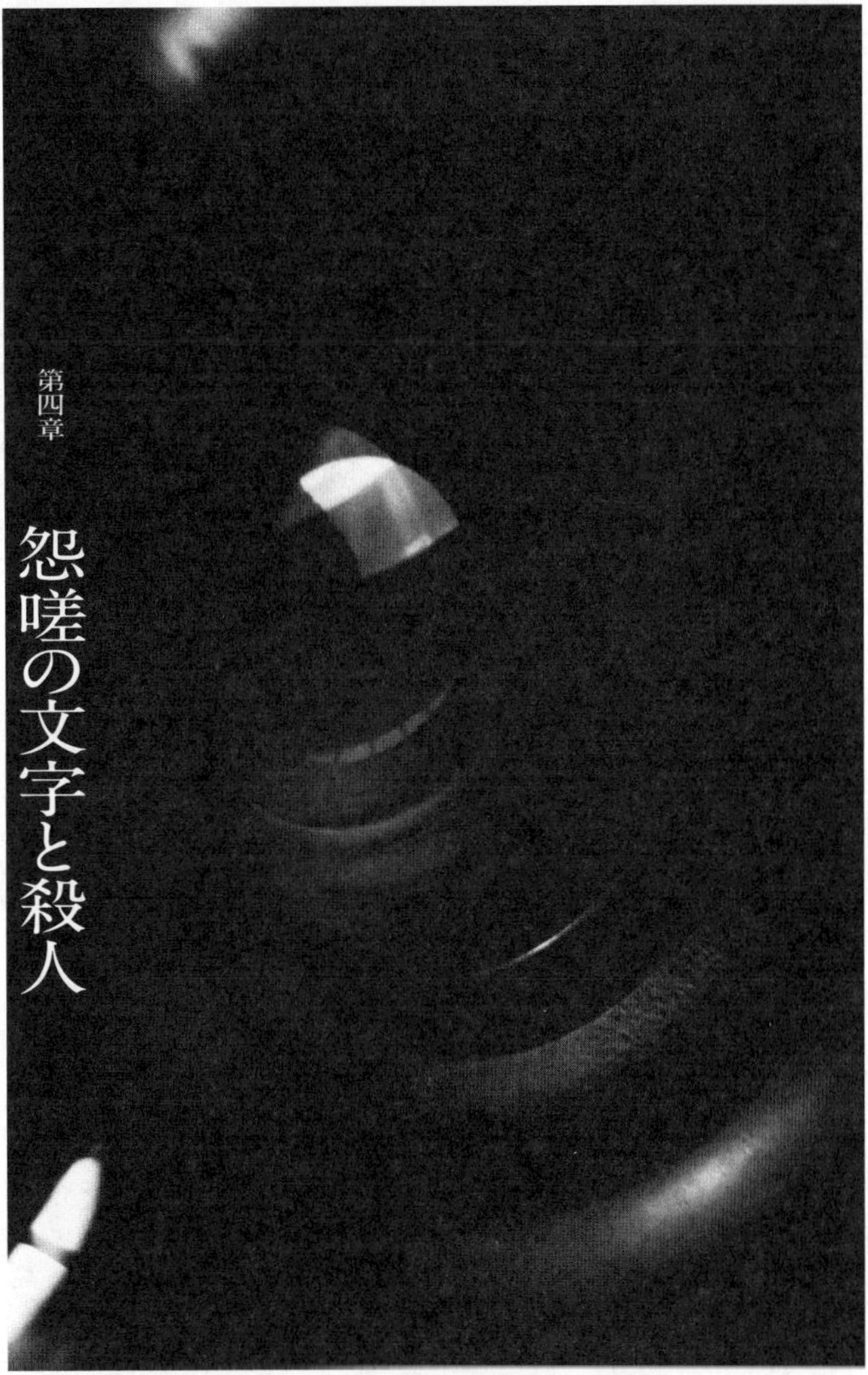

第四章

怨嗟の文字と殺人

（一）

「そう言ってくれるのはありがたいけど、やっぱりあたしのせいだよ」

姉をあんな目に遭わせたのは自分だと、夕見は考えていた。自分が流れ星の写真を撮りたがったからだと。羽田上村へ行ってみたいなんて言ったからだと。

「そばに雷が落ちるなんて、誰にも予想できない」

何度もかけてきた言葉を、私はもう一度繰り返した。

夕見は顔を上げず、座卓に這《は》いつくばるような格好で、デジタルカメラの画面を見つめていた。その肩口を、窓から射《さ》し込む夕陽が照らしている。ディスプレイに表示されているのはハタ場で撮った流れ星の写真だ。隣には八津川京子の写真集がひらかれていて、二枚の写真は、やはり驚くほど似ている。あんなことが起こらなければ、夕見はその奇跡をどれだけ喜べていただろう。

「しばらくすれば姉さんも落ち着くだろうし、心配するな。お前は撮りたかった写真が撮れたんだから」

羽田上村から戻ってきた昨日の午後、姉をアパートの前まで送った。部屋までいっしょに行くと言ったのを断り、姉は最後に私たちに薄く笑いかけ、階段を上っていった。一人暮らしをはじめたときからずっと住みつづけているアパートは、人とともに年をとり、痩《や》せた背中はそのドアの一つに吸い込まれていくように見えた。

「この写真だって、よく見ればぜんぜん違うよ」

「そんなことないだろ」

「お父さん、写真の勉強なんてしたことないじゃん」

自宅へ戻った昨日から今日にかけ、私は何度もニュースサイトを調べてあの男の素性を知ろうとした。後家山で遺体が発見されたこと自体は事故として小さな記事になっていたが、死亡した人物は「身元不明」となっていた。あの夜、男はハタ場で肩掛け鞄《かばん》を持っていたが、その中に、財布や、身元がわかるようなものは入っていなかったのだろうか。あるいは鞄ごと泥の中に埋まって見つからずにいるのだろうか。

いずれにしても僥倖《ぎょうこう》と言えた。身元不明であるかぎり、身辺を調べることはできない。男がどうして十五年前の交通事故の真相を知っていたのかは最後までわからなかったが、もはや理由などどうでもいい。あの男と私たちとのつながりが人に知られることさえなければ、それでいい。

「ごめん。なんかほんと……自己嫌悪《けんお》」

もっと年をとった人のように、夕見は両手で座卓を下へ押しながら立ち上がり、台所へ向かう。冷蔵庫を開け閉めする音が聞こえ、戻ってきたかと思うと、両手にビールの缶を持っていた。一本を卓上に置き、もう一本のタブを開けて口に近づける。私は驚いてその手を摑《つか》もうとしたが、夕見は身体《からだ》をねじって遠ざけながら缶を唇にあて、咽喉《のど》をごくんと鳴らした。

「おい――」

「お父さん、忘れてるでしょ」

横目で私を睨《にら》む。

「何を?」

「明後日《あさって》は何の日?」

「母さんの……お前のお祖母《ばあ》ちゃんの命日だ」

「ということは?」

そこまで言われてようやく気づいた。

夕見の顔を見返したまま、胸に棒を突き立てられたような気分だった。

「娘の二十歳《はたち》の誕生日を忘れるとはね」

すがめた目で私を見やりながら、夕見はもうひと口ビールを飲む。母の命日と夕見の誕生日は二日違いで、いままでずっと、それらは哀しみと喜びがまざり合う一つの出来事だった。どちらかを忘れたことなど一度もなかった。

「嘘《うそ》うそ。いろいろあったからしょうがないよ。過労で倒れたり、生まれ故郷であんなことになったり。そもそもあの村に行ったのはあたしのせいだし」

私がものも言えずにいるあいだに、夕見は睨むのをやめ、卓上に置かれたもう一本のビールを顎《あご》で示す。

「それ、お父さんの」

やっと謝ることができたのは、缶を手に取ってタブを引いた、そのあとだった。言葉はひどく短くなってしまったが、私が心からの謝罪をすると、夕見は苦笑しながら首を横に振った。私たちは缶を持ち上げて軽くぶつけ合い、互いにごくりとやった。娘はこれまでどこかで一度くらい酒を口にしたことがあるのだろうか、さっきから苦みに顔をしかめもしない。

ぽつぽつと、ここ数日で起きた出来事と無関係な話題を選びながら、生まれて初めて娘と酒を飲んだ。何か食べたいと言うので、店に下り、厨房《ちゅうぼう》の冷蔵庫からつまめるものを適当に選んで皿に盛り合わせた。戻ってくると、父の部屋で物を動かす音が聞こえ、何かと思えば、夕見が危なっかしい手つきで段ボール箱を抱えながら出てきた。

「お祖父《じい》ちゃんも飲み会に参加」

そのまま居間へ移動し、どすんと箱を畳に置く。

「遺品、整理しづらいって言ってたじゃん？　このへんとか、いま思い切って開けちゃおうよ」

三ヶ月前に厨房で父が倒れ、運ばれた病院でそのまま息を引き取ったあと、遺品にはずっと手をつけられずにいたのだ。しばらく経《た》って父の部屋を軽く掃除したとき、押し入れの奥にこの段ボール箱が仕舞われていることには気づいたが、あまりに急な死だったので、まだ勝手にさわるのは申し訳ない気がして、蓋《ふた》を開けてもいなかった。

「お祖父ちゃんのこと、もっと知りたいし」

夕見がためらいのない手つきでガムテープを剝《は》がす。しかし、紙製のガムテープはずいぶん前に貼《は》られたものらしく、途中で千切れてしまった。逆側から剝がそうとしても同じで、最後にはあきらめ、夕見は爪《つめ》でテープの真ん中を切って蓋を開けた。

「わ、いきなりお宝」

いちばん上に入っていたのは父の一眼レフカメラだった。目にしたのは三十年ぶりだ。村を出るとき、父が無言で段ボール箱に入れていたのを憶《おぼ》えているが、どうやらあれはこの箱だったらしい。

「フィルムは……ああ、入ってないか。入ってたら面白かったんだけどな。で、この袋は、と」

おそらく母が縫ったものだろう、それは手製の巾着《きんちゃく》袋で、中にはカメラの手入れに使うらしい道具がいくつか仕舞われていた。夕見は一つ一つを手に取りながら、これは使えるとか、使えないとか、これは使い方もわからないなどと言いながら卓上に並べていく。

「それって賞状か何か？」

カメラと巾着袋の下には、二枚の額縁がうつ伏せの状態で並んでいた。取り出してみると、額に入っていたのは命名紙で、それぞれ「亜沙実」、「幸人」と筆文字で書かれている。

「おお達筆。誰かに頼んだのかな」

父の字だと言うと、夕見はひどく驚いた。

「こんな字を書くことも、ぜんぜん知らなかった。メモとか見て、走り書きにしては上手《うま》いなと思ってたけど。二人の名前を考えたのもお祖父ちゃんだったの？」

「姉さんの名前は、母さんがつけた」

「で、お父さんの名前はお祖父ちゃん？」

頷《うなず》きながら、久方ぶりに自分の名前の由来を思い出した。

幸人という名前を見た誰もがきっと、幸せな人になってほしいという願いが込められていると思うだろう。いや、もちろんそれもあったに違いない。子供の幸せを願わない親などいない。そしてその願いの強さを、私はこの一週間ほどで自らの行為によって思い知らされていた。

しかし私の名前には別の由来がある。あれは小学校で「幸」という字を習ったときのことだから、三年生くらいだろうか。私は父に、自分を「幸人」と名付けた理由を訊《たず》ねてみた。すると父は、私がひそかに予想していたように「幸せになってほしいから」とは答えず、なぞなぞのような言葉を返したのだ。

――お前には、俺なんかより、もっと広い世界で生きてもらいてえんだ。

英で料理の仕込みをしながら、その横顔には苦笑いが浮かんでいた。

――だから……俺の名前から枠を外した。

父はそれ以上教えてくれず、私がなぞなぞの正解に気づいたのは、ずっとあとになってからのことだった。

「何よ……枠を外したって」

父とのやりとりを話して聞かせると、夕見はそう言って眉《まゆ》を互い違いにしたが、私は父を真似《まね》ることにして、それ以上は教えなかった。しかし私の名前の由来が段ボール箱の中身に勝てるはずもなく、夕見はすぐに考えるのをやめ、また中を覗《のぞ》き込む。白い手ぬぐいが二枚並べて敷かれ、その下には、何か平らなものが入っているようだ。

「うわ、これ重いはずだよ」

手ぬぐいの下から現れたのはアルバムだった。かすかに記憶に残っている、明るい緑色をした大型のアルバム。それが横置きに二つ並べられた状態で、何冊も重ねられている。箱に仕舞われていたおかげか、表紙はほとんど色褪《いろあ》せていない。最近ではなかなか見ないタイプのアルバムで、それぞれのページに透明なフィルムが貼られ、それを剝がすとページが糊《のり》状になっている形式のものだ。そこに写真を並べ、フィルムを貼り直して保存する。ページが厚くて頑丈なので、ひどく重たいが、昔はどの家にもこんなアルバムがあった。

「上のほうが古いみたい」

まずはいちばん上に入っていたものを取り出し、めくっていく。やや黄ばんだページのそれぞれに、四枚から六枚ずつ、写真が貼られている。家の全景。一階の外壁に掲げてある英の看板。まだ傷《いた》みも汚れもない店内。箱に入った、明らかに新品の徳利やお猪口《ちょこ》。すべての写真の白枠には小さな字で日付が書き込まれていて、どれもいまから五十年近く前、昭和四十六年の四月に撮られたものだ。どうやら父が写真を撮りはじめたのは、あの村で英をひらいた頃だったらしい。

「これって、お祖母ちゃんだよね。あたし遺影以外で初めて見た」

父と母が店の前に並んで立ち、どちらも幸せそうに頰を持ち上げている。セルフタイマーで撮ったのだろう、戸のガラスにぼんやりと三脚が映り込んでいた。

「まだ二十代かな……すごい美人じゃん」

夕見と二人でページをめくっていく。厨房。真新しいまな板と包丁。空っぽの酒器棚。傷ひとつない冷蔵庫。客席の一つ一つ。壁に貼られた品書きは、命名紙と同じ父の筆跡だ。

「英って、こんなふうにメニューをぜんぶ壁に貼ってたんだね」

一炊のほうは、業者につくってもらったメニュー表を各席に置いている。本当は英と同じように、壁に品書きを貼りたかったらしいが、どの席からでも見える壁というのが間取り上なく、そうせざるをえなかったのだという。

「こうやって見ると、お父さんの字と似てる」

「かもな」

小学校時代から、私はクラスメイトたちよりも多少上手な字を書き、それだけがひそかな誇りだった。とくに練習をした憶えはないが、父の字を見て育ったので、自然と似た字を書けるようになったのかもしれない。

アルバムのページを進めていく。まだ何も植わっていない、土ばかりの庭。日に焼ける前の、色濃い縁側の板。開け閉《た》てするのにコツが要った雨戸。やがて場面は二階へと移り、居間や台所、トイレの中まで撮ってある。きっと、家と店を建てた記念だったのだろう。

一冊目はそこで終わっていたので、つぎのアルバムをひらいた。野菜と生魚。並んだ一升瓶の一つ一つ。母が瓶ビールを持ち上げ、いまから注《つ》ぎますよといった感じでグラスに近づけているが、瓶の栓は抜かれていないので、ふりをしているだけなのだろう。

「こんなにあるのに、お祖父ちゃんはぜんぜん写ってないね」

「本人が撮ってたからな」

一冊、また一冊とアルバムを手に取る。とっくの昔に過ぎ去った時間が、ページをめくるごとにもう一度過ぎていく。英はとうとう開店し、客入りに手応《てごた》えがあったのか、母がそろばんを片手に細い腕でガッツポーズをしている。やがて店の場面はあまり撮られなくなり、母のお腹が大きくなっていく。病室。ふくらみきったお腹に添えられた母の手。桃のような頰をした、生まれたばかりの赤ん坊。お宮参りだろうか、雷電神社の拝殿前で、赤ん坊がぶかぶかの白羽二重に包まれ、母の胸に抱かれている。月日が経つにつれ、その赤ん坊の目鼻にだんだんと姉の面影が現れてくる。すると今度は私が同じ白羽二重をまとって母の腕におさまり、さらに時間が進むと、幼い姉がぎこちなく私を抱いている。

店や家族だけでなく、アルバムの写真には羽田上村の四季も美しく写し取られていた。そう、あの村の自然は美しかった。目を洗われるような春の緑。雨の中で色濃く咲いている紫陽花《あじさい》。夏の入道雲。草がいっせいに傾《かし》ぐ風の日。ペンキを塗ったように青い空。どこかの家の軒先に吊《つ》り下げられた大根は、まだ皮に皺《しわ》が寄っておらず、日付を見ると、やはり秋の中頃だった。紅葉に彩《いろど》られた後家山。神鳴講が行われている雷電神社。コケ汁の列に並ぶ人々。「雷除《かみなりよけ》」と書かれたお守りを自慢げに突き出している私と姉。その後ろに立ち、私たちの肩に手を添えている母。長い霜柱。すべてが丸みを帯びた雪景色。みんなが「かねっこおり」と呼んでいた、屋根のへりにできたつらら。雪の路地に立つ私の眉毛は真っ白で、翁《おきな》の面のように見えた。新雪に顔を突っ込むと、そこに顔型ができ、そのうえ自分の顔はこんなふうになるのが面白かった。何度もやりすぎてしまい、あとで顔がしもやけで真っ赤になったこともある。

四季が移ろい、月日が重なり、私と姉がだんだんと変わっていく。私の顔はいくぶん丸みを失い、姉は笑うかわりに頰笑んで、髪と手足がしなやかに伸びていく。そんな写真たちを眺めながら、私は台風の日のことを思い出していた。羽田上村を出たあと三人で暮らしたアパートは、荒川のすぐそばにあった。移り住んだ年の秋、関東を大規模な台風が襲い、川が氾濫《はんらん》するのを心配した父は、大事なものをひとまとめにして、いつでも持ち出せる準備をした。私も教科書やノートをビニール袋に入れ、姉も学校の道具やサザンオールスターズのＣＤや、あのトトロの筆入れを、大きなショルダーバッグに詰め込んだ。父は押し入れから段ボール箱を出してきて、冷蔵庫の上に載せていた。あれは、この箱だったのだろうか。羽田上村での思い出が泥水にさらわれてしまわないよう、安全な場所に置いたのだろうか。しかし、思い出が大切なのであれば、どうして家族の写真をこんなふうに箱の中へ仕舞ったのか。どうして蓋をしたまま、ガムテープを剝がすことさえなかったのか。

私が父に思いを向けているあいだも、夕見はアルバムのページをめくっていく。これがもう最後の一冊だ。小学六年生になった私。姉の中学校の卒業式と、高校の入学式。新しい制服はまだ身体に馴染《なじ》んでいない。やがて季節は進み、夏がやってきた。

「これ、もしかして希恵さん？」

それは姉と希恵が二人で写っている写真だった。

日付は昭和六十二年の八月。二人が高校一年生の夏だ。放課後なのか休日なのか、どちらもタンクトップ姿で、希恵はこんがりと健康的な肌を陽にさらし、姉は白い両肩を見せて笑っている。やがて自分たちの身に起こることなど何も知らず。こうした楽しい時間がいつまでもつづくと信じ切った顔で。来年は二人で海へ行こうなどと話しながら。――しかし、もうすぐ母が死ぬ。翌年の神鳴講では私と姉が雷に撃たれ、あの毒キノコ事件が起きる。希恵の母親は自らの命を絶ち、父が事件の犯人として疑われ、私たちは村を逃げ出す。

この三十年間、私は父が毒キノコ事件の犯人ではないと信じてきた。しかし、羽田上村で清沢照美の話を聞いたときから、胸の底に穴が開いたようにその気持ちは少しずつこぼれ落ち、いまやもう、どれほど残っているのかが自分でもわからない。

――子供らに罰が当たった。

私と姉が雷に撃たれたあと、病院の折りたたみ椅子《いす》で項垂《うなだ》れた父は、呻《うめ》くようにそう呟《つぶや》いた。私は病室のベッドで目覚めたばかりで、別の病室では、姉が首から下に無残な痣《あざ》を刻まれて眠っていた。父は本当に人を殺したのかもしれない。そして、それを実行した日に自分の子供たちが雷に撃たれ、後悔に苦しんだのかもしれない。

しかし、もし後悔していたのならば。

——間違ってねえ。

村を出た日、どうしてあんな言葉を口にしたのか。

「これで終わりだね」

夕見が最後のページをめくる。

そこにはぽつんと一枚きり、写真が貼られていた。

写っているのは母の墓だ。改葬する前の、羽田上村の墓地に建てられたもの。線香も花もなく、ただ四角い墓石だけがひっそりと佇《たたず》んでいる。周囲は白い雪に埋もれ、花立てに溜《た》まった水は凍りつき、白枠に書き込まれた日付を見ると平成元年の一月となっていた。撮られたのは、どうやら墓を建てた直後のようだ。

この写真を最後に、父はカメラを使うのをやめたのだろうか。

段ボール箱を引き寄せて中を見る。するとそこに、いくらかの写真が裸のまま重ねられていることに気づいた。ぜんぶで二十数枚。最後のアルバムの下敷きになっていたらしい。

写真を取り出し、一枚一枚、卓上に並べていく。

「これって……お祖父ちゃん、何のために撮ったんだろ」

それらはまるで、最初に見た写真たちの再現だった。撮られているものも構図もよく似ている。ただしすべてが年老いていた。庭の写真だけは草花であふれているが、そのほかはみんな、長い年月によって変貌《へんぼう》している。家の全景。母の名と同じ店名が書かれた看板。がらんとした店内。厨房。まな板と包丁。酒器棚。冷蔵庫。二階の各部屋。洗面所。風呂場。人の姿はどこにも写っていない。――そう思ったとき、店の入り口に立つ父の写真が現れた。

最初のアルバムに貼られていた一枚では、母が父の隣に立ち、二人で幸せそうに笑っていた。しかし、いま目の前にある写真の中では、父が一人きりでカメラを見つめている。表情のない目。だが何かの思いに強く裏打ちされた、まるで自分自身の存在を示そうとするような目。背後にある戸のガラスには三脚が映り込んでいる。最初に見た写真と同じように、これもセルフタイマーで撮られたらしい。

「お祖母ちゃんの場所、空けてあるのかな」

夕見が言うとおり、父は写真の真ん中に立っておらず、向かって少し右の位置からカメラを見つめていた。まるで隣に、見えない母が立っているかのように。

アルバムにおさめられていないこの二十数枚の写真は、いったいいつ撮られたのだろう。白枠部分を見てみるが、どれも日付が書かれていない。写り込んでいる太陽光の様子からして、すべて同じ時間帯に撮られたもののように思えるのだが。

「ねえ、ここ――」

夕見が一枚の写真に指を伸ばす。声の硬さに漠然とした不安をおぼえながら、私はその部分を注視した。二階の居間を撮った一枚に、壁の日めくりカレンダーが写り込んでいる。憶えのあるそのカレンダーに目をこらすと、中央に大きく「二十五日」、その上に小さく「十一月」、さらに上には「昭和六十四年」と印刷されているのが見えた。が、もちろん昭和六十四年に十一月は存在しない。一月七日に天皇が崩御し、年号が平成に代わったからだ。おそらくこのカレンダーは新しい元号がはじまる前に印刷されたもので、実際の日付は――。

「平成元年の、十一月二十五日だ」

母の一周忌が行われた日。

三十年前、神鳴講の前日。

これらの写真を、父はすべてその日に撮ったのだろうか。毒キノコ事件の前日に。

卓上に並べたものをあらためて見返してみる。すると、店内を撮った一枚、そして二階の台所を撮った一枚に、壁時計が写り込んでいることに気づいた。写真が撮られたのは夕刻だったらしく、針はそれぞれ六時二十四分と六時二十五分を指している。

私の手にはまだ三枚の写真が残っていた。一番上は先ほど見た、父が店の前に一人で立っているものだ。私はそれを卓上に置き、残る二枚をその下に並べた。

「お父さんと……亜沙実さん？」

その二枚は、私と姉それぞれの写真だった。どちらもカメラを見ておらず、たぶん、撮られていることに気づいてさえいない。蒲団《ふとん》に横たわり、両目を閉じている中学一年生の私。早くに寝てしまったのか、枕元《まくらもと》に置かれた時計は六時半を指している。やはりこれら二十数枚の写真はすべて同じ時間帯に撮られたもののようだ。姉が写ったほうは、広重の浮世絵を思わせる美しい一枚だった。家の前の路地を歩く、姉の後ろ姿。風景全体が薄暗く沈んでいるが、行く手の空はまだかすかに明るい。

「お父さん、泣いてる」

横を向いて眠っている私の、目尻《めじり》が濡《ぬ》れていた。夢を見ながら泣いているのか、それとも泣き疲れて眠っているのだろうか。私には思い出せず、それが単に忘れてしまったただけなのか、雷によって記憶から消されてしまったのかもわからない。

「ねえこれ……人魂《ひとだま》みたい」

姉の後ろ姿がある左側、筋向かいの家の腰窓あたりが、曖昧《あいまい》な円形に白くぼやけている。物体の正体は不明で、その大きさは腰窓と同じほどあり、たしかに人間の魂が宙に浮かんでいるようにも見えた。いやこれは、写真を現像したあとで、水滴などが落ちて滲《にじ》んだのだろうか。しかし夕見に訊《き》いてみると、表面の様子からしてそれはないという。ただ、こうして太陽に向けてカメラを構えたとき、レンズの表面で光が乱反射し、白い円形が写り込む「ゴースト」と呼ばれる現象があるらしい。

「そこにないはずのものが写り込むから、ゴースト。レンズが指紋とか埃《ほこり》で汚れちゃってるときに起きやすいみたい」

目の前に並んだ二十数枚の写真。まるで最後の記録のように撮影された、店や家の風景。母がいるべき場所を空けて立ち、じっとこちらを見つめている父。目を閉じた私。存在しない光を従えて歩く、後ろ姿の姉。最初のアルバムに貼られていたあの写真たちが、これからはじまる新たな生活の記念だったならば、こちらはいったい何なのか。三十年前の神鳴講前日、母の一周忌が行われた日の夕方、父は何を思ってカメラを手にしたのか。

気づけば窓の外で太陽が沈みかけていた。畳の上には最後のアルバムがひらかれたままで、遠い昔に撮られた母の墓を、現在《いま》の夕陽が斜めに照らしている。

そのとき私の目が、ある一点に吸い寄せられた。写真の上に貼られた透明なフィルム。その一部に、かすかな光の歪《ゆが》みがある。墓石の右下――真新しい雪が写っているあたり。指先でふれてみると、写真の表面にわずかな凹凸があることがわかった。下に何かが挟まっているのだろうか。夕見も手を伸ばして写真にふれる。はじめは私と同じ場所に指を這わせていたが、その指先はすぐに、墓石や台座やその周囲をなぞりはじめた。

「たぶんこれ……写真の裏に何か書いてある」

（二）

車両通行止めとなった後家山には大勢の村人が行き来していた。そのあいだを抜けながら、私は参道を登っていく。人を掻《か》き分けるようにして進み、細道を右へ折れ、雷電神社の鳥居に肩をこすらせて境内に入り込む。

写真の裏側に書かれていたもの。

黒いボールペンで綴《つづ》られた六行の文字。

黒澤宗吾　荒垣猛　篠林一雄　長門幸輔
四人が殺した
雷電汁
シロタマゴテングタケ　オオイチョウタケ
同じ色
神鳴講当日までに決意が変わらなければ決行

斬《き》りつけるように乱れた筆跡だったが、たしかに父の字に見えた。「決行」の二文字は何度も乱暴になぞられてへこみ、それが表側に浮き出して凹凸をつくっていたのだ。

——何これ……。

六行の文章を見た夕見は息を震わせ、私のほうは言葉さえ発することもできなかった。写真を持つ手が感覚を失くし、文字は細かくぶれ、それを睨みつける私の脳裏では困惑と疑問がせめぎ合い、やがてそれらはまざりあって一つの決意へと変わった。

たしかめればいい。

問い質《ただ》せばいい。

一夜明けた今日、私はふたたびこの羽田上村へと車を走らせた。夕見には日本酒造組合の宿泊研修に参加すると嘘をついた。本当なのかと何度も訊かれたが、信じていてもいなくても構わない。もう夕見を一人きりにしても心配はいらない。

前だけを見据え、村人たちが集まった境内を進む。肩から提げたバッグには、事前に用意したＡ４判の紙が入っていた。写真の裏側に綴られた文章の、最初の二行だけをスマートフォンで撮影してプリントアウトしたものだ。そこからあとを相手に見せるわけにはいかない。それが卑怯《ひきょう》なやり方であるのは承知の上だが、私は本当のことが知りたかった。

並んだ露店。ソースや醤油《しょうゆ》のにおい。まじり合った老若男女の話し声。笑い声。白地に青い文字で「神鳴講」と書かれた幟《のぼり》。多くの村人たちがお守りを求めて社務所の前に並び、行く手の拝殿ではコケ汁を受け取るための行列ができている。湯気の立つ大鍋《おおなべ》が三つ。手伝いの女性たちがそれぞれの鍋から汁を椀《わん》に入れ、一人一人に手渡していく。彼女らの背後では、拝殿の正面を飾る紙垂《しで》が揺れ、その向こうに板張りの床が広がっている。床の中央には小ぶりの座卓とストーブ。差し向かいで酒を飲んでいるのは黒澤宗吾と長門幸輔。座卓に置かれた鍋も、二人の手もとにある椀も、コケ汁が入ったものなのだろう。その様子は記憶の中の光景と重なり合い、まるで、いまはこの世にいない二人のしんしょもち――キノコ長者の篠林一雄と荒垣金属の荒垣猛が、ついさっきまでそこに座っていて、何かの用事で席を外しているだけのように見えた。かつては何の違和感も抱いていなかったその光景が、いまはひどく奇妙に映る。彼らはときおり肩を揺らして笑い合い、あたかも世の中を睥睨《へいげい》するように、境内の人々に目を投げている。寒村の神社で、ほんの一段高い場所に胡坐《あぐら》をかいているだけだというのに。

コケ汁を求めて並ぶ列を分断し、建物の左手に回り込む。脇《わき》の石段を上り、靴を脱ぎ捨てて拝殿の床板を踏む。黒澤宗吾が目を上げて私を見た。それに気づいた長門幸輔も上体をねじってこちらに顔を向ける。雷雨の夜、社務所で会った私を憶えていたのだろう、二人の顔にそれらしい表情が浮かんだ。無言で二人のそばまで近づくと、人々のざわめきがふと静まった。しかしすぐにまた、聞き取れない言葉や笑いがまじり合って一つの音に変わった。

「お見せしたいものがあります」

前置きなしに切り出し、バッグからA４判の紙を取り出した。

「藤原南人氏が残した文章です」

黒澤宗吾　荒垣猛　篠林一雄　長門幸輔
四人が殺した

紙を卓上に置くと、どちらも目だけをそこへ向け、一瞬後、二人の顔に力がこもった。私はそのまま待った。しかし言葉は返ってこず、二人とも身動きもしなければ、まるで以前から取り決めてあったかのように、互いの顔に視線を投げることさえしない。

「あんたは――」

先に顔を上げたのは黒澤宗吾だった。かすかに灰色がかった黒目のまわりに、細かく枝分かれした静脈を浮き上がらせ、彼は私を睨《ね》めつけた。

「この神社の取材をしとう言うてたな」

「三十年前の事件についても調べています」

「さっき、のこしたと聞こえたが――」

そう言いながら長門幸輔が上体をねじり、痩せて頬の窪《くぼ》んだ顔がゆっくりとこちらを向いた。

「あの男は、死んだんか?」

「三ヶ月ほど前に亡《な》くなりました。遺品の中から見つかったこのメモを、藤原南人氏のご遺族に見せてもらい――」

事実と嘘をまじえた私の言葉を、黒澤宗吾が遮った。

「これを世に出すようなことは、考えてねえろ？」

二人の視線を受け止めながら、私は事前に決めてきた態度で応じた。

「考えています」

声が震えた。身体中が心臓になったように激しく脈打っていた。何があったのかを知りたいのに、本当のことを知りたいのに、村のしんしょもちたちと間近で顔を突き合わせた私は、十三歳の子供に戻ったように心が怖《お》じけていた。

先に視線を外したのは相手だった。

「何のことやら、見当もつかんちゃ」

聞こえなくても構わないというほどの低い声で、黒澤宗吾が呟く。

「ご本人たちに見当がつかないのであれば、村の中で、手当たりしだいに訊くまでです」

「あんたがどこの誰だか知らねえども……そんなことすりゃ、裁判沙汰《ざた》になるろ」

なっても構わない。

しかし、それが感情にまかせた思いであることも自覚していた。黒澤宗吾が言うとおり、もしこの文面を人に見せて回ったりしたら、相手の出方次第では裁判沙汰になる可能性だってある。そうなれば自分が誰であるのかも、文章の出所も、その全文も露呈することになる。そして文章の後半には、父による犯行の決意表明としか思えないものが書かれているのだ。時効を迎えているとはいえ、あの毒キノコ事件がふたたび世間の耳目を集めてしまうかもしれない。その犯人として、父の名がふたたび広く知れ渡ってしまうかもしれない。いまは昔と違う。こんな村にもインターネットだってスマートフォンだってある。たとえ私が構わなくとも、姉や夕見の人生はどうなる。

「ここに書かれていることに関して、見当もつかないとおっしゃるんですか？」

黒澤宗吾は平然と頷き、長門幸輔は答える義理もないというように無反応だった。目の前にいる二人を、私は大声で罵倒《ばとう》したかった。そうでなければ、何か取り返しのつかないことを叫んですべてを無茶苦茶に壊してしまいたかった。そんな私をよそに、黒澤宗吾が分厚い手でぐい飲みを摑む。

「飲み直すがよ」

しらけてしまった雰囲気を取り戻そうというような、苦笑まじりの声だった。その声で引火した炎が、私の腹の底で一気に燃え上がった。

「明日が藤原英さんの命日です」

声を震わせているのは、いまや恐れではなく怒りだった。

「彼女が亡くなったのは三十一年前、神鳴講の前々日でした。その日……藤原英さんが亡くなった日、あなたがたは何をしたんですか？　荒垣猛さんと篠林一雄さんと四人で、いったい何をしたんですか？」

どちらも黙って杯を干し、互いのぐい飲みに酒を注ぎ合う。それでも私が視線を外さずにいると、やがて黒澤宗吾が声を返したが、すぐにはその言葉の意味がわからなかった。

「三十一年前より、三十年前。前々日より、当日だが」

長門幸輔が深々と頷いて応じる。

「ありゃあ……苦しかったちゃ」

言葉を返せなかった。

四人が母を殺したという証拠はどこにもない。父が写真の裏に残したメモがその可能性を示しているというだけだ。いっぽうで、いま目の前にいる二人が三十年前の神鳴講当日に毒キノコ入りの雷電汁を食べ、死の淵《ふち》を経験させられたのは事実であり、その犯人は、おそらく実際に父だったのだろう。

引き下がるしかないのかもしれない——少なくともいまは。

しかし私は必ずまた二人と対峙《たいじ》するつもりだった。この手に証拠を摑んだ上でふたたび詰め寄り、傲岸《ごうがん》な態度を取り繕うこともできないほど、苦笑いさえも見せられないほど、慌《あわ》てふためかせ、二人の口から力ずくで何かを引っぱり出してやるつもりだった。

拭《ふ》き清められた床板の上で、無言のまま踵《きびす》を返す。遠ざかっていた神鳴講のざわめきが、ぐるりと回りながら耳に戻り、そこに二人の声がまじり込む。

「黒澤さんあんた、今日はまたえらく飲むな」

「この場所ぁ落ち着くが」

「またぶっ倒れても知らんぞ」

「日付が変わるまでは神鳴講だすけ、ぶっ倒れるとしたらそのあとちゃ」

彼らの元を立ち去りながら、身体中が怒りに震えていた。三十年前、この神社で私の身体を走り抜けた電熱が戻ってきて、逃げ場を見つけられず体内にとどまっているように思えた。四人のしんしょもちが母を殺したというのは本当なのか。父は何らかの証拠を摑んでいたのだろうか。誰も知らない事実を知っていたのだろうか。だとすると、父が彼らに対して抱えていた怒りは、いったいどれほどだったろう。きっといま私が感じている怒りなど比較にならないほど壮絶なものだったに違いない。それを想像した瞬間、私の中に奇妙な感覚が生まれた。

自分の一部が父と同化したように思えたのだ。そして同時に、自分の身体に父の血が流れていることを、生まれて初めて体感した。拝殿の脇から石段に下り、脱ぎ捨てた靴に足を入れるが、膝《ひざ》が上手く動かせず、どうしても履くことができない。脳が脈打っている。出口のない怒りが全身の皮膚を裏側から圧《お》している。自分よりもはるかに大きな体積を持つものがそこに閉じ込められ、しかも留まることなくふくれ上がり、いまにもやわらかい部分を破り裂いて噴き出してしまいそうだった。両耳の鼓膜が内《な》側《か》から圧迫され、ざわめきと物音が急速に遠のき――しかしそのとき隣に白い人影が立った。

顔を向けると、斎服を身につけた希恵がそこにいた。

かつて神鳴講のたび目にしていた彼女の母親と、同じ姿で。

「なんも、しんほうがいい」

奥行きのない両目を私に向け、唇だけを動かして呟く。ざわめきも物音も消えた耳に、その声は一粒の氷のように滑り込み、私がようやく言葉を返そうとしたときにはもう、彼女の背中は拝殿の奥へと遠ざかっていた。

（三）

境内を縦断して鳥居に戻る途中、後ろからいきなり腕を掴まれた。

「新幹線とタクシー使ったら、車で来るよりずっと早いね」

「お前……何やってるんだ」

リュックサックを背負った夕見が、そこに立っていた。

「お父さんこそ何やってんのよ、スマホの電源も切って」

まるで年下の相手を咎《とが》めるような目で睨む。

「まあ想像はつくけど。つくから来たんだけど。で、何だって？」

質問の意味がわからないという顔を、咄嗟《とっさ》につくったが、夕見は拝殿のほうを顎で示し、また私を睨みつけた。余儀なく私は、たったいま自分が黒澤宗吾と長門幸輔に突きつけたものと、彼らとのやり取りを打ち明けた。

「なるほどね。でもまあ向こうとしては、何も知らないとしか答えないよ。お祖父ちゃんが書き残した内容が事実だったとしても、そうじゃなかったとしても」

当たり前のことだった。しかし私は夕見に言われるまで、それを考えもしなかったのだ。隠されていた何かが目の前で判明すると思い――本当のことがわかるかもしれないと信じ、ここへ来た。

鳥居に向かい、二人で境内を歩いた。

隣で夕見がリュックサックからクラフト封筒を取り出す。中から出てきたのは、段ボール箱の底に仕舞われていたあの写真たちだった。一番上には、アルバムから剝がした母の墓の写真もある。裏側に父の文字が書きつけられたものだ。それらをトランプのように扇状に広げて眺めるので、あまりの無防備さに、私は仕草で咎めた。するとタ見は写真をひとまとめにし、しかし封筒には戻さず、両手で包むように持った。そのまま二人で人混みの中を歩く。気温が二日前よりもさらに下がったようで、私たちの息は、はっきりと白い。

「新幹線の中で考えてたんだけど、一つ疑問があるんだよね」

「……何だ」

「お祖父ちゃんこれ、いつ現像して、いつ受け取ったのかな。だって、この写真を撮った翌日が、毒キノコ事件でしょ？」

そう言われると、たしかに疑問だった。写真店にフィルムの現像を依頼したとき、現代では早ければ数十分ほどで仕上げてもらえるものも、当時は何日もかかった。これらの写真が撮られたのは三十年前の十一月二十五日――神鳴講の前日。その翌日にはもうすでに、写真店に足を向けている場合ではなくなっていたはずだ。私と姉が拝殿の前で雷に撃たれ、毒キノコ事件が起き、姉は病室で眠りつづけ、父は病院と家を毎日のように往復しはじめる。そうしているうちに太良部容子が自殺し、彼女の手紙によって父は事件の容疑者となり、警察の追及を受けることになる。

「現像を頼みに行ったのは、写真を撮ったその日だった可能性が高いな」

「神鳴講の前日でしょ？　あたしもそう思った。受け取ったのがいつかはわからないけど」

「麓《ふもと》に下りたら、当時の写真店を調べてみよう。店名は思い出せないけど、村には一軒しかなかったから、父さんもそこに頼んでたんじゃないかと思う」

「でも、三十年も経ってるよ？　まだそのお店あるかな」

「行ってみればわかる」

そう言いながら空に目をやったとき、そこに雲ひとつ浮かんでいないことに初めて気がついた。この晴天は、朝からつづいていたのだろうか。

「さすが、枠が外れた息子。フットワークいいね」

「わかったのか？」

「簡単」

小声でやり取りしながら鳥居を目指す。いったい私たちは村人の目にどう映っているのだろう。誰もはっきりとこちらを見ているわけではないのに、周囲の目がひどく意識された。行き交う人々から感じられる、好奇と無関心のあいだにあるもの。部外者に向けられた、薄紙一枚ほどの警戒。時代が変わり、この村の密閉されたような空気は薄らいでいる。しかし、ひとたび誰かが排除すべきものを指させば、三十年前と同じように、警戒は容易に攻撃へと転じるのではないか。そう思った瞬間、ふと人々の目が、黒目のない、輪郭だけを描いたもののように感じられた。

私の思いをよそに、夕見は足を止め、首から提げた一眼レフで祭りの様子を撮影しはじめる。境内の外周に沿って並んでいるのは、射的、焼きそば、輪投げ、鈴カステラ、金魚すくい――。

「お祭り、一回だけいっしょに行ったよね」

「お前が小学三年のときか」

「そう、亜沙実さんと三人で」

一炊の定休日と町内の夏祭りがたまたま重なり、三人で出かけたのだ。あの日、夕見は私と姉を露店から露店へ引っ張り回し、やがて金魚すくいの屋台を見つけた。発泡スチロールの箱を使った即席の水槽では、真っ赤な和金や琉金《りゅうきん》がたくさん泳ぎ、夕見は中途半端な距離に立ったまま、じっとそれを眺めていた。事前に渡した小遣いを、そのときにはもう使い切っていたからだ。

――やりたい。

――駄目。

しかし姉が、たまのことだからと二百円を渡した。

夕見はそれを握りしめ、もう金魚を手に入れたようなつもりで、どのくらいの大きさの水槽で飼うとか、その水槽をどこへ置くとか、勝手に決めながら露店に駆け寄り、お願いしますと自分で言って、店主からポイを受け取った。その日のために買った子供用の浴衣《ゆかた》には、赤い琉金がたくさん泳いでいた。その柄となるべく似たやつがほしいと言い、夕見は生まれて初めての金魚すくいに挑戦した。見るからに危なっかしい手つきだったので、私は早くもどうやって慰めようかと考えていたが、夕見は成功した。姿の綺麗《きれい》な一匹の琉金を、ポイを破りながらもすくいとったのだ。水といっしょにビニールの袋に入れてもらった琉金に、夕見は何か名前をつけ、歩いては立ち止まり、歩いては立ち止まって呼びかけていた。そうしているうちに学校の友達と行き会ったので、私たちは三十分後に待ち合わせる場所を決め、子供だけで遊びに行かせた。

ところが三十分経ってその場所に現れたとき、夕見は金魚のビニール袋を持っていなかった。

どうしたのかと訊くと、汗だくの顔からすっと笑顔が消えた。どうやら遊んでいるうちに失くしたらしい。どこかの木の枝に引っかけたのを憶えていると言うので、三人で探し回ったが、持っていかれてしまったのか、けっきょく見つからなかった。探しているあいだずっと、力を入れすぎてへの字になっていた夕見の唇は、もう帰ろうと私が言った途端、壊れるようにひらいた。それから夕見は大泣きに泣き、祭り会場をあとにしてからも、涙は止まらなかった。両手を垂らし、のどをそらし、口を大きくあけ、その顔を橙色《だいだいいろ》の太陽が斜めに照らしていた。

「心配して、来たのか?」

「うん?」

「俺が何か……無茶なことをするんじゃないかって」

「そんな心配してないよ。ただ、あたしもいろいろ知りたかっただけ。そもそもお父さん、無茶なことなんてできる人じゃないし」

歩きながら夕見は器用に身体を回し、祭りの風景を眺め渡す。

「でも……俺は殺人犯の血を引いてるかもしれない」

黒澤宗吾と長門幸輔——拝殿で二人と対峙したときにおぼえた、あの感覚。膨張していく怒りに全身を満たされながら、人々の声も物音も聞こえず、自分の一部が父と同化したように思えた。

「そんなこと言ったら、あたしだって同じじゃん。だいたい、お祖父ちゃんが毒キノコ事件の犯人だって決まったわけじゃないし、もしそうだったとしても、それはお祖父ちゃんだけの話。あたしとお父さんは関係ない。だって、どんな理由があったとしても、ぜんぜん想像できないでしょ？」

夕見はこちらに顔を向けて笑った。

「あたしとかお父さんが、誰かを殺すなんて」

（四）

村の写真店を出たのは、それから一時間ほど後のことだった。

店舗の駐車場に駐めていた車に戻ったあと、私たちはどちらも長いこと口を利《き》かなかった。たったいま聞いた話を、それぞれの頭の中で反芻《はんすう》していたのだ。

「段ボール箱からこの写真が見つかったこと……まだ亜沙実さんには話してないんで

しょ?」

表情の定まらない顔で、夕見がようやく口をひらく。膝に置かれているのは、写真の束が入った封筒だ。

「しばらく話すつもりはない。少なくとも、このあいだのショックが消えるまで」

「それがいいよね。じゃあ、いま聞いた話も——」

言葉の途中で、私は頷いた。

「どのみち、どんな意味があるのかもわからない」

訪ねたのは、住居と一体になった古い写真店だった。

幸運にも、私の記憶にあったその場所に、店はまだ存在していたのだ。テント生地の庇《ひさし》に印刷された店名は、かすれてほとんど読めなかったが、わずかに残った文字の断片から、私はそこが「写真のワカセ」だと思い出した。

店内に入ると、開店休業とまではいかないが、頻繁に客が来ていないことが一見してわかった。木製カウンターの奥に畳敷きの居間があり、五十歳前後とおぼしき店主が炬燵《こたつ》でテレビを見ていた。煙草《たばこ》を揉《も》み消してこちらに出てきながら、怪訝《けげん》な顔をしていたのは、見知らぬ人間の来店が珍しかったからだろう。

——神鳴講には行かれないんですか?

会話のきっかけに訊いてみると、夕刻に店を早じまいしてから出かけるという。私たちは編集者とカメラマンということで自己紹介し、三十年前の出来事について、余計な前置きをはぶいて話を切り出した。しかし藤原南人という名前を出すなり、ああと煙たがるような顔をされ、自分にはよくわからないのだと言われた。

——当時はまだ親父の代で、警察やなんかと話してたのも、俺じゃねえすけ。

そのとき居間のほうで、うん、と短く力む声がした。それまで壁の向こう側で見えなかったが、炬燵にはもう一人いたようで、どてらを着込んだ老人が立ち上がってこちらへやってきた。

——あの男ぁいつもここで写真を現像してたすけ、当時はしょっちゅう警察が来ちゃ、あれこれ訊かれたが。

それが先代店主だったのだが、息子と違い、こちらはむしろ自分の出番がやってきたことを喜んでいるように見えた。宿の主人や清沢照美のように、少なくともはじめは警戒され、口を閉ざされることを覚悟していたので、その態度は意外だった。

彼がどこか自慢げに語ったところによると、三十年前に起きた毒キノコ事件のあと、警察が父のことを訊ねに何度も店へ来たのだという。いつもどんな写真を撮っていたか。怪しいものは写っていなかったか。妙な様子はなかったか。

──なにせれ、ただの客で、こっちがあの男の店に酒飲みに行ったこともなかったすけ、知らん言うてね。警察の不満そうな顔を見るたび申し訳ねえ気持ちになったが。しかしまあ、あんなおっかねえことする男には見えなかったども、人間、わからんもんちゃ。

そう結ぶ先代店主の口調はひどく板についており、三十年ぶりにそれを語っている印象ではなかった。かつて村の大事件に関して警察の聴取を受けたことを、しばしば他人《ひと》に聞かせてきたのだろうか。だとすると、すんなり事件のことを口にする彼の態度も頷けた。村の古い人間も決して一様ではなく、中にはそれを語りたい者もいるらしい。ただし、おかげで先代店主の記憶はいまも新鮮に保たれているようで、最後に藤原南人が店に来たときのことを訊いてみると、すぐに答えが返ってきた。そしてその答えは、まさに私や夕見が想像していたとおりだった。

──事件が起きる、前の日だが。

神鳴講の前日。あの二十数枚の写真が撮られた日だ。七時に店じまいするぎりぎりの時間に、父はフィルムの現像を頼みに来たのだという。つまり、あれらの写真を撮ったすぐあとに。

──警察にそのこと話したときだけは、満足そうな顔されたちゃ。何でってあんた、最後に預かったフィルムってのが、家ん中だの、店ん中だの、自分の子供らだの、なんちゅうかまるで、人生の記録みてえな写真ばっかしだったんだもの。いかにもって感じがするろ？　もうすぐ自分の人生がお終《しま》いになるってぇ、覚悟しとうのがわかろうもんだが。

そのあと先代店主は、しばらく黙然とこちらを見ていたかと思えば、私が何ひとつ言葉を返さなかったにもかかわらず、お前は何もわかっていないとでもいうように小さく首を横に振った。どうやら彼の中では、当時のことを語る際に一連の流れのようなものが出来上がっているらしい。

――あの男は、フィルムを預けたときに言うたが。

切り札でも見せるように、先代店主は意図的な間を置いてからつづけた。

――自分じゃなく、子供がかわりに受け取りに来るかもしれねえって。

――子供が？

――要するにあの男は、自分が警察に捕まることを覚悟してたが。そうでなきゃ、かわりの人間が受け取りに来るかもしれねえなんて言わねえろ？　だって、いつもは自分で来てたんだすけ。子供ってのはまあ、あんたも当時のこと調べてるなら知っとろうが、翌日の神鳴講で雷に撃たれた、可哀想《かわいそう》な二人だが。高校生の娘と中学生の息子がいてな。父親が毒キノコで悪さしたせいで、雷神様の罰を受けちまったが。

——写真は……けっきょく誰が受け取りに来たんですか？

本人だが、と先代店主は答えた。

——事件が起きて二週間経った、十二月十日の夕方さね。先代の宮司さんが自殺したってんで、大騒ぎになった日だすけ、よぉく憶えとう。何食わねえ顔で取りに来て、そんときゃまだあの男が事件の犯人だなんて知らなかったすけ、俺もなあ、いつもありがとうございますなんて言って、写真渡して、金受け取って。そんでそのあと、宮司さんの遺書だか手紙だかが出て、あの男が犯人だってわかったんさ。俺ぁ慌てたもんちゃ。なにせ間近で喋《しゃべ》ってたんだもの、もっとよく観察しときゃあよかったってなあ。そうすりゃ警察にも協力できて、あの男も捕まってたかもしんねえ。

聞けた話は、それがすべてだった。先代店主はまだ話し足りない様子で口を動かしていたが、一連の流れを繰り返すだけの内容だったので、私は頃合いを見て礼を言い、夕見を促して店を出た。

「お祖父ちゃん……自分じゃなくて子供が写真を受け取りに来るかもしれないって言って、でもけっきょく自分で取りに来て……それが、希恵さんのお母さんが自殺した日か」

私は曖昧に頷きながらエンジンをかけ、冷え切ったハンドルを握った。何もわからない。事件の前後に父がとった行動の意味も。三十年前、そして三十一年前に、何が起きたのかも。父が写真の裏に書き残した文章が真実なのかどうかも。先ほど拝殿で酒を飲んでいた黒澤宗吾と長門幸輔が、何を隠しているのかも。

「ねえ、あたしここ行ってみたい」

幹線道路に出る直前、夕見が写真の束から一枚を取り、ハンドルの手前に突き出した。裏側に父の文字が書かれた、母の墓が写っているものだ。

「行ったところで、もう墓はないぞ」

私たちが村を出たとき、母も埼玉に改葬された。

「わかってるけど、行ってみたいの。お祖父ちゃんが写真を撮ったその場所に行けば、何か……何でもいいけど……」

けっきょく夕見はそのまま唇を結んだ。

私は幹線道路の手前でUターンし、寺があるほうへとハンドルを切った。どのみち行くあてもなければ、このまま埼玉へ引き返したところで、解決できない謎《なぞ》に悩みつづけるだけだ。

しばらく走り、もうすぐ墓地が見えてくるあたりで、道の右側に葬祭場が近づいてきた。火葬場も併設されている施設で、三十一年前に母の遺体が焼かれたのも、葬儀が行われたのも、この場所だった。翌年には篠林一雄や荒垣猛の遺体も、太良部容子の遺体も、みんなここへ運ばれてきたはずだ。生け垣の切れ目から駐車場に目をやると、数台の自家用車と送迎バスが駐められているのが見えた。建物の入り口には案内板が掲げられ、物故者の姓がそこに黒い筆文字で書かれている。

「少し……いいか」

車を減速させ、ハンドルを切って生け垣の角を折れた。さらにもう一度折れて敷地の裏側へ回ると、職員用らしい別の駐車場があったので、そこに車を入れる。

「ここ葬祭場？　え何？」

「トイレを借りてくる」

嘘だった。

建物の前に掲げられていた物故者の姓が、ひどく気になったのだ。

夕見を助手席に残して車を出る。建物と塀のあいだを抜けていくと、スーツ姿の女性が通用口に消えていくのが見えた。喪服ではないので、ここの職員だろうか。通用口の扉が完全に閉じきる前に、それを手で押さえ、中を覗く。女性の後ろ姿。その先には、かすかに憶えのあるタイル敷きの廊下が真っ直ぐに延びている。左手に、式を執り行うホール。二つある両びらきのドアは、どちらも開け放たれている。女性がそこへ入っていくと、廊下にはもう誰もおらず、しかしホールの中からぽつりぽつりと話し声が洩《も》れてくるのが聞こえた。式の最中ではないようだが、それが終わったあとなのか、はじまる前なのか、通夜《つや》なのか告別式なのかもわからない。廊下に踏み出し、ホールの入り口に立つ。室内《なか》で交わされている会話が耳に届く。断片的で、内容はよく聞き取れないが、集まった人間の誰もが知っている何かについて話していることは、声の様子から感じられた。

《ハタ場の――》

《何しに行ったんか――》

息を殺し、入り口のへりから片目を出す。こちらに背を向けて座る、喪服の人々。誰かの陰気な咳払《せきばら》い。列席しているのは三十人ほどで、黒髪よりも白髪頭が多い。その向こうには控え目な祭壇が設《しつら》えてあるが、位牌《いはい》の文字は距離があるため読めなかった。

《商売が――》

《いつユウイチロウさんだって――》

祭壇に置かれた遺影。まだ三十代にもなっていないと思われる、若い男。もともと小さいサイズだった写真を引き延ばしたのか、画像は不鮮明で、また、かなり古いもののようにも見えた。頬笑みよりも冷笑に近い表情。私はその顔に年月を重ねてみる。自分が年老いたように。父が年老いたように。写真の顔が、私が知っている人物のものへと変わっていく。

「何で……」

あの男だった。

私の家に電話をかけ、十五年前に起きた交通事故の秘密を持ち出して金を要求し、従わなければ夕見にすべてを話すと脅した男。この羽田上村にまで追いかけてきて、雷雨の中でふたたび私を脅迫した男。ハタ場の崖下《がけした》で泥にまみれて発見され、ニュース記事で「身元不明」となっていた男。どうしてこの村で葬儀が行われている？　何《な》故《ぜ》これだけの参列者がいる？　あの男は何者だったのだ。私と夕見の秘密はいったい誰に知られていたのだ。私は誰に脅迫されていたのだ。そして誰を――。

「誰を……」

あの夜の光景が眼底によみがえる。

――間違ってねえ。

存在しない雷鳴が両耳を聾《ろう》す。

「誰を殺したんだ……」

あのフィルム。男の死体が見つかった早朝、彩根がサイレンの音を気にして部屋を出た隙《すき》に忍び込み、カメラから抜き出したフィルム。落雷の瞬間が——男の身体を崖に向かって突き落とした瞬間が写っていたかもしれないフィルム。村を出て立ち寄った海辺で、私は中身を引っぱり出して砂に埋めた。海に向かって座る姉と夕見の背後で。あれで証拠は消えたはずだった。殺人は事故として扱われ、本格的な捜査など今後も行われないはずだった。しかしそれは死んだ男が「身元不明」である限りの話だ。男の身元が判明し、しかもこの村の関係者だということになれば、話は違う。警察は本格的に調べはじめるかもしれない。すべてが露呈してしまうかもしれない。

待て——。

自分がこの葬祭場に入り込んだ理由を思い出す。車のウィンドーごしに見えた案内板。そこに書かれていた篠林という物故者の姓。宿の主人によると、毒キノコ事件のあとで篠林家はつぶれたが、分家の人間はいくらか残り、まだ村に篠林姓の人間は存在するという。

しかし。

——篠林さんとこも一人息子がいて、家業を継ぐてえことになってたども、親父さんが毒キノコで死んだあと、土地も私財も切り売りして、ぷいと村を出ていっちまったが。

宿の主人は言っていた。

――なんでも東京だか神奈川だか埼玉だか行って商売はじめたとか、はじめなかったとか。

混乱する頭で必死に考える。私を脅迫していたのは、篠林一雄の息子だったのではないか。村を出たあと、彼は埼玉にいたのではないか。私と悦子と夕見が暮らしていたマンションの近くに。そして十五年前、悦子の事故が起きたとき、その真相を何らかのかたちで知った。だがそうなると、それが偶然である可能性など限りなくゼロに近い。篠林一雄の息子――篠林ユウイチロウは、意図的に私の近くにいたとしか思えない。私を監視していたとしか考えられない。しかし何故――。

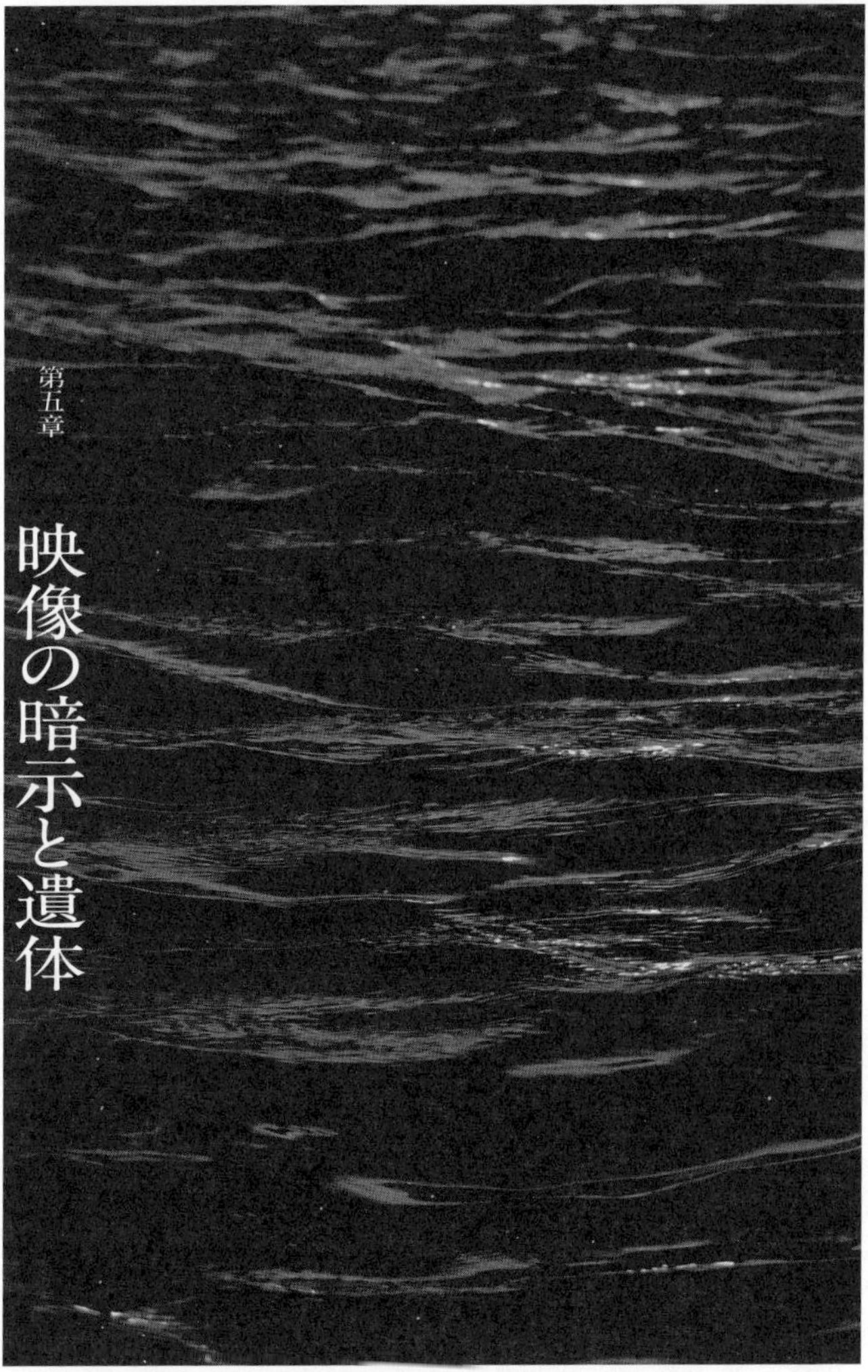

第五章

映像の暗示と遺体

（一）

葬祭場を出たあと、私と夕見は寺の墓地を訪れた。しかし母の墓があった場所には別の墓が建てられており、私たちはただそれを無意味に眺めるばかりで、得るものは何もなかった。暮色がまじりはじめた空の下、部屋をとろうと民宿いちいに向かうと、出てきた主人は姉のことをひどく心配していた。あの雷雨の夜、私たちが放心状態の姉を支えて戻ってきたかと思えば、翌朝には急な精算をして出ていったのだから無理もない。曖昧《あいまい》な言葉で誤魔化すと、主人はまだ心配する様子を見せつつも、私と夕見を前回と同じ部屋に通してくれた。

荷物を置くなり、私は風呂を使いに一階へ下りた。一人になりたかったのだ。篠林一雄の息子――篠林ユウイチロウという人物について考えなければならなかった。いったい何がどう関係し合っているのか。十五年前の事故とあの男とのあいだに、どんな繋《つな》がりがあるというのか。

しかし、いくら考えても糸口さえ見つかってくれなかった。あまり長いこと戻らずにいると夕見に怪しまれてしまうので、けっきょく私は純粋な疑問と困惑を抱えたまま、風呂を出て浴衣《ゆかた》に袖《そで》を通した。

「……お父さん？」

帯を手に取ったとき、引き戸ごしに夕見の声がした。

「お父さん、部屋に戻って」

「どうした」

「いいから」

帯を結んで戸を開けると、夕見は私の袖を摑《つか》んで踵《きびす》を返した。そのまま無言で階段を上って部屋に入り、ぴしゃりと戸を閉めてこちらを振り返る。まるで何かの覚悟をしてくれというように、両目を真っ直ぐに私に向けたまま、瞬《まばた》きさえしない。

「気づいたことがあるの。あの人――」

言葉のつづきを耳にした瞬間、身体《からだ》中の血が音を立てて逃げ出した。

「あの人、店に来たことあるかもしれない」

篠林ユウイチロウと夕見は一度だけ顔を合わせている。あの男が一炊に現れた日だ。しかし、それ以降は会っておらず、あの男が雷雨のハタ場に現れたことも知らないはずだ。翌朝に彩根がデジタルカメラで撮影したという遺体の顔も見なかった。先ほどの葬祭場でも、遺影を目にしたのは私だけで、夕見はずっと車の助手席で待っていた。なのに、死んだあの男が店に来ていたという事実に、いったい夕見はどうやって気づいたというのだ。

「これ見て」

座卓の脇《わき》に膝《ひざ》をつき、夕見は卓上に置かれた一眼レフカメラを手に取る。ディスプレイに表示させたのは、一炊の店内で撮られた写真だ。銀行副支店長のエザワさんが、二人掛けのテーブル席に座り、口をあけて笑っている。あの日の写真。篠林ユウイチロウが店に現れた日の——いや、そんなはずはない。夕見はあの夜、店内で一度もカメラを使わなかった。そしてエザワさんが座っていたのは、二人掛けではなく四人掛けのテーブル席だった。

「ここ、入り口のとこ」

指先でエザワさんの肩口を示す。入り口のガラス戸が写り込み、その向こうの暗い路地に、誰かがいる。女性だ。店に入るふうでもなく、じっとそこに立ち、眼鏡の奥の両目だけがこちらに向けられている。夕見が篠林ユウイチロウのことを言っていたのではないとわかり、私は安堵《あんど》したが、それはほんの数秒のことだった。

「待て、これ――」

画面に顔を近づける。眼鏡をかけているし、ピントが外れているので、目鼻立ちが鮮明にわかるわけではない。しかし、印象的な鼻筋がはっきりとそこにあり、見れば見るほど太良部希恵だとしか思えない。

「あたしもびっくりした。いま、自分で撮った写真をなんとなく見返してたんだけど、そしたらこれ見つけて」

「いつ撮った？」

夕見はディスプレイの端を指さす。そこには撮影日時が表示されている。時刻は二十時三十三分。日付は今年の十一月八日。篠林ユウイチロウがあの電話をかけてきた、ちょうど一週間前の夜だ。

「お父さん……なんかもうあたし怖いよ……どうして希恵さんがうちの店を覗《のぞ》いてるの？　何しに来たの？」

私にわかるはずもない。いったい何がどうなっている。篠林ユウイチロウは十五年前に起きた交通事故の真相を知っていた。ベランダで育てていたアザミの植木鉢のことも、それが事故の原因になったことも。そこに夕見が関係していたことも、私がすべてを隠しつづけていることも。あの男は私に金を要求し、払わなければ夕見にすべてを話すと脅した。そして、その脅迫が実行される一週間前、希恵が店の前に立ち、中を覗いていた。

「希恵さん、このときあたしの顔見てるはずだよね……」

夕見の言うとおりだった。ここに写っているのが希恵だとすると、彼女はこの村で会う前から夕見の顔を知っていたことになる。いや、夕見だけでなく、私もしばしば厨房《ちゅうぼう》を出て料理を運ぶので、彼女に顔を見られていたかもしれない。しかし、私たちがこの村にやってきて、最初に雷電神社で言葉を交わしたときも、そのあと雷雨の中で助けを求めた夜も、彼女は素知らぬふりをした。編集者やライターやカメラマンであるという私たちの嘘《うそ》を、信じているふりをした。

――なんも、しんほうがいい。

黒澤宗吾と長門幸輔に父の文章を突きつけたあと、拝殿の脇で希恵が呟《つぶや》いた言葉。あれが、いままでひどく引っかかっていた。言葉自体よりも、その物言いが、明らかに事件を調べる取材者に対するものではなかったからだ。彼女に正体を知られているのではないかと、私はあれから密《ひそ》かに危惧《きぐ》していたが、果たしてそのとおりだったらしい。いや、そもそも最初から、騙《だま》せるはずなどなかったのだ。いくら嘘の名を口にし、偽物の名刺を渡したところで、私はまだしも姉に気づかないはずがなかった。

「何で希恵さん、知らないふりをしたの？」

その理由を考えようとしたところで、けっきょくのところ、希恵がどうして店の戸口に立っていたのかという疑問に逆戻りするだけだ。彼女はそのことを知られたくなかった。だから私たちの正体に気づかないふりをした。――いや、待て。

店の戸口に立っていた女性。

デジタルカメラの画面を睨《にら》みつけたまま記憶を探る。あれは悦子が死んでしばらく経《た》った頃。百箇日法要があった翌月なので、十五年前の十一月だ。私は四歳の夕見とともにあのマンションを逃げ出し、いまの場所で暮らしはじめたばかりだった。悦子の死と、事故の秘密――その二つの中で生き埋めにされていくような思いで、二階の住居と一階の店を往復する日々だった。十一月の何日だったかまでは憶《おぼ》えていない。しかしあの夜、父の調理を手伝いながら暖簾《のれん》の隙間《すきま》に目をやると、入り口の向こうに女性の姿があった。ひらかれたガラス戸の先で、当時ホールで働いていたパート女性の西垣《にしがき》さんと、何かを話していた。西垣さんの戸惑う様子がはっきりと見て取れ、そのとき私の胸にすぐさま浮かんだのは、悦子の事故だった。私はすべてに過敏になっていた。誰かの言動に過剰に反応し、事故の秘密を知っているのではないか、何かを探りに来たのではないかと、終始不安に囚《とら》われていた。あの夜も私は、気づけば厨房を出てホールを横切り、眼鏡をかけたその女性のもとへ近づいていた。そう、彼女は眼鏡をかけていた。

――何か？

そう訊《たず》ねたとき、彼女は私がそばに立ったことに初めて気づき、素早く顔をそむけた。そして踵を返し、ふたたび声をかける間もなく路地を歩き去っていったのだ。

――入ろうかどうしようか迷ってるみたいだったから、外に出て声かけたんですよ。

西垣さんの顔には、まだ戸惑いが残っていた。

――そしたら……この店はご家族でやってるんですかって訊《き》かれて、そうですって答えたら、どんな家族構成ですかなんて訊いてくるもんで、あたし困っちゃって。

西垣さんが困惑したのは、もちろん悦子が死んだ直後だったからだ。

――まさか知らない人にそんなこと言うわけにもいかないし……ねえ。

そのときはけっきょく、どこか近くで飲食店をひらこうとしている人が、他店の様子を探りにでも来たのだろうということになった。西垣さんがそれで納得している様子だったので、私の不安も少しずつ遠ざかり、十五年経つあいだに記憶から薄れていた。いまこの瞬間まで、ふたたび脳裏に浮かぶことはなかった。しかし、こうしてあらためて記憶を見据えてみると――似ていた気がする。あのとき一瞬だけ間近で目にした彼女の顔が、村で最後に見てから十五年後の希恵であり、いまから十五年前の希恵の顔であったように思えてならない。

「何……どうしたの？」

私の様子に、夕見の表情がいっそう不安げなものに変わったが、黙って首を横に振るしかなかった。あの事故に関する出来事は絶対に口にできない。いや、はたして本当に関係があるのだろうか。あのときの女性も希恵だったとすると、いったいどう関係しているというのか。十五年前、悦子が事故死したすぐあと、希恵が店の前に現れ、家族のことを訊ねた。それから十五年が経った今年の十一月八日、彼女はふたたび店の戸口に立った。さらにその一週間後、篠林ユウイチロウが私を電話で脅迫し、四日後には店にも現れ、さらにはこの羽田上村にまで追いかけてきて金を要求した。ハタ場を襲った激しい雷雨の中、あの男は崖《がけ》のほうへと歩いていき、私は息を殺してその背中に近づいた。夕見の人生を守ろうとして。すべてを終わらせようとして。――しかし。

何も終わってなどいないかったのではないか。

悦子の死は事故ではなかった――そんな疑いが、不意に私の胸に落ち込んだ。これまで考えたことさえなく、何の確信もない小さな疑いだったが、それは鉄の球のように硬く、冷たく、いったん胸に抱えてみると、もう無視することができなかった。もちろん、あり得ないことだとわかっている。事故でなかったとすると、いったいどのようにしてあんな状況が生じたというのか。あの日、四歳の夕見はベランダで、手すりの端のコンクリート部分にアザミの植木鉢を置いた。それを誰かが、何らかの手段を使って道路へ落とすことなど不可能だ。たとえ可能だったとしても、そこに古瀬幹恵の軽自動車が走ってこなければ悦子が撥《は》ね飛ばされることはなかった。

いや、夕見はあの事故が起きる前、本当に植木鉢を、私がこれまで想像していた場所に置いたのだろうか。

――パパのお花、おっきくなるよ。

――お花って、お日さまにあてたほうがおっきくなるんだよ。

私がベランダを見たとき、植木鉢はすでになかった。夕見は不思議そうに首をひねりながら、コンクリート部分の上端あたりを指さした。

――あそこに置いたのに……。

確認したくても、本人に訊ねることはできない。母親が死ぬ直前の出来事について、夕見は忘れているかもしれないし、憶えているかもしれない。いずれにしても、もし私が訊ねたりしたら、夕見はそれが何か重大な意味を持っていると気づいてしまうだろう。

目を閉じて考える。今年の十一月八日に店で撮られた写真。そこに写り込んでいるのが希恵だという確証はない。十五年前、店の戸口に現れた女性も別人だった可能性がある。私はいったん希恵のことを頭から追い出した上で、一連の出来事についてもう一度考え直した。事故。植木鉢。夕見。脅迫。篠林ユウイチロウ。

すると、ある一つの可能性に思いいたった。

いや、まさか――。

「電話」

瞼《まぶた》をひらく。

「鳴ってる、電話」

私のバッグから振動音が聞こえている。取り出してみると、ディスプレイに表示されているのは姉の名前だった。

「出たほうがいいよ。亜沙実さんの具合も心配だし」

通話ボタンを押すなり、だしぬけに訊かれた。

『幸人ちゃん、どこにいるの?』

咄嗟《とっさ》に返答を探したが、そうしているあいだに姉は言葉をつづけた。先ほど店に行ったが閉まっており、家も留守だったので、気になって電話をしたのだという。

「ドライブに出てる」

ちらりと夕見を見ると、自分を指さしてこくりと頷《うなず》く。

「夕見もいっしょに」

『いま運転中？』

「いや、大丈夫。姉さん、調子どう？」

普段通りの声を出そうとするあまり、まるで風邪の具合でも訊ねるような物言いになってしまった。しかし、それがよかったのか、姉も屈託のない声を返す。

『だいぶ落ち着いてきた。仕事は、もうしばらく休むけど。いろいろ心配かけたのを、幸人ちゃんにも夕見ちゃんにも謝らなきゃと思って……それでさっきお店に行ったの』

「気にしないでいいよ」

隣で夕見も、仕草で同意する。

「もちろん心配はしたけど……姉さんが俺に心配かけたのなんて、たぶん、初めてだし。逆は何度もあったけどね。いま思い出しても、情けない弟だったたから」

子供の頃から、心配をかけるのはいつだって私だった。二階の部屋で駆け回って襖《ふすま》を外してしまい、どうやっても戻せず、あとで父と母に叱《しか》られる自分をまざまざと想像して大泣きしたり、学校で友達に呼びかけたのに無視されたことを気にし、おやつも咽喉《のど》を通らなくなったり。そのたび姉は私に、襖は上からはめるのだという秘密を教えてくれたり、人の声が意外と届かないことを実験で証明してくれたりして、最後は必ず、「なじょも、なじょも」というあの懐《なつ》かしい言葉とともに、私の頭に手をのせてくれるのだった。

『いつも自慢の弟だったよ』

予想外の言葉が、電話の向こうから返ってきた。

「……俺が？」

『学校の成績も、幸人ちゃん、よかったし。小さい頃から難しい漢字とかもどんどん読んでたし。将来は学校の先生にでもなるんじゃないかって思ってた』

「居酒屋店主で悪かったな」

耳に届く姉の笑い声は、とても自然だった。あの夜の出来事を、すっかり忘れてしまったのではないかというほどに。

『どのへんをドライブしてるの？』

「まあ、いろいろ。適当に」

いつのまにか夕食の開始時間が過ぎていたらしく、宿の主人が廊下から呼びかける声が聞こえた。返事をせずにいると、いまにも部屋に入ってきそうだったので、私は停車禁止の場所だからと嘘をついて電話を切った。

（二）

私と夕見が会話に乗り気でないことを、ずいぶん経ってから宿の主人は察したらしく、食べ終えた食器を重ねはじめた。それを機会《しお》に腰を上げて居間をあとにし、夕見と二人で階段を上っていると、背後で玄関の戸がひらく音がした。

「ああやっぱり。外の車を見て、そうかなとは思ったんですけど」

戸口で彩根が満面の笑みを浮かべている。

「今回はお二人だけですか？　例のライターさんは、こないだのあれでリタイア？」

厭《いと》わしさを顔に出さないようにしつつ、しかしそれが失敗しても構わないという気持ちで、私は頷いた。彼は神鳴講を取材しに羽田上村へ来たというようなことを言っていたので、今日の祭りを見てそのまま帰ってくれるのではないかと期待していたのだが、どうやらまだ宿泊していくらしい。

「僕もともとあんまり人とすぐ打ち解けられるタイプじゃないんですけど、なんか村の人たちとすっかり仲良くなっちゃって、帰りは車で送ってもらっちゃいましたよ。あれ誰だっけなあ、送ってもらったのに名前を忘れちゃったなあ、鼻の穴がすごい縦長の人なんですよ」

彩根は明らかに酔っていた。

「そうですか」

「でも神鳴講って、ほんと珍しい祭りですよね。お二人、長野へ行かれたことは？　長野のある地方でも、ちょっと面白い祭りがあるんですよ。大きな火を焚《た》いて、そのまわりを村人たちがぐるぐる回るんです、健康と幸福を祈って——」

だんだんこちらに迫ってきながら喋《しゃべ》るので、追いつかれないよう階段を上ったが、夕見はその場に立ち止まったままだ。仕方なく私も足を止め、中途半端に相手へ身体を向けた。

「そういえば、ねえ聞いてくださいよ、この前、カメラをやるようになって以来初めての失敗をしちゃいまして」

「何ですか？」

訊き返す夕見の顔には、純粋な興味が浮かんでいる。

「なんと、フィルムを入れ忘れたんです。それに気づかないまま、ずっと写真を撮ってたみたいで。いや、びっくりしましたよ。みなさんが帰られた日、あとでふと見たらカメラにフィルムが入ってないんですもん。例のほら、むかし僕の母が使ってた一眼レフ。まあでも、あっちで撮るのはよっぽど重要な写真だけにしてるので、大した枚数じゃなかったんですけどね」

「彩根さんでもそんなことあるんですね」

「あるんですよ」

彩根は夕見に顔を向けたまま瘦《や》せた頰を持ち上げてみせるが、眼鏡に電灯の光が反射して両目は見えない。私が鳩尾《みぞおち》に力を込めていると、彼は急にこちらへ向き直った。

「ところで、前回お目にかかったときに、ちょっと誤解をさせちゃったかもしれません」

「……何をでしょう」

「僕、あちこちの郷土史を研究しながら全国を巡っていると言いましたけど、あれは正確じゃないんです」

「全国ではないということですか？」

「そうじゃなくて、いや、もちろん隅々まで行けるわけじゃないから、そうといえばそうなんですがね、僕が興味を持っているのは土地の歴史そのものではなく、そこで起きた事件なんです。歴史という大きな箱庭の中で、かつてどんな事件が起きて、それが現在にどう影響しているのか。そうしたものを調べる行為に上手《うま》い呼び方がないもので、郷土史を研究していると言ったまでで。もちろん興味本位で調べているだけですし、調べる事件ははるか過去に起きたものがほとんどなので、まあ、何も解決しない探偵みたいなものだと思っていただければと」

「よくわかりませんが、この村に来たのは――」

「三十年前に起きた事件を調べるためです。あ、毒キノコ事件についてはご存知で？」

夕見が口をひらきかけたので、私は先に答えた。

「神鳴講のことを調べているときに、もちろん知りました。それほど詳しいわけではありませんが」

そうですか、と彩根は嬉《うれ》しそうな顔をする。

「なら、どうでしょう、僕の部屋に映像資料があるので、いっしょにご覧になりませんか？　これから一人で見直すところだったんですけど、仲間がいたほうが、お知恵も拝借できそうですし」

（三）

画面に映る三十年前の村は、これまで想像してきたよりもずっと静かだった。

毒キノコ事件が起きた直後、私はまだ病院にいて、外の様子を見ていない。だからこれまでずっと、村のあちこちで人が集まっては、追い詰められた動物のような目で囁《ささや》き声を交わしているという光景を想像していたのだ。

「人が歩いてないのは、あんまり恐ろしいことが起きたせいで、みんな家にこもってたのかもしれませんね」

私の心を読んだように彩根が言い、パソコンの音量設定を調整する。画面中央に映っていた男性レポーターの声が言葉の途中から大きくなり、神鳴講という地元の祭りで食中毒が発生し、二人の死者と二人の重症者が出たことを伝えている。現在警察が詳細を調べていると話しているので、まだその原因がシロタマゴテングタケであると特定はできていないようだ。アナログ放送を録画したその映像は、ひどく不鮮明で、まるで曇りガラスを通して見ているような印象だった。

「手に入る報道映像はみんな集めたんですけど、内容が重複しているところも多くて、適当に整理して繋いであります。それでも長いんで、いまお茶淹《い》れますね」

彩根が三つの湯呑《ゆの》みにお茶を注《つ》ぎ終わる頃、最初のVTRが終わった。つぎの映像に切り替わる前に、当時放送されていた芳香剤のCMが前半だけ流れ、夕見が珍しがった。いっぽう私は湯呑みの数が気になっていた。一人で宿泊しているというのに、どうして部屋に湯呑みが三つあるのか。私たちの部屋には、前回は三つ、今回は二つと、人数分しか用意されなかった。事前に階下《した》へ行って借りてきたのだろうか。はじめから私たちを部屋に呼ぶつもりだったのだろうか。画面ではカメラが雷電神社の拝殿前に移動し、石段のあたりを映している。

《その祭りでは、もう一つ哀しい出来事が起きました》

古い化粧の女性レポーターが、祭りに参加していた高校二年生の少女と、その弟である中学一年生の少年が、雷に撃たれて病院で手当を受けていることを話す。幸いにして顔写真は出てこず、私たちの名前がそれぞれ言及されるとともに、「藤原亜沙実さん⒄」「藤原幸人君⒀」と画面に表示されただけだった。もっとも、彩根はこのVTRをもう何度か見ているのだろうし、そもそもこれまでの取材の中で、一度くらいは雷に撃たれた少年少女の写真を目にしているに違いない。私と姉がこのときの二人だと気づくのであれば、とっくに気づいて指摘していたはずだ。希恵のように、素知らぬふりをしているのでないかぎり。

「この頃には、もういろいろ判明してます」

彩根の言うとおり、つぎの報道映像ではコケ汁や雷電汁、シロタマゴテングタケという単語が登場し、レポーターの口調も、事故ではなく重大事件を報じるそれに変わっていた。荒垣金属の工場と、荒垣猛の顔写真。画面奥まで連なるキノコのビニールハウスと、篠林一雄の顔写真。こうして見てみると、篠林ユウイチロウとたしかに目鼻立ちが似通っている。

いまだ入院中の黒澤宗吾と長門幸輔の容体が語られたあと、画面が切り替わり、村人たちへのインタビューが流れはじめた。荒垣金属の従業員たち。篠林家のビニールハウスで働く中年夫婦。カメラはそれぞれの胸のあたりに向けられ、顔の映っていない人々は、ときに呟くような、ときに吐き出すような声を聞かせた。面倒見がよかった――いい人だった――イチコロが偶然まじるはずがない――誰かがやった――犯人には名乗り出てほしい――許せない――恐くて眠れない――最後にレポーターが、事件当日に起きた落雷についてふれた。中学一年生の弟は回復したが、高校二年生の姉はいまだ意識が戻らないと語っている。

「雷ってのはしかし、恐ろしいもんですな」

いつのまに小袋を開けたのか、彩根は煎餅《せんべい》を齧《かじ》りながら画面を眺めていた。

「何千万ボルトのレーザーガンを持った殺人犯が、上から無差別に狙《ねら》っているようなものですもんね。我々はその照準の先を無防備に歩いている。しかも、たとえ直撃をまぬがれても、そばにいたらやられちゃうんですから。このときだって、落雷を喰らったのはお姉さんのほうだったのに、そばにいた弟さんも感電しちゃったんですよね。側撃ってやつで」

もし、姉ではなく自分が直撃を受けていたら。

そう想像したのは、これまで一度や二度ではない。

「いやじつはですね、こないだハタ場で落雷を間近で目にするまで、正直なところ雷ってやつを甘く見てたんです。落ちた瞬間の衝撃、あれ、すごいもんですね。昔のSF映画でほら、車のかたちをしたタイムマシンの電力を、雷で供給するシーンがあったじゃないですか。あんなのぜったい不可能ですよね。あれほど厖大《ぼうだい》な電力を受け止めるマシンなんて、いくら天才でもつくれっこない」

もしも時間をさかのぼることができたら、私はどうするだろう。そんなことも、これまで数え切れないほど想像してきた。もちろん私は拝殿前の自分と姉をその場から引き離す。しかし、それができないとしたら。あの落雷を受けるのが自分たちの運命だったとしたら。――そこまで考えたとき、私はいつも想像の中で、自分と姉の立ち位置を入れ替える。空から落ちてきた雷は私の身体を直撃し、姉が側撃を受けて地面に倒れる。私は身体にあの電紋を刻まれて眠りつづけ、姉は別の病室で、数時間後に目を覚ます。実際に時間をさかのぼれたところで、そうするだけの勇気など持ち合わせていないと知りながら、いつもそんな光景を思い描く。想像の中の私は、そこからふたたび時間をさかのぼり、同じ日の早朝へと飛ぶ。そして雷電神社の境内で息をひそめ、この目で見る。あの年最初の雷が鳴り響く中、誰かが参道を上り、鳥居をくぐり、神社の境内を歩いて作業場に向かう。手にした白いものを雷電汁の鍋《なべ》に放り込むその人物は、薄暗がりで背中を丸め、顔はまったく見えず、しかし父の服を着て、父と同じ背格好で――。

「ハタ場に雷が落ちたとき、ビシイイィって、とんでもなくでかい音がしたじゃないですか。耳が壊れるくらいの音。あの落雷の音と、いわゆるゴロゴロっていう音が同じだって知ってました？」

私と夕見がかぶりを振ると、彩根は身振りをまじえて得意げに説明しはじめる。

「雷雲の中では、あちこちで放電してるから、あのビシイイィって音が常に鳴りつづけてるんだそうです。空気の層を抜けて遠くまで伝わってくるあいだに、ゴロっていいう低い音に変わって、それが少しずつタイミングがずれたり、重なったりしながら届くから、ゴロゴロゴロって聞こえるそうで……あこれ、宮司さんですね。この頃は高校生」

画面ではつぎの報道映像がはじまり、希恵の姿が映っていた。

「彼女のお母様——先代の宮司さんのほう、このときまだ生きてるはずなんですけど、映像のどこを見てもインタビューが映ってないんですよ。取材を拒んでたんでしょうかね」

画面に映る希恵は、宮司の娘としてではなく、落雷で意識不明になった藤原亜沙実の同級生としてインタビューを受けていた。あるいは、神鳴講や毒キノコ事件についての質問に答えず、放送に使えるような映像が撮れなかったのかもしれないが。

「美少女だなあ……」

眼鏡に画面の光を反射させながら彩根が顎《あご》を掻《か》く。インタビューを受けている希恵は、たしかに美しかった。そしてそれは、村を去る直前に見たときよりも、ずっと健康的な美しさだった。このあと希恵の母親は自らの命を絶つ。村人たちは死んだ太良部容子を犯人扱いし、希恵はそれに真っ向から反論する。本当の犯人はどこかにいる、母親は自殺ではなく犯人に殺されて罪を着せられたのかもしれない。そうした過激な言葉で立ち向かいながら、しだいに彼女の頰はこけ、両目は落ちくぼんでいく。

希恵はインタビュー映像の中で、病室で目を覚まさずにいる姉をしきりに心配していた。二人がいっしょに写っている写真が画面に現れる。高校の体育祭だろうか、体操服を身につけ、並んでピースサインを突き出している姉と希恵。どちらも顔を汗で光らせて笑っている。

「お母様が亡《な》くなってからは、県外の親戚《しんせき》が来て希恵さんの世話をしていたらしいですね。通信教育の二年課程で彼女が神職の資格をとって、雷電神社を継ぐまで。娘だからって何もせずに継げるものじゃないから、大変だったでしょうね」

報道番組の映像はつづく。古くさいスタジオセットの中で、男性アナウンサーが話している。祭りで配られるキノコ汁にはオオイチョウタケという白いキノコが入れられるので、同じ色をしたシロタマゴテングタケに気づかなかったのだろう――村人たちから聞いたという言葉が伝えられ、画面にはそれぞれのキノコの資料映像が現れる。赤ん坊の頭ほどの笠《かさ》を持つオオイチョウタケ。名前の通り笠が卵形をした、シロタマゴテングタケ。この笠が少しずつひらいて平らになっていくそうです――アナウンサーがそう説明し、短い総括のようなものを聞かせたところで特集は終わった。かすかに聞き憶えのある音楽とともに、台所用洗剤のＣＭが流れる。そこへ割り込むようにしてつぎの映像がはじまったとき、彩根が胡坐《あぐら》の足を組み替えて画面に顔を近づけた。

「ここからが一番興味深い展開です」

赤い、殴り書きのようなテロップとともに報じられているのは、太良部容子の自殺だった。拝殿の鴨居《かもい》に腰紐《こしひも》を結びつけ、首を吊《つ》っていた雷電神社の宮司。それを発見した高校生の娘。きっと現在《いま》では放送不可能であろう、宮司が毒キノコ事件の犯人だったのではないかという村人たちの憶測。カメラの前でそれに反論する、両目を真っ赤にした希恵の姿。

「で、つぎの報道から事態が一変します」

番組スタッフが気づいた一本のＶＴＲ。太良部容子の自殺死体が発見される数時間前、村の路地を撮った映像に映り込んでいた、彼女の後ろ姿。建物の戸に手をかけようとしている瞬間を捉《とら》えたシーンが、画面いっぱいに再生される。ただし、看板に書かれた「英」という店名は白い靄《もや》のようなもので消されていた。

やがて画面に、その映像を見せられた希恵が参道を下っていく場面が映った。彼女は後家山を下りて幹線道路を横切り、路地を抜けていく。カメラはそれを追いかける。やがて希恵は店の前に立って戸を叩《たた》く。

《雷電神社の太良部です》

戸の向こうから現れた父の顔は、店名と同様、やはり白く消されていた。画面下には「Aさん」というステレオタイプな仮名が表示されている。しかし、そんな仮名は、この村においては何ひとつ意味をなさなかったのだ。報道を目にした誰もが、そこに藤原南人という名前を重ね合わせ、白い靄の向こうに父の顔を見た。
《この人たちにビデオを見せてもらったんです。お母さんが映ってるやつです》
かすかに震え、小刻みに大きくなったり小さくなったりする希恵の声。このとき店のテーブルで宿題を広げていた私は、立ち上がって戸の脇に立った。いったい何が起きているのかもわからないまま、突然やってきた希恵と、彼女のそばでカメラを構えた男、その隣に立つもう一人の男を覗き見ていた。いま画面に映っている光景を、逆側から目の当たりにしていたのだ。
《死ぬ前に、お母さんはここへ何をしに来たんですか？》
両手を身体の脇に垂らして黙り込んでいた父は、やがて希恵に背中を向ける。
《そこで、待っててください》
店の奥にある階段へ向かうとき、父は私の頭に軽く手をのせたが、映像には映っていなかった。
しばらくして、父は白い封筒を手に戻ってくる。何かをあきらめるような態度で、それを希恵に差し出す。彼女はその場で封筒から便箋《びんせん》を取り出して読む。カメラが動いて文面を斜めから捉えるが、放送された映像では、これも白い靄で消されていた。公開しないよう希恵が頼んだのか、あるいは番組側の配慮だったのか。

ほどなく画面はスタジオに切り替わり、太良部容子が渡した手紙の内容が説明された。雷があった日――つまり神鳴講当日の早朝、彼女は神社の作業場に入り込む「Aさん」の姿を見ていた。「Aさん」は雷電汁に白いものを入れて立ち去り、太良部容子はすぐさま鍋を確認しに行き、それがキノコであると知った。そのとき猛毒のシロタマゴテングタケのことも頭をよぎったが、彼女は汁を廃棄せず、また誰にも打ち明けず、そのまま神鳴講を開催した。そして二人の死者と二人の重症者が出た。《その責任を背負って生きていくことは、自分にはもうできない。この手紙は捨ててしまっても一向に構わないし、すべては本人にまかせる。ただ、家族のことを考えてほしいと、それだけを願っている。――便箋には、以上の内容が書かれていたとのことです》

アナウンサーが話す内容が箇条書きに要約されて表示され、スタジオでは数人のコメンテイターが無責任な意見を交わす。その中には、いまもテレビで見かけるタレントもまじっていた。途中で補足が入り、一年前に「Aさんの妻」が不審死を遂げていることが伝えられると、議論はさらに過熱した。私や姉が雷に撃たれたことが言及されなかったのは、明らかに無関係だからだろうか。それとも、私たちのフルネームがすでに報道されていたので、「Aさん」が誰であるのかが容易に特定されてしまうえ、私や姉がその子供であることがわかってしまうと考えたからだろうか。もしそうだとしても、その配慮はやはり無意味だった。この報道の直後から、父は村中から毒キノコ事件の犯人として糾弾され、私は学校で卑劣な攻撃を受けることになるのだ。

ふたたび村人のインタビューが挿入され、顔のない男が画面に映る。

《おっかねえことちゃ》

ここまで見た報道映像の中に、目新しい情報は何ひとつなかった。しかし、その村人がつづけた言葉は、唐突に、思いもかけない事実を私に教えた。

《しんしょもちさんらは、雷電汁を俺らのコケ汁の鍋に分けてくれることもあったが。だーすけ、もし今年の神鳴講でそれをしてもらってたら——》

初めての疑問が、私の胸を冷たくした。

いま村人が言ったことを、私はまったく知らなかった。そんな光景を見たことも、家族の中で話題に上ることもなかったからだ。しかし、はたして父はどうだったのだろう。私は当時まだ中学一年生だったが、父は長年この羽田上村で暮らし、毎年の神鳴講にも必ず参加していた。雷電汁が一般のコケ汁の鍋にまざってしまう可能性があることを、知っていたのではないか。

もし父があの毒キノコ事件の犯人だったとすると、ほかの村人がシロタマゴテングタケを口にしてしまう可能性は考えなかったのだろうか。誰かの椀《わん》に入ってしまうことを予想しなかったのだろうか。それは姉の椀だったかもしれないし、父自身の椀だったかもしれない。姉はあの日、実際に私の隣でコケ汁を食べていたし、父だって食べていた。もしその椀にシロタマゴテングタケが入っていたら——。

《あの人は食ってなかったちゃ》

別の村人が話しはじめた。今度もやはり顔は映っていなかったが、声を聞き、もしやと思った。画面を注視すると、グレーのつなぎの胸に農協のロゴが縫い付けられている。やはりそうらしい。母が冷たい川で発見された夜、私と姉を車で病院まで連れていってくれた、農協職員の富田さん。三十年前の神鳴講でも、私たちに向かってにこやかに笑いかけてきた。

——来《き》なったか。

そのあと父がコケ汁の椀を持ったまま近づいていき、二人は私や姉から少し離れた場所で向かい合い、何か話していた。私たちが雷に撃たれる直前のことだ。

《はっきり憶えとうよ》

暗く沈んだ富田さんの声には、ほかの村人たちの声に含まれていたような怒りや恐怖は感じられず、かわりに、ひどく哀しげだった。

《食わねえのかって訊いたら、妙な味がするからやめとくてえ言うてたが》

彩根が人差し指を画面に向け、刺すように何度か動かす。

「この証言が、藤原南人犯人説をさらに後押ししたんです」

声を返すこともできなかった。三十年前の神鳴講で父がコケ汁を食べていなかったという事実――いままでまったく知らずにいたその事実が、石のように咽喉をふさいでいた。

「あのでも、もしかして」

隣で夕見が口をひらく。

「藤原南人さんが犯人じゃないとしてなんですけど……お椀に、ほんとにシロタマゴテングタケが入っちゃってたんじゃないですか？　犯人は別にいて、その人が雷電汁にシロタマゴテングタケを入れた。それをしんしょもちさんが一般のコケ汁の鍋に分け入れた。それで、藤原南人さんのお椀にたまたまシロタマゴテングタケがまじって、だから変な味がして、食べなかった」

彩根はゆるゆるとかぶりを振る。

「シロタマゴテングタケは妙な味もにおいもしません。食べたところで何の違和感もない。だから恐いんです」

画面はスタジオに戻り、ふたたび無責任な議論が展開されている。しかしそれはもはや意味のない音の羅列としてしか聞こえてこず、私はたったいま知らされた事実に咽喉をふさがれたまま、膝に置いた両手を強く握りしめていた。彩根と夕見がシロタマゴテングタケについて何か言い合っているが、その声もまた、聞こえているのに意味をなさず、いつしか私は、脳内に描かれた三十年前の光景を注視していた。私や姉から離れ、富田さんと向き合っていた父。あのとき本当に、いま富田さんが言ったような会話があったのだろうか。父は本当にコケ汁を食べなかったのだろうか。だとしたら、どうして。自分ばかりが助かろうとしたのか。ほかの村人や、あるいは自分の子供が、誤ってシロタマゴテングタケを口にしてしまう可能性があるとわかっていながら。

――去年は食えんかったから。

あの日、父はそう言いながら大鍋のコケ汁を受け取っていた。穏やかなその横顔の奥に隠されていたのは、いったい何だったのだ。大勢の村人を危険にさらし、自分の子供が毒を口にする可能性を無視し、殺害計画を実行に移した達成感だったのだろうか。私には到底信じられない。しかし、ほかにどう考えればいいというのだ。

「ハタ場での犯行現場、上手く撮れてるといいんだけどなあ」

不意に呟かれた言葉が、私の意識を引き戻した。

「……何です？」

「殺人犯の犯行現場ですよ」

意味が摑めず、パソコンの画面に目を向ける。しかしそこでは相変わらず、当事者でもない人々による答えのない議論が交わされているだけだ。

「いやいや、この動画じゃなくて、いま彼女と話してた、雷のことです。あの夜、ハタ場に落ちた雷。崖下で亡くなっていた男性は、あれに驚いて落ちた可能性が高いじゃないですか。だからやっぱり雷は殺人犯ですよ。レーザーガンが命中しなくても、人が死ぬ。恐ろしいことです」

私が過去に思いを向けているあいだに、どうやら二人はまた雷の話をしていたらしい。

「いまおっしゃった……〝犯行現場〟というのは？」

「落雷の瞬間を上手いこと撮れたかもしれないって、僕、雷電神社の社務所でお話ししませんでしたっけ？」

話していた。しかし。

「カメラにフィルムを入れ忘れていたと、さっき階段でおっしゃっていましたが」

「いえいえ、落雷の瞬間を撮ったのはデジタルのほうです」

冷たい手が、はらわたを握った。

「でも、私の記憶だと、あのとき彩根さんは三脚にフィルムカメラのほうを――」

「あれは雨が降り出したとき、すぐに仕舞いました。なにせ古いカメラなので、濡《ぬ》れたらコトですもん。雷の写真を撮ったのは、そこにあるやつです」

床の隅に転がっているデジタル一眼レフを示す。

「僕は主義として、ある程度の枚数を撮るまでは写真を確認しないようにしてるんです。デジカメは撮った写真をすぐに見られるから便利だけど、いくらでも撮れて、あとで選べばいいやってなると、腕が落ちちゃいますからね。写真は反射神経です。たくさん撮って選べばいいってもんじゃない」

「じゃあ……まだ、ご覧になってないんですね」

「こっちにいるあいだは、おそらく見ませんな。自宅に戻ったらゆっくり確認します。あの作業が楽しくて」

「いま見てみましょうよ」

夕見が冗談めかした調子でカメラに手を伸ばすが、彩根の腕が素早く動いてそのカメラを摑んだ。

「見、ま、せ、ん」

パソコン画面では動画の再生が終わり、引きで撮られたスタジオが映った状態のまま、自動的に停止されている。彩根はパソコンを無造作に閉じると、身体を回してこちらに向き直った。

「というわけで、この映像資料が何かの参考になれば幸いです。よかったら、メールアドレスとか教えていただければ、あとで動画ファイルをお送りしますよ」

「いえ、こちらはこちらでやりますので」

立ち上がり、まだ話したい様子の夕見を促した。夕見は唇を曲げながらも腰を上げ、しかしそのとき、彩根が不意にデジタルカメラを胸もとに引き寄せた。

「そうだ、殺人犯といえば」

電源を入れて操作し、写真を表示させる。ディスプレイから顔を背け、目の端だけで確認しているのは、自分が撮った写真をなるべく見ないようにするためだろうか。ボタンを押して写真を切り替えていく。最初のほうは、何のために撮影したのか、この部屋の天井や腰窓や電灯の笠などが写っていたが、やがて神鳴講が行われている境内の全景や、露店の様子、立ち並ぶ灯籠《とうろう》、カメラを見たり見ていなかったりする村人たちが現れては消えていった。

「雷雨の夜にハタ場から落ちて亡くなったのは、篠林ユウイチロウさんだったようですね。雄々しいに、数字の一に、おおざとの郎で、雄一郎。三十年前にシロタマゴテングタケで亡くなった、篠林一雄氏の息子さんです」

えっと夕見が声を上げる。

「村を出ていったっていう、あの？」

「そうそう、その人。毒キノコ事件で父親が死んだすぐあとに、家の財産を売っぱらって出ていった人です。何でまたあの夜、ハタ場なんかにいたんでしょうね？ いつ村に戻ってきたんだろ」

彩根といっしょに夕見も首をひねり、こちらに目を向ける。私は咄嗟に表情をつくることもできないまま、力ずくで声を押し出した。

「久しぶりに神鳴講でも見物しようと、村へ戻ってきていたんじゃないでしょうか。後家山に登ったのは、単に、懐かしかったからだったとか」

「そうかもしれません。でも、だとしたら可哀想《かわいそう》ですよね。だってあの場所に行ったりしなければ死ななかったんですから。落雷に驚いて、あんな高いところから落ちて……いや、あるいは、死んだのには別の理由があったのかもしれませんが」

「別の理由……と言いますと」

「いやほら、うっかり泥で滑ったとか。落雷がある前に」

彩根は首をねじった格好のままカメラのボタンを押しつづけ、ディスプレイでは時間がさかのぼっていく。暗かった背景がしだいに明るくなっていったかと思うと、やがてそこに一つの不鮮明な顔が大写しで現れた。

「ああこれだ」

彩根はその画面を私たちのほうへ向ける。

「昼間、篠林雄一郎さんの遺影を写真に撮ってきたんです。村の葬祭場で葬儀が行われていたもんで、そこに入り込んでパシャッと」

「そこ、あたしたちも行きました、トイレ借りただけですけど。ね？」

頷き返しながらも、私はカメラの画面から目をそらすことができなかった。葬祭場のホールに掲げられていた遺影。遠目で見たときに比べると、顔の造作がずっとよくわかる。鴉《からす》の嘴《くちばし》を思わせる、幅広で長い鼻。黒目の小さい、企《たくら》むような両目。頬笑みよりも冷笑に近い表情を浮かべ、若き日の脅迫者がこちらを見つめている。

「なんか見たことある気がするけど……んなわけないか」

　夕見が目にしてはいけない写真であることに、私はその言葉でようやく気づいた。焦燥を悟られないぎりぎりの素早さで、カメラを手に取って画面をこちらへ向ける。幸い夕見はすぐに顔を上げ、彩根に向き直ってくれた。

「篠林雄一郎さんって、どういう人だったんです？」

「葬儀に参列してた方々に訊いてみたんですけどね、もともと学生時代を都内で過ごしていたこともあって、村を出たあとは東京に行ったそうです。で、そこで商売をはじめて、見事に失敗したんだとか。以後のことは誰も知らないらしくて、だから遺影もこんな、昔の写真しかなかったそうで。一度だけ村に戻ってきたことがあったみたいですけど、そのときもほとんど話をした人はいなかったようです」

「いつ戻ってきたんですか？」

　夕見がそう訊ねるあいだも、私は初めて正面から目にする篠林雄一郎の遺影を注視しつづけていた。私はこの男を知っている。あの脅迫の電話をかけてくる前から。店に現れる前から。

「震災のすぐあとです。二〇〇四年の十月に起きた新潟県中越地震。さすがに故郷の村が心配だったんでしょうかね、戻ってきて、でも尾羽打ち枯らした自分の姿を見られたくなかったのか、マスクとマフラーで顔を隠していたそうです。ところがですね、僕が今日の神鳴講で会った人の中に、たまたま彼に気づいて声をかけたという男性がいたんですよ。名前は忘れちゃいましたけど、鼻の穴がやけに縦長の――」

「宿まで送ってくれた？」

「そうそう、その人。送ってもらってる車の中で、たまたま聞いたんですけど、篠林雄一郎さんとは中学校の同級生で、十五年前の震災後に、村で見かけて声をかけたそうなんです。そのとき、明らかに都会で大失敗して落ちぶれた様子だったので、昔の尊大な彼を思い出して、ちょっと意地悪を言ってみたんですって。そしたら、すごい顔で睨んで歩き去っていったとか」

「意地悪？」

「神社には行ったのかー、なんて」

「え、何で神社なんですか？」

「いやね、その鼻の穴が縦長の人が言うには、かつて篠林雄一郎さんは宮司の娘さんに惚《ほ》れ込んでたんですって。娘さんってつまり、太良部希恵さん。いまで言うストーキングみたいなこともしてたみたいで」

「ストーカーって昔からいたんですね……」

「村を出たのも、彼女に相手にされなかったからじゃないかって、笑ってました。実際のところはどうか知りませんけどね」

このとき私は、彩根が話した内容に、もっと注意を払うべきだったのだ。十五年前という単語が出たというのに。私が知らない秘密を暴《あば》くヒントが、そこにあったはずなのに。しかし私はデジタルカメラに表示された篠林雄一郎の顔を睨みつけたまま、記憶の空白に聴き耳を立てていた。私はこの男を知っている。羽田上村で暮らしていた頃から知っている。その印象はしだいに輪郭を明瞭《めいりょう》にし、やがて輪郭の鋭利な一端が、記憶を包む薄膜にふれた。ついで薄膜に裂け目が走り、その裂け目が大きく破れ、三十年前の落雷によって生じた空白へと記憶がなだれ込んだ——唐突に——濁流のように。湿った土のにおい。後家山の奥。私の両手にはたくさんのキノコがあった。木々の中に群生していたそれは、キノコ嫌いの自分にさえとても美味《おい》しそうに見えた。フクジュソウのことで叱られたのが悔しかった。今度はきちんと父に見せるつもりだった。食べられるかどうかを訊くつもりだった。

——俺えらく反省してさ。よく知りもしないものを摘んで持って帰るのやめたんだ。

この宿の窓辺でフクジュソウの話をしたとき、私は姉に言った。

——でも——。

そう言葉を継いだあと、自分がいったい何を言おうとしたのかがわからず、ただ強い違和感だけが残った。その違和感の正体を、いま私は直視していた。

あれが最後ではなかった。

私はもう一度だけ、あの子供じみた行為を繰り返したのだ。母に野花を持ち帰ったときのように、父にトチの実を持ち帰ったときのように、もう一度褒めてもらいたかった。家族の役に立ちたかった。しかし、後家山に群生していたあのキノコを両手に集め、腰まである雑草を踏み分けて参道に戻ったとき、男が私の前に立った。顔は夕陽と重なり、黒い影になっていた。男はこちらに腕を伸ばしてキノコにふれ、直後、私の両手からそれをすべて奪い去った。

――どこで見つけた……。

ものも言えず、私はただ振り返って木々の奥を指さした。男はキノコを持ったまま、何かに引っ張られているような勢いでそちらへ急ぎ、そのとき初めて顔が見えた。名前は知らなかったが、英にやってくるしんしょもちの息子。キノコ長者の一人息子。そんな家の人間にキノコを取り上げられたことで、私は自分が何かすごいものを見つけたのだと思った。とてつもなく貴重なものを発見したのだと。夕暮れの参道で、キノコを奪われた哀しさよりも、その興奮に胸が震えた。両手を見ると、かじかんだ指のあいだに、たった一本だけキノコが残っていた。私はそれを家に持ち帰り、母の図鑑を部屋に運び込んで、国語辞典と見比べながら夢中で説明を読んだ。そして、キノコの正体と、それが持つ恐ろしい力を知った。

（四）

豆電球だけをともした部屋で、天井を見つめていた。

寒さが増したせいか、今回用意された掛け蒲団《ぶとん》は三枚重ねで、重すぎて眠れないと夕見は言っていたが、いまは隣で規則的な寝息を立てている。それに重なり、ぽたり、ぽたりと、廊下から水音が聞こえる。凍結防止のため締めきっていない蛇口から、水滴が垂れ落ちているのだろう。

濁流のようによみがえった参道での出来事は、まるでたったいま経験したかと錯覚するほど、鮮烈な身体感覚をともなって脳裏に渦巻いていた。その渦が、こうしているあいだにも、さらなる記憶を引き込んでいく。引き込み、引き込み、引き込みながら巨大化して私の内側を満たしていく。三十年前の神鳴講。その日に起きた出来事のすべて。姉が頭につけていた銀色の髪留めのことも——鳥をかたどったその髪留めを見て、雷が落ちるから危ないと自分が言ったことも。記憶はゆっくりと渦を巻きながら、断片化された時間を取り込んで肥大しつづける。三十一年前、母が死んだ日に見聞きしたすべてを、私はもう一度体験する。意識のない母。その白い病室で、泣きすぎてもどしてしまったこと。父に連れられてトイレに行ったこと。病室に戻ったあと、父が呟いた言葉を、私はふたたびこの耳で聞いた。清沢照美が話してくれたあの言葉。

——藤原南人は奥さんのことを、死んじまってもいいと言うてたが。

屋外で人の声が響く。神鳴講の酒に酔い、家路を行く男たちの声。三十年前から何も変わらない。この村では何も変わらない。

物音がした。

隣室の戸が開閉し、足音がひたひたと廊下を移動していく。私たちの部屋の前を過ぎ、階段を踏む音がそれにつづく。私は身を起こして聴き耳を立てた。足音はしだいに遠ざかって消え——やがてまた、断続的な水滴の音しか聞こえなくなった。

起《た》って引き戸に近づく。音をさせずにそれを滑らせる。廊下に踏み出して隣室を見ると、戸の隙間から光の箭《や》が洩《も》れ、部屋の明かりがついていることがわかった。戸の前に移動し、ほんの小さく指先で叩いてみる。返事はない。指先を引手にかけて力を込める。しかし、立て付けが悪いのか、びくともしない。右手に左手を重ねて引いてみるが、戸はがたつくばかりで動かず——。

「何をされてるんです？」

背後から声がした。

振り返ると、彩根が暗い階段の半ばに立ってこちらを見ている。

「眠れないので、少し、話し相手にでもなっていただければと思いまして」

私は引き戸から手を離し、暗がりに向き直った。

「そうですか。いや、いま下に行って、これを取ってきたんですよ。廊下の奥に置いてあったのを思い出して」

それは夜ぶすまと呼ばれる、蒲団に両袖がついたような形状の防寒具だった。この村で暮らしていた頃、母が縫ったものを、私たち家族も使っていた。

「これ、肩があったかそうでいいなあ。何ていう名前でしたっけ？」

「かい巻き、でしょうか」

「じゃなくてほら、このへんでの独特な呼び方があって……ああ思い出した、夜ぶすまだ」

言いながら、彩根は身体を揺らさない歩き方で、足音もさせずに接近してくる。先ほど部屋を出て下へ向かうときは、引き戸ごしにも聞こえる足音を立てていたというのに。

「よかったら、これ使います？　僕はもう一枚取ってくるので」

「いえ、けっこうです。彩根さんはもうお休みになるところだったんですね。私もそうします」

脇を過ぎて部屋に戻ろうとすると、声が追いかけてきた。

「お喋りはいいんですか？」

「やめておきます」

そうですか、と彩根は自室の戸に手をかける。コツがあるのか、大して力を入れた様子もないのに、戸はするりと滑ってひらく。彼は戸口でこちらに向き直り、顔の半分だけが室内からの明かりに照らされた。

「まんだらやすまっしゃれ」

熱いものが鼻の奥へこみ上げるのを感じながら、私が黙って首をひねってみせると、彩根は歯の半分だけを光らせて笑った。

「このあたりで言う、ではおやすみなさい、ですよ」

頷く動作にまぎらわせて顔を背け、自室に入る。後ろ手に戸を閉めようとしたが、いままで難なく滑っていたはずなのに、上手く動かない。苛立《いらだ》ちに圧《お》されて身体を回し、両手で力まかせに戸を引いた。

部屋の暗がりを抜けていく。泥の中を行くように両足が重たい。やっとのことで夕見の蒲団までたどり着き、畳に膝をつく。声や物音に目を覚ますこともなく、娘はぐっすり眠ってくれている。その寝顔は豆電球の薄明かりに照らされ、瞼の内側で両目が忙しく動いていた。十五年前も、やはりこんなふうに薄い瞼の下で両目が動いていたのを憶えている。通園に使っていたお気に入りのバッグが破れた日。悦子によると、布が大きく裂けているのを目にしたとき、夕見はすました顔をしていたという。しかし保育園から自宅に戻り、悦子がそれを捨てようとすると、突然大声で泣き出し、いつまでも泣きやまなかった。バッグが破れた哀しさを、ずっと我慢していたのか。それとも大好きなバッグとお別れすることが哀しかったのか。娘の気持ちを思いながら、私はあの夜、いまと同じように寝顔を眺めていた。

その翌日、悦子は新しいバッグの布を買いに行こうとし、あの事故が起きた。夕見の優しさが引き起こした事故。父親のために、陽の当たる場所へ移動させたアザミの植木鉢。それが落下して軽自動車のフロントガラスを粉砕し、車は暴走して悦子の身体を撥ね飛ばした。そのことを知った私は何をしたか。——子供の人生を守ろうとした。知らなくてもいいことを、いつまでも知ることがないように。記憶から消えた行為を、いつまでも思い出すことがないように。いったいそれは、どれほどの罪なのだろう。起きてしまったことは変わらない。死んでしまった人間が生き返ることはない。事実を隠しつづけることは、どれほどの罪なのだろう。

――間違ってねえ。

羽田上村を出るとき、父が呟いた言葉の意味を、私はいまようやく理解していた。

三十年前、毒キノコ事件が起きた日。

早朝に、その季節で最初の落雷があった日。

――藤原南人さんが神社の境内に入ってくるのを母は見ていたんです。

社務所で希恵に聞かされた、母親の目撃談。彼女がいまも所持しているという手紙によると、母親の太良部容子は、父が神社の作業場で雷電汁の鍋に白いものを入れるところを目撃したのだという。そしてそれがシロタマゴテングタケであったことを、事件後に知った。彼女は自分が見たものを文章に綴《つづ》り、父に渡した。その具体的な文面を私は知らない。内容を正確に知っているのはおそらく、それを書いた太良部容子、受け取った父、父から手紙を渡された希恵、そして、その瞬間をテレビカメラにおさめた番組制作陣。

ここに一つの可能性がある。

それぞれが知っている手紙の内容が違っているという可能性だ。

三十年前、父は太良部容子から受け取った手紙を改竄《かいざん》した。あの日、希恵が父から手渡され、テレビカメラが捉えたのは、書き換えられたあとの手紙だった。

手紙を改竄するとき、おそらく父は文字を消しもしなければ書き加えもしなかった。そんなことをすれば、母親の字を見慣れている希恵には容易に気づかれてしまうから。

だが、手紙の内容を大きく変えるには、文字を書く必要も消す必要もなかったのだ。私の考えが正しいとすれば、父がやったのはただ一つ、太良部容子の文章に二本の線を書き加えるという行為だけだった。

すべてをはっきりさせるには、この目で手紙を見るしかない。

(五)

ノックの音に目を開けると、腰窓の障子がうっすらと白んでいた。

眠れるはずなどないと思っていたが、いつのまにか朝になっていたらしい。私は三枚重ねの掛け蒲団をよけて起き上がり、部屋の戸を開けた。しかし、確かにノックを聞いたはずなのに、誰もいない。廊下の左右を見ると、階段のそばで、宿の主人が床を掃除している。

「ああ、かんべね。いまこれ、ぶっつけちゃって」

苦笑いで持ち上げてみせたのは、ヘッド部分のシートを取り替えて使える、取っ手のついた掃除道具だった。

「昔ぁ床に屈《かが》み込んで雑巾《ぞうきん》掛けしてたもんだども、いまはこういうのがあるから便利だが。……お客さん、朝食《あさげ》ぁすぐ食べなさるかね」

私は部屋を振り返り、夕見を見た、つもりだった。そして初めて蒲団が空になっていることに気づいた。主人に目を戻すと、人差し指で二、三度、空気を突くような仕草をしてみせる。指先が向いているのは彩根の部屋だ。

「隣ですか？」

主人が顎を上下させて頷くので、私は浴衣の前を掻き合わせて隣室に向かった。立て付けが悪い戸を両手で滑らせると、洋服に着替えた夕見と、まだ浴衣を着ている彩根が床に座って向かい合っている。驚いたことに、二人のあいだには父が撮った写真が並んでいた。毒キノコ事件の前日に撮られた、二十数枚の写真。おはようございますと彩根が手のひらを向け、夕見もこちらを振り返って笑いかけたが、私の表情《かおいろ》を見てすぐにその笑いを引っ込めた。

「……何してる」

「あ、いま彩根さんに写真のことをいろいろ教わってて」

「その写真は――」

言葉を継げない私に向かって夕見は頬を持ち上げてみせる。

「入手元は話してないから大丈夫です」

いったいどういう意味だ。

「いやいや、お二人とも人が悪いじゃないですか。僕なんかよりずっと取材が進んでらしたんですね」

まだ結んでいない長髪に指を突っ込み、彩根が首をすくめる。

「ぜんぜん知らなかったもんだから、ゆうべ得意になって昔のＶＴＲなんか見せちゃいましたよ。まさか藤原南人と接触できていたなんて驚きました」

なるほど、夕見はそういう説明をしたらしい。藤原南人と接触し、彼がかつてこの村で撮っていた写真を手に入れたとでも話したに違いない。しかし、彩根にそんな嘘が通じると本気で思っているのだろうか。

「彼女、なかなか口が堅いんですよ。藤原南人がいまどこでどうしているのかも、どんな手段でこの写真を手に入れたのかも、ぜんぜん教えてくれないんです」

「彩根さんはライバルみたいなものですからね」

「そんなこと言わないで、協力し合いましょうよ」

彩根と夕見のやり取りを、私は戸口に立ったまま無言で見つめていた。父が——藤原南人が死んだことは、どうやら彩根に話していないらしいが、彼は本当に知らないのだろうか。私は昨日、雷電神社の拝殿で黒澤宗吾や長門幸輔と対峙《たいじ》したとき、二人に藤原南人の死を伝えた。もしあれから彼らがそのことを人に話していれば、神鳴講で村人たちと酒を飲んで過ごした彩根の耳に入っていてもおかしくない。

「しかし、この写真は可愛《かわい》らしいですな」

彩根が顔を近づけたのは、私の寝顔が写った一枚だった。

「たぶんこれ幸人くんっていう、藤原南人氏の息子さんですね。雷に撃たれた子供たちの、弟さんのほう。眠りながら泣いちゃって……怖い夢でも見てるのかな」

「部屋に戻れ」

それだけ言い置いて戸口を離れた。部屋に入り、立ったまま待っていると、ほどなくして夕見が写真の束を手に帰ってきた。静かに戸を閉め、戸惑った目を私に向ける。

「その写真は、他人に見せていいものじゃない」

隣室まで聞こえる声を出したのは、わざとだった。

いっぽう夕見は、私だけに届く囁き声を返す。

「裏にお祖父《じい》ちゃんの文章が書かれたやつは見せてない。それに、お父さんが入ってきたときは、写真を並べたばっかりで、まだぜんぜん事件とかお祖父ちゃんの話はしてなかったし。あたし、もともと八津川京子さんのことをいろいろ聞きたくて彩根さんの部屋に行ったの。写真は、その口実で持っていったっていうか——」

「どのくらいいた？」

「ほんの、十分くらい」

「何を話した」

「だから、八津川京子さんのことをいろいろ訊いて……彩根さんが丁寧に答えてくれて……ねえ、なんか……」

夕見は瞬きながら顔を伏せ、しかしすぐにまた目を上げた。

「なんか、お父さんじゃないみたい」

夕見の顔に先ほど浮かんでいた表情——いまも浮かんでいるその表情が、戸惑いではなく怯《おび》えであることに、私は遅まきながら気がついた。娘に向けた強い目を、急いでやわらげようとしたが、上手くいかない。

「でも、そうだよね。あたしと違ってお父さんは、自分が直接関係してる話だから、ぜんぜん違う気持ちだよね。彩根さんに写真を見せたのは、かなり軽率だった。ごめん」

写真の束を胸に押しつけるようにしながら、夕見は頭を下げる。その顔がふたたびこちらを向くまでのあいだも、私の両目はやはり緊張を解いてくれず、頬は重たい粘土のようで、それでもせめて声だけは、娘が聞き慣れたものにしようと努めた。

「彼のお母さんの話は、ためになったか？」

「なったなった。人物写真が得意だったのはもちろん知ってたんだけど、その仕事の中で、小さい劇団の撮影を頼まれたことがあるんだって。で、撮影中に八津川っていう長野県出身の役者さんと恋人同士になって、なんと二人は結婚して、あ、その八津川って人もまた面白くて――」

遠くから救急車のサイレンが聞こえた。夕見は言葉を切って窓辺に向かい、障子を滑らせて窓を開ける。朝霧で曖昧になった風景の中、サイレンは雷電神社に向かって遠ざかっていく。

（六）

「いまのところ、見つからないみたいですね」

駐車場で待っていた私と夕見のもとへ、彩根が戻ってきた。

「かなり重たいものだと思うんですけど……いったい何だったのかなあ」

「社務所にあったガラスの灰皿が、大きくて重たそうでしたが」

「ああなるほど、灰皿。それなら持ち去るのもわかります。凶器に指紋がはっきり残っちゃいますもんね。拭《ふ》くよりも持ち去ったほうが、犯人にとっては手っ取り早いし確実だ」

雷電神社で見つかったのは黒澤宗吾の遺体だった。

——サイレン、神社のほうに行ったみたい。

宿の窓から首を突き出していた夕見は、見に行きたいと言って聞かず、私も気になることがあったので、服を着替えて部屋を出た。そこでカメラを手にした彩根と出くわし、彼もまたサイレンを気にして雷電神社に向かうところだというので、その彩根を仕方なく車に乗せ、三人でここへやってきたのだ。それがほんの十分ほど前のことだった。

　素早く宿を出てきたおかげで、まだ後家山も神社も立ち入り禁止の処置などはされておらず、私は何も知らないふりをして駐車場に車を駐《と》めた。そのとき駐車場には救急車と、警察のものらしいワゴン車とセダンがそれぞれ一台ずつ駐められており、鳥居の向こう、境内のちょうど真ん中あたりに、黒澤宗吾の遺体がうつ伏せに横たわっているのが見えた。こちらを向いた後頭部の白髪が赤黒く染まっていたが、凶器は周囲になく、地面には彼が使っていた懐中電灯が転がっているばかりだった。

　その光景を目にするなり、彩根はまるで子供が珍しい虫でも見つけたように車を飛び出していったが、もちろんすぐさま制止された。制止したのは丈の余ったコートを着た生若い刑事で、ヨシなんとかと名乗ったうえで、不審な闖入者《ちんにゅうしゃ》を誰何《すいか》した。彩根は「神鳴講の取材で村に来ている八津川です」と正直に答え、いったん退散したが、相手が目を離すなりすぐにまた境内に入り込み、いまようやく戻ってきたところだ。

　ブルーシートで即席の目隠しが設えられたため、黒澤宗吾の遺体はもう見えない。先ほどからそこに青い作業着と帽子を身につけた男たちが何人も出入りし、カメラのフラッシュがひっきりなしに放たれていた。境内のへりには、神鳴講のための灯籠が、光りもせずに並んでいる。

「いま社務所のほうも覗いてきたんですよ、何があったのか宮司さんに訊こうと思って」

「見ていました」

「そしたら同じ刑事さんにまた止められちゃって」

「ええ、それも。……宮司さんは社務所に？」

「いらっしゃいましたよ。年配の刑事さんに、なんかいろいろ訊かれてる感じです。僕らも、あんまりこうしてると、あれこれ質問されそうですね」

頷く私の顔をちらりと見直し、彩根は境内に身体を向ける。その姿も、周囲の風景も、何故だか現実感がなく、目の前に広がる一枚の絵のように見えた。

「しかしこれ……捜査は難航しそうですな。凶器は持ち去られてるようだし、地面の土が硬いから犯人の足跡も残りづらい。しかも昨日はここ、大勢の村人でごった返してましたもんね。もし土に足跡が残っていたとしても、無数に入りまじっていることになる。ところでどうして殺されたんだと思います？」

さあ、と私は首をひねった。

「泥棒でしょうか」

「財布かなんかを奪おうとして、強盗が彼を襲ったってことですか？」

「まあ、それも考えられますが……たとえば、神社で盗みをはたらこうとしたら、たまたま黒澤宗吾さんがそこに現れた。顔を見られたので、仕方なく殴り殺した」

「後ろから？」

「犯人が知り合いなら、そんな状況でも後ろから殴ることは可能かもしれません」

「ああなるほど、知り合い。それは考えられそうですな。すると、犯人は泥棒行為を実行してから殺したというわけですね？　だって実行する前なら、顔を見られたところで、泥棒するのをあきらめればいいだけのことですもんね」

「私にはわかりません。ただ想像で言ってみただけなので」

「それにしても、あなたはきっと、根がいい人なんでしょうな」

「どうしてです？」

「だって普通、人が殴り殺されたとなれば、恨みの線で考えちゃうじゃないですか。なのに、いきなり泥棒ですから。いや、いい人だ。僕なんて、さっき遺体を見た瞬間に、この人は誰かに恨まれてたのかなって思っちゃいました」

「もちろん、実際はそうかもしれません」

「しかし……そうかそうか、黒澤宗吾さんか」

口の中で呟いていたかと思えば、さも不思議そうに私の顔を覗き込む。

「顔も見えなかったのに、よくおわかりになりましたね」

「昨日、神鳴講の取材でここへ来たときと同じ服装でしたので。体格も大柄で、特徴的ですし。とはいえ、違う人だったら申し訳ないことですが」

「あたしも、ひと目見て黒澤宗吾さんだと思った」

隣で夕見が口をひらく。遺体を目にした瞬間からずっと、声も出せない様子で立ち尽くしていたが、ブルーシートで目隠しがされたせいか、いくぶん落ち着いたようだ。

「怖くて言えなかったけど……やっぱりあれ黒澤宗吾さんだよね。そうですよね」

言葉尻《じり》を向けられ、彩根は場違いな頬笑みを浮かべた。

「僕もそう思います」

「立ち入り禁止になるので、すみません」

離れた場所から声が飛んできた。先ほどのヨシなんとかという若い刑事が、白い息を吐きながら小走りにやってくる。寒さで頬が赤らんでいるせいで、表情は生真面目《きまじめ》なのにもかかわらず、その顔はどこか陽気に映った。

「これから参道の入り口を封鎖しますので、車ごと山を出ていただいてもいいですか?」

私たちが従おうとすると、予想していたとおり、念のため連絡先を教えてほしいという。私が素早く思案しているあいだに、彩根がポケットから自分の名刺を出して渡し、私と夕見の偽名を口頭で彼に伝えた。

「三人とも、民宿いちいに泊まってます」

相手は宿のことを知っていたらしく、ふんふんと頷いたあと、昨夜から今朝まで何か不審な出来事や人物を目にしなかったかと訊ねた。しかし、おそらくそれほどの期待を込めた質問ではなかったのだろう、私たちが首を横に振ると簡単に引き下がった。

「さっき現場をご覧になってしまったかと思うんですけど……捜査にもあれしちゃいますんで、なるべく人には言わないでいただけると助かります」

私たちは揃《そろ》って首を縦に振った。若い刑事は優等生のような角度で頭を下げたあと、いそいそとブルーシートのほうへ戻っていく。その背中を眺めながら、私は彩根の態度がやけにあっさりしていることに違和感をおぼえていた。面倒な粘り方でもして、あれこれ聞き出そうとするのではないかと思っていたのだが。

「ところで僕……さっきとどこか違うと思いません？」

両手を広げながら、ごく小さな声で囁く。私は何のことだかわからなかったが、しばらくして夕見が気づいた。

「あ、カメラ？」

「もう少し大きな声で」

「カメラが――」

「あ！」

彩根の大声に、若い刑事が振り返る。

「いけない、置いてきちゃった。すみませーん、刑事さん。僕さっき社務所を覗いて叱られたとき、慌《あわ》ててカメラを置いてきちゃったんですけど、取りに行ってもいいですか？」

彼が動こうとするのを、若い刑事は素早く制し、自ら社務所に向かった。しばらくしてデジタル一眼レフを手に戻ってくると、赤い頬で笑いかけながら彩根に手渡す。

「どうもありがとうございます。いや危なかった。殺人現場に忘れ物なんてしたら、犯人扱いされかねない」

レンズカバーがついたままのカメラを受け取り、彩根はそそくさと車に移動した。勝手に後部座席へ乗り込み、ドアを閉めながら言う。

「じゃ、山を下りましょうか」

そのとき彩根の顔に浮かんでいた、合図でもするような表情の意味は、車で参道を下りはじめたときに明らかとなった。

彼はデジタルカメラで社務所内の音声を録音していたのだ。
「動画を撮るのはさすがに危ないから、レンズカバーをつけて、音だけ録《と》ったんです。さっそく聴いてみるとしますか」
参道を下る車の中で、彩根はそれを再生した。やや聴き取りにくいが、男の声が車内に響きはじめる。希恵と話していたという、年配の刑事だろう。
《あんた、こんな場面で勝手にあちこち入っちゃいかんことくらい、いい歳《とし》なんだすけ、わかろうもんだが》
《たはは》
たはは、と後部座席で同じ声が重なる。いまのは彩根が社務所に入ったときの音声に違いない。ゴト、と重たいノイズが聞こえたのは、彼がこっそりカメラをどこかへ置いた音だろう。そのまま聴いていると、やがて若い刑事が入ってきて、彩根が社務所から連れ出されていった。年配の刑事は《あの髪は何だが》と差別的な言葉を呟いてから、一転して重々しい口調になる。
《ちゅうことは、黒澤さんは一人でそっちの、奥の和室にいたと》
《はい。少し前までは長門さんもいらして、お二人でお酒を召し上がっていたんですけど、十一時過ぎでしたか、黒澤さんが眠り込んでしまったもので、長門さんのほう

は先にお帰りになって》
《うたた寝しとう黒澤さんだけが残った？》
《わたしは祭りの片付けがあったので、黒澤さんの背中に毛布をかけさせてもらって、この社務所と、隣の作業場を行ったり来たりしていました。日付が変わったあと、さすがに起こしたほうがいいかと思って声をおかけしたら、ようやくお目覚めになったので……車でご自宅までお送りすると申し上げたのですが、必要ないと遠慮されて》
《歩いて帰ると》
《黒澤さんのご自宅は山裾《やますそ》ですし、毎年のことなので、それほど心配もせず……》
暗い深夜の山道を歩いて帰ると聞けば、神鳴講を知らない人は驚くかもしれない。しかし、祭りの日は参道が翌朝まで車両通行止めとなるので、この村の大人にとってはしごく普通の行為だった。誰もが歩いて神社へやってくるし、遅くまで神社で過ごすつもりがある者は、帰路で使うことになる懐中電灯をそれぞれ持参している。
《見送りてえのは、どんな感じで？》
《社務所の、そこの戸口から。寒いだろうから早く閉めろとおっしゃるので、黒澤さんがいくらか歩いたところで、そうさせてもらいました》
《そのあとは見てねえと》

《はい》
《誰かの声とか、物音なんかは？》
《気づきませんでした》
《あんたが通報したのは今朝の……ああと……》
紙を繰る音。
《七時二十三分、と。そんとき初めて、黒澤さんがあそこで倒れとうのを見んさったわけですな》
《はい。夜の境内は真っ暗なので、深夜二時前に片付けが一段落して自宅のほうへ戻るときも、まったく気づきませんでした。地面に転がっていた懐中電灯が点《つ》いていれば、もちろん気づいたと思うのですが》
《さっき見たら、スイッチが入ってなかったんですわ。襲われて落っことしたときにそうなったんか、それとも犯人が電源を切ったんか》
しばらくの沈黙があり、また刑事の声がつづく。
《よぉく思い出してもらいてえんだども、ほんとに誰かの声だの物音だの――》
そのとき小走りの足音が近づいて来て、がさごそとノイズが入った。
《……なんちゃ？》

《いや、あのくそ迷惑な長髪男がこれ忘れていって》
若い刑事がカメラを取って境内を移動する足音。
《どうもありがとうございます》
彩根の声。
《いや危なかった。殺人現場に忘れ物なんてしたら、犯人扱いされかねない》
「なるほど……予想外の事実は一つだけか」
彩根が再生を止めて呟く。
「何です?」
ルームミラーごしに訊くと、彼は眉《まゆ》に力を込めて虚空《こくう》を睨んでいた。
「あの若い刑事さんの口が、意外と悪かったということです」

（七）

「あんなものを見せることになって、申し訳なかったな」

夕見と並んで、河原にしゃがみ込んでいた。

「お父さんが謝ることじゃないよ。あたしが行きたいって言ったんだから。まあ、まさか死体が転がってるなんて思わなかったけど……」

もう昼に近いが、高く昇っているはずの太陽は背後の山に隠れている。目の前に広がる川は灰色に沈み、ときおり山おろしが吹き抜けると、水面が鳥肌のようにそそけ立った。

「お父さんも初めてなんだよね、ここ来るの」

後家山の北側――三十一年前、意識不明の母が発見された川だ。

母が死んでから羽田上村を出るまでのあいだ、この場所を自らの目で見てみたいと思ったことは、もちろん一再ではない。しかし、行くなと父に言われていた。母親が死の淵《ふち》に追い込まれた場所を子供に見せるべきではないと考えたのか、それとも単に、私の足では危ないと思ったのか。

雷電神社から宿へ戻ったあと、私たちは何食わぬ顔で朝食をすませた。宿の主人は早朝のサイレンのことを気にしていたが、若い刑事に言われたとおり、三人とも適当に首をひねって誤魔化した。その後、私と夕見はふたたび宿を出て後家山の西裾へと車を回した。土手に車を駐め、二人で川沿いを歩いてここまでやってきたのだが、河原の石がどれも大きいので足下がまったく安定せず、一歩進むたびに重心を立て直さなければならなかった。三十一年前、父が母を背負って運んだ道のりがどれほど険しかったかを、私はあらためて思い知らされた。

「帰りは、あたしのことおぶってみる?」

「俺には無理だ」

「当時のお祖父ちゃんより、歳いってるもんね」

努力して頬を持ち上げ、灰色の川面を眺める。向こう岸までは十メートルほどあるだろうか。この水流は信濃川に流れこむ支流の一本で、霞川《かすみがわ》という名を持っている。冬場にときおり川面が凍結し、その凍結部分に散った雪の様子が霞に似ているからだと聞く。しかし羽田上村の人々は単に「川」と呼んでいたし、いまもそれは変わらないようだ。

「川って、凍るんだね」

名前の由来を話して聞かせると、夕見はひどく驚いた。

「お父さんも凍ったところ見たことある?」

「いや……冬場は川に近づかないように学校で言われてたのを、律儀に守ってた。夏はよく、友達とトンボを捕りに来たけどな」

「トンボ?」

「べつに、珍しいもんじゃないだろ」

もちろんこんなに奥まった場所ではなく、トンボを捕まえていたのは、先ほど車を駐めてきたあたりの河原だった。あのころ私たち小学生は、それぞれが長い髪の毛を何本か持参し、その両端に小指の先ほどの石を一つずつ結びつけ、空に投げた。するとトンボが勝手に飛んできて、髪の毛に絡《から》まって落ちてくる。トンボは蚊や蝿など小さな虫を食べるので、くるくる回る小石を餌《えさ》だと思い、飛んでくるらしい。そして髪の毛に搦《から》め捕られて地面に落ちるのだ。いま考えれば糸でも同じことができたのかもしれないが、髪の毛はトンボの目に見えないという話を、当時の私たちは信じていた。

「シオカラトンボとか、ギンヤンマとか、運がよければオニヤンマとか」

自分たちの髪の毛では長さが足りないので、みんな、母親の髪をティッシュペーパーにくるんで持ってきた。私も家の床に目をこらし、長い髪を何本か拾い集めて河原へ持って行ったが、母の髪では細すぎて切れてしまうので、拾うのはいつも姉の髪だった。しかし私はきまってそれを母の髪だと嘘をついた。友達が持ってきた髪がどれも、丈夫そうで、つやつや光っていたからだ。そうして河原でトンボを何匹も捕まえ、夕暮れに家へ帰ると、私はまた嘘をついた。虫籠《むしかご》の中を見せながら、母の髪を使ったと話したのだ。母はそれを聞いていつも嬉しそうな顔をしてくれた。身体の弱い、でも働き者の母だった。

「お父さんも、虫捕りとかやってたんだね」

「どんな子供だと思ってたんだ？」

夕見は小さく首をかしげる。

「考えたこともなかった」

この村の話をしてこなかったということは、子供時代の話をしてこなかったということだ。

山おろしが吹き抜け、水面がそそけ立つ。飛んできた枯れ葉がそこへ落ち、回りながら流れていく。夕見がカメラを構えて何度かシャッターを切った。背後の後家山では、いまごろ警察が木々の中を動き回って殺人事件の手掛かりを探しているだろうか。凶器は見つかったのだろうか。羽田上村の集落では、もう人々が事件のことを囁き合っているだろうか。

「……うわ、割れちゃってる」

夕見がダウンジャケットのポケットから取り出したのは、煎餅の小袋だった。朝食後、部屋の座卓に置かれていたのを持ってきていたらしい。

「もう一枚も……ああ……だよね」

車を乗り降りしたときか、それとも河原を難儀しながら歩いてきたときか、煎餅は二枚とも割れてしまっていた。夕見はそのうち一枚の小袋を開け、破片をつまんで口へ運び、別の破片を私に差し出す。受け取った破片を嚙《か》むと、静けさの中で、音が脳を揺らすほど大きく響いた。

「ねえ……黒澤宗吾さん、どうして殺されたんだと思う？」

空っぽになった小袋を、夕見は手の中で丸める。

「誰がやったんだと思う？」

「俺にわかるはずがない」

互いにそれ以上の言葉はつづけず、風もとっくにやんでいた。気づけば私たちは完全な静寂の中にいて、しかしすぐにそこへスマートフォンの振動音が割って入った。ポケットから響くその音には馴染《なじ》みがあるはずなのに、灰色の川を前に、初めて耳にするもののように聞こえた。

かけてきたのは姉で、ゆうべ電話を受けたときとまったく同じ切り出し方だった。店に行ったが私も夕見もおらず、気になって電話をしたのだという。私のほうは、しかし前回とは違い、正直に自分の居場所を答えた。そうしようと決めていたのだ。

「夕見といっしょに、羽田上村に来てる」

声が返ってくるまで何秒もかかった。

そのあいだに私は腰を上げ、河原を歩きながら夕見と距離をとった。

『……二人とも、何で羽田上村にいるのよ？』

「落ち着いたら、話そうと思ってた」

夕見と二人で開けた、父の段ボール箱。そこに詰め込まれていたアルバム。母の墓石を写した写真と、その裏側に書かれていた文章。アルバムの下敷きになっていた二十数枚の写真。自分たちが見たすべてを、私は姉に話して聞かせた。その翌日、私が衝動的にこの村へ来たことも、夕見が私を追いかけてきたことも。神鳴講が行われている拝殿で、黒澤宗吾と長門幸輔に父の言葉を突きつけたことも、二人が私を歯牙《しが》にもかけなかったことも。しかし、雷電神社の境内で黒澤宗吾の遺体が見つかったという事実だけは話さなかった。話せなかった。

右耳を圧迫するような長い沈黙のあと、ようやく言葉が返ってきた。

『しんしょもちの四人がお母さんを殺したって……どういうこと？』

「わからない」

立ち止まって振り返る。夕見の姿は遠くにあり、たぶんもう、声は届かない。

「姉さん……いつも、夕見のこと心配してくれてありがとう」

『え？』

「あいつは母親がいないけど、ずっと姉さんがいてくれたから、助かった。あいつが小さい頃も、俺が行けないときは保育園に迎えに行ってくれたりして」

『幸人ちゃん、どうしたの？　ねえ、さっきの話――』

「いつか、俺に何かあったときは、夕見のこと頼むよ」

『え、何、変なこと言わないで』

「父さんが死んで……もう姉さんしかいないから」

気づけば両目から涙があふれていた。灰色の川面と、不揃いな石が並ぶ河原と、視界の中心でぽつんと座っている夕見の姿が、握りつぶされたように歪《ゆが》んだ。

「夕見には、幸せになってほしいから」

第六章

最後の殺意と結末

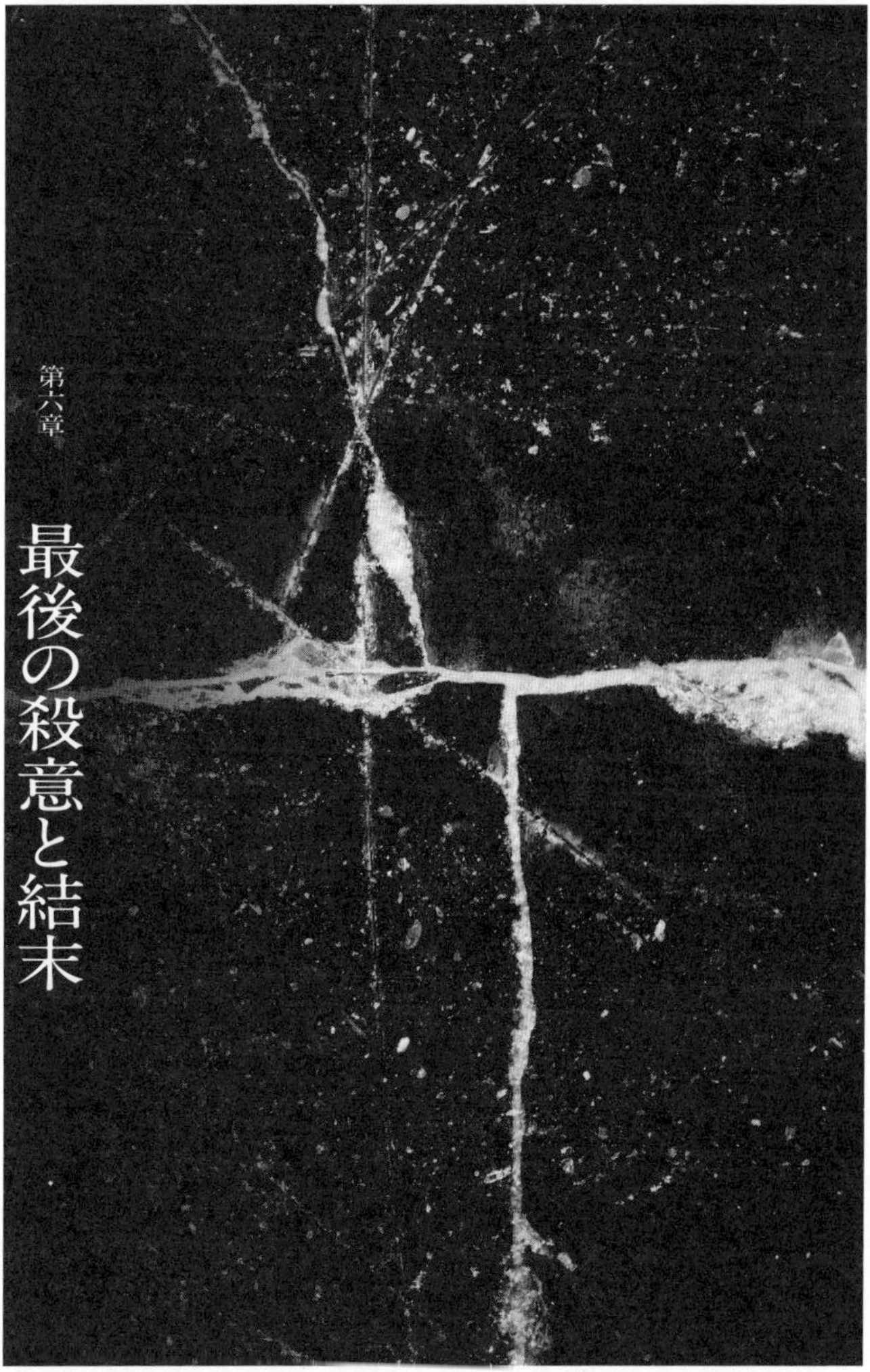

幹に残った傷痕《きずあと》は、鋭い爪《つめ》で切り裂かれたようにも見えた。

（一）

流れ星の写真を撮りに来た夜、この杉が目の前で雷に撃たれたとき、篠林雄一郎は木から十メートルほど離れた場所に立っていた。

ちょうどいま、私がいるあたりに。

何歩か奥へ進んでみる。地面が途切れ、二十メートルほど下で、土砂が歪《いびっ》なかたちのまま乾ききっている。あの場所で篠林雄一郎が死んでいるのを、雷雨の翌朝に希恵が発見し、警察に通報したのだ。はたして警察はまだ、あれを単なる事故として捉《とら》えているのだろうか。それとも、黒澤宗吾の死と、何らかの関連性を考えはじめているだろうか。

雷電神社で黒澤宗吾の遺体が見つかってから一夜明け、時刻は正午を少し過ぎたところだった。油田長者の殺害は、もう村中に知れ渡っているらしく、宿からこの後家山へ車を走らせるあいだ、人々があちこちで額を突き合わせ、唇だけを動かすようにして何事か囁《ささや》き合っているのを見た。そばを走り過ぎるとき、彼らは一様に怯《おび》えたような目を向けてきたが、おそらく私の車に対してだけではないのだろう。

後家山の立ち入り禁止はすでに解除されていたものの、車両はまだ入ることができなかった。麓《ふもと》に車を駐《と》め、歩いて山道を登ってくるあいだ、数十メートルごとに警官が立ち、最初の一人に氏名と用向きを訊《たず》ねられた。私は藤原幸人と名乗ったうえで、雷電神社の太良部希恵に会いに行くと、本当のことを答えた。相手はまだ若く、私の名前を聞いて何かに気づいた様子はなかったが、もちろん父親の名前を教えてやれば顔色を変えたに違いない。村の住人ではないとしても、この地域の人間なのだろうから。

雷電神社のそばまでやってくると、駐車場に警察車両らしきものが何台も駐められており、鳥居の脇《わき》で、頬が赤らんだあの若い刑事が見張りのようなことをしていた。境内には警察の人間が多くいる様子だったので、私は面倒を避け、神社へとつづく岨道《そばみち》には入らず、そのまま山道を登ってこのハタ場へとやってきた。

崖《がけ》沿いを進み、雷に撃たれた杉まで歩く。

縦方向に大きく生皮を剝《は》がされた杉は、白々と肉を露出させ、死にかけの状態でハ夕場のへりに立っている。

「ライジュウの爪によって引き裂かれた痕だと、昔の人は考えていたそうです」

杉の傍らに立つ希恵が、この場所で落ち合ってから初めて声を発した。

「ライジュウ……?」

「雷の獣と書いて、雷獣です」

雷雲の中を走り回り、ときおり地上に飛び降りては人や木や建物を襲い、空へ駆け戻るとき、こうして爪痕を残していくのだという。

「江戸時代に描かれたという絵を見たことがありますが、それほど恐ろしい見た目ではなく、少しハクビシンに似た様子の獣でした」

「神様じゃないんですね」

露出した白い部分にふれると、まるで悲鳴のように頭上で葉が騒ぎ、周囲に落ちかかるモザイク状の光が震えた。

「雷は、神様が与える罰だと、彩根さんが言っていました」

希恵は顎《あご》を持ち上げて杉を見上げる。

「どれもみんな、人が捏造《ねつぞう》したものです。この傷だって、雷獣の爪痕でもなければ、神様の罰でもありません。単に電流で木の中の水分が沸騰《ふっとう》して、体積を増して……それが樹皮を突き破っただけのことです」
宿を出る前、私は雷電神社に電話をかけ、希恵をこの場所に呼び出した。初めて彼女に本名を名乗り、話したいことがあると言って。希恵は相槌《あいづち》以上の声を返さず、承知しましたと最後に呟《つぶや》いて電話を切った。その反応で、やはり彼女が私の正体を知っていたことがわかった。

待ち合わせの十二時よりも少し早くハタ場にやってくると、しばらくしてから、簡易装束姿の希恵が現れた。私たちは軽く会釈《えしゃく》し合ったあと、互いに無言で歩を進め、この木の傍らに立った。

「幸人さんお一人で来られたんですね」

「どうしてです?」

この村で暮らしていた頃、私は希恵と頻繁に顔を合わせていた。目が合えば頬笑みかけられ、私ははにかみながら笑い返し、一度はいっしょにバスに乗って映画を見にも行った。こんなふうに他人行儀に言葉を交わす日が来るなんて思ってもみなかった。

「いつも、もうお一方の女性とごいっしょだったので」

「娘は宿の近くで写真を撮って回っています。大学でカメラの勉強をしていまして」

希恵の顔色を窺《うかが》う。しかし彼女は軽く頷《うなず》くだけで、夕見が私の娘であることまで知っていたのかどうかは判断できない。

「娘さん、カメラはお祖父《じい》さまの影響で？」

父の話題を出すことに、ためらいは感じられなかった。

「父がカメラをやっていたことは、本人も私も、娘に話していませんでした。だから、影響ではなく遺伝なんじゃないかと、夕見は言っています」

「ユミさんとおっしゃるんですね」

「夕陽を見ると書きます。毎日の夕暮れを幸せに眺めてほしいという思いを込めて、妻と二人で付けました」

「素敵なお名前です」

その横顔からはやはり、彼女がいったい何を知っているのか、どこまで知っているのかを推し量ることはできない。

「この木は……死にますか？」

無残に樹皮の剝がれた杉を見上げ、私は訊《き》いた。希恵は片手を持ち上げ、剝《む》き出しになった白い部分に指先をふれさせて首を横に振る。

「生きると思います。落雷のせいで、しばらくは時間が停まってしまうかもしれませんが」

樹木に意識というものはあるのだろうか。記憶というものはあるのだろうか。

思いに囚《とら》われた私を現実に引き戻したのは、希恵の口から飛び出した突拍子もない言葉だった。

「わたしがここから飛び降りようとしたときの話は、亜沙実ちゃんからお聞きになりましたか？」

「……飛び降りようとした？」

「ずっと昔の話です。中学一年生のときでした」

「どうして？」

くだらない理由です、と希恵は横顔で答える。

「自分が将来的に雷電神社を継ぐことを、初めて母から聞かされて、それがとても……恐かっただけです」

隣に立つ希恵の全身を、思わず眺めた。身につけた簡易装束は、彼女の身体《からだ》にも、存在自身にも馴染《なじ》みきり、この姿で生きる自分を恐がっていたなんてとても想像できない。しかし、思えば特殊な職業であり、特殊な人生なのだ。それが自分に与えられたと知ったときの気持ちなど、もとより他人に想像できるはずもない。

「もちろん誰かと結婚をすれば、その男性が母から宮司の職を引き継ぐことになったかもしれません。それでも、神社の仕事をつづけて生きていくことに変わりはないんです。狭い村の、小さな山で毎日を暮らして、歳《とし》をとっていくことに変わりはないんです」

　希恵は顔を上げ、崖の先に視線を伸ばす。目の前には日本海が青々と横たわり、しかし水平線は晩秋の靄《もや》に埋もれて見えない。

「学校でも、本でもテレビでも……子供たちの未来はどこまでも広がっていて、どんな道でも選べると教えられます。わたしもずっとそれを信じていました。なのに、自分には狭い一本道しかなかったことを急に知らされて、どうしようもなく恐くなったんです」

「だから……死のうと？」

　しかし希恵は首を横に振る。

「いったん大人になると、子供の頃の感情を思い出すのが難しくなってしまいます。でも、死ぬというよりも、別の世界に飛び込むような気持ちだった気がします。ここから飛び降りたら、もう自分じゃない……そんな、脈絡のない確信があったのを憶《おぼ》えています。学校にいるときも、家に帰ってからも、わたしはこの場所に立っている自分の姿をいつも思い描いていたんです。想像の中で、目の前にはいつも綺麗《きれい》な、すごく楽しそうな景色が広がっていました」

羽田上村と似ているが、明らかに違う景色。まるでこの村を眩《まぶ》しい天日にさらしたようだったと、希恵はたとえた。脳裏に描くたび、その景色は現実感を増し、やがて自分がいる本当の世界よりも、もっと本当であるように思えてきたのだという。

「そんなとき、学校の休み時間に、亜沙実ちゃんが声をかけてきたんです」

そう言ったあと、希恵はこの村で三十年ぶりに会ってから、初めてのことをした。

私の目を見て頬笑んだのだ。

「何かあったのって、訊かれました。少ないクラスメイトの中でも、亜沙実ちゃんとはそれまでほとんど話をしたことがなかったので、すごく驚きました。でも、人に相談したところで理解してもらえるわけもありませんし、何でもないと言って、トイレに逃げ込んだんです。そのせいで、亜沙実ちゃんが声をかけてくることはもうなくなってしまったのですが……わたしを気にしている様子だったのは、はっきりと憶えています」

しかしそんな姉の態度も、当時の希恵にはただ疎《うと》ましく、押しつけがましく感じられた。そして胸の中には、やはりこの場所に立つ自分の姿があり、目の前に広がっているのは、綺麗で楽しそうな景色だった。

「土曜日でした。お昼で学校を終えたあと、わたしは家に帰らずここへ来て、初めて実際にこの場所に立ったんです。杉の木のすぐ右隣だったので、ちょうど、いまいるのと同じ場所でした」

その日は曇り空で、彼女の目の前には見慣れた日本海が灰色に沈んでいるばかりだった。しかし両目を閉じてみると、それまでのどの瞬間よりも鮮明に、あの景色が見えた。

「わたしが近づいていくというよりも、閉じた目の中で、風景のほうが自分に近づいてくるような感覚でした」

だが実際には、彼女は崖に向かって歩いていたのだ。背後から名前を呼ばれて目を開けたときには、つま先のすぐ先で、地面が途切れていた。

「ハタ場の入り口から、亜沙実ちゃんが大声で呼んでいました。あんなに大きな声で自分の名前を呼ばれたのは、生まれて初めてでした」

姉は、たまたまハタ場に現れたわけではなかったらしい。

「あとをつけていたそうです。その日だけじゃなくて、毎日。わたしの様子がおかしいと思ったときから、毎日毎日、学校を出たわたしを、そっとつけていたんです。後家山の参道をたどって、家に入っていくまでずっと。ほとんど話したことのないクラスメイトなのに」

　この場所で、姉とどんなやりとりがあったのか、希恵は話さなかった。ただ、飛び降りるのをやめたこと、クラスメイトの前で生まれて初めて泣いたこと、ハタ場に立つ自分の姿のかわりに、姉の顔が浮かぶようになったことを、私に教えてくれた。

「亜沙実ちゃんがいなかったら……わたしはいま、こうして生きてもいないんです」

　幸せそうな顔で呟かれてもいい言葉なのに、日本海を見つめる希恵の目は灰色だった。眼前に広がる海や空は青い色を放っているにもかかわらず、その色を写し取ることなく、むしろ頑《かたく》なに拒んでいた。

「三十年前、母が拝殿で命を断ったとき、事前にそれを止められなかったことを、わたしはいまでも悔やんでいます。かつての亜沙実ちゃんみたいに、止められなかったことを。気づいてあげられなかったことを」

　靄が海面を移動していく。よく見ていないとわからないほどだが、時間の流れのように、途切れることなく動いていく。それを見つめる希恵の小鬢《こびん》には、白いものがまじっている。

「失礼しました」

　不意に、彼女が私に身体の正面を向けた。

「お話があるのは、あなたのほうでしたね」

先ほど浮かんだ頬笑みは、もうどこにも見られない。まるで首から上が別の人間と入れ替わってしまったように、それは完全に消え去り、目にも口許《くちもと》にも、その名残さえ見つけることができなかった。

「見せたいものがあるんです」

ポケットに手を伸ばし、スマートフォンを取り出す。今朝がた希恵に電話をかけたときから、迷いはすでに払い去っていた。画面に写真を表示させて差し出すと、彼女はスマートフォンを受け取って顔の前へ持っていったが、日差しのせいでよく見えないらしく、片手をかざして影をつくった。

そして、ぴたりと表情を止めた。

「戸口に立っているのは……あなたですか?」

答えず、痩《や》せた咽喉《のど》だけがかすかに動く。

「夕見が撮った写真です。市井の人をカメラにおさめる勉強がしたいということで、ときどきそうした写真を撮っています」

一炊の戸口に立つ女性。

希恵によく似た女性。

「撮ったのは半月ほど前、十一月八日の、夜八時半くらいでした。最近のデジタルカメラは便利で、スマートフォンに写真を転送することができるというので、さっき宿を出る前に送ってもらったんです」

画面に目を向けたまま静止していた希恵は、やがて唐突にスマートフォンを突き返した。

「わたしではないと思います」

「あなたに見えます」

表情の変化を見逃すまいと、相手の顔から視線をそらさなかった。

「こんなに遠くの店まで、あなたは何をしに来たんです？　偶然だとはとても考えられませんが」

「ですから、わたしではありません」

「村を出た家族の様子を探りに来たのでしょうか」

「どうしてわたしがそんな――」

「十五年前にも、あなたは店の入り口に立っていました。そのときは私と間近で顔を合わせています」

「まったく知らないお話です」

互いに相手の目を見合う。希恵の顔にはうっすらと頬笑みさえ浮かんでいた。しかしそれは、先ほど姉の話をしたときに浮かんだものとはまったく違う、明らかな偽物《にせもの》だった。そして私がつぎの言葉を発した瞬間、表情自体をそのままに、彼女の顔から人形のように生気が消え去るのが、はっきりと見て取れた。

「写真がどこで撮られたのか、どうして訊かないんです？」

瀕死の杉を、風が揺らす。

「その写真は、父が埼玉で開業して、いまは私がやっている、一炊という店で撮られたものです。私はそれを説明しなかったのに、あなたはすべて承知している様子でした。遠くの店だと聞いたときも、それがどこにあるのか訊ねもしなかった。どうしてです？」

人形は、モザイク状の影をまとった頬を奇妙に持ち上げた。

「白状すると、ときおり行っておりました。皆さんが、あれからどうされているかが気がかりで、何度か様子を見に伺っていたんです。昔のことを思い出させるのもよくないと思い、いつも入り口から拝見するだけにとどめておきましたが」

「店の場所は誰から？」

返ってきたのは予想外の答えだった。

「亜沙実ちゃんです」

「……姉が？」

「彼女が羽田上村を出る何日か前、転居先の住所を教えてくれて……そのとき約束したんです。お互いに、住んでいる場所だけはずっと教え合おうって。わたしのほうはもちろん神社から動くことはないので、連絡したことはありませんが、亜沙実ちゃんからは一度だけ手紙が来ました。たしかご家族でこの村を出られた二年後、二十八年前の初夏のことです」

姉が家を出てアパート住まいをはじめ、父と私が一炊の二階に移り住んだ頃だ。時期は確かに合っている。

「そこに、彼女が転居したアパートの住所と、お父様がひらいた一炊というお店のことが書かれていました。埼玉県に一炊という和食料理店は一軒しかなかったので、お店の場所も、調べたらすぐにわかりました。それ以来、年に一度ほど、折を見て埼玉へ行き、皆さんのご様子を眺めていたんです」

いまのところ希恵の話に矛盾や齟齬《そご》は見つけられない。住む場所が変わったら連絡し合うという姉との約束も、二十八年前にただ一度だけ姉から手紙が来たことも、おそらくは本当なのだろう。姉に確認すれば容易に露呈してしまうような嘘《うそ》をつくとは思えない。

「もちろん亜沙実ちゃんのアパートへも行きました。でも会ってはいません。会えば彼女につらいことを思い出させてしまいます。だからいつも、路地の陰から建物を眺めているだけでした。一度だけ、たまたま部屋に出入りするところを見かけたのですが、それだけで充分だったんです。お父様がお亡くなりになっていたことさえ、わたしはつい先日まで存じ上げなかったくらいです。もちろん、その写真に写っている日――十一月の八日とおっしゃいましたでしょうか？　その日にお店の中を拝見したとき、お父様がいらっしゃらないことには気づきましたが」

「父の死は……誰から？」

「神鳴講の日に、黒澤さんと長門さんから伺いました。あなたが拝殿であのお二人と何事かお話しになっていた、そのあとに」

すらすらと質問に答える希恵の言葉には、やはり矛盾も齟齬も見当たらない。しかし私はまだ、最も知りたいことを訊ねていなかった。

「十五年前は、どうだったんです？」

「……どう？」

「あなたはあのとき、店のパート女性に話しかけて、家族のことを訊ねていましたよね。いつもただ入り口から中を眺めていただけだとおっしゃいましたが、十五年前のあのときは、何故《なぜ》そんなことをしたんです?」

悦子が死んだすぐあとに限って、どうして家族のことを訊ねたのか。十五年前というその時間に、いったい私の知らない何が潜んでいるのか。

「あれは――」

言いかけて、希恵は初めて目を伏せた。中途半端にひらかれた唇が、わずかに動きながら、明らかに言葉を探していた。

「単に、一度くらいは訊いてみようと思っただけです。眺めているばかりではなく、少しだけ、ご家族の様子を知ってみたいと思ったんです」

じつのところ、想像していたとおりの答えだった。彼女が何を知っていようと、何を隠していようと、そんなふうに答えることははじめから予想していた。もう私がこれ以上どう追及しても、おそらく同じ言葉が返ってくるだけだろう。

しかし、こうなってしまった場合にどうするかも、事前に決めてあった。

「篠林雄一郎が、家に電話をかけてきました」

わざと唐突に、私はその名前を口にした。

「この場所から落ちて死んだ、篠林雄一郎です」

希恵の瞼《まぶた》が引っ張られたように持ち上がる。黒目のふちが見えるほど見ひらかれたその目で、彼女は私の顔を凝視した。しかし言葉はない。

「先日この村に来る、少し前のことです。電話のあと、彼は店にも姿を見せました。どうやって店のことを知ったのかはわかりません。あなたは一炊という名前をもとに店を見つけたとおっしゃいましたが、篠林雄一郎は、店名も、父が埼玉で新しい店をひらいたことさえも知らなかったはずです。羽田上村の関係者で、あの店のことを知っていたのは、おそらくあなただけでした」

見ひらかれた希恵の両目を、私は真っ直ぐに見返した。

「あなたが彼に教えたんですか？」

希恵は痙攣《けいれん》するような動きでかぶりを振り、私のほうへ距離を詰める。

「あの人は……あなたに何と？」

「言えません」

「わたしにはあれこれお訊きになって、ご自分は質問に答えないんですか？」

彼女の顔にありありと浮かんでいるのが、いったい何なのかはわからない。しかし、最も近いものといえば、おそらく恐怖だった。彼女は何かを恐れている。篠林雄一郎が私に連絡をしてきたという事実を知ったことで。

「あなたのお母様が、三十年前、父に渡した手紙をください」

私は交換条件を提示した。

「篠林雄一郎が私に何を話したのか、それをお知りになりたいなら、あの手紙を私にください」

希恵は身を離し、しばらく睫毛《まつげ》を伏せたあと、静かな肉食動物のような目を上げた。

「それは、どういうことでしょう」

「あなたにはわかっているんじゃないですか?」

皮膚を裂かれた杉のそばで向き合ったまま、互いの両目が張りつめた糸で繫《つな》がったように、私たちは動かなかった。やがてその糸を音もなく断ち切ったのは希恵で、彼女は簡易装束の肩をそびやかしながら顔を背けた。

「手紙は、ご覧にならないほうがいいと思います」

私が言葉を返そうとしたそのとき、背後で足音がした。振り返ると、ハタ場の入り口から、赤い頰をしたあの若い刑事が駆け寄ってくるところだった。

「もし手紙を渡す気になったら連絡をください。今朝がた電話したとき、私の番号は伝えたと思うので」

希恵が返事をする前に、若い刑事はばたばたと私たちのそばまでたどり着いた。彼女に向かって何か言おうとするが、私に目を移し、その口をぴたりと閉じる。

「……いないほうが？」

こちらから訊いてやると、彼は素直に頷き、すいませんと謝った。

「宮司さんにちょっと、大事なお話がありまして」

最後に希恵と短く目を合わせ、宿に戻りますと言い置いてその場を離れた。ある程度の距離ができたところで、刑事が早口で話しはじめるのが聞こえた。内容はまったく拾えず、ただそれが重要なものであることだけは口調から察せられた。

（二）

宿に帰ると、夕見はまだ部屋に戻ってきていなかった。

立っていることができず、座卓の脇に膝《ひざ》をつく。後家山からここへ車を走らせているあいだ、報道関係者らしき人間の姿を二度見た。予想していたよりも少なかったのは、いまのところ単に田舎の寒村で男が撲殺されたという事件でしかないからだろう。

スマートフォンを取り出し、ニュースを検索する。記事がいくつか見つかったが、やはりマスコミはまだ、殺された黒澤宗吾が三十年前の事件の生き残りであるという事実を認識していないか、あるいは報道を差し控えているようだ。しかし、いずれ必ず報道される。三十年前のように、報道陣がこの村に殺到するかもしれないし、私の正体が知れ渡ってしまう可能性もある。そうなればもう、いまのように村の方々を自由に行き来することなどできなくなってしまう。

先ほどの希恵との会話を思い返しながら、ブラウザを閉じて姉の番号を呼び出した。登録名はフルネームの「藤原亜沙実」となっている。この番号を入れたとき、はじめは「姉」で登録したのだが、何日か経《た》ってからこれに変えた。「姉」はいつもメモリーの先頭に表示されてしまい、それがひどく気になったのだ。いったい何が気になったのか、そのときは深く考えもしなかったが、いまではわかる。

思い出したくなかったのだろう。離れて暮らす家族として、もちろん姉はいつも胸の中にいたが、不意に「姉」という文字を見せられたとき、きまって最初に眼底をよぎるのは、肌に刻まれたあの電紋と、それを何でもないことのように笑っている姉、そして、もっと自然に笑っていた頃の姉だった。私はそれが嫌だった。折にふれてインターネットで毒キノコ事件のことを調べるなどしながらも、不意に思い出させられるのが嫌だった。力尽《ちからず》くで保っていた日常の平衡を維持できなくなるのが怖かった。姉のほうは毎日――いや、もしかしたら日に何度も、変わってしまった自分の人生を思っていたかもしれないのに。

膝立ちのまま発信ボタンをタップしてみるが、コール音は聞こえない。

畳に腰を下ろし、別の番号に発信する。羽田上村に来た最初の午後、元看護婦長の清沢照美にアポイントをとった際の履歴が残っていたのだ。

「先日お邪魔した、深川です」

ライターやカメラマンとともに自宅へ伺った者だと言うと、清沢照美はすぐに思い出した。

『あんた、神社で昨日——』

私が用件を切り出す前に、彼女は黒澤宗吾殺害事件のことを話しはじめた。まるで自分も殺されるかもしれないというような、怯えきった声で。彼女は自分が事件について聞き知ったことを脈絡なく語り、言葉の途中で息が途切れると、素早く息継ぎをしてまたつづけた。しかし知っていることは限られているらしく、内容が繰り返しになってきたので、頃合いを見て私は声を挟んだ。

「その件は警察が調べているので、すぐに犯人は捕まります」

『だども、それがどこの誰だか——』

「別の話をしたいんです。先日お邪魔したときに聞かせていただいた件を、もう一度」

戸惑いと苛立《いらだ》ちが混じったような息遣いが聞こえた。

「三十一年前の夜、藤原南人氏の妻である藤原英さんが、意識不明の状態で病院に運ばれてきたときのことです。一つだけ、確認したいことがありまして」

『確認ってあんた、あんときぜんぶ確認しとうろ?』

「藤原南人氏が、病室で口にした言葉についてなんです。ベッドに横たわる自分の妻が、死んでしまってもいいと、彼は言ったとお聞きしましたが」

確かめたかったのだ。過去に起きたことのすべてを。彩根のデジタルカメラにおさめられていた篠林雄一郎の遺影――それを見たときによみがえった自分の記憶が、本当に正しいのかどうかを。

「その言葉は、清沢さんが直接お聞きになったんですか?」

『いや、だーすけ、わたしぁそんとき先生と病室の外に出てたて言うたが』

そう、病室にいたのは別の若い看護婦と父、そして私だけだった。清沢照美は、医師と処置の方針を相談するため部屋を出ていたのだ。

「つまり清沢さんは、そのとき病室にいた看護婦さんからお聞きになったんですね」

『仕事の合間に打ち明けられたんさ。藤原南人が病室でこんなこと言うてたて』

憶えている。いまは思い出せる。あのとき私は母のベッドのそばで泣きながら、自分に何かできないかと必死に考えていた。幼い両手に息を吹きかけ、母の顔に押し当て、首に押し当て、冷たい川に浸《つ》かっていたという肌をあたためようとしていた。目を開けてくれと祈りながら。自分を見てくれと願いながら。

「彼女は、いまはどうされていますか？」

『あれから何年かして辞めて、地元に帰っちまったさ』

「その看護婦さんというのは、翌年の神鳴講で藤原南人氏の子供たちが雷に撃たれたとき、息子さんのお世話をされていた方ではないですか？」

訊くと、短い静寂のあとで大声が返ってきた。

『そうそう、その子だが。あんた何で知っとう？』

私が病室で目を覚ましたとき、そこにいた若い看護婦。医師とともに、私の頭にラグビー選手のような帽子をかぶせ、裸の胸に冷たい吸盤をいくつも貼《は》りつけた看護婦。

「いろいろと、調べていますので」

『だども、何でいままた三十一年前のことなんて確認しとう？　まさか藤原南人が、昨日しんしょもちさんが殺されたことと、なんか関係しとう？』

「何も関係ありません」

階下から声がした。矢継ぎ早に言葉を投げ合いながら階段を上ってくる。声の一つは彩根のものだが、もう一人の男はいったい誰だ。

「突然ご連絡してしまい、大変失礼しました」

壁も戸も薄いことを考え、手短な挨拶《あいさつ》をつけ加えて通話を切った。

近づいてきた足音が廊下を行き過ぎ、隣室の前で止まる。私は立ち上がり、足音をそっと戸を滑らせて隣室のほうを覗《のぞ》くと、グレーのつなぎを着た大柄な中年の男が、彩根に両手で何かを渡しているところだ。身体の陰になっていてよくわからないが、あれは鍋《なべ》だろうか。

「いやほんと嬉《うれ》しいなあ。しかもこんな、部屋まで運んでもらっちゃってすみません。僕ここ、経費節約しようと思って素泊まりにしてるもんで、食事はいつも外で適当にあれしてたんですけど、これがあれば今日からもう栄養満点です。ここのご主人も、汁をあたため直すくらいのことはやらせてくれるでしょうし。いや、でもさすがにちょっと厚かましいかな」

なじょもなじょも、と男が呟いて低く笑う。

「鍋は、あとで返してくれりゃええちゃ。まんだら俺ぁ仕事があるすけ、これで」

男が踵《きびす》を返すと同時に私は身体を引いて戸を閉めた。相手の顔は確認できず、ひたいの狭さだけが印象に残った。

足音が廊下を遠ざかっていくのを聞きながら、座卓に戻る。傍らに置かれた夕見のリュックサックはファスナーが開いていて、父の写真を入れてある封筒が少し覗いている。

封筒を取り、中身を抜き出して卓上に置いた。一番上になっているのは、母の墓石が写ったあの一枚だった。表面の凹凸を、腰窓から射《さ》し込む光がかすかに浮かび上がらせている。この凹凸の裏側にあるのは、父が黒いボールペンで何度もなぞった「決行」の二文字だ。

「いらっしゃいます？」

戸の向こうから彩根の声がした。居留守を使おうかとも思ったが、先ほど廊下を覗いていたのを見られていたかもしれない。私は写真をリュックサックに戻し、立ち上がって戸を開けた。

「あれ、お一人ですか？　カメラマンさんは？」

彼は両手で、先ほど男から受け取った鍋を抱えている。

「外で写真を撮っています」

「そうですか、残念。いやコケ汁をつくってもらったもんで、いっしょにどうかと思いましてね。ほら、神鳴講で仲良くなった、鼻の穴が縦長の人。その神鳴講で僕、うっかりコケ汁を食べ忘れちゃったんですよ、あれこれ写真を撮ってるうちに、もうなくなっちゃって。でもさっき彼と近くで行き会って、それを話したら、そんなもん俺がつくってやるってんで、ほら」

鍋を自慢げに持ち上げてみせる。

「私はけっこうです」

「藤原さん、キノコはあまりお好きでない？」

「ええ、あまり」

彼が私を本名で呼んだことに気づいたのは、そう答えたあとだった。

（三）

「……あったまるなあ。いや、じつはちょっとぬるいけど」

座卓でコケ汁をすすりながら、彩根はそれでも満足そうな息を洩らす。

「すみませんね、湯呑《ゆの》みこれ、借りちゃって。割り箸《ばし》はたくさんもらっといたのに、肝心のお椀《わん》のことをすっかり忘れてて」

湯気で眼鏡を曇らせた彩根の前には、先ほどの男性からもらったという割り箸がひと握りも置かれている。

「……いつからですか？」

「はい？」

「いつから、私が誰であるかをご存じだったんでしょう」

最初からですよ、と彩根は笑った。

「ポートレイトを撮りつづけていた母の血なのかもしれません。僕、人の顔を見るとき、髪型とか眼鏡とかお化粧なんかより、なんとなく目や耳や骨格といった、その人が本来持ってるもののほうを見ちゃう癖があるんです。だから、あなたとお姉さんに夜のハタ場でお目にかかったとき、ヘッドライトの寂しい明かりの中でもピンときました。毒キノコ事件の資料は何度も見返して、お二人の若い頃の顔写真も繰り返し眺めてきましたから」

コケ汁の残りをすすり込み、湯呑みを口につけたまま、その尻《しり》をとんとん叩《たた》く。

「そのあと雷に遭ったとき、お姉さん——亜沙実さんがあんなふうに取り乱したのを見て、ああやっぱりと。でも、せっかくお二人とも隠してらっしゃるようだし、べつにこっちも確信があったわけじゃないので、気づかないふりをしようかと思いまして。

頑張って自然に振る舞おうとするあまり、何ですか、雷は神様の罰だとか、いま思えば相当お気に障《さわ》るようなことを言ってしまって申し訳ありませんでした」

それほど申し訳なく思ってもいないような顔で言い、空っぽになった湯呑みを卓上に置く。

「ところであのカメラマンさんは、あなたの娘さんですか？」

私は頷き、夕陽を見ると書いて夕見だと答えた。

「実際はまだ学生で、写真の勉強をしているところです。あなたのお母様のファンで、流れ星の写真が入っているあの写真集は、しょっちゅう家でめくっています」

「そりゃ嬉しいな。泉下の母も喜んでいると思います。しかし、夕見さんか、いいお名前だ。南人さん、幸人さん、夕見さんの三世代」

「夕見が私の娘だというのは、どうして？」

訊くと、意外そうな顔をされた。

「だって、似てるじゃないですか」

受け慣れていない言葉だった。悦子が生きていた頃も、いまも、夕見は母親似だと誰もが言うし、私自身もそう思う。

「似ていますか」

「手のかたちとか耳のかたちとか、そっくりです」

　思わず自分の両手を眺めた。そうしているあいだに、彩根は割り箸の束を引き寄せ、なにやら座卓の上に並べはじめる。縦に二本、横に二本。漢字の「井」のようなかたちをつくると、それをしばらく眺め、手で左下の部分を隠す。

「僕ほら、過去に起きた事件を方々で調べて回ってるって言ったじゃないですか。以前に長野県で、例によって、ある古い事件について調査してたことがあるんです。そしたら妙な出来事に巻き込まれちゃいましてね、その一連の出来事の中で、ある女の人が、井戸に落ちて亡くなったんです。自殺でした」

　割り箸の一部を隠していた手を持ち上げる。そこにはふたたび「井」の字が現れ、もう一度同じ場所を隠すと、よく見れば「女」という文字が出来上がっているのだった。

「世の中に……哀しいことは少ないほうがいいですよね」

　彩根は背中を丸め、割り箸の一部を隠したり出したりしながら呟く。当たり前のようなその言葉は、しかし胸の中心めがけて鋭く放たれ、私は不意の痛みに言葉を返せなかった。

「それはそうと、ねえ、漢字って面白いもんだと思いません？　こうやってたった二本の線があるかないかだけで、まったく別のものになる。こんなクイズもあるんですよ。――はい、この割り箸を二本だけ動かして、生き物にしてください」

彩根は十二本の割り箸で「田」のかたちをつくった。それぞれの辺は、二本を継ぎ合わせた長さになっている。つまり、八本でつくられた大きな「口」と、その中に、二本を継ぎ合わせた縦棒、同じく二本を継いだ横棒が置かれている。

「動物の絵やなんかをつくっても駄目ですよ。漢字で生き物をつくるんです」

「田」の字の割り箸を眺めてみるが、まったくわからない。あちらの二本、こちらの二本を取って別の場所に置いてみても、「中」や「百」や「旦」をつくることはできるが、生き物を表す漢字にはなってくれない。適当に動かしているうちに、四足動物のようなかたちにはできたものの、絵では駄目らしい。「巳年《みどし》」の「巳」は蛇の意味なので、その字をつくれるかと思ったが、やはり上手《うま》くいかなかった。

「時間切れです。正解はこちら」

彩根は十二本の割り箸でつくられた「田」の、左下の縦棒を取って文字の上に移し、ついで右下の縦棒を斜めにして下へずらす。するとそこに「虫」という字が出来上がった。

「これも、たった二本の線の違いで、まったく別の漢字になっちゃうんです。面白いと思いません？」

見えない手が背中にふれ、音もなく背骨をすり抜けて心臓を摑《つか》んだ。私は無言で卓上の割り箸を睨《にら》みつけながら、四方の壁が自分に向かって迫ってくるような錯覚をおぼえた。

彩根は気づいているのだろうか。

三十年前に父がやったことを知っているのだろうか。

やっとの思いで顔を上げると、彼はこちらを見ておらず、その目は壁際《ぎわ》に置かれた夕見のリュックサックに向けられていた。先ほど私が慌《あわ》ててそこへ突っ込んだ写真の束が、閉じられていないファスナーの隙間《すきま》から覗いている。

「この前、夕見さんに部屋で見せてもらった写真ですか？」

「そうです」

どうせ一度見ているのだから、無意味な嘘をついても仕方がない。

「三十年前、神鳴講の前日に撮られたものでしたね」

「夕見はそんなことまで？」

「写り込んでいた壁掛けカレンダーの日付でわかりました」

「さすがです」

「ほかにも、あのときいくつか考えたことがあるんですが――」

横顔を向けたまま、目だけでこちらを見る。

「聞きたいですか？」

迷った末、私は頷いた。

封筒から写真の束を出して卓上に置く。ただし裏側に父の字が書かれている写真――母の墓石を写したものだけは自分の手元に残した。彩根はそれに気づいたが、何も言わない。

「ちょっとさわらせてもらいますね。ええと、これじゃなくて、これでもなくて、これでも……いやこれか」

束の中から抜き出したのは、庭を写した一枚だった。母が世話をし、姉がその世話を引き継いだ、南向きの庭。この一年前に起きた母の死とも、翌日に羽田上村で起きようとしている出来事とも無関係に、晩秋の花々が美しく咲いている。しばらくその写真を子細に眺めていた彩根は、ある一点に指を伸ばした。並んだ草花の一番手前。そこに花はない。あるのはただ、茶色くなったいくらかの葉と、痩せ細った数本の茎だ。茎の先端では楕円《だえん》状をした花の名残が一様に項垂《うなだ》れている。十一月下旬に撮られた写真なので、植物全体が茶色く末枯《すが》れているが――。

「アザミですね」

彩根は言い当てた。

「死んだ母が、一番好きな花でした」

母は毎年、庭の中で最も目立つこの場所で、アザミを育てていた。夏になると、紫色のやわらかな針が寄り集まったような花を咲かせ、それが風に揺れるのが綺麗だった。悦子と結婚したとき、私がホームセンターでアザミの種を買ってきたのも、それを憶えていたからだ。あの白い植木鉢に、土を入れ、種を蒔《ま》き、母や姉のように詳しくはないけれど、私は種の袋に書かれていたやり方どおりに世話をした。アザミは毎年ベランダで小さな花を咲かせてくれた。

「もっと具体的に言うと、オオアザミです」

「そういう名前だったんですね」

正式な名前を聞くのは初めてだった。いや、母か姉が教えてくれたのを、忘れてしまっていたのかもしれない。あの庭に咲いていたアザミは、私がベランダで育てていたものよりもずっと大きく、力強かった。葉は白いすじを持ち、それが真ん中に太く一本、そこから左右に何本も、美しく枝分かれしていた。幼い頃、春の朝早くに庭で遊んでいたとき、私は初めてその葉を間近で眺めた。そして、夜のあいだに雪が降ったのではないかと思って驚いた。白いすじが、溶け残った雪のように見えたのだ。家に駆け戻って母にそれを言うと、母は痩せた身体を折るようにして笑っていた。

「枯れているのに、よく具体的な植物名までおわかりになりましたね」

「見当をつけたんです」

「これがオオアザミだと?」

彩根は頷き、写真の天地を直して私のほうへ滑らせる。

「オオアザミは、もともと地中海沿岸から日本に渡ってきた植物で、英語ではミルクシスル——〝シスル〟はアザミという意味です。葉脈に沿って白く色づく様子が、ミルクが流れているように見えて、それが名前の由来だと聞きます。別名マリアアザミとも言いますが、それも、聖母マリアの母乳がアザミの葉にこぼれ落ち、美しい模様ができたからだという説があります」

言われてみると、葉に浮き出していたあの白いすじは、ミルクが流れている様子にも似ていた。

「ちなみに『くまのプーさん』では、ロバのイーヨーの好物です」

黙って頷き、話のつづきを待つ。しかし彩根はそれ以上の説明をせず、ただうっすらとした笑顔を私に向けるばかりだった。

「インターネットで検索すれば、もっといろんなことが書いてあるかと思います」

それだけ言って、庭の写真を束に戻してしまう。

「先ほど、写真についていくつか考えたことがあるとおっしゃいましたが……ほかにも？」

「あります」

彩根は写真の束をトランプのように広げる。そこから彼がどの一枚を取り出そうとしているのか、何を言おうとしているのか、私にはわかる気がした。

唇を結び、相手の動きを待つ。

しかし、けっきょく私が話のつづきを聞くことはなかった。階下で玄関の戸がひらき、足音が階段を上ってきたのだ。夕見が帰宅するとき、いつも聞こえてくる、軽快な、光を見るような足音だった。

「僕があなたがたの正体に気づいたことは？」

小声で確認され、私が「お任せします」と答えたとき、部屋の戸が開いた。私たちは何事もない顔で振り返り、そこに立つ夕見を見た。

「ああ、カメラマンさんのお帰りだ。いや、いまちょっと編集者さんに、僕の本を出してくれないかって頼んでいたところで。断られましたけどね。あ、これ差し入れのコケ汁です。よかったら一杯どうぞ」

「ありがとうございます。じゃあ、あとで」

何故か性急な仕草で近づいてくると、夕見は座卓の前に膝をつく。ジーンズの裾《すそ》に、小さな落ち葉の切れ端がいくつか引っかかっている。

「写真を撮るのにあちこち歩いてたら、人の目がすごい怖かった。なんか、黒目がないみたいな……いや、ちゃんとあるんだけど……」

私が以前に感じたのと、まったく同じ印象であることに驚いた。

「みんなそんなに怖い目してる？　僕がさっきいっしょにいた人なんて、鼻の穴が縦長だよ」

彩根がよくわからない冗談を言ったが、夕見は愛想笑いも返さず、座卓に両手をついて身を乗り出す。

「彩根さんがいてくれて、ちょうどよかったです」

「うん？」

「じつはあたし、こないだ見せてもらったＶＴＲに、おかしいところがあるのに気づいちゃって」

（四）

《はっきり憶えとうよ》

彩根が運んできたパソコンの中から、農協職員の富田さんが低い声を聞かせる。

映っているのは彩根が編集した古い報道映像の後半――父が毒キノコ事件の犯人と目された、そのあとに放送されたニュース番組だ。

《食わねえのかって訊いたら、妙な味がするからやめとくてえ言うてたが》

ここ、と夕見が動画を一時停止させる。

「――どう思う？」

私は曖昧《あいまい》に首を振ったが、彩根はどこか嬉しげな顔だ。

「気づいた？」

夕見はいったん頷いてから、え、と両目を広げる。

「彩根さんも気づいてたんですか？」

「おかしいなとは思ってた」

「ね、おかしいですよね」

黙りつづけているわけにもいかず、私も口をひらいた。

「どこがおかしいんでしょう。単純な話じゃないでしょうか。藤原南人氏は祭り当日の早朝、雷電汁にシロタマゴテングタケを入れた。しかしその雷電汁を、しんしょもちたちが一般のコケ汁の鍋に分け入れることがあったから、自分の椀にシロタマゴテングタケが入っている可能性を考えてコケ汁を食べなかった。妙な味がしたというのは、そのための言い訳だった」

画面の富田さんを目で示す。

「確信を持った言い方をしていますし、この人の嘘や記憶違いでもないように思えますが」

「そう、この証言は本当なんだとあたしも思う。でも、だとしたら、おかしいの」

夕見はパソコンの画面を私のほうへ向けた。

「だって、村の人たちみんなが食べてたコケ汁だよ？　妙な味なんてしないことは誰もが知ってたはずでしょ。だからこそ、この報道のあと、お——藤原南人さんへの疑いが深まったんでしょ。そんなの簡単に予想できたはずなのに、何で藤原南人さんはわざわざこんなこと言ったの？　誰が聞いてもすぐに嘘だってわかるようなことを」

お祖父ちゃんと言いかけたところで、夕見は彩根のほうをちらりと見たが、彼は知らんぷりをして顎を撫《な》でていた。

「コケ汁を食べないための言い訳なんて、ほかにいくらでも考えつきそうなもんじゃない。猫舌だからとか」

「それで、どう思った？」

彩根は両手の指を組み、胡坐《あぐら》の股《また》ぐらに置きながら訊く。

「藤原南人氏は、はたして何故こんなことを言ったのか？」

「あたしは二つの可能性があると思うんです。一つは単純に、藤原南人さんが言い訳に失敗したという可能性です。彼は雷電汁にシロタマゴテングタケを入れて、でもその雷電汁が一般のコケ汁に混入しているかもしれないと思ったから、念のため食べなかった。食べないその理由として、妙な味がするからと、うっかり言ってしまった」

「なるほど、人間らしい。もう一つは？」

「わざと不自然なことを言った」

「それはどうして？」

わかりません、と夕見は唇を曲げる。

「ただ、自分に疑いを向けさせるためだったというのは考えられます。発言がわざとだったとすると」

「でもこの発言は、まだ事件が起きる前だよ？」

「そこなんです。たとえばこう考えることはできないですか？　藤原南人さんは犯人じゃなかった。でも、その年の雷電汁にシロタマゴテングタケが混入することを、何らかの理由で事前に知っていた。誰がそれをやろうとしているのかもわかっていた。ところがその犯行を止めようとせず、それどころか、事件後に自分が疑われるように、こんな発言をした」

「つまり、犯人を守ろうとして嘘をついた？」

「そういうことになります」

彩根はふんふんと小刻みに頷く。

「その場合、どちらの可能性が高いと思う？　藤原南人氏が言い訳に失敗した可能性と、誰かを守ろうとして嘘をついた可能性と」

「何とも言えません」

夕見の返答は早かった。

「どちらも完全に想像なので」

「なるほど、賢明だ」

「彩根さんはどう思いますか？」

彼は胸を引いて腕を組み、何かを計量するような目つきで夕見を眺めた。相手をまごつかせるほどの長い沈黙のあと、ようやく腕をほどいて人差し指を立てる。

「僕は、もう一つの可能性があると思う」

「何です？」

答える前に彼は私に顔を向け、唇の端をわずかに持ち上げた。

「藤原南人氏は、言い訳もしていなければ嘘もついていなかった」

そう言ったきり、まるでためすように口をつぐんで静止画面に目を戻す。私は相手の横顔を見つめたまま動けず、視界の端では夕見がしきりに首をひねり、そうしてしばらくのあいだ誰も言葉を継がず、互いの沈黙を聞くばかりだった。

「……つまり？」

やっとのことで声を押し出すと、彼根の目がすっと私に向けられた。

「つまり、コケ汁は本当に妙な味だった」

「おられるかね」

だしぬけに戸が叩かれ、宿の主人の声がした。廊下の足音にまったく気づかなかったらしい。彩根と夕見も驚いたようで、ぎくりと上体を立てたあと、顔を見合わせて少し笑った。私はたったいま彩根が口にした言葉に心を囚われたまま、はい、と声を返した。

「お客さんに用があるてえ人が、下に来てなさるが」

「どなたでしょう？」

「雷電神社の宮司さんだが」

ほ、と彩根が口を丸くし、心当たりがあるかというように顔を向ける。

私は何も言わずに立ち上がり、部屋を出た。

（五）

「今夜は、雷が来るかもしれません」

簡易装束にコートを着込んだちぐはぐな姿で、希恵は空に目をやる。隣で私も空を見た。後家山の右側、海のほうで、灰色の雲が背中を丸めている。

宿の玄関口に立っていた希恵と二人、どちらからともなく建物の裏手まで歩いてきたところだった。赤く錆《さ》びたトタン張りの倉庫と、いまは使われていないらしい焼却炉。地面には材木の切れ端が放置され、黒く腐食している。

「先ほど、刑事さんとは何を？」

ハタ場でのことを訊いてみた。希恵はこちらに顔を向けないまま、黒澤宗吾を殺害した際に使われたと思われる凶器が警察によって発見されたのだと、私に教えた。

「他言無用と言われたのですが……子供の頭ほどの大きさの石でした。それを保管してある警察車両まで連れていかれ、見憶えがあるかと訊かれましたが、わからないと正直に答えました。石なんて、どれも似ていますから」

「石がどこで見つかったかは？」

「わたしの意見も聞きたかったようで、教えてくれました。神社からしばらく山を分け入った場所に、小さな沢があるのをご存じかと思いますが、そこで発見されたとのことです」

靴先に落ちている病葉《わくらば》が、小さく揺れている。揺らしているのは、天気の急変を告げる、不吉な湿り気を帯びた風だった。

「水の中でしょうか」

「岩の上です。あの沢に、ときおりコケ狩りの人たちが運だめしに使う、背の高い岩がありますが、その上に」

それは「運だめし岩」という工夫のない名前で呼ばれている、沢の中ほどにある岩だった。古い時代に斜面から転がり落ちてきたのか、水底に突き刺さるようにして立っており、高さは三メートルほどある。上端が少し平らになっていて、昔からキノコ狩りの人々は沢のふちから小石をそこへ放り投げ、その日の収穫を遊び半分に占う。小石が上手く岩に乗れば、キノコがたくさん採れるのだという。

「村の人間であれば、おそらく誰もが知っている場所ですね。でも、いったいどうして犯人は、人殺しに使った石をそんなところに投げ上げたんでしょう?」

「警察にも意見を求められましたが、わかりません。ただ——ある程度の身長と、腕力を持っている人だとは思います。老人や女性、もちろん子供には無理なのではないかと。警察にもそうお話ししましたが、わたしが言うまでもなく、そのくらいは承知しておられるご様子でした」

言葉の途中から、尖《とが》った針のような耳鳴りが鼓膜の奥へ滑り込んできた。左右に垂らした両腕からも、身体を支えているはずの両足からも感覚が消え失せ、甲高い音を閉じ込めた頭部だけが宙に浮いているように思えた。希恵がこちらに向き直り、右手をコートのポケットに差し入れる。彼女が取り出した白い封筒が何であるのか、私にはひと目でわかった。

どこかに仕舞われたまま、取り出されることもなかったのだろうか、あるいはいつも慎重な手でふれられてきたのだろうか、それは三十年前に見たものと何も変わらない印象だった。

「これをお渡ししに来たんです。もともと、あなたのお父様に母が渡したものなので、わたしが所持しているべきではありませんでした」

差し出された封筒を、感覚のない手で受け取った。

「これで失礼します」

私に向けられた彼女の目は、白目がかすかに発光して見えた。

「……お元気で」

その言葉を最後に、希恵は背中を向けて歩き去って行った。その姿が宿の角に見えなくなり、やがて足音も消える。――私の指が封筒の中へ滑り込んで中身を抜き出す。三つ折りの便箋《びんせん》。三十年前、英の戸口で希恵がひらいた便箋。それがいま目の前にある。私は便箋を両手でひらいた。三十年前に太良部容子が書いた文字。毒キノコ事件の目撃談。私の両目が文章を追う。視線が便箋の上を何度か往復し、やがてある部分にとどまって動かなくなる。指先が震え、唇が震え、肺が震えて嗚咽《おえつ》が洩《も》れ、気づけば私は地面に両膝をつき、声を殺して泣いていた。

（六）

雷雲が、低い唸《うな》りを放ちながら羽田上村を覆《おお》っていた。

後家山の影が視界の左側を黒く塗りつぶし、右手にあるはずの畑やビニールハウスも、夜の底に隠れて見えない。ときおり空が激しく鳴るが、稲妻はまだどこへも走らず、路地を行く私の姿は暗闇に溶け消えていた。

前方にかすかな光が浮かび、歩調に合わせて揺れている。

周囲に住居は一つも建っておらず、見えているのは、長門幸輔の自宅にともったその明かりだけだ。寒さも、雷への恐怖さえも感じず、私の足は山裾に建つその二階家《にかいや》へと近づいていく。

生け垣までたどり着き、足を止める。イヌマキだろうか、尖った葉の向こうをすかし見る。先ほどから浮かんでいた光は、わずかにひらかれた雨戸の隙間から洩れていたらしい。おそらくそこは居間で、ほかに明かりがともった部屋はない。私は生け垣に沿って左手へ回った。生け垣の角へ行き着くと、右へ折れ、家の敷地と後家山とのあいだに入り込む。

何ひとつ見えない暗がりを進みはじめたとき、こんばんは、と声がした。

両足が地面に釘付《くぎづ》けされたように動かなくなった。息を殺して両目を見ひらいたま ま、私は眼球だけを回して周囲を見た。風が吹き、足下を落ち葉が走る。植え込みと後家山のあいだは完全な暗闇で、もののかたちが一つとしてわからない。

「ここです」

左手に円錐《えんすい》状の光がともった。声の主は、斜面を這《は》う木の根に尻を乗せ、股のあいだに垂らした両手が懐中電灯を握っている。

「幸人さん……こんなところで何をしてるんです？」

その声は、ほんの囁くほどであるにもかかわらず、私の耳にははっきりと届いた。

「あなたには関係のないことです」

「夕見さんは、宿に？」

「疲れのせいか体調が悪いようで、早めに床につきました」

夕見を残して宿を出てきたのが十時過ぎ。そのとき彩根の部屋から物音は聞こえなかったが、戸の隙間から明かりが洩れていたので、中にいると思い込んでいたのだ。

まさかここで出くわすことになるなんて考えてもいなかった。

「折を見てお訊きしようと思ってたんですけど、今日の午後、宮司さんは宿まで何をしに来られたんです？」

「手紙を渡しに来てくれました。三十年前、太良部容子さんが書いた手紙です。もともと私の父が受け取ったものなので、自分が所持しているべきではなかったということで」

「それを、見せてもらうわけには……？」

黙って首を横に振ると、彩根はあっさり引き下がった。

「駄目なら仕方ないですけど、いずれにしても、早いうちに処分されることをおすすめします。似たようなペンで加筆してあっても、ペーパークロマトグラフィーでインクを鑑定すれば、何をどう書き加えたかがわかってしまいますので。たとえ三十年が経っていたところで、現在の技術であれば充分に可能です」

私は答えず、暗がりに沈む相手の顔を見返した。

彩根は立ち上がって私に背を向け、懐中電灯の光を後家山の斜面に投げる。

「プラトンが書いた、洞窟《どうくつ》の比喩《ひゆ》をご存じですか？」

片手を持ち上げて懐中電灯の先にかざす。奇妙に歪《ゆが》んだ指の影が、土に投げられた丸い光の中に浮かび上がる。

「ある洞窟の中に、幼い頃から手足と首を縛りつけられて暮らす何人かの囚人がいました。彼らは壁に向かって座らされた状態で、その壁だけを見て人生を送ることを強いられ、後ろを振り返ることは許されていません。背後には大きな炎が燃えていて、その炎と囚人たちのあいだでは、人や動物のかたちをした操り人形のようなものが動いていいます。つまり彼らに見えているのは、壁に映ったそれらの影だけという状況です。そうすると、どうなるか。囚人たちはそればかりを見つめて暮らしているうち、その影こそが世界の姿だと思い込んでしまうんです」

話しながら、光の中で指を揺らしてみせる。

「ところがある日、囚人の一人が縄を解かれて洞窟の外へと連れ出されます。彼は眩しい太陽の光に目がくらみ、最初は何ひとつ見ることができません。しかし、しだいに物や人のかたちがわかるようになり、やがては本当の世界を目撃します。そして、これまで見てきたものが影だったということを初めて理解するんです。そこで彼はどうするか。真実を知らないほかの囚人たちに哀れみをおぼえ、自分が見たものを伝えねばと、洞窟に戻ります。でも、外の光に慣れてしまった彼は、今度は洞窟の中でまったくものが見えなくなっています」

懐中電灯のスイッチが切られ、完全な闇が私たちを包む。

「そのときほかの囚人たちはこう思うんです。あいつは外の世界に連れ出されたせいで両目を壊してしまったと。そして囚人たちは、彼が何と言おうと、外の世界に連れ出されることを拒みます。自分の両目を守るため、たとえ相手を殺してでも洞窟の中にとどまろうとするんです。外の世界の素晴らしさを知る彼は、なんとかしてほかの囚人たちを洞窟から連れ出したいと願いますが、叶《かな》いません。そして——」

ふたたび懐中電灯がともされ、歪んだ指の影が斜面に映った。

「けっきょく彼は、以前と同じように洞窟で暮らすんです。いつかみんなを外の世界に連れていきたいと願いながら、真っ暗な場所で、また影だけを見て生きていくんです」

彩根はこちらに向き直った。

「この洞窟の比喩は、いろんな解釈ができます。真実を見るためには訓練が必要であるとか、非常な痛みを伴うとか、それを誰かに教えるためには長い時間が必要であるとか。あるいは、人は真実ではなく自分がつくり上げた偶像のほうを信じたがるとか。でも僕は、これまでいろんな事件に関わってくるうちに、こんなふうに考えるようになったんです。本当は、外に出た囚人は、見てはいけないものを見てしまったんじゃないか。だから——」

空が光り、木々や生け垣を青白く照らし出す。樹皮の凹凸や尖った葉先までもが鮮明に浮かび上がり、その直後、すべては残像へと変わり、遅れてやってきた雷鳴が空気を引き裂いた。

「だから彼は、洞窟に戻って、みんなといっしょに偽物の世界を見ながら暮らすことを選んだんじゃないか」

見てはいけないもの。

「……幸人さんは、どう思いますか？」

「その囚人に訊いてみなければ、本当のことなんてわかりません」

たしかに、と彩根は肩を揺らして笑った。

「ところでご相談なんですが、これ、どうしましょう」

ジーンズのポケットから何か小さなものを取り出す。

「僕のデジタルカメラに入っていたＳＤカードです。最初にハタ場でお会いした夜、落雷の瞬間を捉えた写真も、ここに保存されています」

「それと私と、何の関係が？」

通用しないことは、もうわかっていた。

「僕が落雷の瞬間をフィルムカメラで撮影したと思い込んで、あなたはフィルムを盗み出したじゃないですか。でも後に、じつは撮影したのはデジタルカメラのほうだったと知り、今度はそれをどうにかしようとした。部屋に忍び込もうとしたところを、僕に見つかっちゃいましたけど」

「どうして私が彩根さんのカメラからフィルムを盗むのでしょう。そもそも、フィルムはカメラに入れ忘れたと、ご自分でおっしゃっていたかと思いますが」

「あれはもちろん嘘です。さすがにそんなミスはしません。うっかり入れ忘れたとしても、巻き上げるときの感触でわかりますから」

私は首を縦にも横にも振らず、しかし、一つだけ彩根に訊ねた。

「写っていたのでしょうか」

懐中電灯から拡散した光を受けながら、彼は頷く。

「言い訳のできない写真です。雷に撃たれる木のそばで、篠林雄一郎さんの胸を突き飛ばすその瞬間が、はっきりと写っていました」

世界が息を止め、ついで大きく揺れ動き、私は萎《な》えた両足で自分の身体を支えながら、彩根が片手にのせたSDカードを睨みつけた。

「どうぞ、ご自由に」

彼はその手を私に近づける。

「僕は正義の味方でも何でもありません。べつに事件を解決したいわけでもなく、単に調べているだけです。たとえその最中にたまたま誰かの罪を知ったとしても――」

ほんの短く言い淀《よど》む。

「知ったという、ただそれだけのことです」

私は手を伸ばし、ＳＤカードを拳《こぶし》の中に握り込んだ。

「必要な写真は別のカードに移したので、それはどう処分していただいても構いません」

「……信用しても？」

「それもまた、ご自由に」

右手に握り込んだＳＤカードを、私はズボンのポケットにねじ込んだ。彩根は落ち葉を踏んで後退し、先ほどまで腰を落ち着けていた場所に戻る。

「交換条件みたいで何ですけど、かわりに教えてくれませんか？　ほら、三十年前、あなたのお父様が毒キノコ事件の容疑者とされたとき、亜沙実さんが父親のアリバイを証明したじゃないですか」

雷電汁にシロタマゴテングタケが入れられたとされる神鳴講当日の朝、父が家を一度も離れなかったと、姉は警察に話したのだ。姉は事件の前に落雷によって意識を失い、その後に何が起きたのかも、父が容疑者となっていることも知らないはずだったので、証言は全面的に信用された。そして捜査は暗礁《あんしょう》に乗り上げた。

「あれって、ほんとだったんですか?」

私は首を横に振る。

「警察に嘘をついたと、以前に姉から打ち明けられました。本当は何日も前に目を覚ましていて、毒キノコ事件のことも、父が犯人として疑われていることも、すべて希恵さんから聞いていたそうです」

「すると……亜沙実さんは、家族への嫌疑を晴らすために嘘をついたわけですね」

「そういうことになります」

なるほどなるほど、と彩根は暗い生け垣に目をやる。

「一つだけ、お報《しら》せです。この家の向こう側に貯木場があるんですが……そこに積まれた木材に隠れるようにして、車が一台駐まっていました。中に人が乗っているようなので覗き込んだら、驚かせちゃったみたいで、えらく怒られましたよ。乗っていたのは二人。雷電神社で宮司さんから聞き取りをしていた年配の刑事さんと、愛想はいいけどじつは口が悪い、あの若い刑事さんです」

すぐには声を返すことができなかった。

「どうして警察が?」

いま私たちがいるのは長門家の裏側だ。左手に後家山、右手に生け垣。貯木場は、ここを抜けた場所にある。

「さあ……長門さんが頼んだのかもしれませんね。身辺警護してくれって。もちろん、何が起きているのかは本人もよくわかっていないかと思いますが」

三十年前の神鳴講で雷電汁にシロタマゴテングタケが盛られ、四人のしんしょもちのうち、荒垣金属の荒垣猛とキノコ長者の篠林一雄が死んだ。そして三十年後の神鳴講で、生き残った二人、油田長者の黒澤宗吾と病院経営の長門幸輔の前に、私という人間が現れた。藤原南人が書き残したとおぼしき、恨みの文章を手に。その後、黒澤宗吾が雷電神社で殺害され、残るは長門幸輔だけとなった。彼が警察に身辺警護を依頼するのは、思えば充分に予測できたことだ。彼根が言うように、何が起きているのかは理解できていないとしても。

「いま、あの家への侵入を試みたりしたら、かなりまずいことになります」

彩根の言うとおりに違いない。

「それと……今日の午後、宿の部屋で言いかけたことなんですがね。ほら、あなたのお父様が、三十年前の神鳴講前日に撮った写真について、僕、ほかにも考えたことがあったって言ったじゃないですか」

表現ですが」


「おっしゃいました」

「最初に夕見さんが、宿の部屋であの写真を見せてくれたとき、人魂《ひとだま》みたいな物体が写り込んでいるものがありました。人魂というのはまあ、夕見さんがお使いになった表現ですが」

姉の後ろ姿が写った一枚。筋向かいの家――腰窓のあたりが、曖昧な円形に白くぼやけていた。正体不明の白い円形は、家の腰窓と同じほどの大きさがあり、たしかに人の魂が宙に浮かんでいるようにも見えた。

「あれが何なのか、藤原さん、ご存じでしたか？」

「いまは、わかっています」

あれは雪だった。レンズのすぐ近くを落ちていく雪粒が、ピントから外れてぼやけ、あんなふうに白く曖昧な円形となって写り込んだのだ。

「唯《ただ》一つ大きく鳴りぬ雪起こし」

宿の主人が夕食どきに聞かせた句を、彩根は呟く。

「日本海側で雷が〝雪起こし〟と呼ばれているのは、雷のあとに降雪の時期が来るからです。とくに羽田上村ではそれが恒例でした。まず落雷、そして降雪。でも――」

唸りつづける空に顔をさらし、短い息を吐く。

「いつもじゃない」

声の余韻が静寂の中へ消え去ったとき、どこかで何かが鳴った。

明確で単調な音程を持つ、ごく小さな電子音。彩根が素早く首を回して生け垣の向こうを見る。しかしそこには、葉に濾《こ》されて輪郭を失った家の影が浮かんでいるばかりだ。私は身体を反転させ、落ち葉を蹴《け》って駆け出した。生け垣沿いに走って角を左に折れ、雨戸の隙間に光が見えた場所まで戻る。しかし、もうその光は消え、家全体が暗闇に沈んでいた。——いや、建物の右側に橙色《だいだいいろ》の小さな明かりがともった。家を横から見ている格好なので、判然としないが、どうやら明かりは玄関に切られた窓から洩れているらしい。先ほど耳に届いた電子音は、やはり呼び鈴だったのだろうか。

生け垣の向こうを注視する。

ドアが内側からひらかれ、橙色の光が横へ伸びる。

家の中から出てきた人物は、曖昧に揺れながらゆっくりと移動し、闇の中へ溶け消える。長門幸輔だろうか。彼の妻だろうか。目をこらしたとき、暗闇に別の人影が現れた。何かを抱えているように見えるその人影は、野生動物のような素早さで家の中へ滑り込み、直後、ドアが乱暴な音を立てて閉じられた。最初の人影が素早く家のほうへ戻る。ドアに手を伸ばし、壊れた機械のようにぎくしゃくと動く。開けようとしているが開かないらしい。私がその場で動けずにいると、落ち葉を踏む音が近づいてきて、彩根が顔を寄せた。

「――あれは？」

「誰かが呼び鈴を鳴らして、家の人間が出てきた隙に中へ入り込みました」

「で、鍵《かぎ》を閉めた？」

私が頷いたとき、玄関口の人影が切迫した声を上げた。女性の声だ。あれは長門幸輔の妻だったらしい。家の中では部屋に明かりがともされたらしく、雨戸の隙間から光が洩れ――いや、違う――。

「まずい！」

彩根が鋭く囁くあいだにも、雨戸の隙間から見える光は揺らぎながら明るさを増し、気づけば二階にあるほかの窓からもみるみる光が洩れ出していた。男たちの声が聞こえる。貯木場で待機していた刑事たちに違いない。聞き取れないことを言い合いながら彼らは庭に踏み込み、玄関に立つ長門幸輔の妻と、叫ぶように言葉を交わす。ついで二人は家のこちら側に回り込み、雨戸の前でふたたび大声を上げた。彼らが引き剝がすようにして雨戸を開け放つと、そこから光が溢《あふ》れ出し、家全体が発光しながら闇の中に浮かび上がった。熱で歪んだ空気の向こうに、燃えさかるカーテンと床が見え、その燃え方は、単にライターやマッチで火をつけたものでないことがひと目でわかった。

ガラスが砕ける音とともに、室内の炎がふくれ上がる。若い刑事が庭の石を摑んで窓を割ったのだ。年配の刑事が飛びつくようにしてそこへ駆け寄り、鍵を開けて窓を横へなぎ払う。炎はいっそう激しさを増したが、部屋全体が燃えているわけではなく、まだ床には足を踏み入れる場所があった。刑事たちは室内に飛び込んで吠《ほ》えるような声を上げる。明らかに、そこにいる誰かに対しての声だった。それを聞いた瞬間、私の身体が動いた。

生け垣に沿って左へ走り、角を右へ折れて落ち葉の上を駆け抜ける。家の裏手は時間が停まっているかのように暗い。すぐ後ろを追いかけてくる彩根の足音を聞きながら走る。行く手にふたたび生け垣の角が近づいてきたとき、それを突き破るようにして人影が一つ飛び出してくるのが見えた。視界が大きくぶれ、私の身体は落ち葉の中を転がり、背後を走っていた彩根はそれに足をとられて転倒した。私は地面を摑んで上体を持ち上げ、ありったけの大声を放った。

「右です！」

刑事たちに聞こえるように。——人影を追って家を飛び出し、しかしまだ生け垣の内側にいる、二人の刑事に届く声で。

「貯木場のほうへ逃げました！」

彩根が跳ねるようにして起き上がり、私の身体を飛び越えて前方に走り出す。その足がまき散らす落ち葉の音にまぎれ、前方で生け垣が鳴る。二人の刑事が飛び出してきたのだろう。彩根が何か短く声を投げた。刑事たちが返す声は聞こえず、誰の姿も見えず、私は祈りばかりで満たされた身体を持ち上げて、後家山へと駆け入った。

切れ目なく迫る木々のあいだを抜けて斜面を走る。枝葉がつづけざまに顔を斬《き》りつけ、その音と自分の呼吸音のせいで何も聞こえない。何も見えない。しかしそのときに、空から巨大なフラッシュが放たれた。行く手が照らされ、白く静止したその光景の隅に、たった一つだけ動くものがあった。追い詰められた動物のように、斜面を横へ移動していく。ふたたび周囲が闇に閉ざされたとき、私はすでにその背中を追って走り出していた。空が叫ぶ。雷鳴が両耳を串刺《くしざ》しにする。その音に重なって、先を行く人影が絶叫を上げる。

「止まるな！」

全身を満たす願いが、咽喉を割って声になった。

「走れ！」

両足を懸命に動かすが、雷光はもう行く手を照らしてくれず、暗い視界が涙でねじれるばかりだった。意味もない唸りを上げ、私はどこまでも広がる木々の中を走った。止まるなと祈りながら。逃げ切れと願いながら。

そのとき、不意に名前を呼ばれた。

まるで長いことじっと動かずにいた人間が発したような、おだやかな声だった。決して近い場所から聞こえてきたわけではないのに、それはすぐそばで囁かれたように、はっきりと私の耳に届いた。声がしたほうへ走る。木々が途切れ、目の前で暗がりがひらける。斜面から虚空《こくう》に迫《せ》り出した、大きな岩。その上に立つシルエットは、こちらを向き、両手を祈るように胸の前に持ち上げていた。いや、銀色に光るものがある。かすかな星明かりが、両手と胸とのあいだで銀色に反射している。

「ごめんね——」

声と同時に両手が動き、静かだが力強いその動きとともに、銀色の光が胸の中に吸い込まれた。石でできた像のように、全身がぐらりと後ろに倒れて消え去り、直後、水面を割る大きな音が響いた。私がそこへたどり着き、硬い岩肌に膝をついたときにはもう、凍りつくほど冷たい霞川が、水音さえ立てずに眼下を流れているばかりだった。

当神社で執り行った神鳴講の前、早朝の雷の中、
私はあなたが作業場に入るのを見てしまいました。
あなたは何か白い物を雷電汁の鍋に入れて立ち去り、
私はすぐに鍋の中を確かめ、それがキノコであると知り
ました。猛毒のシロタマゴテングタケのことも頭をよぎり
ました。しかし私は、汁を廃棄せず、また誰に打ち
明けることもせず、二人が亡くなり、二人が重症に陥った
ままでいます。
その責任を背負って生きていくことは、私にはもう
出来ません。
この手紙は、捨ててしまっても一向に構いません。
全てはあなたにお任せします。ただ、御家族のことを
考えてほしいと、それだけを願っています。

平成元年 十二月十日

雷電神社宮司
太良部容子

終章

雷神

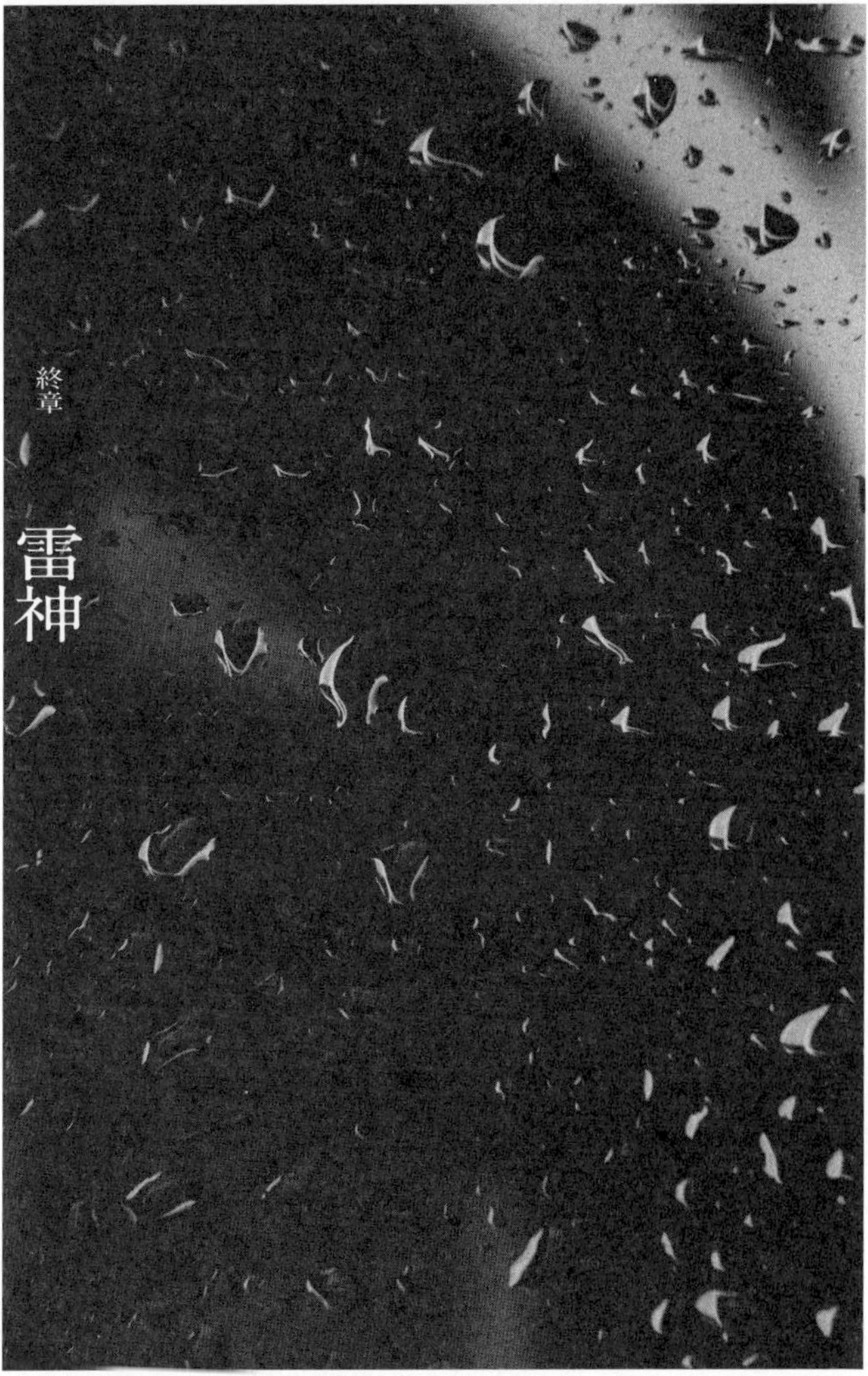

溶けたポリタンクが長門家の焼け跡から発見されたことを、私たちは報道で知った。寝室がある二階へとつづく、階段のあたりで見つかったのだという。

「おそらく、神社にあったポリタンクです」

希恵は装束姿ではなく、スカートとブラウスを身につけて私の正面に座っていた。

「灯油が入ったものが一つ、作業場から消えていました。それと、包丁も一本、見当たりません」

私たちが集まっているのは彼女の自宅だった。火事の夜から二日が経《た》ち、座卓を囲んでいるのは私、希恵、夕見、彩根の四人。それぞれの前には希恵が出してくれたお茶が置かれているが、私たちが会話をはじめるずっと前、長い沈黙のあいだに湯気は消えていた。

卓上には写真が並んでいる。三十年前の神鳴講前日に撮られた二十数枚の写真と、母の墓石が写された一枚。墓石の写真は裏返され、父が書きつけた文章が、いま全員の目にふれていた。

「包丁を用意していたのは、最後に自らの命を断つためだったのかもしれませんし──」

彩根が背中を丸めて呟《つぶや》く。

「あるいは、最初に玄関の呼び鈴を押したとき、もし長門幸輔氏が出てきていれば、その場で刺し殺すつもりだったのかもしれません。ところが出てきたのは妻のほうだった。だから素早く玄関の中に入って鍵《かぎ》を閉め、部屋に火を放った」

そうかもしれないし、そうでないかもしれない。本人に訊《き》くことができない以上、もう本当のことはわからない。

だが私は、彩根が口にしたつぎの疑問に対してだけは確固とした答えを持っていた。

「ご夫婦が寝静まった頃を見計らって家に火をつけていれば、確実だったのでしょうけど……どうして最初に呼び鈴を押したりしたんでしょう？」

「長門幸輔の妻を巻き添えにしないためです」

彩根も同じことを思っていたのか、黙って顎《あご》を引く。

「無関係な人間を巻き込みたくなかったんです。だから最初に玄関の呼び鈴を押した。

だから――」

だから失敗した。

長門幸輔が死ぬことはなかった。刑事たちが叩《たた》き割ったあの窓から飛び出し、火傷《やけど》を負いながらも一命を取り留めたのだ。

あの夜、後家山を下りた私は、消防車のサイレンを背後に聞きながら闇《やみ》の中を歩いた。宿の部屋に戻ると、腰窓のそばに立っていた夕見が勢いよく振り返り、両目を剝《む》いたまま矢継ぎ早に質問を浴びせてきた。その口ぶりから、私がサイレンの音でひと足早く目を覚まし、外へ様子を見に行ってきたと思い込んでいるようだった。

しかしすぐに夕見は、父親の服が土にまみれていることに気がついた。眉《まゆ》をひそめて言葉を切る娘の隣で、私は窓ごしに広がる羽田上村を見た。暗闇の一ヶ所だけが別世界のように赤い光を放ち、そこから立ち上る煙が雷雲と溶け合って、空全体が泥のように濁りきっていた。泥の下をいくつものヘッドライトが這《は》うように行き来していたのは、火事の様子を見に来た村人たちの車や、警察車両だったのだろう。

どんな言葉も見つけられないまま、窓辺に立ち尽くしていると、彩根が宿に戻ってきて部屋の戸を叩いた。戸口に出た私に、彼はその後の顚末《てんまつ》をそっと耳打ちした。長門家から飛び出した人影を捜し、刑事たちとともに貯木場のほうへ向かったが、見つからなかったこと。そのあと二人の刑事に質問攻めにされたが、何もわからないと答えたこと。私と会ったとは言わなかったこと。彩根いわく、刑事たちの口ぶりから推《お》して、彼ら自身も長門夫妻も、逃げた人物の姿をはっきりとは見ていなかった。激しい炎と煙のせいで、男だか女だかもわかっていない様子だったという。彩根自身が現場の近くにいた理由については、貯木場に警察車両が隠れていたことが気になり、何か起きるのではと思って長門家のまわりをうろついていたと答えたらしい。

——そちらは……？

その短い質問だけで意味は伝わり、彩根もまた、私の短い返答で意味を悟った。

——自分の胸を刺して、霞川に。

静かに目を伏せた彩根は、その目を上げないまま、戸口を離れて自分の部屋に入った。以後は物音ひとつ聞こえてこず、かわりに、雷が連れてきた雨滴《あましだり》が宿の屋根を叩きはじめた。しかし、濡《ぬ》れた窓の向こうに浮かび上がる赤い炎は、その勢いを弱めることもなく、いっそう激しく燃え上がるのだった。

困惑しきっている夕見を座らせ、私たちは畳《たたみ》の上で向き合った。

姉が自分の胸を突いて霞川に飛び込んだと教えたとき、夕見はまったく信じようとせず、突拍子もない冗談でも言い出したと思ったのか、咎《とが》めるような目を向けた。しかしやがて、それが真実であることを理解すると、その表情が内側から壊れた。娘は畳を叩きながら大声で泣いた。子供のように。四歳の夏、母親の死を伝えたときのように。どうしてそんなことになったのか。いったい何があったのか。咽喉《のど》に突き上げる嗚咽《おえつ》の切れ目から、夕見はほとんど言葉になっていない声で説明を求めた。

今朝まで、私はそれに答えていない。

わからないことが多すぎたのだ。思い違いはときに恐ろしい結果を招く。今回の出来事を私一人で説明することなどできず、その説明に不可欠なのは、希恵と、たぶん彩根の言葉だった。

火事の夜が明けたとき、私は雷電神社に電話をかけ、今回の出来事について話がしたいと伝えた。希恵はわかりましたとだけ答え、そのまま電話は切られたが、一日経った今朝になって連絡があり、こうして彼女の自宅に集まったのだ。

姉の遺体はいまも見つかっていない。冷たい川底に沈んでいるのか、あるいは雨で勢いを増した川水が海へと運んでいったのだろう。

「ここに……ずっといたんですね」

視線をめぐらせる。私たちがいる居間。右隣につづく台所。その端に見える階段。

私や夕見がこの羽田上村にいるあいだ、姉が希恵の家で寝起きしていたことは、先ほど彼女から聞かされたばかりだった。

「あれは、姉の……？」

左手の壁際《ぎわ》、古めかしい木製棚の隅に、筆入れがぽつんと置かれている。この村で暮らしていた頃、バスに乗って出かけた映画館で買った「となりのトトロ」の筆入れだった。

しかし希恵はゆっくりとかぶりを振る。

「わたしのです」

あのとき姉とお揃《そろ》いで買った筆入れを、彼女はいまも持っていたらしい。まだ摑《つか》み切れていないその気持ちを推し量りながら、私はかつて自分が姉のために買った筆入れのことを思った。造花がパッチワークのように貼《は》りつけられた、もう少しだけ大人びたデザインの筆入れ。埼玉での中学校時代、あれを手に狭いアパートへ帰ったとき、部屋には行われなかった誕生日パーティのあとがあった。けっきょく私は筆入れを渡すことができず、いまも――いや、最後まで渡すことができなかった。

わき上がる無数の言葉が、粘土のように咽喉を塞《ふさ》いでいた。自分から希恵に電話をかけ、今回の出来事について話がしたいと言ったのに、何から切り出せばいいのかわからない。隣に座る夕見を見る。赤い両目は火事の夜から濡れたままで、乾いたことなど一度もなく、放置された二つの傷口のように痛々しい。

「最初から、順を追って整理してみましょうか」

彩根が顔を上げ、出会ってから初めて見るつくり笑いを浮かべた。

「今回の出来事が……いったい何だったのか」

それぞれが頷《うなず》いたあと、いったん視線は分散し、やがて希恵の顔に集まった。彼女は私たちのまなざしを自分の中へ取り込むように、ゆっくりと瞼《まぶた》を伏せた。

「亜沙実ちゃんの姿を見たのは、この家の玄関口でした。ハタ場にあの雷が落ちた二日後……崖下《がけした》で篠林雄一郎さんのご遺体を見つけた翌日のことです」

つまり、私たち三人がこの羽田上村を去った翌日。私と夕見が、自宅で父の段ボール箱を開け、あのアルバムや、最後に撮られた二十数枚の写真を見つけた日だ。

「夕刻、わたしは神鳴講の準備で拝殿にいたのですが、紙垂《しで》を折るときに指を少し切ってしまったので、絆創膏《ばんそうこう》を取りに家へ戻りました。そのとき亜沙実ちゃんが、玄関の脇《わき》にある、植え込みの陰に立っていたんです」

希恵ちゃん、と姉は彼女に呼びかけたのだという。

真っ赤に充血した両目を見ひらいて。

「そのあともただ、わたしの名前を何度も繰り返すばかりでした。最初は、ハタ場での落雷のショックがまだ尾を引いていると思ったんです。亜沙実ちゃんのそばに雷が落ちて、ひどく取り乱した状態で社務所に連れてこられたのが、二日前のことだったので」

希恵は姉をなんとか家に連れて入り、話を聞いた。

「言葉同士を上手《うま》くつなげられないような、途切れ途切れの口調でしたが、亜沙実ちゃんが一人きりで村にいることがわかりました。幸人さんや夕見さんと三人で埼玉へ帰ったのが前日で、一夜明けたその日、電車を乗り継いで戻ってきたようです」

私と夕見がふたたびこの羽田上村にやってきたのは、そのさらに翌日のことだ。神鳴講が行われている雷電神社、写真店、葬祭場、墓地とめぐり、夜になって姉から電話がかかってきたのを憶《おぼ》えている。

――幸人ちゃん、どこにいるの？

希恵の家にいた姉は、私と夕見が境内を歩く姿を、窓ごしに見たのかもしれない。そして、私たちがいったい羽田上村に何をしに来たのかがわからず、電話をかけてきたのではないか。

――ドライブに出てる。

私はそう答えた。

——どのへんをドライブしてるの？

——まあ、いろいろ。適当に。

短い会話のあと、宿の主人に夕食のことで呼びかけられ、私は早々に電話を切った。

自分の嘘《うそ》にばかり一生懸命で、姉が埼玉にいることを疑いもせず。

「姉はこの家に来て、あなたにどんな話をしましたか？」

「三十年前の神鳴講で、雷電汁にシロタマゴテングタケを入れたのは自分だと言いました」

希恵の言葉に、夕見が素早く顔を上げる。

「……何それ」

その目が疑問と困惑に満ちているのは、無理のないことだ。

「毒キノコ事件の犯人が亜沙実さんだったたってこと？　そんなはずないよ。だってこの、お祖父ちゃんが書いた文章——」

黒澤宗吾　荒垣猛　篠林一雄　長門幸輔
四人が殺した

雷電汁
シロタマゴテングタケ　オオイチョウタケ
同じ色
神鳴講当日までに決意が変わらなければ決行

写真の裏側を示して訴える夕見を、希恵が控え目に制す。

「計画したのは、たしかに亜沙実ちゃんのお父様でした」

「どういうことですか？」

「当時の村人たちも、警察も、半分は正しかったんです。シロタマゴテングタケを使った恐ろしい計画を立て、四人のしんしょもちを殺そうとしたのは、藤原南人さんでした」

「でもいま、犯人は亜沙実さんだって――」

「そのあたりをご説明するには、先ほど彩根さんがおっしゃったように、最初から順を追ってお話しする必要があるかと思います」

希恵が言う「最初」というのは、この家で姉が彼女に打ち明けた、三十一年前の出来事だった。

（二）

それは社務所の奥、あの和室で起きたのだという。

三十一年前、神鳴講前々日の夜、母は三人の女性たちとともに作業場でコケ汁の仕込みを手伝っていた。例年よりも時間がかかってしまったため、ようやく仕込みが終わった頃には遅い時刻となり、社務所の奥にある和室では四人のしんしょもちが宵宮《よいみや》の酒を飲んでいた。彼らは英にとって重要な客だったので、母は帰り際、部屋を覗いて挨拶《あいさつ》をした。そのとき男たちの様子が通常ではなかったのは、ひと目見て感じられたという。彼らは下戸《げこ》の母に酒を飲んでいくよう言い、注《つ》がれたものを断り切れずに数口だけ飲んでいると、今度は卓上の七輪で焼いていたキノコをすすめられた。

「それを食べたあと、急に幻覚のようなものが見えはじめて、時間の感覚がわからなくなり……気がつけば、暴力をふるわれていたと……」

その暴力は、拳《こぶし》や平手という意味ではなかったのだろう。

行為の途中で母は我を取り戻し、部屋の掃き出し窓から逃げて山の中を走った。社務所のほうではなく屋外へ飛び出したのは、七輪を使うため窓が開いていたからかもしれないし、あのキノコが母の判断力を奪っていたのかもしれない。

「夢中で山を走っているあいだ、お母様は、自分の身体《からだ》を綺麗《きれい》にしようと、ただそれだけを考えていたそうです」

　やはり、あのキノコが母の意識を狂わせていたのだろう。私が見つけたキノコが。凍りつくほど冷たい霞川に病弱な自分の身を投げ入れたりすれば、命の危険があることくらい、いつもの母であればわかっていたはずだ。私たち家族を残してこの世から消え去ってしまう、そんな可能性があるようなことなど絶対にしなかったはずだ。

「その後、神鳴講の準備をしていた私の母が、駐車場の車に気づきました。帰宅したはずの、亜沙実ちゃんのお母様の車が、まだそこに駐《と》められていたんです」

　太良部容子は不審に思って周囲を捜したが、母はどこにもおらず、和室で酒を飲んでいた四人のしんしょもちに訊《たず》ねても、姿を見ていないと言われた。母は社務所の奥にある和室に入るとき、部屋の入り口で靴を脱いだはずだが、おそらくその靴はすでに男たちによって隠されていたのだろう。

　その後、呼び集められた村人たちによる捜索が開始された。最初に靴だけが神社のそばで見つかったのは、しんしょもちたちが捜索を手伝うふりをしながら、隠していた靴をそこに放り捨てたからに違いない。

やがて母は、冷たい霞川に身体を浸して倒れているところを父によって発見された。父は母を背負い、あの険しい河原を、救急車が待つ道まで歩いた。

「長門総合病院に搬送されたお母様は、深夜になって、一度だけ意識を取り戻しました。そのとき病室にいたのは、亜沙実ちゃん一人だけで――」

泣きじゃくるあまり嘔吐《おうと》した私を、父が部屋の外へ連れ出したときだ。看護婦長だった清沢照美も、私の嘔吐物を掃除したタオルを始末しに出ていた。

「お母様は酸素マスクを外し、切れ切れの声で、自分の身に起きたことを亜沙実ちゃんに伝えたそうです」

清沢照美が言っていた。彼女がタオルを始末して病室に戻ってきたとき、母が姉に何かを伝えているところだったと。その内容は聞き取れず、しかし最後に二度繰り返された言葉だけが、はっきりと耳に届いたのだと。

――キノコを食べちゃ駄目……そう言うてたが。

母は姉の身を案じ、すべてを伝えたのだろう。自らの死がすぐそこまで迫っていることを意識しながら。娘を守りたい一心で。

「お母様が食べさせられたキノコというのが、何だったのかはわかりません。亜沙実ちゃんもわからないようでしたし、たぶん、お母様にも――」

「ヒカゲシビレタケです」

私の言葉に、全員の目がこちらへ向けられた。

数日前、濁流のように流れ込んできた記憶。彩根に見せられた篠林雄一郎の遺影が引き金となり、一瞬でよみがえったすべての記憶。私はそれをふたたび吐き戻す思いで、座卓を囲む三人に話して聞かせた。小学四年生のときに後家山で見つけたキノコ。木々の下に群生していた茶色いそのキノコは、ナメコによく似たかたちをしていて、とても美味《おい》しそうに見えた。フクジュソウのことでひどく叱《しか》られたのが、私は悔しかった。今度は勝手に厨房《ちゅうぼう》に置いておくようなことはせず、ちゃんと父に見せるつもりだった。トチの実を持ち帰ったときのように、父にもう一度褒められたかった。役に立ちたかった。しかし、キノコを両手に集めて参道に戻ると、篠林雄一郎が目の前に立ち、私からそれを奪ったのだ。

――どこで見つけた……。

私が木々の奥を指さすと、あの男は足早にそちらへ消えていった。その様子に私は、自分が何かすごいものを見つけたのだと思った。キノコを奪われた哀しさよりも、興奮で、胸が震えた。

「私は参道に立ったまま、自分の両手を見ました」

かじかんだ指のあいだに、たった一本だけキノコが残っていた。私はそれを家に持ち帰り、母の図鑑を部屋に運び込んで、国語辞典と見比べながら夢中で説明を読んだ。そしてヒカゲシビレタケという名前を知り、それが強い幻覚作用を持つ麻薬として働くことを知ったのだ。

だが、そのとき私はどうしたか。

「キノコを家に持って帰らなくてよかったと……ただ、安堵《あんど》したんです。父に見せなくてよかったと」

自分の愚かさ。時間を越えた後悔。いま私の胸を、声を震わせているのは、それ以外の何物でもない。篠林雄一郎がヒカゲシビレタケを何にどう使うのかなんて、あのときの私は考えもしなかった。自分が見つけたそのキノコが後にどんな出来事を引き起こすのかなんて、想像さえしなかった。

「いまで言う……マジックマッシュルームの一種ですな」

湯呑《ゆの》みに話しかけるように、彩根が誰の顔も見ずに呟く。

「成分や効果はLSDとよく似ていると聞きます。このLSDの幻覚作用というのはかなり強烈で、0・00数グラムの摂取でさえ人間をおかしくしてしまうそうです。二十分も経てば空間が歪《ゆが》みはじめて、たとえば鍵穴から部屋の中に入ろうとするような、通常では理解しがたい行動をとることもあるとか」

「そのとおりです」

記憶がよみがえったあの夜、私は夕見の目を盗み、ヒカゲシビレタケというキノコについて調べ直した。現在では麻薬として指定され、故意の採取も所持も禁じられており、LSDと似たその幻覚成分は、採取地や時期によっては百倍にもなるのだという。

「私のせいで、ヒカゲシビレタケが群生している場所を知った篠林雄一郎は、しばしばそれを採りに行くようになったのではないかと思います。そして父親である篠林一雄や、ほかの三人のしんしょもちたちに、遊び道具のように渡していたのではないかと」

「で、男たちは悪癖を身につけてしまった?」

私は彩根に頷き返したが、「悪癖」という言葉はあまりにそぐわない結末だった。その悪癖により、母は醜悪な暴力を受け、判断力を失って山の中を走り、冷たい水に浸かって命を落とした。それが翌年の毒キノコ事件へとつながり、さらには三十年後、今回の出来事へとつながった。すべての発端となったのは、ほかでもない私の浅はかな行為だった。父に褒められたいという、子供じみた思いだった。

「お父さんのせいじゃないよ」

心を読んだように、夕見が私の袖《そで》を摑む。

「お父さんは、お祖父《じい》ちゃんに喜んでもらおうとしただけでしょ？　役に立ちたいと思っただけでしょ？」

たとえその行為が、大切な誰かの死につながったとしても。

――パパのお花、おっきくなるよ。

二度と取り返しのつかない事態を招いたとしても。

――お花って、お日さまにあてたほうがおっきくなるんだよ。

首を縦に振ることも横に振ることもできないまま、私は膝《ひざ》に置いた両手をただ握り込んだ。やがて夕見が卓上の湯呑みを取り、故意《わざと》のような音を立てて飲んだのも、「それより」という場違いな言葉で話題を転じたのも、きっとみんな、幼い頃から何も変わらない、胸の中心にある優しさからだった。

「もともと毒キノコ事件を計画したのはお祖父ちゃんだって、さっき希恵さん言ったじゃないですか。お祖父ちゃんが四人のしんしょもちを殺そうと考えてたんだって。ということは、お祖父ちゃんも知ってたっていうことですよね。その、社務所の奥にある和室で、何があったのかを。それは、亜沙実さんがお祖父ちゃんに話したんですか？」

希恵は曖昧《あいまい》に首を振る。

「話していないと言っていました。だから、知っているのは自分だけだと思っていたと」

「英さん本人から聞いたのではないでしょうか」

とんとんと手の付け根で自分の頭を叩いていた彩根が、その手を止めて口をひらく。

「藤原英さんが亡《な》くなった夜、彼女と最も長い時間いっしょにいたのは南人さんです。彼は霞川で英さんを見つけたあと、その身体を背負い、救急車が待つ道まで延々と河原を歩いた。彼女の身に何が起きたのかは、瀕死《ひんし》状態の本人から、そのとき耳元で聞かされた可能性が高いのではないかと」

おそらく彩根の言うとおりなのだろう。母の告白を最初に聞いたのは父だった。そして父は、自分しかそれを知らないと信じていた。病室を出ているあいだに、母が意識を取り戻し、切れ切れの声で姉に伝えるとは思わなかった。いっぽうで姉も、自分しか知らない事実だと信じ込んでいたのだ。

「いちばん無責任に喋《しゃべ》れるのは僕でしょうから、この先も勝手な想像をお話しさせてもらいます。もし間違っているようなところがあれば、いつでも言ってください」

彩根の言葉に、私と希恵は頷いた。私たち三人はそれぞれ、知っていることと知らないことを、たぶん等分ほどに持ち合わせていた。

「英さんは、その夜のうちに病院で息をひきとった。河原で彼女の告白を聞いていた南人さんは、黒澤宗吾、荒垣猛、篠林一雄、長門幸輔の四人をそのままにしておくわけにはいかなかった。けれど、警察などに訴えようにも、本人が亡くなっている以上、何の証拠も残されていない。しかも相手は、羽田上村という小さなコミュニティの中で強大な権力を持つ四人です。証拠もなく訴えたところで、彼らが捕まるようなことにはならないのではないか」

この村では充分に考えられることだ。

「だから南人さんは、自ら四人に罰を下そうとした。そしてその決意を、英さんの墓石を撮影した写真の裏に書きつけた」

羽田上村に来てから、私は何度かその可能性に思い至っていた。母がしんしょもちたちから醜悪な暴力を受けたという可能性。父がそのことを知り、四人に対する復讐《ふくしゅう》を計画したという可能性。しかし目をそむけていたのだ。母がされたことを、父が企てたことを、信じたくなかったから。そして、清沢照美から聞いた話が、どうしてもその可能性とそぐわなかったから。

——藤原南人は奥さんのことを、死んじまってもいいと言うてたが。

父がそんな言葉を口にしたのは、母が男たちから暴力を受けたからなのではないか。汚《けが》されてしまったからなのではないか。そんなふうに考えたこともある。だがやはり、母の身にたとえ何があっても、父がそんな言葉を口にするなんてありえない。だから私も清沢照美と同様、何もかもがしっくりこないまま、困惑するばかりだったのだ。

しかし、いまではははっきりと思い出せる。

父があの言葉を口にしたとき、病室にいたのは私と父、そして県外から来ていた若い看護婦だけだった。一年後、私が雷に撃たれたときにも世話をしてくれた看護婦。彼女が標準語を喋っていたせいで、私は自分が遠い東京にある病院にいると勘違いしたのを憶えている。

あのとき私は、母のベッドのそばで泣きながら、自分に何かできることはないかと必死に考えていた。母に目を開けてほしくて、自分を見てほしくて、両手に息を吹きかけて母の顔に押し当て、首に押し当て、冷たい水に浸かっていたその肌を必死であたためようとした。するとそのとき、父が背後から言ったのだ。

——しんでもええ。

ここ新潟や、父の生まれである群馬で、「やらなくてもいい」を意味する言葉だった。父は、医師や看護婦が適切な処置を施している中、私の幼い手が余計なことをしてしまわないよう、そっとたしなめたのだ。それを看護婦が聞き間違えたという、た
だそれだけのことだった。
「藤原南人さんは四人のしんしょもちを殺害しようと目論み、その方法が、翌年の神
鳴講で雷電汁にシロタマゴテングタケを入れるというものだった。シロタマゴテング
タケはそれほどレアなキノコではありませんが、手に入れようと思ってすぐに見つか
るものでもありません。写真の裏にこの文章を書きつけてから、彼は山を探し歩き、
集めておいたんだと思います。そしてそれを密《ひそ》かに干して、自宅か店のどこかに保管
していた。〝神鳴講当日までに決意が変わらなければ決行〟とあるので、おそらくは
祭り当日の早朝、神社の作業場に忍び込み、雷電汁にシロタマゴテングタケを入れる
つもりだったんでしょう」
　やがて母の死から一年が経ち、とうとう神鳴講の日が近づいて来た。父はその前日、
母の一周忌が行われた日にカメラを手に取り、まるで生きた証《あかし》を残そうとするように、
いま卓上にあるこの二十数枚の写真を撮った。そしてその夜、閉店間際の写真店を訪
れて現像を依頼した。
　――あの男は、フィルムを預けたときに言うたが。

当時店主だったという老人の言葉は、いまにして思えば真実だったのだろう。——自分じゃなく、子供がかわりに受け取りに来るかもしれねえって。要するにあの男は、自分が警察に捕まることを覚悟してたが。

「しかし南人さんは、すんでのところで思いとどまった」

そう、思いとどまった。

きっと私や姉のことを想《おも》って。母の死を乗り越え、いっしょに生きていかなければならない子供たちのことを想って。復讐と家族を載せた天秤《てんびん》は、最後の最後にこちらへ傾いてくれたのだ。

——去年は食えんかったから。

神鳴講の日、拝殿前でコケ汁をよそう女性たちに、父が穏やかな顔でそう言っていたのを憶えている。一年前から企てていた殺害計画を、自らの意思で取りやめた父は、あのとき希望に近い何かを見ていたのではないか。すべてを忘れて生き直そうという気持ちになっていたのではないか。

しかしその直後、姉と私を雷が襲った。

——子供らに罰が当たった。

身体中に電紋を刻まれ、目を覚まさない娘。記憶を失った息子。自分のかわりに子供たちが罰を受けたと、父は思ったのだろう。自分が雷電汁に毒を入れようなどと考えたからだと。

「その夜、病院に四人の救急患者が運ばれてきました」

黒澤宗吾、荒垣猛、篠林一雄、長門幸輔。搬送されてきた四人のしんしょもちのうち、二人が死亡し、残る二人も重症に陥った。そしてその原因は、雷電汁に混入されたシロタマゴテングタケによる中毒であることが判明した。

「南人さんがとりやめたはずの犯罪が、現実に行われてしまったんです。彼はおそらく、隠していたシロタマゴテングタケをすぐさま確認したことでしょう。すると、それが消えていた。南人さんはただただ困惑したはずです。自分がぎりぎりで思いとどまったはずの犯罪を、何者かが実行してしまった。しかしそれが誰だかわからない。もしかしたら、いっしょに暮らしている亜沙実さんや幸人さんが犯人である可能性が頭をよぎったかもしれません。でも、そんな可能性に親が確信を持つはずもない」

彩根は卓上に手を伸ばし、父が残した文章を示す。

「亜沙実さんが南人さんの計画を知った経緯は、おそらく幸人さんや夕見さんと同様だったのだと思います。写真の裏に書かれたこの文章を、彼女は見つけてしまった。そして自分だけでなく父親もまた、母親の身に何が起きたのかを知っており、のみならず四人のしんしょもちへの復讐計画を企てているということが判明した」

復讐を決意したとき、どうして父は写真の裏にこの文章を綴《つづ》り、アルバムに貼っておいたのか。何故《なぜ》こんなに見つかりやすい場所に書き記したのか。その理由が、いま私にはわかる気がした。

私や姉に、見つけてほしかったのではないか。見つけて問い質《ただ》されたかったのではないか。子供たちの前で泣き崩れ、何も言えないまま首を横に振りつづけ、そうすることで新しい人生への手掛かりを摑みたかったのではないか。しかし、私がそれを見つけたのは、はるか時間が経ってからのことだった。姉はその三十年前に見つけたけれど、父を問い質しはせず——。

「写真の裏に書かれたこの文章を見つけた亜沙実さんは、南人さんや幸人さんの目を盗み、家や店の中を探し回った。どこかに隠してあるに違いないシロタマゴテングタケを見つけようとして。そのあたりは、希恵さんが亜沙実さんから具体的なことをお聞きになっているかと思うのですが……どうでしょう？」

時間をかけて、希恵は頷いた。

「厨房の流し台の下に、紙袋に入れられて、裂いて干された白いキノコが隠してあったそうです。亜沙実ちゃんはそれを見つけたとき、とにかく計画を止めなくてはいけない、まだ中学一年生の幸人さんもいるというのに、お父様にそんなことを絶対にさせてはいけないと考えて、それを自分の部屋の箪笥《たんす》に隠しました」

父が計画を実行できないように。

神鳴講で恐ろしいことが起きないように。

「でも、神鳴講の日が近づいてくるにつれ、写真の裏に綴られたお父様の文章が何度も思い出され……死に際のお母様の言葉や、お父様が抱えた気持ちや、四人のしんしょもちへの怒りや、この世の理不尽さに対する思いが募って、募りきって――」

自分の手で実行しようと考えてしまった。

「亜沙実ちゃんはシロタマゴテングタケが入った紙袋を箪笥から出し、それを上着のお腹に隠して、神社へ向かったんです。神鳴講前日の、早朝のことでした」

前日、と夕見が吐息だけで呟く。

そう、前日だったのだ。雷電汁にシロタマゴテングタケが入れられたのは、これまでずっと神鳴講当日の早朝だと考えられていた。しかし実際にはその一日前、神鳴講前日の早朝だった。

「ここにある写真から、いくつかのことがわかります」

彩根が二枚の写真を引き寄せる。姉が写ったものと、私が写ったもの。姉は家の前の路地を右へ向かって歩いていくところで、前方の空がかすかに赤らんでいる。私は蒲団で眠りながら涙を流し、枕元《まくらもと》の時計は六時半を指している。これらを含む二十数枚の写真を最初に見たとき、私も夕見も、すべて夕刻に撮られたものと勘違いした。しかし、十一月も終わりかけているというのに、午後六時半に空が明るいはずもない。父がこれらの写真を撮ったのは早朝の六時半であり、姉の行く手にあるのは夕日ではなく朝日だった。そもそも路地を東へ向かって歩いていく姉の前方に夕日が見えているはずがない。

この路地の先を曲がり、幹線道路へ出て、さらに東へ進めば、やがて左手に後家山の参道が見えてくる。私たちが羽田上村に来た最初の日、かつて家があった場所から雷電神社を目指したのと同じ道筋だ。

翌日に復讐計画を実行するつもりでいた父は、生きた証を残そうとするように、カメラを手に取った。そして家の隅々や、母が大切にしていた庭や、二人でひらいた店や、店の前に立つ自分自身の姿を撮影した。まだ眠っている私を撮り、家を出てどこかへ歩いていく姉の後ろ姿に向かってシャッターを切った。まさかその姉が、自分が考えた復讐計画を、いままさにその手で実行しようとしているなどと想像もせず。

「ここに、雪が写っています」

姉の後ろ姿が撮られた写真――レンズのすぐそばを落ちていく雪粒が、白く曖昧な円形となって写り込んでいる。

「羽田上村では例年、落雷のあとに降雪が来ます。でも、順序が逆になる年だってもちろんある。たとえば毒キノコ事件が起きた三十年前がそうでした」

あの年の神鳴講前日、朝早くに雪が降った。寺で母の一周忌が行われたとき、本堂から見える松の葉が薄白く染まっていたのを憶えている。

でも、と夕見が困惑げに写真と彩根の顔を見比べた。

「希恵さんのお母さんは、神鳴講前日の早朝じゃなくて、当日の早朝に犯人の姿を見たんですよね？　そもそもあの目撃談って何だったんですか？　日付も違うし、人も違うし……まさか亜沙実さんをお祖父ちゃんと見間違えるはずもないし」

「もちろん、ありえません。彼女が見たのは亜沙実さんでした」

「なら、あの手紙は――」

「手紙にも、はじめからそう書いてあったんです」

よろしいですか、と彩根が私に顔を向ける。

私はバッグから封筒を取り出し、三つ折りの便箋《びんせん》を卓上に広げた。

当神社で執り行った神鳴講の前、早朝の雷の中、私はあなたが作業場に入るのを見てしまいました。あなたは何か白い物を雷電汁の鍋に入れて立ち去り、私はすぐに鍋の中を確かめ、それがキノコであると知りました。猛毒のシロタマゴテングタケのことも頭をよぎりました。しかし私は、汁を廃棄せず、また誰に打ち明けることもせず、二人が亡くなり、二人が重症に陥ったままでいます。

その責任を背負って生きていくことは、私にはもう出来ません。

この手紙は、捨ててしまっても一向に構いません。

全てはあなたにお任せします。ただ、御家族のことを考えてほしいと、それだけを願っています。

平成元年十二月十日

雷電神社宮司

太良部容子

「店を訪ねてきた太良部容子さんからこの手紙を受け取ったのは、たしかに藤原南人さんでした。でも彼はこれを託されただけで、内容は亜沙実さんに向けて書かれたものだった。雷に撃たれて病院で眠りつづけている亜沙実さんに、いずれ渡してくれと頼まれたものだった。もちろん南人さんが封を開けて内容を読んでしまうことは彼女も予想していたでしょう。手紙を託した直後に自分が命を絶ったとなれば、彼が中を見ないはずがないですから」

　きっと太良部容子は、すべてを父の判断に任せたのだ。自分の娘と同級生である姉の罪を、白日の下にさらすかどうかも含めて。

「でもこれ……〝早朝の雷の中〟って書いてありますよね」

　夕見が手紙から顔を上げ、ますます困惑を深めた目で彩根に問う。

「早朝に雷があったのって、神鳴講の前日じゃなくて、当日じゃなかったんですか？」

　そのとおりなのだ。神鳴講の前日は、落雷もなければ雷鳴も聞こえなかった。だからこそ太良部容子の目撃談は、神鳴講当日のものとして考えられていた。――しかし。

「この中に、三回出てくる同じ文字があります」

　彩根は便箋を夕見のほうへ向けた。

「でも一つだけ、よく見るとかたちが違う」

　指を伸ばし、最初に出てくる「雷」という文字を示す。

「ここには、雪、と書いてありました」

父が二本の線を書き加え、「雷」に変えたのだ。そのたった二本の線が、手紙の最も重要な部分を変化させた。太良部容子が犯人を目撃したのが神鳴講前日の早朝でなく、当日の早朝と読めるようになった。そしてその日の朝は、姉は一度も家を離れていない。

「太良部容子さんの死後、彼女から託された封筒を開けてこの手紙を読んだとき、南人さんは自分の娘が毒キノコ事件の犯人であるという事実を知ってしまった。どうすればいいのか。どうすることが正しいのか。彼は懊悩《おうのう》し、必死に考えつづけたことでしょう。でもそうしているうちに、希恵さんが報道陣とともに店にやってきた」

——死ぬ前に、お母さんはここへ何をしに来たんですか？

あのとき父は、戸口で彼女と向き合ったまま黙り込んでいた。まったく動かず、呼吸さえしていないかのように。

——そこで、待っててください。

やがてそう言って二階へ上がり、父は封筒を手に戻ってきたが、手紙に二本の線を書き加えたのはそのタイミングだった可能性が高い。誰にも見せるつもりがないのであれば、内容を改竄《かいざん》する必要などないのだから。

「南人さんは、娘のかわりに自分が犯人になろうと決意したんです。手紙が亜沙実さんに向けられたものであることを隠し――〝雪〟を〝雷〟に書き換えて」

太良部容子から手紙を受け取った日、父は閉店間際の写真店へ向かい、いま卓上に並べられている二十数枚の写真を引き取った。神鳴講前日、早朝に降った雪の中を、姉が雷電神社のほうへ向かって歩く姿が写っていたからだ。写真店に預けておくのは危険だと考えたのだろう。

「もちろん彼はこの手紙を読んだとき、手紙自体を処分することだってできたはずです。実際ここに、捨ててしまっても構わないと書いてある。でも敢《あ》えてそれをせず、自分が犯人になることを選んだのは、亜沙実さんを確実に守るためでした」

神鳴講の前日、雷電神社に向かって歩く姉の姿は、誰かの目にふれていたかもしれない。いかに狭い村で、早朝だったとはいえ、人にまったく見られず長い距離を移動することは難しい。あのまま村人全員を対象に捜査がつづいていたら、おそらく警察は姉に行き着いていた。行き着けば、姉が犯人である何らかの証拠が見つかっていたかもしれない。父はそれを防いだのだ。手紙が姉に向けられたものであることを隠し、自分自身が容疑者となり、自分だけが警察の捜査対象となることで。

――間違ってねえ。

父の目論見《もくろみ》どおり、毒キノコ事件の犯人は藤原南人であると目され、父を唯一《ゆいいつ》の容疑者として捜査が進められた。しかし証拠は見つからず、やがて私たちはこの村を出奔し、事件は未解決のまま時効を迎えた。

「亜沙実さんが毒キノコ事件の犯人であると知ったとき、おそらく南人さんは、神鳴講で食べたコケ汁が妙な味だったことも思い出したことでしょう」

——はっきり憶えとうよ。

農協職員の富田さんの言葉。

——食わねえのかって訊いたら、妙な味がするからやめとくてえ言うてたが。

「この写真に、オオアザミ……別名マリアアザミという植物が写っています」

彩根が示したのは、庭を撮った一枚だ。

「古くから薬草としても用いられ、種子に含まれるシリマリンという成分が肝臓を毒素から守ることが知られている植物です。その解毒《げどく》効果は非常に強力で、たとえばシロタマゴテングタケを口にして十分以内であれば、解毒率は百パーセントに達します」

昔、父が酒を飲み過ぎたときに母が服《の》ませていたのも、マリアアザミの種だったのかもしれない。

「亜沙実さんはこのマリアアザミを、三十年前の神鳴講当日、密かに南人さんのコケ汁に入れた。種子を煎《せん》じた汁を用意しておいたのか、挽《ひ》いて粉状にしたものを入れたのかはわかりませんが」

毒入りの雷電汁が一般のコケ汁に混ざってしまう可能性を、姉は考えたのだろう。

「もちろん、たとえしんしょもちが雷電汁をいくらかすくって一般のコケ汁に分け入れたところで、コケ汁の鍋はあれだけ大きいものです。そこに混じったシロタマゴテングタケが、もし誰かの椀《わん》に入ってしまったとしても、ほんの微量だったはず。重篤《じゅうとく》な状態に陥ることなんて、ほとんどあり得ません」

植物に詳しい姉も、そんなことは当然わかっていたはずだ。そうでなければ、きっと最初からこの計画は実行されなかった。大勢の人間を危険にさらすようなことを、姉がするはずがない。

「でも世の中には偶然というものがあります。たまたま父親の椀に多くのシロタマゴテングタケが入る可能性だって、完全にゼロというわけじゃない。それがたとえ一万分の一の確率だったとしても、一万回に一回弾が出る拳銃《けんじゅう》で父親に向かって引き金を引くなんて、できるものではなかったんでしょう」

だから、姉は父の椀に解毒剤を入れた。聖母マリアの名がついたアザミで父を守ろうとした。村人全員分の解毒剤を用意するのは不可能だが、せめて父だけでもと考えたのだ。それによってコケ汁の味が変わり、父がほとんど箸《はし》をつけず、それを見た富田さんの証言が藤原南人犯人説を後押ししてしまうことになるなど予想もせず。

「でも一つだけ、僕には疑問があるんです」

彩根が希恵に顔を向ける。

「この手紙を書いた太良部容子さん——あなたのお母様は、亜沙実さんが雷電汁に白いキノコを入れるところを目撃し、それがシロタマゴテングタケである可能性まで考えたというのに、どうしてそのままにしておいたのでしょう。何故、事件を止めなかったのでしょう」

「あの和室で起きたことに……母は、心のどこかで気づいていたのかもしれません」

「藤原英さんが亡くなった原因は、四人のしんしょもちの暴力にあったのだと？」

頷く希恵の顔は、実際の痛みが走ったように歪んでいた。

「もちろんそれは、何の確信もない、ほんの小さな疑いだったと思います。母はしんしょもちたちを信用していました。わたしの目から見て、横柄《おうへい》だったり傲慢《ごうまん》だったりする態度も、いつも笑って受け容《い》れて、四人からの奉納金も、心からの感謝とともに受け取っていました。ですから、きっと母は、その小さな疑いをすぐに自分の胸から消し去ったんです。藤原英さんの死について何も知らないという、彼らの言葉を信じて」

「なるほど。ところが翌年、亜沙実さんが雷電汁にシロタマゴテングタケらしきものを入れるのを、彼女は見た。そして考えた。一年前に抱いた自分の疑いは事実だったのではないか。藤原英さんが死んだ原因は、やはり四人のしんしょもちにあり、それを知った亜沙実さんが、四人に恐ろしい復讐をしようとしているのではないか？」

しかし希恵は首を横に振る。

「亜沙実ちゃんが雷電汁の鍋に何かを入れるのを見たあとも、まだ母は四人を信用していたはずです。少なくとも、信じようとしていたはずです」

ひどく確信を持った言い方だった。

「それは……何故？」

「もし疑いが真実なら、母の人生が壊れてしまうからです」

希恵の声に、いままで聞いたことのない感情がまじった。直情的な、しかし、確信に裏打ちされた声。ものを知らない小さな子供が、それでも絶対的に信じている何かについて、他人の反対を押し切って言いつのっているような声。

「雷電神社の宮司として、この村で、この山で暮らしてきた、母の人生のすべてが壊れてしまうからです」

そんな彼女の声を聞きながら私は、希恵が太良部容子の娘であるという既知の事実を、初めて眼前に突きつけられる思いだった。単純な血縁という意味だけではない。彼女たちもまた、私と夕見同様、二人きりの親子だったのだ。希恵はいま「母の人生」と言った。しかし、一人娘である自分の人生もそこに含まれていたことを、彼女は誰よりわかっているに違いない。娘の人生を守るため、母親が必死に自分の疑いを押し殺し、しんしょもちたちを信じようとしていたことを。そうせざるをえなかったことを。

「最後にはきっと……神様にまかせるしかなかったんです」

神様、と彩根が繰り返す。

希恵は両目を閉じ、ほんの少し顎を引く。

「もし疑いが真実であれば、四人のしんしょもちは罰を受けることになります。そして、もしすべてが自分の思い違いであれば、何事も起きずに神鳴講は終わります。亜沙実ちゃんが雷電汁に入れたものが何だったのかは、時間が過ぎてから本人に訊ねればいい。あるいはぜんぶ自分の見間違いだった可能性だってある。——そんなふうに、きっと母は考えていたんです」

だから彼女は、鍋から白いキノコを取り除くことも、雷電汁を廃棄することもしなかった。しんしょもちたちを疑いきることも、その疑いを消し去ることもできないま、すべてを神にまかせた。

神職として生きてきた太良部容子が、そのとき神の意思というものを心から信じていたのかどうかはわからない。しかしいずれにしても、彼女はやがてその存在を思い知ることになる。四人のしんしょもちがシロタマゴテングタケによって死の淵《ふち》に追い込まれ、うち二人が命を落とし、姉が雷に撃たれて片耳の聴力と美しい肌を奪われた、そのときに。

「すべてが手遅れになってしまったあと、母の後悔がどれほどのものだったか――」

娘の希恵でさえ量りきれない後悔を、私たちに想像することなどできるはずもなかった。藤原英という一人の女性を、同性であるにもかかわらず守れなかったこと。我が子の親友に恐ろしい罪を犯させてしまったこと。しんしょもちたちを信じ、信じたそのことが彼らの死に繋《つな》がったこと。取り返しがつくものなど何ひとつなかった。それらをいちどきに背負ってしまった彼女は、拝殿の鴨居《かもい》に腰紐《こしひも》を結びつけ、途方もない重みとともに自らの身体を吊《つ》るすしかなかった。

「わたしは幼い頃から、母を特別だと思っていました。まわりにいる、普通のお母さんとは違う、特別な存在なんだと」

閉じた目をそのままに、希恵は咽喉《のど》を震わせる。

「でも……母も、普通の人間だったんです。弱い、普通の人だったんです」

太良部容子が自殺の直前、警察へ行ってすべてを告白するかわりに、父に手紙を託したのも、彼女が普通の人間だったからなのだろう。自分は疑いを押し殺し、事件を止めようとしなかったのに、人の罪は白日の下にさらすなど、彼女にはできることではなかった。

「亜沙実さんは――」

夕見の目は私に向けられていたが、もっと大きな何かの助けを求めていた。

「三十年前にやったことを、ずっと隠してたの？」

懸命に状況をのみ込もうとしながらも、どうしても受け容れられないのだろう。自分を安心させてくれる言葉を父親に求めながらも、それを期待することなど到底できないとわかっているのだろう。

「三十年間ずっと嘘をつきつづけて、自分が起こした事件をお祖父ちゃんのせいにしてたの？　あたしとお父さんと三人でこの村に来たときも、本当のこと知りたいなんて嘘ついて――」

言葉の途中で、私はかぶりを振った。

「嘘はついていない」

真実を知りたいと言った姉の言葉は、決して嘘などではなかった。三十年前にこの村で何が起きたのか。父は本当に毒キノコ事件の犯人だったのか。もしそうだとすると、いったい何故そんなことをしたのか。

――それがわかれば、お父さんへの気持ちも変わるかもしれないから。

姉は本当にすべてを知りたいと願っていた。

「俺と同じだったんだ」

夕見の目の中で、黒目が揺れる。

「雷が……姉さんの記憶を奪った」

側撃を受けた私の記憶が失われたというのに、直撃を受けた姉の記憶に何の異変も生じていないと、どうして三十年間も信じてこられたのだろう。夕見のポケットで割れていた二枚の煎餅《せんべい》のように、片方が砕けているのに、もう片方が無事であるはずがなかった。雷に撃たれたあのとき、姉は私と同じく、いや、私よりもさらに広範囲の記憶を失っていたのだ。羽田上村を出てから、私たちは過去の話を一切せずに暮らしてきた。そのせいで、姉が記憶を失っていることに――それを隠しつづけていることに、私も父も気づくことができなかった。

「じゃあ、記憶を失くしたことを、亜沙実さんは三十年も隠してきたってこと？　誰にも言わずに、ずっと？」

私はふたたび首を横に振った。

「誰にも言わなかったわけじゃない」

姉が病室で意識を取り戻したとき、そこにいた人物。雷撃による長い眠りから目覚めた姉と、最初に言葉を交わした人物。

「誰か……知ってる人がいたの？」

その答えこそが、三十年前と現在を繋ぐ導火線の先端だった。眠りについたはずの火薬を爆発させることになる、最初の火花だった。

「わたしです」

希恵の声が震えている。

「亜沙実ちゃんが病室で目を覚ましたとき……最初のいくつかの会話だけで、すぐに気がつきました。亜沙実ちゃんの記憶にはたくさんの空白があったんです。その年のこと、一年前のこと、ずっと昔のこと。とくに、お母様が神社で行方不明になった頃から、雷に撃たれるまでの出来事は、ほとんど何も憶えていないようでした」

震える希恵の声に涙がまじる。こんな声を聞くのは初めてだった。自分の母親が命を断ったあとも、目を覚まさない姉の病室を見舞っているときも、彼女は一度として涙の気配を感じさせなかった。きっと咽喉の奥に閉じ込めていたのだろう。そのかわり、一人で何度も泣いていたのだろう。

「お母様が亡くなったことさえ……亜沙実ちゃんは忘れていたんです」

夕見の全身に力がこもるのが、服の上からでも見て取れ、しかしその顔は見る間に血の気を失って蒼白《そうはく》になっていく。

「わたしが病室で、亜沙実ちゃんに教えたんです。お母様の死も含めて、羽田上村で起きたことをすべて。亜沙実ちゃんが記憶を失くしていることを、誰かに知られる前に」

どうして、というほんの短い言葉の途中で、夕見の声は消え入るように途切れた。

「そうしなければ、警察が亜沙実ちゃんのお父様を捕まえてしまうと思ったからです」

当時警察は、雷電汁にシロタマゴテングタケが入れられたとされる神鳴講当日の朝、自宅を離れなかったという父の言葉を疑っていた。父は子供たちとずっといっしょにいたと供述し、それを証言できる姉が眠ったままでいたため、目を覚ますのをいまかいまかと待っていた。逆に言えば、父のアリバイを証明するためには、姉の証言がどうしても必要だったのだ。

「だから、わたしは亜沙実ちゃんに、起きた出来事のすべてを話しました」

十七歳だった希恵の、必死の決断だったに違いない。彼女は病室で、姉にすべてを説明した。一年前に起きた母の不審死。今年の神鳴講で起きた毒キノコ事件。自分の母親が自殺したこと。彼女が死の直前、父に手紙を渡したこと。そこに書かれていた内容。犯人として疑われている父のアリバイが、姉の言葉にかかっていること。

「亜沙実ちゃんは、枕に顔を強く押しつけて……泣き声が誰にも聞こえないようにしながら、わたしの話を聞いてくれました」

希恵の話を聞いた姉は、きっと村人たちや警察同様、父が犯人だと考えたことだろう。すべて忘れていたから。瀕死の母から切れ切れの声で伝えられた言葉も、父が写真の裏に綴った文章も、厨房でシロタマゴテングタケを見つけたことも、それを自らの手で雷電汁に入れたことも。そして、自分の肌にあの無残な電紋が刻まれたのも、のちに村人の一人が言ったように、父のかわりに自分が罰を受けたのだと信じてしまったに違いない。さらに姉は、父の供述——神鳴講当日の朝、ずっと子供たちといっしょにいたという供述についても、大きな誤解をした可能性がある。病室で希恵から事件の顛末を聞いた姉は、こう考えたのではないか。自らの逮捕を免れるため、父は警察に嘘をついた。本当は神鳴講当日の朝、雷電神社に行き、雷電汁にシロタマゴテングタケを入れていた。ずっと子供たちといっしょにいたというのは嘘だった。だとすると、自分が目を覚ましてしまえば、その嘘は容易に露呈してしまうことになる。姉は、自分がこのまま目を覚まさないことを父が願っていたと考えたのではないか。そのことが、父に対する強い不信を生み、口を利《き》くことさえなくなってしまったのではないか。そうでなければ、埼玉で新しい店をひらき、人生をやり直そうとしていた父に、

――お父さんに、そんな資格ない。

あんな言葉を投げつけられたはずがない。

「最後の最後に、亜沙実ちゃんは頷いてくれました」

その数日後、姉は長い眠りから覚めたふりをした。そして病室に入ってきた刑事たちと会話をし、父のアリバイを証明した。自分の記憶が失われていることを隠し、父が神鳴講当日の朝、自分とずっといっしょにいたと答えたのだ。そうすることで、姉は父を守ったつもりだった。硬い氷のような不信を抱えながらも、自分を育てた親を、その手で救ったつもりだった。しかし実際には、父が姉を守り、救っていたのだ。

「姉が記憶を失っていることに、私はもっと早く気づけていてもよかったんです」

あらゆる場面で、私はヒントを見逃してきた。

三十年前、神鳴講の朝に姉がつけていた、鳥のかたちをした金属製の髪留め。そんなものをつけていたら雷が落ちるのではないかと私は心配したが、外してくれと強く言うことができなかった。

――髪留めを外してって、もっとちゃんと言えばよかった。

その後悔を、埼玉の狭いアパートで私が初めて打ち明けたとき。

――ぜんぶ、忘れたから。

姉の口からは、これ以上ないほど明確な真実がこぼれ出ていたのだ。

「この村に来てからも、気づける機会はいくらでもありました」

姉が宿で口にしたなぞなぞのような言葉も、いまなら理由がわかる。羽田上村にやってきた最初の日、私たちは部屋の窓辺に並んで立った。あのとき私は、かつて自分がフキノトウと間違えてフクジュソウを摘んできたときのことを思い起こしていた。父に叱られてさんざん泣いたあと、姉がフクジュソウの不思議について教えてくれたことも。フクジュソウの花は蕾《つぼみ》のままじっと日の光を待ち、ひとたびそれが当たると、ものの十分ほどで大きくひらく。あたたかくなった花には虫が集まり、それが花粉を媒介してフクジュソウは増えていく。

――いまさらだけど、何であのときフクジュソウのこと話してくれたの？

――いつ？

――ほら、俺が小さい頃、フキノトウを摘んできたとき。

あのとき姉はしばらく唇を結んでから呟いた。

――すごく、似てるから。

私は窓辺で首をひねった。フキノトウとフクジュソウのかたちが似ている、という意味であるはずがなかったからだ。かたちが似ているからこそ、幼い私は馬鹿げた失敗をしたのだから。

――なぞなぞ？

――さあね。

あれはなぞなぞでも何でもなかった。私がフクジュソウを摘んできたことも、それで父にひどく叱られたことも、姉は憶えていなかった。私と回想を共有することができなかった。だから咄嗟《とっさ》にあんな言葉を口にしたのだ。わからなかったのは私ではなく姉のほうだった。

その日の夕刻、私たちは清沢照美の自宅を訪れ、母の病室で起きた出来事を彼女から聞かされた。そして、瀕死の母が切れ切れの声で姉に何かを伝えていたことを知った。あのときも、それほど重要な話を姉がずっと黙っていたことに私は困惑した。だが、姉は決して黙っていたのではなかった。姉にとっても、すべてが初めて聞く話だったのだ。

「希恵さん、もう一つだけ打ち明けてください」

彩根の声は、これまで以上に慎重だった。

「あなたはどこかの時点で、亜沙実さんが毒キノコ事件の犯人であることに気づいていたのではないですか？」

希恵は答えない。

「南人さんからお母様の手紙を渡されたとき、あるいはそのあと、あなたは文字の改竄に気づいたはずです。お母様はこの村で長年、雷電神社の宮司を務めていらした。あなたはおそらく幼い頃から、彼女が書く〝雪〟も〝雷〟も、数え切れないほど目にしてきたに違いない。そんなあなたがほかの人々同様、この手紙にずっと欺《だま》されつづけていたとは、僕には考えづらいんです」

希恵は動かなかった。いつまでも——その姿がしだいに奥行きを失い、切り抜かれた一枚の絵に見えるほど。

「手紙に手が加えられていることには、しばらく経ってから気づきました」

やがて彼女の唇だけが動き、彩根の言葉を認めた。

「亜沙実ちゃんが目を覚まして、何日かしてからのことでした。もちろんそのときは、理由なんてわかりません。でも、亜沙実ちゃんのお父様が本当の犯人でない可能性は、少なくとも頭に浮かびました。理由は、先ほど彩根さんがおっしゃったのと同じです。もし亜沙実ちゃんのお父様が犯人なのであれば、ただ手紙を処分すればよかった。でもそれをせず、わざわざ文字を書き換えて、わたしに渡した。そうなると、誰かをかばって自分が犯人になろうとしたとしか思えません。手紙に書かれた〝あなた〟は藤原南人さんのことではないのではないか。だとすればもう、亜沙実ちゃんか幸人さんのどちらかしか考えられませんでした」

いったい父は、どちらをかばっているのか。どちらが雷電汁にシロタマゴテングタケを入れたのか。

「そのときわたしは、報道で見たことを思い出しました。藤原南人さんが神鳴講のコケ汁を、妙な味がするからと言って食べなかったというお話です」

藤原南人犯人説を後押ししたその報道が、彼女にとってはまったく別の意味を持っていたのだという。

「別の意味、とおっしゃいますと？」

「以前に家へ遊びに行ったとき、亜沙実ちゃんから、お母様のノートを見せてもらったことがありました。生薬というのでしょうか、庭で育てていた植物の、何がどんな症状に効くのかが、すべてメモされているものでした」

母の死後、姉が丹念に書き写していたノート。

「その中に、マリアアザミのページがあったんです。種が肝臓によく効く薬になることや、このあたりで有名な毒キノコであるシロタマゴテングタケに対して、強い解毒薬になること……お母様の字で、そうした内容が丁寧に綴られていました。そのノートを見ながら、わたしたちは毒キノコを食べても大丈夫だねって、二人で笑い合いさえしたのも憶えています」

その雑談を思い出したとき、希恵の中ですべてが結びついた。

「亜沙実ちゃんが本当の犯人だったのだと――その可能性がいちばん高いのだと、考えるようになりました。もちろん動機はわかりませんし、確信を持ったわけでもありません。確信なんて、この三十年間、一度も持ったことはありません」

「確信はなかった」

彩根が希恵の言葉を繰り返す。

「でもあなたはその疑惑を、自分の頭の中だけに仕舞っておくことができなかった？」

　三十年前の事件と今回の出来事を結ぶ導火線。

　私たちをこの羽田上村に呼び込んだもの。

「三十年前の病室で、私と亜沙実ちゃんは約束しました……亜沙実ちゃんの記憶が失われていることを、誰にも言わないで生きていこうと。そしてその約束を亜沙実ちゃんは守り通しました。ずっと自分の胸だけに仕舞い込み、この三十年を暮らしてきたんです。でも、わたしは……」

　希恵の言葉が途切れ、彩根が静かに訊ねる。

「何かに書き記したのではないですか？」

　彼女は相手の目を凝然と見返したあと、硬いものを曲げるような動きで頷いた。

「十七歳の当時、つけていた日記に、すべてを書きました。亜沙実ちゃんの病室での出来事も、二人の約束も、母の手紙が書き換えられていたことも、亜沙実ちゃんからマリアアザミのことが書かれたノートを見せてもらっていたことも」

　吐き出さずにはいられなかったのだろう。毒キノコ事件の犯人は、彼女の母親を間接的に殺したとも言える。そしてその犯人として考えられるのは、父か姉のどちらかだった。それでも希恵は、病室で姉にアリバイを証明させることで父を守り、なおかつ、姉が本当の犯人かもしれないと気づいてからも、その可能性を誰にも話さなかった。そうすることで二人を警察の手から逃れさせ、私たち家族をこの羽田上村から出奔させた。十七歳の希恵にその決断をさせたのは、かつて姉が母親を失ったときの哀しみを間近で見ていたからかもしれないし、ハタ場のへりから飛び降りようとしていた自分に、姉が人生を与えてくれたからなのかもしれない。いずれにしても、胸に閉じ込めておくにはあまりにも大きすぎる、一連の疑惑と出来事だった。せめて文字にして吐き出さずにはいられなかった。

「もちろん誰かに読ませる目的のものではないので、どれについても詳細に綴ったわけではありません。でもそこには……関係者が目にしたとき、何を意味するのかが容易にわかってしまうような言葉が並んでいました」

「なるほど……日記でしたか」

彩根は天井を見上げてゆるゆると頷いていたが、やがて希恵に顔を戻してつづけた。

「十五年前に新潟県中越地震が起きたあと、ここに泥棒が入ったと聞いています」

その話は私も清沢照美から聞き知っていた。地震後の山崩れを心配し、希恵が村の宿で寝泊まりしていた時期のことだ。神社の賽銭《さいせん》箱が壊されて中身がそっくり盗まれ、社務所や自宅にも荒らされたあとが残っていたのだという。

「盗まれたものの中に、日記もあったんですか？」

「おっしゃるとおりです」

答えてから、彼女は涙に濡れた目を私に向けた。

「その日記には、以前に亜沙実ちゃんからもらった手紙も挟んでありました。彼女の新しい住所と、一炊というお店のことが書かれた手紙です」

私たちが埼玉へ移った二年後に、姉が送ったという手紙。

つまり日記を盗んだ人物は、三十年前の真実と、私たち家族の居場所を、同時に知ることとなったのだ。

「誰が盗んだのかは、そのときはまったくわかりませんでした。でも……怖くて、不安で、わたしは埼玉までご家族の様子を見に行きました。日記や手紙を盗んだ人物が、何かのかたちで接触している可能性を考えて」

十五年前、希恵が一炊の店先に立ったあの日だ。

「そのとき、お店の戸口に出てきた幸人さんの様子に、何か切迫したものを感じたので、わたしの不安はいっそう高まりました」

悦子の事故から間もない時期、私は猜疑心《さいぎしん》に取り憑《つ》かれていた。あの事故の真相を誰かに気づかれているのではないか、幼い娘がやってしまったことを知られているのではないか、何者かが現れて夕見に真実を聞かせてしまうのではないかと。

「でも、ご家族に——亜沙実ちゃんはもちろん、幸人さんやお父様に何かを訊ねるなど、絶対にできるはずがありません。けっきょくどうすることもできず、わたしは村に戻るしかなかったんです。以来、この村で暮らしながら、日記のことを思わなかった日は一日だってありませんでした」

いったい日記は誰が盗んでいったのか。

いま、どこにあるのか。

それがわかったのは、今年の十一月八日のことだったという。

「夕刻前に社務所の電話が鳴り、男性の声が唐突に、十五年前に日記を盗んだのは自分だと言いました。わたしが声も返せずにいると、その人は三十年前の毒キノコ事件について、わたしだけが知っているはずの事実をつづけざまに話しはじめました」

手紙の改竄のことも、姉が記憶を失っていることも、マリアアザミのことも。

「電話をかけてきたのは、篠林雄一郎さんですね？」

彩根が確認する。

「そのとおりです」

十五年前の震災後、尾羽打ち枯らした様子で羽田上村に姿を現した篠林雄一郎。かつて希恵に恋心を抱き、現在で言うストーキングのようなことも行っていた篠林雄一郎。村人の一人が彼に気づき、雷電神社には行ったのかとからかうと、相手を睨《にら》みつけて歩き去ったという。

村を訪れているそのあいだに、彼は雷電神社や希恵の自宅で盗みをはたらき、日記や手紙を手に入れていたのだろう。

「彼はその電話で、あなたに何と？」

「そのときはただ、近いうちに会いに行くと言って、電話は切られました。篠林雄一郎という人間に、まともではないところがあるのは、あの人が村を出てから時間が経ってもはっきりと記憶にあったので、そんな人が日記を手にしていたと知り、わたしは絶望しました。もちろん真っ先に思ったのは亜沙実ちゃんのことです。十五年前と同じように、わたしはすべてを放り出して埼玉に向かいました。亜沙実ちゃんのアパートの周りを歩き回ったり、幸人さんのお店へ様子を窺《うかが》いに行ったり——」

その姿が、夕見が店内で撮った写真に写り込んだ。

「でもやはり、何もできなかったんです。日記が盗まれたときとまったく同じで、誰に何を訊ねることもできなかったんです」

いまにも唇を割って飛び出してしまいそうになる絶叫を、私は必死に堪えていた。

――藤原です。

篠林雄一郎が自宅に電話をかけてきたのは、希恵が電話を受けた十一月八日から、一週間ほど経った日の午後だ。

――金を都合してもらいたくてね。

あの男は私に金を要求した。

――秘密を知ってるんだ。

いや、私に要求しているつもりではなかった。

――あれをやったのはあんたの娘だ。あんたは、それを知っていながら隠してる。

篠林雄一郎は、電話の相手を父だと思い込んだ。あの男が知っている父の声が、いまの私の声と似ていたから。盗んだ日記を読んで知った三十年前の真実をもとに、彼は父を脅迫しているつもりだった。本人が三ヶ月前にこの世を去っていることも知らず。受話器の向こうにいるのが、当時ほんの子供だった私だと気づかず。

――アザミを育ててたことも……こっちは知ってるんだ。

はじめから何の関係もなかった。あの電話は、悦子の事故とも、夕見の幼い失敗とも無関係だった。

——払わなきゃ、俺はあんたの娘にぜんぶ話す。

——あの子は何も知らないんです。何も憶えてないんです。

電話の四日後、篠林雄一郎は店に現れた。私は相手の正体もわからないまま、怒りと不安にかられてテーブルへと近づいた。

——うちに電話をしましたか？

訊くと、あの男はほんの一瞬だけ面食らったような表情を見せたあと、短い鼻息とともに下卑た顔つきになった。

——……子供に話したのか？

私は答えなかったが、内心では力強く首を横に振っていた。話すはずがない、夕見に話せるはずがないと。しかし子供というのは夕見のことではなかった。私自身のことだった。電話で父を脅迫したつもりでいた篠林雄一郎は、父がその電話の内容を私に話したと思い込んだのだ。

「けっきょく何もできないまま、わたしは埼玉からこちらへ戻ってくるしかありませんでした。するとその数日後に突然、亜沙実ちゃんと幸人さんと夕見さんが、この神社に現れたんです」

「さぞ驚かれたでしょうね。なにしろあなたが篠林雄一郎さんからの電話で懊悩している、ちょうどそのときだったわけですから。いや、もちろん偶然なのでしょうが……そもそも幸人さんたちは、どういった経緯でこの羽田上村へ？」

彩根に顔を向けられ、私は言葉を返せなかった。隣には夕見がいる。私と篠林雄一郎とのやりとりを聞かせるわけにはいかない。それだけは絶対にできない。

「お父さんが過労で倒れたのがきっかけでした」

夕見がかわりに口をひらいた。

「亜沙実さんと三人で、どこか遠くに行ってみようっていう話になって……それで、あたしが前から八津川京子さんのファンだったのと、自分のルーツになった場所を一度見てみたかったっていうのがあって、羽田上村に行きたいって言ったんです」

「なるほど、そんな経緯でしたか」

「毒キノコ事件のこととか、お祖母《ばあ》ちゃんが死んだときの話は、そのときお父さんと亜沙実さんから初めて聞きました。でも、わからないことだらけで……実際に何が起きたのかを調べ直してみようっていうことで、三人でこの村に来たんです」

いまも夕見がその経緯を疑っている様子はなく、それを聞く彩根や希恵も同様だった。だが実際には、私は脅迫者から娘を遠ざけたい一心で埼玉を離れたのだ。行き先なんてどこでもよかった。脅迫者がほのめかしていたのが、十五年前の交通事故のことではなく、三十年前の毒キノコ事件のことだと気づかないまま、この羽田上村に来てしまった。姉が事件の真犯人だったことも、記憶を失っていることも知らないまま。

「三人が神社に現れたときの驚きは、とても言葉では言い表せません」

希恵は窓に目を向ける。いまはカーテンが引かれているが、ちょうど境内を見渡せる位置にある窓だった。

「亜沙実ちゃんとああしてお互いの顔を見合ったのは、三十年ぶりでした。篠林雄一郎さんからの電話で、わたしの頭の中は不安でいっぱいだったのに、懐《なつ》かしさを感じなかったかというと、きっと嘘になります。……でもわたしは、相手が誰であるのか、気づかないふりをしました」

私たちが羽田上村にやってきた理由が、まったくわからなかったからだろう。

「そのあと社務所で毒キノコ事件のことを訊ねられたときも、取材のお相手をしているふりをつづけるしかなく……ただ、亜沙実ちゃんがいまも事件の真実を思い出さずにいるのが見て取れたので、そのことにだけは安堵しました」

「それが例の、ハタ場に雷が落ちた日ですな」

「その日の昼間でした」

「夜になって篠林雄一郎さんは崖下に落下して亡くなることになりますが……彼がこ

の村に来ていたということは、電話で予告したとおり、あなたを訪ねてきたわけですね？」

希恵は頷く。そう、あの男は私を追いかけてきたのではなく、希恵に会うためにこの羽田上村へ来たのだ。

「夜の八時頃、突然、社務所に現れました」

神鳴講の準備をしていると、戸を開けて入ってきたのだという。

「顔を見たのは三十年ぶりだったので、もしあの電話がなければ、わたしは相手が誰だかわからなかったと思います。でもそのときは、すぐにそれが篠林雄一郎さんだと気づきました。あの人は、はじめは無意味な昔話などするばかりでしたが、そのうち、都会での商売に失敗してすべてを失くしたというようなことを話しはじめて……そんなとき、十五年前に手に入れた日記のことを思い出したのだと、はっきりわたしに言いました」

「金になると思ったんでしょうか」

希恵は小さくかぶりを振る。いつからだろうか、膝に置かれた両手が、瀕死の白い生き物のように震えている。

「お金だけではないようでした」

彼女は具体的な説明をしなかった。しかし両目に浮かんだ、あらゆる影が凝集したような暗い色を見て、察せられるものがあった。かつて捻《ねじ》れた恋心を抱いていたという篠林雄一郎は、おそらく金と同時に、もっと醜悪な要求をしたのだろう。

「応じなければ、本人に――亜沙実ちゃんにぜんぶ話すと、あの人は言いました。そして鞄《かばん》の中から日記を取り出してみせたんです。それを見てわたしは、すべてが本当だったのだとあらためて知り、覚悟を決めました。お金のことも、そのほかのことも」

姉のための悲壮な決意だったに違いない。篠林雄一郎が姉に近づき、事件の真実を話してしまうことだけは――すべてを教えてしまうことだけは、絶対に止めねばならないと希恵は考えたのだ。

「でもそのとき、誰かが外から社務所の戸を叩いたんです。あの人は素早く日記を摑んで奥の和室に隠れ、わたしが戸を開けると、そこには亜沙実ちゃんと幸人さん、夕見さんが立っていました」

流れ星の写真を撮るため、私たちはハタ場に向かうところだった。駐車場に車を駐めることを断ろうと、夜の社務所を訪ねたのだ。私たちが戸口に現れたあのとき、いったい希恵はどんな気持ちでいただろう。目の前には過去の罪を忘れた姉。そして背後では、その罪を知っている篠林雄一郎が息をひそめていたのだ。

「短い受け答えだけして早々に戸を閉めると、すぐに、あの人が和室から出てきました。でも、しばらく何事か考えたあと、また来るとだけ言い置いて社務所から立ち去ったんです」

希恵が恐る恐る戸口から外を見ると、篠林雄一郎の影は、ハタ場へとつづく山道のほうへ消えていくところだった。

「なるほど、タイミングがわかりました。そのとき僕はハタ場でカメラをセッティングしていて、そこで幸人さんたち三人と出会った。そして流れ星の写真を撮ったあと、あの雷がやってきた」

雷の恐怖にかられた姉が木々の奥へと走り、私は必死で追いかけ、そこに篠林雄一郎が現れた。

――悪いけど、すぐに金が必要なんだよ。

あのときも私は、相手が十五年前の交通事故の真相を知っていると信じて疑わなかった。

――どうしても断るなら、いまこの場で本人に教えちまってもいいんだけどさ。

私は夢中で懐中電灯を摑んでその場から逃げ出し、雨が地面を泥に変え、いくらも走らないうちに足をとられて転がり、自分がどちらを向いているのかもわからず、でたらめに投げた光の中に、あの男の影が見えた。頭蓋骨《ずがいこつ》の中が怒りで満たされ、私は両手で泥を摑みながら、自分がやるべきことを考えた。雷鳴が空気を震わせ、真っ白な光が周囲を照らし、木々のあいだにふたたびあの男の姿が浮かび上がった。――ハタ場の奥、崖状になった場所に。私は闇の中を泳ぐように進んだ。懐中電灯をその場に転がしたまま、男の姿を見た場所に向かって。殺すつもりだった。誰も見ていない真っ暗闇の中で、男の身体を崖下に突き落とすつもりだった。もう何秒か早く動いていたら、私があの男を殺していたのだ。しかし最後の瞬間、私が走り出すのと同時に、目の前の闇を稲妻が切り裂いた。

「ハタ場の奥に雷が落ちたとき、幸人さん、あなたは――」

気遣わしげな口調とはうらはらに、彩根の両目は真っ直ぐに私を見据えていた。

「何かを見た」

雷光の中に私が見たもの。彩根の写真に偶然写り込んでしまったもの。

「落雷した杉の木から、少し離れた場所に、あの男の姿がありました」

「それだけですか？」

私は首を横に振り、長いあいだ胸に凝《こご》っていた言葉を押し出した。

「そばにうずくまっていた人影が、飛び上がるようにして……両手で男の胸を突き飛ばすのを見ました」

「亜沙実さんですね?」

「あなたのカメラが捉《とら》えたとおりです」

雷光が消えるまでの、一瞬の出来事だった。

姉が男の胸を押すのを、私ははっきりと見たのだ。

ふたたびの暗闇の中、震える足で近づいていくと、唸《うな》りつづける雷鳴と激しい雨に包まれたハタ場の端で、姉が泣き叫んでいた。崖下からは、どれだけ耳をすましても、声も物音も聞こえてこず——しかし、そのときの私は何も理解していなかった。何ひとつわかっていなかった。落雷の恐怖が姉を狂わせ、そこに立っていた相手を衝動的に突き飛ばしてしまったのだと思った。混乱しきった頭で考えられるのは、それくらいのことだった。そして、泣き叫ぶ姉の隣で、脅迫者がこの世から消えたことに安堵さえおぼえていたのだ。

だが、真実はまったく違った。

「何で……亜沙実さんが篠林雄一郎さんを殺さなきゃいけないの?」

夕見が真っ赤な目で訴える。

「そんなことする理由がどこにあるの？」

「姉さんは、人を殺そうとしたんじゃない」

あのとき本当は何が起きたのか。

「記憶を遠ざけようとしたんだ」

「……どういうこと？」

私がそれ以上の言葉を継げずにいると、助けるように彩根が口をひらいた。

「僕の考えも同じです。あれは衝動的な殺人だった。そしてその理由は、相手ではなく、彼女自身の中にあった」

「亜沙実さん自身の中――」

条件が揃ってしまったのだ。

「三十年のあいだ失われていた彼女の記憶が、あのとき一瞬でよみがえったと考えると、すべてがしっくりくるんです」

轟《とどろ》き渡る雷鳴。羽田上村や後家山という場所。神鳴講が行われる季節。その準備が進められている神社。そして――。

「同じ条件に置かれたとき、人の記憶がよみがえりやすいことは、科学的にも証明されています。でも亜沙実さんの場合は、それだけではなかった。もっと直接的な、意図的なものだった。その意図的な行為こそが、衝動的な殺人に繋がった」

「それは、何だったんですか？」

「希恵さんが恐れていたことを、篠林雄一郎さんが実行してしまったのではないでしょうか」

きっと、そうなのだろう。

——どうしても断るなら、いまこの場で本人に教えちまってもいいんだけどさ。

どんな話し方だったのかはわからない。それほど長い言葉は必要なかったのかもしれない。あの男は、轟きつづける雷鳴に怯《おび》えてハタ場のへりでうずくまっていた姉に、三十年前の真実を教えてしまった。私が逃げつづけたばかりに、脅迫の照準を、私から姉本人に向けたのだ。

「羽田上村、後家山、雷電神社、神鳴講、雷鳴——そして篠林雄一郎さんの口から告げられた言葉。それらが一体となって、亜沙実さんの中からすべての記憶を一瞬で引っぱり出した。その体験がどんなものなのかは想像するしかありません。でもきっと、雷撃のように身体中を走る、とても耐えることなんてできないものだったのでしょう」

そして姉は、目の前でそれを語る男の胸を突き飛ばした。

よみがえった記憶を、見えない場所へと遠ざけるように。

もちろん証拠もなければ、本人に訊くこともできない。しかし、それ以外には考えられないのだ。いや、そう思わなければ立ち行かないのだ。二人のあいだには何の直接的な繋がりもなかった。姉が篠林雄一郎をハタ場の下へ突き落とした理由など、ほかに何が考えられるというのか。

「そのあと、僕たちはこの神社まで山道を下りてきましたね。そして、社務所の戸を叩き、希恵さんのご厚意で休ませてもらった。するとそこに、黒澤宗吾さんと長門幸輔さんが現れた」

記憶を取り戻した姉の前に、またも条件が揃ってしまった。三十年前に殺しきれなかった二人。母を死に追いやった四人のうち、いまも生き残っている二人。笑いまじりの彼らの声を、姉は障子ごしに聞いた。かつて母が暴力を受けた、その和室で。

——祭りの準備は問題ねえろ？

——鍵はしっかりかけとかんばいかんぞ。

——頭のおかしな人間がいつ出てくるか、知れたもんでねえすけ。

「姉が復讐を完了させようと決めたのは、そのときだったのかもしれません」

——あの男だってまだ生きとうろ。

——忘れた頃にもういっぺんいうて——。

——こっちゃ綺麗さっぱり忘れてやったども——。

「でも、三十年も経ってるのに」

夕見の言葉に、彩根がかぶりを振る。

「突然にして記憶を取り戻した亜沙実さんにとっては、きっと年月なんて存在しなかったんです。雷撃によって停められていた時間がふたたび動き出し、すべての感情がふたたび動き出し、すべての感情が彼女の中によみがえった。脳と心は、ハードウェアとソフトウェアにたとえられることがあります。三十年前にクラッシュしたハードウェアが唐突に元に戻り、ソフトウェアがふたたび起動した。あまりに即物的な喩《たと》えですが、おそらくそれとよく似た状況だったのではないでしょうか」

いや、その感情は、以前にも増して強烈なものだったはずだ。姉は三十年前、母のための復讐を決意した。しかし四人を殺すという目的を叶《かな》えることができなかったばかりか、雷撃によって罰せられ、あの哀しい電紋を背負って生きるという苦しみを与えられた。そのすべてを、一瞬にして知らされたのだ。

——幸人ちゃん。

あの夜、姉は宿の蒲団で私に呼びかけた。

——髪留めのこと、ごめんね。

戸惑いながら身体を向けると、暗がりの中から、息で薄まった声が聞こえてきた。

——わたしのせいで、幸人ちゃんまで雷に撃たれちゃって、ごめんね。

あれは、自分が金属製の髪留めをつけていたことを謝ったのではなかった。雷電汁にシロタマゴテングタケを入れたことで、自分が神から雷撃によって罰せられ、そばにいた私がその側撃を受けてしまったことを悔いていたのだ。

——お父さんのせいでわたしたちが罰を受けたって、村を出るときに言われたけど……神様って、ほんとにいるのかな。

小さな子供が純粋な疑問を口にするような声だった。しかし姉の中で、もはや答えは明白だったに違いない。神様はすべてを見ていた。罰を与えるべき人間が誰であるかも知っていた。

それでも。

——もう……大丈夫だよね。

復讐を完了させることを、もう許してくれるのではないか。充分な罰を受けたいまならば、最後までやらせてくれるのではないか。あのとき姉は暗がりに問いかけた。

そして、私には聞こえない神様の返事を、その耳で聞いたのだ。

「もっとも、もしも亜沙実さんがハタ場で篠林雄一郎さんを殺さなければ、そのあとは何も起きなかった可能性もあります」

彩根の言葉に、希恵がそっと目を伏せて顎を引く。その仕草は、人が何かを心から祈るときのものに他ならなかった。姉がこの世にいないいま、私たちはそれぞれの解釈をするしかない。そして、その解釈が正しいことを祈るしかない。

「彼女は一人の人間を殺してしまった。もちろん朝になって遺体が発見されるまでは、本当に死んでいるのかどうか、混乱を極めた彼女の中で不安が渦巻いていたことでしょう。でも彼は死んだ。そしてその死に関して、誰も亜沙実さんを疑おうとしなかった。そのことが、よみがえった復讐心を実行に移すきっかけになってしまった」

止めることができたのは、ただ一人、私だけだった。もし姉の記憶喪失に気づけていれば、自分が落雷の瞬間に見た光景の意味を――姉があの男の身体を突き飛ばした理由を、理解できていたかもしれないのに。姉と向き合って言葉を交わし、その後の行動を止めることができていたかもしれないのに。しかし私は姉の行為を、落雷による錯乱が引き起こしたものと思い込んだ。不可解を手持ちの理解で塗り潰《つぶ》し、自分を納得させ、そればかりか、脅迫者が消えたことに安堵さえおぼえていた。

「篠林雄一郎さんの遺体は、翌朝になって希恵さんにより発見されました。あのとき警察に説明していたところだと、前夜の落雷が大きかったので、朝になって様子を見に行ったとのことでしたが、あれは嘘ですよね？」

ためらうことなく、彼女は頷いた。

「前夜に亜沙実ちゃんたちを追いかけるようにして社務所を出ていったあの人が、けっきょくそのまま戻らず、ひどく気になっていたので、夜が明けてすぐにハタ場へ向かいました」

「すると崖下に彼の姿を見つけた」

「すでに亡くなっていることは、ひと目でわかりました。でももちろん、いまお話を伺うまで、亜沙実ちゃんが突き落としたなんて考えていませんでした。雷に撃たれた杉がそばにあったので、事故だとばかり……落雷に驚いて足を滑らせたか、あるいは衝撃で吹き飛ばされたのではないかと。事実をそのまま申し上げますと、あの人が亡くなっているのを見たとき、わたしは安堵しました」

彼女もまた、私と同じだったのだ。

言葉を切った希恵は、細い、長い息を吐いた。三十年前から現在までのあいだ、繰り返し奪われつづけ、もうほとんど残っていない生気が、その息とともに身体から抜け出ていくかに見えた。

「無理もないことです。なにしろ三十年前のすべてを知り、自分を脅迫していた男が、目の前で死んでいたんですからね」

彩根は何度か首を縦に揺らしてから、ふたたび希恵の顔に目を戻す。

「彼が所持していた日記は、そのときに？」

「肩掛け鞄が身体に巻きついたままになっていたので、崖下に回り、泥の中からそれを引き出して、社務所で処分しました。警察に連絡したのは、そのあとのことです」

同じ朝、私は姉と夕見を連れて羽田上村を出た。移動中、姉は後部座席で人形のように動かず、静かに唇を閉じたまま――しかし何故かたったひと言、海が見たいと言った。昔、希恵と二人で出かける約束をしたという海で、姉は浜辺に座り、何も言葉を発さず、長いこと水平線に目を向けていた。あのとき姉の目は、いったい何を見ていたのだろう。どこかにある、理不尽の存在しない世界だろうか。それとも、あったかもしれない自分の過去だろうか。希恵と二人、約束どおり海へやってきて、浜辺で何度も笑い合い、疲れ果てて家に戻れば、一人も欠けていない家族が迎えてくれる。そんな消えてしまった過去を、姉は見ていたのだろうか。

「最初にお話ししたとおり、亜沙実ちゃんが玄関の脇に立っていたのは、翌日の夕刻のことです」

この家で、姉は希恵に、自分が思い出した三十年前の真実を語った。瀕死の母から聞いた言葉や、父が写真の裏に書いた殺人計画や、それを実行した自分のことを打ち明けた。

「亜沙実ちゃんの話を聞いたとき、わたしは自分が三十年前の日記に書いていたことがみんな正しかったのだと、あらためて知りました」

希恵は閉じた両目に力を込める。その力でなんとか感情を抑え込んでいるように。

「でも……雷の夜に篠林雄一郎さんをハタ場から突き落としていたことを、亜沙実ちゃんはわたしに話してくれませんでした」

仕方のないことです、と彩根が応じる。

「彼女は黒澤宗吾さんと長門幸輔さんを殺すつもりで村に戻ってきたんですから。もし篠林雄一郎さんを殺してしまったことを、あなたに話したりしたら、警察に連絡されてしまうかもしれない。そうなれば、村に戻ってきた意味がない」

冷徹ともいえる言葉を返しつつ、彼は冷めたお茶をごくりと飲む。

「それから一夜明け、神社では神鳴講が行われましたね。そして夜までつづいた祭りが終わったあとで、黒澤宗吾さんが境内で撲殺された。亜沙実さんはおそらく、村人たちがいなくなった境内をこの家の窓から観察して、機会を窺っていたんでしょう」

その機会は、深夜になってとうとうやってきた。姉にしてみれば、相手は酒が入っているうえ、人けのない真っ暗闇を懐中電灯片手に歩いていたのだから、殺すのはそう難しいことではなかったに違いない。凶器になるような石も、周囲を探せばいくらでも転がっていた。

「彼女は石を持ち上げ、黒澤宗吾さんの背後へと近づいて、殴りつけた」

彩根は両手を振り下ろす仕草をし、その格好のまま私を見る。

「ところで、その石を妙な場所に移動させたのは、あなたですか？」

「私がやりました」

あの夜、私は豆電球だけをともした部屋で、よみがえった自分の記憶を見据えていた。ときおり路地から響いてくる、酒が入った村人たちの声を聞きながら。すると、それまで一度も考えたことのなかった様々な可能性が、つぎつぎと脳裏に去来したのだ。それらの可能性と、自分が見聞きしてきたいくつもの物事を、私は並べて見比べた。父が写真の裏に書き残した文章。神鳴講前日の早朝に降った雪。姉の写真に写っていた白いもの。太良部容子が父に渡した手紙。篠林雄一郎からの電話。あの男の言葉の一つ一つ。すると、すべてがぴたりと符合したのだ。——三十年前、父が立てた殺害計画を姉が実行し、雷電汁にシロタマゴテングタケを入れた。それを知った父は、太良部容子からの手紙に二本の線を書き加えることで自分が容疑者になった。篠林雄一郎が知っていた「秘密」とはそのことだった。姉は私と同じように記憶を失っていた。その記憶を、篠林雄一郎がハタ場でよみがえらせた。姉があの男を崖下に突き落とした理由はそこにあった。もちろん、すべては想像でしかなく――。

「あの夜、私は希恵さんに頼んで、お母様が書いた手紙を見せてもらおうと思ったんです」

自分の考えが正しいのかどうかを確認するには、この目で手紙を見ることがどうしても必要だった。

「夕見が寝入ったあと、宿を抜け出して、神社に向かいました」

遅い時間だったので、希恵は神社に一人でいると思っていた。しかし参道を抜けて鳥居に差しかかったとき、前方に懐中電灯の光が見えた。素早く鳥居の陰に身を隠すと、酔っているらしい人物の足音が暗がりに響き、やがて鈍い衝撃音と、重たいものが地面に倒れる音が聞こえた。

「鳥居の脇から確認すると……懐中電灯が転がりながら移動して、動いていくその光の中に、誰かの影がよぎりました」

ほんの一瞬だったが、その影はたしかに女性だった。顔かたちまで見て取れたわけではない。祭りのための灯籠《とうろう》がすべて消され、視界がまったく利かなかったのだ。しばしの後、私は意を決して歩を踏み出し、地面に転がった懐中電灯のほうへ恐る恐る近づいていった。すると冷たい土の上に黒澤宗吾が倒れ、頭の後ろが割られていた。そばには子供の頭ほどの石が転がり、横向きの光の中で、その石に血が付着しているのがはっきりと見えた。

「姉が犯人である可能性を、私は考えました。記憶を取り戻した姉が村に戻ってきて、三十年前に生き残った黒澤宗吾を、その手で殺したのではないかと」

もちろん確信があったわけではない。しかし何もせずにいることなどできなかった。私はその場に屈《かが》み込み、上着の袖で懐中電灯のスイッチを切った。夜が明けるまで、黒澤宗吾の遺体が見つからないように。

「そのあと、石を抱え上げて、あの沢を目指しました。はじめは、水の中に投げ入れて隠すだけのつもりだったんです」

しかしすぐに、何の意味もないことだと気づいた。凶器が石であることくらい、警察の捜査で容易に判明してしまうに違いない。どうすればいいのかわからないまま、暗い水辺までたどり着くと、沢の中ほどにあの「運だめし岩」があった。

「岩の上に、何度か石を投げ上げて、のせました。女性の力ではまず置くことができない場所だったので、犯人は男性だと警察が考えてくれるのではないかと思って」

「そうする前に石を水で洗い、投げ上げるときも、集めた落ち葉を石と手のあいだに挟んだ。現代の技術ではたいていのものから指紋が検出できると聞いたことがあったからだ。

山を下りながら、私は何度も姉に電話をかけた。しかし電源が切られており、一度も繋がることはなかった。境内に放置された黒澤宗吾の遺体は翌朝になって希恵によって発見され、村は騒ぎに包まれた。

「姉から電話がかかってきたのは、その日の昼のことです」

夕見と二人、霞川の河原に座っていたときに電話が鳴った。私は姉に、自分たちが羽田上村にいることを正直に伝え、段ボール箱の中から見つかった父の写真や、裏側に書かれた文章のことを話した。そうしながら、自分の疑惑を消し去ってくれる何かを求め、必死に聴き耳を立てていた。しかし姉からは短い言葉が返ってくるばかりで、私は胸を満たす疑惑と不安をそのままに、なんとか伝えるべき言葉を探した。

――いつも、夕見のこと心配してくれてありがとう。

もし姉が黒澤宗吾を殺したのであれば、私が気づいていることを知ってほしかった。もしこの先も何かをしようとしているのであれば、どうか思いとどまってほしかった。

――いつか、俺に何かあったときは、夕見のこと頼むよ。

しかし、すべては自分の妄想かもしれない。

――父さんが死んで……もう姉さんしかいないから。

その妄想を言葉にしてしまったら、姉はどれほど傷つくだろう。

――夕見には、幸せになってほしいから。

けっきょく私は、それだけを伝えて電話を切ることしかできなかった。

「あのときも私は、姉を止めることができたはずなんです」

「仕方ないよ」

夕見はすぐそばに座っているのに、その声はどんなに手を伸ばしても届かない場所から聞こえてくるように思えた。

「ぜんぶ、もう、仕方ないよ」

窓の向こうで拝殿の鈴が鳴る。鈴の下で手を合わせる村人は、神鳴講が終わった雷電神社で、いくつもの殺人が起きたこの後家山で、いったいいま何を願っているのか。

憶えている。この村で暮らしていた頃、雷電神社の鈴の音を聞くのは、きまって正月だった。この音は私にとって正月の音だった。年が明けると、必ず家族でここへ来て、拝殿前の鈴を順番に鳴らして手を合わせた。何度もそうしたはずなのに、あの頃の自分が神様に願っていたことを、いまは一つとして思い出せない。ただ、新しい出来事の予感に胸を持ち上げられた、その印象だけがいまも記憶の底にある。空に響く鈴の音はいつも、密閉された村の空気に真っ直ぐな切れ目を入れ、その切れ目から何か冷え冷えとした、しかしほのかに光るものがあふれてくる気がした。

「翌朝、黒澤宗吾さんの遺体を発見した希恵さんは警察に連絡しましたが――」

彩根が訊く。

「亜沙実さんが犯人であると考えたことは？」

「疑いは、抱いていました」

希恵は相手の顔を見ずに答えた。その後、ガラス玉のような彼女の両目は何もない場所を見つめつづけ、誰の顔にも向けられることはなかった。

「犯人は亜沙実ちゃんなのではないか。三十年前の復讐を、彼女は完了させようとしているのではないか。――電話で警察に連絡したあと、黒澤さんのご遺体の件を亜沙実ちゃんにも伝えたのですが、そのときは怖くて彼女の顔をまともに見ることさえできなかったくらいです」

「あなたの話を聞いて、亜沙実さんは何と？」

「ただ小さく頷いただけで、何も。翌日の午後になって警察が、凶器の石が〝運だめし岩〟の上にのせられていたとわたしに聞かせてくれましたが、だからといって疑いが消えてくれることもなく……」

しだいに遠ざかっていくような彼女の声は、とうとうそこで途切れた。

「その疑いを本人に伝えることは、最後までできなかったんですね」

彩根が静かに訊ねると、希恵は自らの胸に耳をすますように目を伏せた。

「たぶんわたしも……母と同じだったんです」

その声には、たとえようのない後悔の色があった。

「すべてを神様にまかせるような気持ちだったんです。だから亜沙実ちゃんを問い質しもしないまま、この家で寝起きさせていたんです」

私に母親の手紙を渡しに来たときの気持ちも、三十年前の太良部容子と同じだったのかもしれない。どちらも、自分が知っていることを伝えようとした。太良部容子は父に。希恵は私に。そうすることで、大きな意思にすべてをゆだねようとした。それが存在してくれることを信じて——少なくとも願って。手紙を受け取った父は、自らを犠牲にして姉を守ることを選んだ。その行為が正しかったのかどうかはわからない。もし未来を見通すことができたなら、現在《いま》の私たちを見ることができたなら、父は同じ選択をしなかったかもしれない。それでも父は、三十年前、その手で確かに姉を守ったのだ。なのに私は何ひとつできなかった。あらゆる物事が姉を指し示していたというのに、それを認めようとしなかった。見てはいけないものを見てしまった四人のように、ふたたびもとの暗い場所に戻って息を潜め、見慣れた偽物《にせもの》の影を見つめながら、それが本物であると自分に言い聞かせていたのだ。

「でも、けっきょくは、怖かったんです」

希恵の言葉は、私自身の言葉だった。

「手をふれる勇気が持てないものを、神様と言い換えていただけです」

彼女も私と同じ洞窟《どうくつ》にいたのだろう。隣で息を殺していたのだろう。そうして私たちが暗がりで怯えているあいだに、姉は包丁とポリタンクを摑んで長門幸輔の家へ向かってしまった。そして警察に追われ、山の中を走り、冷たい霞川に沈んで消えた。小さい頃から心配ばかりかけてきた、何もできないこんな弟に、ごめんねと言い残して。

両手で顔を隠し、希恵が子供のように泣いている。その姿から顔を背け、私は壁際の棚に目を移す。昔、三人でバスに乗って出かけた映画館で買った、姉とおそろいの筆入れ。希恵はこの三十年間、羽田上村で暮らしながら――生まれたときから運命づけられた雷電神社の宮司をつづけながら、姉と過ごした時間や、病室で交わした約束を忘れたことなど一度もなかったに違いない。中学一年生のときに教室で声をかけられたことも。ハタ場で死を願った日、姉に背後から大声で名前を呼ばれたときのことも。そのあと生まれて初めてクラスメイトの前で泣いたことも。あの瞬間から、二人はいつも繋がり合っていた。離れた場所で暮らすようになってからも、いつだって互いを思い合っていた。一人が冷たい川に沈み、一人がそれを思って涙を流す日が来るなんて、どちらも想像さえせずに。

「亜沙実さんの中では……復讐は終わってたのかな」

夕見が口にしたのは、私たち全員の胸にある疑問だった。

「家に火をつけて、最後の一人を殺したと思って、死んでいったのかな」

それに答えられる人間などいない。凍りつくようなあの霞川に消えたとき、姉はすべてをやり遂げたと信じていたのだろうか。それとも、無念で満たされた心を抱えたまま、死んでいったのだろうか。包丁で自分の胸を突いたのは、もうあとがないと悟ったからなのか。あるいは、すべてが終わったあとにはそうすると、事前に決めていたのか。

拝殿の鈴が鳴る。私は目を閉じて祈る。あの夜、包丁が深々と滑り込んだ姉の胸に、ほんの少しでも平穏があったことを。三十年の月日を越えてよみがえった怒りと恨みが、最後の最後に雲のように消え、白い光が射《さ》していたことを。

駐車場から真っ直ぐに延びる細道を、夕見と並んで歩く。

常緑樹に挟まれた道の先から、遠い街のように、墓石の群れが姿を現す。

「今年は命日からずいぶん日が経っちゃったけど、お祖母ちゃん、寂しがってるかな」

市街地から外れている場所なので、物音ひとつ聞こえてこない。師走《しわす》の乾いた空気に響くのは、私たちが砂利を鳴らす音ばかりだ。

「父さんがそばにいるから、大丈夫だ」

霊園の中程にある母の墓に、いまは父も眠っている。

父が死んだとき、遠い群馬の墓ではなく、母と同じこの場所に骨を納めたのは、本人の希望だった。かつて食道癌《がん》の大がかりな手術を受けたあと、いつかやってくる死を意識したのか、父が病室で私に頼んだのだ。やがて父は体調を回復させて家に帰ってきたけれど、久々に立った一炊の厨房（ちゅうぼう）で、脳溢血（のういっけつ）を起こしてあっけなく旅立った。

葬儀の際、私が父の言葉を親類に伝えると、反対する者は誰一人いなかった。父の兄弟たちだけは、少し迷うような素振りをしてみせたが、けっきょくは首を縦に振った。きっと羽田上村の人々と同様、親類たちもまた、父が恐ろしい犯罪者であるという思いを抱いていたのだろう。もともと父がこの霊園に眠ることを望んだのも、それをわかっていたからなのかもしれない。

「お祖父ちゃんとお祖母ちゃんに報告すること、たくさんあるね」

そのために、夕見と二人でここへ来た。

羽田上村をあとにして二週間ほどが経ったが、姉の遺体はいまも見つかっていない。おそらくは海まで流れ出て、暗い水底に沈んでいるのだろう。

いずれ姉の勤め先や、住んでいたアパートの管理会社から、私のもとへ連絡が入るに違いない。迷惑をかけないよう、必要な手続きがあれば行い――そのあとはただ、素知らぬふりをして生きていくしかない。私も夕見も。

数ヶ月も経てば、警察に足を向け、行方不明の相談をするかもしれない。しかし、大人の行方不明など、さほど真剣に扱われもせず、きっと無数の不穏な出来事の中に、すぐさま消えていく。

――どうして、人殺しって起きるんでしょうね。

私と夕見が羽田上村をあとにするとき、駐車場まで送りに出た彩根が言った。

――これまで、あれこれ妙な出来事に巻き込まれたり、自分から首を突っ込んだりしているうちに、殺人者と言葉を交わしたことが何度かあるんです。でもみんな、凶暴でもなければ、人を人とも思わないようなパーソナリティを備えているわけでもなかった。それは亜沙実さんだって同じだったはずです。でなければ、こんなに人から愛されたはずがない。こんなにみんな、彼女を守ろうとしたはずがない。

父は自らの人生を賭《か》けて姉を守った。母は命の糸が切れようとしているそのとき、姉の身を案じて必死に最期《さいご》の言葉を伝えた。希恵は姉の罪を三十年ものあいだ隠しつづけ、その秘密を篠林雄一郎に知られたあとも、身を挺《てい》して姉を守ろうとした。それらの行動が正しかったのかどうかは、やはりいまもわからない。しかし姉を思う気持ちは、いつも強くそこにあった。私だけが何もできなかったけれど、幼い頃から確かに姉を愛していた。だからこそ、姉が私の頭に手をのせ、呪文《じゅもん》のようなあの言葉を囁《ささや》くたび、安心できた。

――殺意なんてものはたぶん、いつも無数に渦巻いているんでしょうね。そのほとんどが殺人に繋《つな》がらずにいるのは、みんな単に幸運なだけなのかもしれません。

そう言いながら、彩根は顎《あご》をそらせて空を見た。羽田上村の空は、その下で起きた出来事になど気づいてもいないように、雲ひとつなかった。ただ鳥影だけが、鳴き声もなく視界の端をよぎった。

――雷みたいに、呼び込むものと応じるものがたまたま出会って、殺人が起きてしまう。少しの不運が、殺意を殺人に変えてしまう。

最初の不運はどこにあったのだろう。

私が後家山でヒカゲシビレタケを見つけてしまったときだろうか。その帰り道で篠林雄一郎と出会ってしまったことだろうか。三十年前の神鳴講で、私と姉が拝殿の前にいたことだろうか。アザミは母がいちばん好きな花だった。だから私は悦子と二人でアザミの種を買い、ベランダの植木鉢で育てた。あのアザミを育てなければ悦子が死ぬことはなく、それから十五年後、私が篠林雄一郎の脅迫を勘違いすることもなかった。私たちは羽田上村に向かうことなどなく、姉は記憶を取り戻さないまま、いまも生きていた。

――きっとこの世には、どんな神様もいないんでしょうね。

別れのための短い挨拶《あいさつ》を抜かせば、それが彩根の最後の言葉だった。

「カンツバキの花、落ちちゃってる」

真っ白な砂利の上に、赤い花がいくつか転がっている。傍らを見ると、その花をつけた低木が、隘路《あいろ》に枝を差し伸べていた。

「カンツバキって名前、ずっと前ここに来たとき、亜沙実さんが教えてくれたんだよね」

赤い花をよけて歩く娘の靴は、真新しい緑色をしている。数日前、大学へ期末写真の提出に行った帰り道、夕見はこのスニーカーを買ってきた。期末写真として提出したのは、羽田上村で撮った流れ星の写真ではなく、家族写真だった。父、母、姉、私、悦子、夕見。しかし、もちろん六人をいっしょに写すことなどできるはずがない。子供時代の夕見と姉が笑い合っている写真を、夜の居間で私が見つめていると、横からだしぬけにシャッター音がしたのだ。夕見は顔の前から一眼レフカメラを下ろさず、目元を隠すようにしながら、私の向こう側を指さした。そこにある仏壇には、父と母、そして悦子の遺影が並んでいた。

テーマが個人的なものなので、単位は取れるが評価は望めないと、あとで夕見は笑っていた。そうして笑顔をつくるだけでも、いったいどれほどの努力が必要だったことだろう。

「小さい頃から、亜沙実さんにはいろんなこと教えてもらったな」

期末写真にそれを選んだ気持ちも、提出した帰り道で新しい靴を買ってきた気持ちも、夕見は言葉にしなかった。しかしそこに私は、かすかな光を見た気がした。両手で顔を覆《おお》ったとき、指の隙間《すきま》に見るような、ほんの小さな——それでも確かに人のぬくもりを抜けてきた光だった。

「保育園のお迎えに来てもらったとき、二人でちょっと遠回りしながら、道端に咲いてる花の名前とか、花粉を虫が運んだり、風が運んだりすることとか、みんな亜沙実さんに教えてもらった」

夕見の声と重なり合うように、姉の声が聞こえた。

——お母さん、自分がいちばん好きな花の名前をわたしにつけてくれたんだよ。

私の名は父が考え、姉の名は母がつけた。父は私に、自分よりも広い世界で生きてほしいという願いを込め、「南人」から枠を外して「幸人」とし、母は自分が大好きな花の名前を姉に与えた。一文字だけ変えたのは、「アザ」の音が「痣《あざ》」に通じることが気になったからだという。

——しかも、ヨーロッパの神話ではね、アザミは雷から身を守ってくれる花なんだって。

母から教えられたそんな話を、姉が私に聞かせてくれたのは、いつのことだったか。

自慢げに笑っていたから、三十年よりも昔だった。その日が幸せそうだったから、三十一年よりも昔だった。

「小さいとき教えてもらった花の名前、もっとしっかり憶《おぼ》えとけばよかった。季節によって咲く花が違うから、一年経ったらいつも忘れちゃって……もういっぺん教えてもらうんだけど、また忘れちゃって」

遠く近く、私たちの足音が響く。行く手には墓石の群れがもうすぐそこまで近づいている。古くからある霊園なので、御影石の新旧が、離れた場所からでも見て取れる。最近になってから建てられた墓もあれば、三十年前、昭和天皇が崩御する以前からそこに佇《たたず》んでいるものもある。時代が変わろうと、人はそれぞれに生き、墓の下で、海の底で、途切れることなく眠りについていく。

「でも、何でか知らないけど、いまでもすごくよく憶えてることがあって」

感情に突き動かされ、現実に弄《もてあそ》ばれ、喜びと哀しみのあいだで血が流れるほどに唇を嚙《か》み締め、それでも幸せばかり夢見て、必死に生きている私たちを、どこからか見ている存在などあるのだろうか。父がやったこと。姉がやったこと。私や希恵がやったこと。やらなかったこと。十五年前のあの日、幼い夕見が父親に示した優しさ。消えていった命。永遠に消えない後悔。それらをすべて見ている存在など、どこかにあるのだろうか。

「同じ花なのに、生えてる場所で背の高さが違うのが不思議で、あたし亜沙実さんに訊《き》いたんだよね」

きっと、彩根の言うとおりなのだろう。

「そしたら、お日さまがあたるとおっきくなるんだよって教えてくれて――」

この世には、どんな神様もいない。

解説

香山二三郎

日本は自然災害の多い国だ。近年の地震だけ見ても、阪神淡路大震災、東日本大震災、熊本地震に能登半島地震等の大地震に見舞われている。これにさらに大雨による洪水や火山噴火等を加えると、本当に年を置かずしょっちゅう深刻な被害を受けている気がする。

そうした自然環境はミステリー小説にも影響を及ぼさずにはおかない。

本格ミステリーにおけるクローズドサークルもの、いわゆる嵐《あらし》の山荘ものや雪の山荘もの、孤島ものがそれで、天候不順により一ヶ所に閉じ込められた人々の間で殺人事件が起きる話に人気が集まるのも、日本の自然環境ゆえではあるまいか。

もちろんそうした自然環境をまったく別のアプローチでとらえた作品もある。『龍神《りゅうじん》の雨』（二〇〇九年刊／新潮文庫所収）から始まる道尾秀介の「神」シリーズはその代表格といえよう。

「神」シリーズはいわゆる続きもののシリーズではないので、どの作品から読んでも構わない。本書『雷神』はそのシリーズ第三弾に当たる長篇（「週刊新潮」二〇二〇年一月二、九日号〜一〇月一日号掲載に加筆修正）だが、内容に踏み込む前に、前二作のおさらいを。

『龍神の雨』は埼玉県の平野部で暮らす二組の兄弟（妹）の話である。

両親を失い継父と三人暮らしの兄妹は継父との間がうまくいっておらず、ＤＶ疑惑が生じるに至って兄は継父に強い殺意を抱き始めていた。一方、こちらも両親を亡《な》くし継母《ままはは》と暮らす兄弟はやはり継母との関係がうまくいかず、特に中学生の兄は強い反抗心を示していた。台風に襲われ、強い雨が降り続ける中、この二組の兄弟（妹）が運命的な出会いをするが、いずれも破局へ向かって突き進んでいるかに見える彼らの運命や如何《いか》に。

というわけで、危険な状況にある兄弟（妹）たちを雨が翻弄《ほんろう》するかのように働きかけていくことになるのだが、一方、その陰で街では猟奇殺人犯も暗躍しており、物語は思いもかけない展開を見せていく。兄弟（妹）の置かれた過酷な状況を睥睨《へいげい》するかのように目の前に現れる幻獣＝龍神と降り注ぐ雨。彼らがそれをいかにしてしのいでいくか、その必死の戦いぶりに注目だ。

続く第二作『風神の手』（二〇一八年刊／朝日文庫・新潮文庫所収）は西取川《にしとりがわ》という川を隔てて上上町《かみあげちょう》と下上町《しもあげちょう》に分かれる海辺の町が舞台。『龍神の雨』とは異なり架空の地が舞台だが、異なるのはそれだけではない。全三章プラスエピローグから成る連作集仕立てなのだ。

その第一章は、余命いくばくもない母が一五歳の娘を連れ遺影専門の写真館を訪れるところから始まる。そこで母は昔の知人の写真を見つけて動揺するが、物語はそこから二七年前にさかのぼり、母と一人の青年との出会いと恋の行方が描かれていく。母は地元の建設会社の社長の娘だったが、護岸工事中に川の汚染を隠ぺいしたことがばれ、会社は倒産、近々町を去らなければならなかった……。第二章は同じ町を舞台にしているが、登場人物はガラリと変わり、小柄なまめと転校生のでっかちという二人の少年の冒険譚《ぼうけんたん》が描かれ、第三章では第一章のその後と、死に瀕《ひん》した老女の回想を通して西取川汚染隠ぺい事件の真相が描かれていく。

実に三十数年にわたる町の人々の波乱に富んだドラマが展開するわけで、嘘《うそ》や誤解、ちょっとした偶然がその後大きな出来事へと結びついていく趣向は著者の十八番《おはこ》だが、『龍神の雨』の龍神のように、人々を翻弄する自然の脅威はなかなか出てこないし、出てきても脅威といった大それたものではない。それというのも、この作品の成り立ちに因《よ》ろう。

本書の発端は新聞連載で、第二章から始まったが、連載に当たっては「今の自分が書ける一番いい中編を目指す、ということだけを考えたんです」（「STORY BOX」二〇一八年四月号）とのこと。どうやら連載当初は「神」シリーズの一作にするつもりはなかったようなのだ。だが第一章を書いた時点で啓示を得たそうで、「人間に対する自然というイメージから、人間にはコントロールし切れない何かに引っ張られる、運命だとか偶然というテーマが浮かんできたんです。どことも知れない場所から吹いてきた風によって、人生が左右されてしまう。自分ひとりの力ではどうしようもできない、因果律に搦《から》め捕られていく人々の物語を、数十年単位の時間の中で書いてみようと思いました」（同）。

かくて『龍神の雨』以来五年余、鳴りを潜めていた「神」シリーズは再び動き出した。『鳳神の手』が世に出て二年、シリーズ第三作の『雷神』の週刊誌連載が始まったが、その内容はというと、マンションのベランダに幼女が置いた植木鉢が落下して自動車に当たり、運転を誤ったその車に幼女の母親が轢《ひ》かれて亡くなるという痛ましい事故の顚末《てんまつ》がのっけから描かれる。メインストーリーはだが、その一五年後、埼玉で小料理屋を営む藤原幸人《ふじわらゆきひと》のもとへ、娘の秘密を知っているという脅迫電話がかかってくるところから始まる。幸人は娘の夕見《ゆみ》に彼女が落とした植木鉢がもとで母の悦子《えつこ》が死んだことを秘密にしていたのだ。幸人はその要求を拒否するが、過労で倒れてしまう。翌日、彼が姉と娘に遠出を提案すると、夕見は尊敬する物故写真家八津川京子《やつがわきょうこ》の撮った写真の撮影地に行きたいという。新潟県羽田上《はたがみ》村。それは幸人と姉・亜沙実《あさみ》の生まれ故郷で、三〇年前、父・南人《みなと》に連れられ逃げ出した場所であった。

昭和天皇が闘病のさなかにあった三一年前、藤原南人と英《はな》の夫婦は羽田上村で居酒屋を経営していたが、雷電神社の祭り――神鳴講《かみなりこう》が迫った一一月、準備作業に駆り出された英が山中で倒れていたところを発見されたのち亡くなるという事件が起きる。捜査は進まぬまま一年後の神鳴講の日がやってきたが、今度は幸人と亜沙実が神社に落ちた冬雷に打たれてしまう。姉弟には記憶障害が生じ、特に意識不明が続いた亜沙実のそれは深刻だった。さらに同日、村の財政を支配する資産家――「しんしょもち（身上持ち）さん」のうち、製鉄技術を活かした金属加工業で成功した荒垣猛《あらがきたけし》と村内最大のキノコ農家の主人・篠林一雄《しのばやしかずお》が神鳴講名物のコケ（キノコ）汁に入っていたと思われる毒キノコに当たって死んだ。そして一二月に入ると、神社の宮司太良部容子《たらべようこ》が自殺、その数時間前、彼女が藤原南人のもとを訪ねていたことが判明する。宮司は南人を毒殺事件の犯人として名指しする手紙を届けていた。南人は亜沙実のアリバイ証言で逮捕を免れるが、亜沙実の証言は嘘だったという……。

謎《なぞ》多き藤原英の変死事件と毒キノコ事件。藤原幸人は改めて夕見に事情を説明すると、自分はフリー編集者、亜沙実はフリーライター、夕見は写真家と身分を偽って三〇年前の事件を調べるため、羽田上村へ向かう。

本書の読みどころはまず設定の妙である。著者のデビュー作『背の眼』は福島の神隠し事件をホラー作家と霊現象探求家のコンビが探りにいく横溝正史直系の山村ものホラーミステリーだったが、本書の主要舞台は新潟県の山村。そこはキノコ料理と落雷一発が大きい冬雷が名物なのだが、本書ではそのいずれもが多くの人生を左右する自然の脅威として扱われる。もちろん村の名産であるキノコを使った料理の数々は確かに旨《うま》そうだし、雷電神社のある後家山《ごけやま》の落雷頻発場所であるハタ場の夜景は比類なき美しさを醸《かも》し出している。そうした厳しさ、美しさを併せ持つ山村の特徴は人々のありさまにも現れており、遠来の客を相手に越後なまりで能弁に話す一面と犯罪容疑者の家族を許容しない排他的な一面があり、幸人たちは改めて三〇年にわたるその横溝系の迷宮に踏み込んでいくわけだ。

人物造形については、藤原幸人の丹念な心理描写にご注目。少年時代より数々の悲劇に直面し、それをしのいできた彼のメンタルは相当ナーバスで、それは謎解きにも現れる。彼が記憶に問題を抱えているとなればなおさらで、そのあたり著者が叙述仕掛けの名手であることも忘れてはなるまい。それと本人いわく「何も解決しない探偵みたいなもの」として登場する八津川京子の息子で郷土史研究家の彩根《あやね》。著者は作品世界を自在にクロスさせていることにお気付きの方も多いかと思う。この男、『貘《ばく》の檻《おり》』(新潮文庫所収)にも出てきて活躍(!?)しているが、本書でも探偵のアシスト役として貴重な働きを見せてくれる。

もっとも人物造形についていうなら、女性陣の方だろう。藤原南人と幸せな家庭を築きながら非業《ひごう》の死を遂げる藤原英、幼時の悲劇の真相を知らぬまま幸人を励まし健《けな》気《げ》に生きる藤原夕見、雷に直撃されたうえ、疑惑の父南人と対立、孤高の人生を送る藤原亜沙実、そして自らの境遇を悲観しながらも宮司を継いだ太良部希恵《きえ》。昭和から令和にかけて、激動の時代を懸命に生きる女たち。著者はその波乱の軌跡を克明にとらえてみせた。

『龍神の雨』の龍神のように、はっきりとした姿こそ現さないが、その威力で人の運命をたやすく翻弄する冬雷の恐ろしさ。しかし人々はそれにただひれ伏すのではなく、様々な形で祭り上げながら、共存する術《すべ》を模索する。著者は『風神の手』で見せた群像劇の手際と現在と過去を往還する手法を長篇でさらに深化させて、移り行く時代とシンクロした人間ドラマに仕立て上げた。

むろん、後半には三〇年前の事件とつながるさらなる殺人事件が起こり、謎はますます深まる。驚愕《きょうがく》の真相の後の、静寂に包まれたエピローグも印象的だ。フーダニットミステリーとしても、第一級の仕上がりというべきか。

（二〇二四年一月、コラムニスト）

この作品は二〇二一年五月新潮社より刊行された。

道尾秀介著

龍神の雨

血のつながらない父を憎む蓮。実母を殺したのは自分だと秘かに苦しむ圭介。降りやまぬ雨、ひとつの死が幾重にも波紋を広げてゆく。

道尾秀介著

風神の手

遺影専門の写真館・鏡影館。母の撮影で訪れた歩実だが、母は一枚の写真に心を乱し……。幾多の嘘が奇跡に変わる超絶技巧ミステリ。

道尾秀介著

向日葵の咲かない夏

終業式の日に自殺したはずのS君の声が聞こえる。「僕は殺されたんだ」。夏の冒険の結末は。最注目の新鋭作家が描く、新たな神話。

道尾秀介著

片眼の猿
—One-eyed monkeys—

盗聴専門の私立探偵。俺の職業だ。今回の仕事は産業スパイを突き止めること、だったはずだが……。道尾マジックから目が離せない！

道尾秀介著

ノエル
—a story of stories—

暴力に苦しむ圭介は、級友の弥生と絵本作りを始める。切実に紡ぐ〈物語〉は現実を、世界を変え——。極上の技が輝く長編ミステリー。

道尾秀介著

貘《ばく》の檻《おり》

離婚した辰男は息子との面会の帰り、32年前に死んだと思っていた女の姿を見かける——。昏い迷宮を彷徨う最驚の長編ミステリー！

雷《らい》神《じん》

新潮文庫　み－40－23

令和六年三月一日発行

著者　道《みち》尾《お》秀《しゅう》介《すけ》

発行者　佐藤隆信

発行所　株式会社 新潮社

郵便番号　一六二―八七一一
東京都新宿区矢来町七一
電話　編集部(〇三)三二六六―五四四〇
　　　読者係(〇三)三二六六―五一一一
https://www.shinchosha.co.jp

価格はカバーに表示してあります。

乱丁・落丁本は、ご面倒ですが小社読者係宛ご送付ください。送料小社負担にてお取替えいたします。

印刷・錦明印刷株式会社　製本・錦明印刷株式会社

ISBN978-4-10-135557-3 C0193